Katharina Burkhardt

Ebbe und Glut

Roman

*Liebe mich am meisten,
wenn ich es am wenigsten verdiene,
denn dann habe ich es am nötigsten.
(Volksmund)*

Inhalt

Mias Leben steckt fest. Erst ist ihr Mann weg, dann der Job. Und das alles kurz vor ihrem 40. Geburtstag. Doch dann stößt sie in einem Magazin auf eine Kontaktanzeige. Da sucht ein Mann gegen Geld eine Frau für sexuelle Dienste. Mia ist schockiert. Und dennoch ist diese Anzeige seit Langem das Einzige, wofür sie sich begeistern kann.

Arthur ist ein Ekel. Arrogant, kalt und herablassend. Mia mag diesen widerlichen Anzugträger nicht. Gleichzeitig ist sie von seiner Ausstrahlung fasziniert. Als Mia sich auf Arthur einlässt, gerät ihr ganzes Leben in Bewegung.

© Katharina Burkhardt, Hamburg
3. überarbeitete Auflage 2016
Originalausgabe 2013
c/o Papyrus Autoren-Club
Pettenkoferstr. 16-18
10247 Berlin
mail@katharina-burkhardt.de

Herstellung und Verlag:
BoD – Books on Demand, Norderstedt
ISBN: 9783741294082

Lektorat:
Team Katharina Burkhardt – Coaching & Kreatives Texten
www.katharina-burkhardt.de
Umschlaggestaltung: Casandra Krammer
www.casandrakrammer.de
Umschlagmotive:
Geländer: mannagia, Bildquelle depositphotos
Frau: faestock, Bildquelle shutterstock
Hamburg: LianeM, Bildquelle shutterstock
Buchsatz: ebokks
www.ebokks.de

Dieses Werk ist urheberrechtlich geschützt.
Jegliche Vervielfältigung und Verwertung ist nur mit Zustimmung der Autorin zulässig.
Dies gilt insbesondere für Übersetzungen, die Einspeicherung und Verarbeitung in elektronischen Systemen sowie für das öffentliche Zugänglichmachen über das Internet.

Prolog

Der Jogger legte ein schnelles Tempo vor. Er spürte die kühle Salzluft tief in seinen Lungen, während er den Strand entlang rannte. Die Flut setzte langsam ein, in kleinen Rinnsalen suchte sich das Wasser seinen Weg durch den Sand. Es spritze unter den Schuhen des Läufers auf und hinterließ sandige Flecken auf seinem Shirt. Er spürte die Energie seines Körpers, die Kraft seiner Beine, die ihn mühelos vorwärts trugen. Ein großes Glücksgefühl erfasste ihn. Er hätte ewig so weiterlaufen mögen.

Auf der Höhe des Badestrandes tauchte zwischen den Strandkörben eine Frau auf, die ebenfalls joggte. In bedächtigem Tempo kam sie direkt auf ihn zu. Ihre dunklen Haare hatte sie straff zu einem Zopf zusammengebunden, unter ihrer Sportkleidung zeichnete sich ein schlanker, hochgewachsener Körper ab.

Der Mann lächelte ihr zu. Als sie sein Lächeln erwiderte, sah er, wie schön sie war. Er drehte sich noch einmal nach ihr um. Zu seiner Freude schaute sie ihm ebenfalls hinterher. Da lachte er, breit und spitzbübisch.

Sie sah ihn bei den Pferden wieder. Der große Mann mit den dunklen Haaren fiel ihr sofort auf. Er war in Begleitung einer Frau, die mit starkem Akzent sprach. Als sie auf dem Weg durchs Dorf Richtung Strand davon ritten, blieb er am Hof zurück und machte Fotos.

Heiterkeit umgab sie. Und Zufriedenheit. Sie saßen zusammen und lachten, eine Gruppe von Menschen, die sich zufällig im Urlaub begegneten und die gemeinsame Zeit genossen, als gäbe es kein Davor und Danach. In wenigen Tagen würden sie alle wieder in ihr Alltagsleben zurückkehren, in dem sie nichts miteinander verband. Und doch würden sie ein wenig von diesem Urlaub für immer behalten, winzige Bilder und Bruchstücke von Empfindungen. Erinnerungen an Gesichter, an ein Lachen, an gemeinsame Ausritte und gemeinsames Essen. Manche der Erinnerungen würden erst Jahre später wieder auftauchen und an Bedeutung gewinnen.

Dann, wenn das eigene Leben sich weitergedreht hatte, wenn diese Reise in einem ganz neuen Licht erschien.

Als sie ihn verließ, nahm sie fast sein ganzes Leben mit: seine Hoffnungen und Träume, seine Sehnsüchte, sein Glück, seine Liebe. Seine Zukunft und seine Vergangenheit. Seinen Körper. Vor allem aber nahm sie sein Herz mit.

Was zurückblieb, war nicht Leben und nicht Tod. Es war ein seltsames, finsteres Nichts, das atmete ohne Herzschlag, weinte ohne Tränen, lebte, ohne zu empfinden.

1

Mia sah die Anzeige eher zufällig. Auf der Suche nach dem Kinoprogramm durchstöberte sie die Webseiten des Szene-Magazins und blieb aus Neugier bei den Kontaktanzeigen hängen. Da suchte ein Paar eine Gespielin für heiße Stunden zu dritt. Ein Mann wünschte sich eine Partnerin für eine *fesselnde* Beziehung. Ein Jüngelchen wollte von einer reifen Frau entjungfert werden.

Mia fragte sich, was für Menschen solche Anzeigen aufgaben. Waren das alles Verrückte? Oder moderne Abenteurer, auf der Suche nach einer Erfüllung, die sie sonst nirgends fanden?

»*Blowjob zu vergeben*«, stand irgendwo dazwischen. »*Sie blasen. Ich genieße und zahle. Mehr nicht.*«

Mehr nicht? Was sollte das heißen – *mehr nicht*? Gab es nicht mehr als Blasen? Durfte die Frau nicht genießen? Wie stellte dieser Kerl sich das vor? *Ich genieße und zahle.*

Lächerlich, was Männer sich einbildeten!

Diese ganzen seltsamen Wünsche irritierten Mia. Sie hatte noch nie das Verlangen verspürt, sich mit einem wildfremden Mann zum Sex zu verabreden. Aber sie hatte das auch nicht nötig. Sie war glücklich verheiratet.

Gewesen, korrigierte sie in Gedanken und bemühte sich, den feinen Stich in ihrer Brust zu ignorieren. Sie war glücklich verheiratet *gewesen* – bis sich ihre Ehe innerhalb einer einzigen Minute als Lüge entpuppte. Seitdem war nichts mehr in ihrem Leben so wie früher. Trotzdem war Mia längst nicht so verzweifelt, um sich auf eine dieser Anzeigen zu melden. Sie schüttelte den Kopf und klickte zurück zum Kinoprogramm. Aber es lief kein Film, der sie interessierte.

Blowjob zu vergeben – immer wieder kam ihr der Satz in den Sinn. Seltsam. Was war daran so faszinierend?

Sie zog ihren Mantel an und ging spazieren. Ein wintergrauer Himmel hing über Hamburg, der Ostwind war eisig. Das Wasser der Elbe schlug gegen die Steine an der Uferböschung. Nur wenige Spaziergänger waren unterwegs.

Mia steckte ihre Hände in die Manteltaschen und sah einem großen Hund hinterher, der über den Strand rannte. Das Wetter deprimierte sie. Ihr ganzes Leben deprimierte sie. Frank hatte sie sitzen lassen, ihren Job in einer Werbeagentur hatte sie verloren, der Roman, der ihr Ruhm und Geld bringen sollte, verstaubte in der Schublade, und in diesem Jahr drohte auch noch ihr vierzigster Geburtstag.

Was für ein Albtraum!

Blowjob, dachte sie und kostete die Worte auf ihrer Zunge, gab dem heimlichen Sehnen Raum, das sich in ihrem Bauch ausbreitete. Sie hätte auf einen Schlag einen Job und einen Mann. Mach dich nicht lächerlich, schalt eine verächtliche Stimme in ihr, das wäre doch kein *Job*. Du wärst eine *Hure*, weiter nichts. Es wäre ein Abenteuer, ein Experiment, ein wenig Ablenkung im öden Alltag einer arbeitslosen Singlefrau, schmeichelte ihr eine andere Stimme.

Ein Mann kam ihr entgegen, groß und gut aussehend. Was, wenn *er* es wäre? Ihre Augen verfingen sich eine

Sekunde lang ineinander. Mia hielt den Atem an, ihr Herz setzte einen Schlag aus, dann war es vorbei. Der Mann pfiff nach dem Hund, der zwischen den Steinen an der Uferböschung herumschnüffelte. Mia drehte sich um und ging heimwärts.

Sie dachte an Frank. Vor dem Gesetz waren sie noch Mann und Frau, aber sie konnte den Tag kaum erwarten, an dem sie endlich auch auf dem Papier geschieden waren. Keine Minute länger als zwingend nötig wollte sie mit diesem Mann verbunden sein. Wie so oft, wenn sie an Frank dachte, stieg in ihr eine ohnmächtige Wut auf.

Und plötzlich fasste sie einen Entschluss.

»Pah, Frank Lohmann«, sagte sie mit grimmiger Entschlossenheit in die Stille ihrer Wohnung hinein, »was du kannst, kann ich schon lange.«

Sie musste dennoch zwei Gläser Wein trinken, bevor sie den Mut fand, die Mail abzuschicken.

»Hallo, ich bin an dem Job interessiert. Wie sehen die Bedingungen aus?«

Die Antwort kam noch am selben Abend. Mia schlug das Herz bis zum Hals, als sie die Mail öffnete.

»Hallo,
danke für Ihr Interesse. Ich schlage vor, dass wir uns mal treffen und schauen, ob wir uns dieses besondere Arrangement miteinander vorstellen können. Falls ja, läuft es so ab: Sie kommen ein-, zweimal pro Woche zu mir, erledigen Ihren Job, ich bezahle Sie, und fertig. Sie müssen nur blasen, mehr nicht. Ich werde Sie nicht anfassen, werde nicht mehr von Ihnen verlangen. Für einmal Blasen gibt es 50 Euro.
Gruß A.«

Atemlos starrte Mia auf ihren Bildschirm und las die Mail noch mal und noch mal. Sie musste vollkommen verrückt geworden sein, dass sie auch nur in Erwägung zog, sich mit diesem Mann zu verabreden. Aber eine seltsame Aufregung hatte sie erfasst. Angenommen, sie ginge auf den Deal ein, dann könnte sie im Monat bis zu vierhundert Euro verdienen, bar auf die Hand, schwarz. Und es war mit keiner nennenswerten Anstrengung verbunden. Im Gegenteil, vielleicht würde es ihr sogar Spaß machen. Sie malte sich lustvolle Begegnungen aus, erotische Abenteuer, sinnliche Verführungen. Und sie stellte sich vor, was sie sich alles würde leisten können. Vierhundert Euro – das war für sie ein Vermögen. Mia schloss die Augen. Es konnte natürlich auch sein, dass der Typ total durchgeknallt war, krank im Kopf, ein Vergewaltiger. Es konnte sein, dass er fett und hässlich war und aus dem Mund stank – von anderen Körperteilen ganz zu schweigen.

Mia atmete tief durch und streckte sich auf ihrem Sofa aus. Wer wagt, gewinnt, säuselte die Verführerstimme in ihrem Ohr. Ein lustvolles Prickeln erfasste ihren Körper. Ja, dachte sie, oh ja!

Mia machte sich sorgfältig zurecht. Sie duschte und rasierte sich gründlich. Anschließend cremte sie sich am ganzen Körper mit nach Rosen duftender Bodybutter ein, einem sündhaft teuren Zeug, das ihre Freundin Henny ihr zu Weihnachten geschenkt hatte. Sie kramte die schwarzen Spitzendessous hervor, die sie von Frank zum zweiten Hochzeitstag bekommen hatte (wenn der wüsste!), und zog eine schwarze Strumpfhose an. Sie brauchte lange, bevor sie sich für ein grau meliertes Wollkleid mit langen Ärmeln entschied. Es endete knapp über ihren Knien und sah nicht zu freizügig, aber auch nicht zu langweilig aus. Nervös biss sie sich auf die Lippen. Dann machte sie sich auf den Weg.

Der Treffpunkt befand sich unten an der Elbe, in der neu gebauten HafenCity. Das war die erste Überraschung. Dies war auf jeden Fall kein Ort, an dem verwahrloste Penner lebten. Hier wohnten die Schönen und Erfolgreichen der Stadt, die Glücklichen, die alles hatten und urbanen Luxus liebten, das Exklusive, Außergewöhnliche. Hier wohnte niemand, der im Szene-Magazin schräge Anzeigen aufgab.

Der Mann hatte ihr angeboten, sich an einem öffentlichen Ort in der Nähe seines Hauses zu treffen. Mia war erleichtert. Sie hätte es unheimlich gefunden, sofort zu ihm in die Wohnung zu kommen. So aber konnte sie jederzeit gehen, wenn er ihr nicht gefiel, es war ein Spiel, bei dem sie keinerlei Risiko einging. Sie fand die vereinbarte Stelle, lehnte sich an ein Geländer und starrte in das glänzende Wasser des Hafenbeckens hinunter. Das Viertel war elegant, aber tot. Viel Beton, futuristische Hausfassaden, enge Straßenschluchten, durch die der Wind pfiff, kaum Grün. Wie konnte man hier leben? Wo fand man hier Wärme und Geborgenheit?

»Hallo, sind Sie Mia?«

Die Stimme faszinierte sie, noch bevor sie den Mann sah, zu dem sie gehörte. Dunkel und sehr erotisch. Mia drehte sich aufgeregt um. Sie blickte in zwei leuchtende blaue Augen, die sie zu durchbohren schienen.

»Äh, ja, hallo«, sagte sie verlegen.

»Ich bin Arthur.« Ohne die flüchtigste Spur eines Lächelns streckte er Mia eine Hand entgegen. Er musterte sie mit einem schnellen, wachen Blick und erfasste auf einen Schlag alles an ihr – das schmale Gesicht, die dicken, rotbraunen Haare, die sie hochgesteckt hatte, ihr nervöses Lachen, die langen Beine, die in teuren Stiefeln steckten – Relikte aus Zeiten, in denen es ihr finanziell erheblich besser gegangen war.

Arthur war groß und schlank, mit einem markanten Gesicht. Sein fast schwarzes Haar war sehr kurz geschnitten und bereits von vielen Silberfäden durchzogen, auf der Stirn hatten sich tiefe Furchen eingegraben. Trotz der sichtbaren Alterszeichen sah er außergewöhnlich gut aus und hatte eine so starke Ausstrahlung, dass die Welt um ihn herum in Bedeutungslosigkeit zu versinken schien.

Eine vage Erinnerung stieg in Mia auf, ein Gefühl, als würde sie Arthur von irgendwoher kennen, aber es fiel ihr nicht ein. Vermutlich lag das nur an seiner Präsenz, die Mia fast unheimlich war.

Sie hatte einen jüngeren Mann erwartet, keinen, der nicht schon schätzungsweise um die fünfzig war. Vor allem aber hatte sie einen Mann erwartet, der etwas Spitzbübisches an sich hatte, einen Lausbuben, der sich einen Spaß aus frechen Verführungen machte. Sie hatte sich vorgestellt, dass sie beide über diese absurde Anzeige lachen würden, bevor sie nach oben gehen und sich voller Lust und Vergnügen lieben würden.

Doch Arthur war ganz anders. Er trug einen eleganten Wollmantel, unter dem eine Anzughose zum Vorschein kam. Alles an ihm sah teuer, perfekt und sehr männlich aus. Männer wie er saßen in Aufsichtsräten und regierten die Welt, sie jetteten von Kontinent zu Kontinent, sprachen fließend sieben Sprachen, waren verheiratet und hatten zwei Geliebte. Männer wie Arthur hatten es nicht nötig, sich mit einer Kontaktanzeige eine Frau zu suchen, die ihnen für Geld gelegentlich ein wenig Erleichterung verschaffte.

Allein die Vorstellung, diesen Mann zu bedienen, fand Mia lächerlich.

»Und nun?« Sie sah Arthur unschlüssig an. Sie war sicher, dass er sich auch etwas anderes vorgestellt hatte, eine vollbusige Blondine vielleicht, deren Lippenstift eine Spur zu grell war, oder das genaue Gegenteil, eine Frau, die dieselbe kalte Eleganz wie er ausstrahlte. Vor allem aber hatte er vermutlich eine erheblich jüngere Frau erwartet, eine knackige Zwanzigjährige, die sich mit derart schrägen Jobs ihr Studium finanzierte, und keine arbeitslose Enddreißigerin, die vor lauter Scham und Verlegenheit kaum ein Wort herausbrachte.

»Setzen wir uns doch einen Moment.« Arthur wies auf eine Bank am Kai. Er wartete, bis Mia Platz genommen hatte, bevor er sich neben ihr niederließ, nah genug, um im Kontakt mit ihr zu bleiben, doch nicht so dicht, dass sie sich von ihm bedrängt fühlte.

»Das mag Ihnen alles seltsam vorkommen. Aber Sie können natürlich jederzeit gehen. Jetzt sofort oder zu jedem anderen Zeitpunkt.« Er sprach leise und mit großem Ernst.

Mia musterte ihn aufmerksam. Er hatte ein klassisches Profil mit einer geraden Nase und einem kräftigen Kinn. Beim Sprechen wurden makellose Zähne in seinem Mund sichtbar. Als er den Kopf ganz in ihre Richtung drehte, sah sie eine feine, gezackte Linie, die sich von seinem linken Auge bis hinunter auf die Wange zog. Eine Narbe. Ganz so makellos war dieser Arthur also doch nicht.

»Egal, wie Sie sich entscheiden, Verschwiegenheit ist mir sehr wichtig. Wenn Sie jetzt aufstehen und gehen, kann ich das verstehen. Sie werden garantiert nie wieder von mir hören. Wenn Sie aber heute oder in den nächsten Tagen zu mir in die Wohnung kommen, bitte ich Sie um absolute Diskretion. Ich erwarte, dass Sie mit niemandem über das sprechen, was zwischen uns passiert. Umgekehrt können Sie sicher sein, dass Ihnen nichts geschehen wird. Ich

verlange nichts, was Sie mir nicht freiwillig geben wollen.«
Arthur musterte Mia eindringlich, bis sie vor Verlegenheit
die Augen niederschlug. »Was denken Sie?«

Mia war verwirrt. Arthur schien nicht eine Sekunde
lang infrage zu stellen, dass *sie* die Richtige war, um diesen *Job* auszuüben. Er vertraute ihr gerade ohne zu zögern
sein bestes Stück an. Wie absurd. Am liebsten hätte Mia
gerufen, Arthur solle nach Hause gehen, er solle weiter
in seinen Aufsichtsräten herumsitzen und mit Millionen
jonglieren, statt sich mit ihr, einer arbeitslosen Werbetexterin einzulassen. Sie wollte sagen, dass sie sich überfordert fühlte, dass sie Angst vor Arthur und seiner Eleganz
hatte, Angst, ihm nicht gut genug zu sein, Angst, sich vor
ihm zu blamieren.

»Können Sie sich das denn mit mir vorstellen?«, fragte sie
unsicher.

Ein flüchtiges Lächeln huschte über Arthurs Gesicht,
ohne seine Augen zu erreichen. »Natürlich kann ich das.
Sie sind eine attraktive Frau.« Mia freute sich schon über
das Kompliment, als er hinzufügte: »Außerdem bin ich
nicht sehr anspruchsvoll, ich habe schließlich keine große Wahl.«

Mias Freude schlug augenblicklich in Ärger um. Was für
ein unverschämter Kerl! Glaubte der, er könne sich alles
erlauben, bloß weil er Geld hatte?

Der Februarwind blies von der Elbe herauf. Mia zog
fröstelnd die Schultern hoch. Sie zögerte. Arthurs herablassende Bemerkung ärgerte sie. Andererseits war sie jetzt
schon so weit gegangen. War es nicht albern, in letzter
Sekunde zu kneifen? Noch dazu bei einem so gut aussehenden Mann?

»Also gut«, sagte sie entschieden, »wir probieren es mal.
Aber ich gehe sofort, wenn ich mich unwohl fühle. Und ich

will sechzig Euro für jedes Kommen haben.« Der Doppeldeutigkeit ihres letzten Satzes wurde sie sich erst bewusst, als sie ihn bereits ausgesprochen hatte.

Arthur runzelte die Stirn. »Wie lange werden Sie wohl alles in allem für Ihren Job brauchen? Zehn Minuten? Eine Viertelstunde? Das macht bei fünfzig Euro also mindestens zweihundert pro Stunde. Finden Sie nicht, dass das schon ein ganz guter Satz ist?«

»Außergewöhnliche Jobs sollte man auch außergewöhnlich bezahlen«, entgegnete Mia. Die Sache fing an, ihr Spaß zu machen.

»Einverstanden.« Arthur streckte ihr die Hand entgegen. »Sechzig Euro, keine Fragen und absolute Diskretion.«

Sie besiegelten ihren Vertrag mit einem festen Händedruck.

Mia stand auf. »Wollen Sie, dass ich sofort mit der, äh, Arbeit anfange, oder soll ich in den nächsten Tagen wiederkommen?«

Arthur erhob sich ebenfalls. »Wenn es Ihnen nichts ausmacht, würde ich gerne sofort beginnen. Dann sehen wir gleich, ob es auch funktioniert.«

Mia nickte zustimmend. Die Spannung in ihr wuchs ins Unerträgliche. Sie hatte seit Ewigkeiten keinen Sex mehr gehabt. Und es war Lichtjahre her, seit sie das letzte Mal Sex mit einem fremden Mann gehabt hatte. Seit damals hatte sich ihr Körper deutlich verändert, und zwar keineswegs zu ihrem Vorteil. Würde sie Arthurs Ansprüchen genügen? Was würde er zu den Speckröllchen auf ihren Hüften sagen? Zu der Orangenhaut an ihren schlaffen Oberschenkeln und den Falten auf ihrem Dekolleté? Nicht dass sie wirklich dick war, im Gegenteil. Doch in der letzten Zeit hatte ihr Körper eine beunruhigende Tendenz entwickelt, breit und schlaff zu werden.

Sie fühlte sich unbehaglich, als sie sich schweigend von Arthur in eins der Häuser führen ließ, die wie Bauklötze am Kai standen.

Sie fuhren mit dem Aufzug in den vierten Stock hinauf. Natürlich wohnte Arthur in der obersten Etage, das war nicht anders zu erwarten gewesen. Seine Wohnung war ein Traum aus lichtdurchfluteten Räumen auf drei Ebenen. Die sparsame Möblierung mit Antiquitäten und Designermöbeln unterstrich den luftigen Charakter der Wohnung. Jedes Teil hatte genau den richtigen Platz, jedes Bild war mit Bedacht ausgewählt worden und harmonierte perfekt mit seiner Umgebung. Persönliche Dinge wie Fotos oder Bücher fehlten jedoch, das Wohnzimmer wirkte so leblos wie ein Möbelladen.

Mia trat an eins der Fenster, die bis zum Boden reichten und den Blick auf Hafen und Elbe freigaben.

»Das ist ja fantastisch!«, rief sie begeistert.

Undeutlich hörte sie Arthur eine Antwort murmeln. Er war die Treppe hinauf in die offene Küche gegangen, die sich zusammen mit dem Essbereich auf der obersten Ebene befand. Er kam mit einer Flasche Champagner und zwei Gläsern zurück.

»Ich dachte, ein kleiner Schluck hilft uns vielleicht, den ersten Schritt zu machen.« Er reichte Mia ein Glas.

Sie griff dankbar danach und kippte das kostbare Getränk vor Aufregung in einem Zug hinunter.

»Nun ja«, bemerkte Arthur trocken, während er ihr nachschenkte, »manchmal reicht ein einziger Schluck wohl nicht.«

Mia lachte. Der Alkohol entspannte sie, und dieser Arthur schien tatsächlich ein lebendiger Mensch zu sein. Nachdem sie das zweite Glas geleert hatte, sagte er jedoch sehr nüchtern:

»Also gut, kommen wir zum eigentlichen Teil unserer Zusammenkunft.«

Er stellte die Gläser auf dem Couchtisch ab und setzte sich in die Mitte eines weißen Sofas, mit Blick auf die Elbe. Mia blieb unsicher stehen. Arthur hatte die Anzugjacke abgelegt und die Krawatte gelockert. Trotzdem sah er immer noch wie der Chef der Weltbank aus und nicht wie ein Mann, mit dem man sich hemmungslos in den Laken wälzte.

»Na dann ...«, Arthur machte eine einladende Handbewegung in Richtung seines Schoßes. »Dann machen Sie mal.«

»Einfach so? Ohne Vorspiel und alles?«

»Ja, genau. Einfach so. Sie blasen, ich zahle, so stand es doch in der Anzeige.«

»Äh, ja ...«

Mia bewegte sich langsam auf Arthur zu, der sie mit einem Ausdruck abwartender Neugier betrachtete. Wurde man so, wenn man zu lange in Luxushotels unter karibischer Sonne Urlaub gemacht hatte? Wenn man zu viele Aktien kaufte? Wenn man zu oft zum Vorstandsvorsitzenden gewählt wurde? Mia konnte sich keinen Reim darauf machen. Arthur wollte wirklich nur, dass sie seinen Schwanz aus der Hose holte, daran herumlutschte, ihn wieder einpackte, und fertig? Es schien ganz so.

Das war wirklich ekelhaft. Und total pervers.

Und außerdem – wo blieb sie selbst dabei? Was war mit ihrem Spaß, mit lustvollen Verführungen, wohligem Rekeln auf dem flauschigen Teppich vor dem riesigen Fernseher in der Ecke da hinten? Und warum zum Teufel hatte sie sich mit dieser sauteuren Bodybutter eingecremt und ihre schönste Wäsche angezogen?

Verwirrt kniete sie sich auf den Parkettboden zu Arthurs Füßen. Sie verstand sich selbst nicht mehr. Was, um Himmels willen, tat sie hier? Irritiert und unsicher fummelte sie an Arthurs Hose herum, bis sie den Reißverschluss geöffnet hatte. Zum Vorschein kam eine schwarze Unterhose, unter der sich deutlich die Konturen eines hübschen Pakets abzeichneten. War Arthur etwa schon erregt? Das gab es doch gar nicht. Ein Mann in seinem Alter.

Mia strich behutsam mit den Fingern über den Stoff seiner Unterhose. Sie wollte den Bund hinunter schieben, doch Arthur fasste in den Eingriff und zog seinen steifen Penis hervor, der Mia groß und beängstigend fremd entgegen sprang. Arthur legte den Kopf zurück und schloss die Augen. Mia umfasste seine pralle Männlichkeit, die so perfekt war wie der ganze restliche Mann. Arthur war komplett rasiert und roch auch an seinen intimsten Stellen frisch und verführerisch nach Seife, Sauberkeit und männlicher Kraft. Mia massierte ihn leicht und spürte sein Gewicht und seine Lebendigkeit in ihrer Hand. Sie beugte sich vor und streifte die zarte Haut mit ihrem Mund. Arthur stöhnte leise auf. Als Mia ihre Lippen fester um ihn legen wollte, richtete er sich jäh auf.

»Moment!«

Er zog aus seiner Hosentasche ein Kondomtütchen. Mia war überrascht und erleichtert zugleich. Sie hatte noch nie Oralsex mit Gummi gehabt und konnte sich nicht vorstellen, dass sie dabei Vergnügen empfinden würde. Andererseits – wer weiß, mit wie vielen Frauen dieser Arthur es sonst so trieb; Safer Sex war da in jedem Fall angebracht. Nachdem Arthur sich eingepackt hatte, beugte Mia sich erneut über ihn. Statt männlich-herber Frische schlug ihr nun ein süßlicher Geruch entgegen. Das Gummi schmeckte abscheulich.

»Bäh, was ist denn das?« Mia verzog angewidert das Gesicht.

»Was denn?« Arthur riss erschrocken die Augen auf.
»Ist das Kondom irgendwie aromatisiert?«
»Keine Ahnung. Ist es sehr schlimm? Dann suche ich ein anderes.«

Mia las die Aufschrift auf dem Kondomtütchen: »Mit Erdbeergeschmack.« Sie schüttelte sich. Dann fiel ihr Blick auf Arthurs gequälten Gesichtsausdruck. »Ist schon in Ordnung«, beeilte sie sich zu sagen und strich wie zur Beruhigung zart über seinen Penis, der schon gefährlich an Spannung verloren hatte.

Arthur kam jedoch schnell wieder in Schwung und diesmal lief alles störungsfrei. Der Erdbeergeschmack war zwar widerlich, aber irgendwie verstärkte er nur das distanzierte Gefühl, mit dem Mia diesen schrägen Job verrichtete. Arthur hingegen genoss ihre Verwöhnungen sichtlich.

Mia verharrte einen Moment reglos, nachdem er gekommen war. Langsam richtete sie sich auf. Arthur hatte die Augen immer noch geschlossen, sein Gesicht war seltsam verzerrt und sein Atem ging schnell und flach. Mit leichter Hand fuhr Mia über den feinen Wollstoff seiner Hose und spürte darunter die kräftigen Oberschenkelmuskeln.

Arthur öffnete blitzartig die Augen und richtete sich auf.

»Danke«, sagte er knapp, streifte sich das Gummi ab und verstaute sein Geschlecht wieder in der Hose.

»Das war's?« Mia konnte es immer noch nicht glauben. Sie stand auf und streckte den Rücken durch.

»Das war's.« Arthur stand ebenfalls auf. Er ging zu einer Kommode und kam mit ein paar Geldscheinen zurück. »Sechzig Euro, wie vereinbart. Werden Sie wiederkommen?«

»*Sie?*« Mia starrte Arthur an. Er hatte soeben vor ihr die Hosen heruntergelassen, sie hatte ihm einen geblasen, und jetzt siezte er sie immer noch? Der Typ musste komplett gestört sein. Aber Arthur bemerkte Mias Irritation gar nicht. Er fuhr sich durch die Haare und presste die Lippen aufeinander.

»Also, wie ist es – kommen Sie wieder?« In seiner Stimme lag ein drängender Ton.

Mias Wangen waren gerötet, ihre Frisur hatte sich ein wenig aufgelöst. Sie hob den Kopf und sah Arthur offen an. Zum ersten Mal gelang es ihr, sich von diesen durchdringenden Augen nicht einschüchtern zu lassen. Während sie das Gefühl hatte, Arthur schaue ihr mitten in die Seele, vermochte sie umgekehrt nicht zu deuten, was in ihm vorging. Seine Augen funkelten wie ein Ozean in der Sonne, aber unter der glitzernden Oberfläche schienen nur Dunkelheit und Kälte zu lauern. Eine Sekunde lang glaubte Mia, Furcht dazwischen aufblitzen zu sehen. Furcht wovor? Sie schüttelte irritiert den Kopf.

»Heißt das nein?«

»Es heißt, dass ich das alles hier ziemlich schräg und verwirrend finde. Aber ich komme wieder.« Ihre Stimme klang klar und fest, die Angst war verflogen.

Arthur nickte zufrieden. Er vereinbarte einen neuen Termin mit ihr, wie mit einer Geschäftspartnerin.

Mia ging die drei Kilometer zu Fuß nach Hause in ihre kleine Straße auf St. Pauli. Sie zog ihre Mütze tief in die Stirn und stemmte sich gegen den Wind, der in kräftigen Böen von der Elbe herüberfegte. Die frische Luft half ihr, ihre wirren Gefühle zu sortieren.

Sie war aufgedreht und erschöpft zugleich. Sie hatte Sex gehabt und doch keinen Sex gehabt. Sie war verführt worden und doch nicht verführt worden. Sie wusste nicht, ob sie erleichtert oder enttäuscht darüber sein sollte, dass Arthur ihre Speckröllchen nicht zu Gesicht bekommen hatte. Vor allem aber wusste sie immer noch nicht, warum sie das getan hatte. Bevor sie Frank kennenlernte, hatte sie mit drei Männern Sex gehabt. Alle hatte sie geliebt, mit allen hatte sie eine feste Beziehung geführt. Ihr hatte nie der Sinn nach kurzen, schnellen Abenteuern gestanden.

Und jetzt so etwas. Ein Gefühl von Ekel wallte in ihr auf, als sie daran dachte, wie sie vor diesem Fremden gekniet und ihn befriedigt hatte. Verwirrt schob Mia eine Locke, die der Wind quer über ihr Gesicht geweht hatte, unter ihre Mütze. Was hatte sie sich nur dabei gedacht, sich auf diesen Arthur einzulassen? Und warum zum Teufel wollte sie ihn wiedersehen? Ihr war das selber unbegreiflich.

Arthur, dachte sie abfällig, was war das überhaupt für ein beknackter Name?

Zuhause angekommen kochte Mia sich einen Tee und setzte sich damit auf ihr elegantes, graues Ecksofa, das viel zu groß für das kleine Wohnzimmer war. Sie hatte es einst mit Frank gekauft, damals, als sie noch glaubten, ewig zusammenzubleiben.

»Lass uns was Richtiges kaufen, das nicht schon nach einem Jahr auseinanderfällt«, hatte Mia gesagt, nachdem sie für sich entschieden hatte, dass von Franks geschmacklosen Möbeln nur wenige mit in ihre gemeinsame Wohnung durften.

Frank war fast ohnmächtig geworden, als er den Preis sah. »Fünftausend Euro für ein Sofa? Himmel, dafür muss ein alter Mann lange schuften.«

Mia hatte sich zärtlich an ihn geschmiegt. »Dafür müssen wir auch in den nächsten zwanzig Jahren kein neues kaufen«, hatte sie gesagt.

Am Ende hatte Frank sich überzeugen lassen und sogar noch freiwillig ein paar Hundert Euro draufgelegt, weil er einen robusteren Bezug haben wollte: »Dann übersteht das Sofa auch noch ein paar Kinder und Hunde.«

Mia hatte sich im siebten Himmel befunden. Doch das war lange her.

Ihr jetziges Wohnzimmer wurde – neben dem Sofa – von Bücherregalen beherrscht, die eine ganze Wand ausfüllten. Von der Decke hing ein Kronleuchter, der glitzerndes Licht verbreitete. Größer als zwischen dieser winzigen, alten Wohnung und Arthurs sterilem Palast konnten die Gegensätze kaum sein.

Mia lehnte sich in die Kissen zurück und schloss die Augen. Doch sie kam nicht zur Ruhe. Schließlich stand sie auf, nahm das Geld von Arthur aus ihrer Tasche und legte es in eine Schachtel auf ihrem Nachttisch. Noch zwei, drei Mal, und sie konnte sich den schicken Mantel leisten, den sie neulich in einem Schaufenster gesehen hatte. Zwei weitere Male und sie würde sich auch die Stiefel kaufen können, die sie bereits zweimal anprobiert hatte. Wenn sie einen ganzen Monat durchhielt, wäre sogar ein Urlaub drin. Eine Woche Last Minute nach Gran Canaria, einfach dem tristen norddeutschen Winter entkommen.

Sie dachte an Arthurs tiefblaue Augen. Und an sein gequältes Gesicht. Alles hat seinen Preis, dachte sie und schloss die Schachtel mit dem Geld behutsam.

2

Mia hatte Frank auf der Party einer Kollegin kennengelernt.

»Es kommen lauter interessante Leute«, hatte Andrea behauptet. Es war ihr dreißigster Geburtstag, und sie wollte es richtig krachen lassen. Sie hatte einen Club auf dem Kiez gemietet, einer ihrer Freunde legte die Musik auf, und in der Tat füllte sich der kleine Raum schnell mit vielen sehr wichtig aussehenden Leuten.

Mia war erst seit zwei Wochen bei Keutner und Lempe, sie kannte ihre Kollegen noch nicht richtig und wusste nicht, an wen sie sich halten sollte. Mit einem Bier in der Hand stellte sie sich abseits in eine Nische und beobachtete das Treiben um sich herum. Dumpfe Technobässe wummerten durch ihren Körper.

»Du scheinst hier auch nicht viele Leute zu kennen«, schrie ihr auf einmal eine Stimme ins Ohr.

Mia drehte sich überrascht um und erblickte einen Mann, der sie vergnügt angrinste. Er war kaum größer als sie, hatte eine untersetzte, kräftige Figur, blonde Haare, trug eine Brille, Jeans und ein schwarzes T-Shirt mit der Aufschrift: »*Über Gewicht spricht man nicht, Übergewicht hat man.*«

Mia grinste zurück.

»Stimmt«, brüllte sie dem Mann entgegen. »Und du? Kennst du viele?«

»Ich kenne Andrea. Und jetzt dich.« Er lachte breit.

»Mich kennst du doch noch gar nicht«, entgegnete Mia, aber er schien sie nicht richtig zu verstehen und zuckte fragend mit den Achseln.

»Mich kennst du noch nicht«, brüllte Mia in sein Ohr. Er nickte. Dann deutete er hinter Mia.

»Schlechter Platz hier!«, schrie er und als Mia sich umdrehte, fiel ihr Blick auf eine riesige Lautsprecherbox. Sie lachte verlegen. Wie bescheuert, sich ausgerechnet an den lautesten Platz im ganzen Club zu stellen! Der Mann schob Mia vor sich her in eine Ecke, in der die Musik deutlich leiser war. Er hob seine Bierflasche und prostete Mia zu:

»Ich bin Frank.«

»Mia.«

»Freut mich, Mia. Woher kennst du Andrea?«

»Ich bin eine Kollegin von ihr. Und du?«

»Ich bin ihr Nachbar.« Er verzog das Gesicht, als sei das eine Strafe. »Hast du auch Nachbarn, die jeden Tag auf deiner Matte stehen und irgendwas von dir wollen?«

»Nein. Aber ich habe eine Nachbarin, die mir gerne im Treppenhaus auflauert und mich dann stundenlang über meine Arbeit ausfragt.«

Mia war verblüfft, wie schnell und selbstverständlich Frank sie in ein Gespräch verwickelte und ihr das Gefühl gab, die interessanteste Person in dem mittlerweile brechend vollen Club zu sein. Erst viel später wurde ihr klar, dass es eine Gabe von Frank war, Menschen für sich zu gewinnen. Mit seinem charmanten, jungenhaften Lachen brachte er sie blitzschnell dazu, sich in seiner Nähe wohlzufühlen, ihn zu mögen und ihm zu geben, was er brauchte – angefangen bei seinen Nachbarn, die keineswegs ständig etwas von ihm wollten, sondern vielmehr sehr geduldig hinnahmen, dass er oft bis spät in die Nacht Partys feierte, bis hin zu seinem Bankberater, dem er einen Kredit nach dem nächsten aus dem Ärmel leierte.

Nach dem dritten Bier tanzten Mia und Frank miteinander, eng gedrängt mit den anderen Partygästen auf der winzigen Tanzfläche. Immer wieder berührten sich ihre Körper wie zufällig. Frank bewegte sich leichtfüßig und geschmeidig, trotz seiner Körperfülle. Mia musterte ihn unauffällig. Er sah nicht wie jemand aus, mit dem man nach einer Party im Bett landete und der dann am nächsten Morgen auf Nimmerwiedersehen verschwand. Frank sah so aus, als wolle er sofort heiraten und einen Bausparvertrag abschließen.

Das gefiel Mia. Sie war nach einer recht langen Beziehung und zwei kürzeren Partnerschaften seit über einem Jahr alleine. Frank, der mit seinem Bausparvertrag vor ihrer Nase herumwedelte, verhieß Sicherheit. Und die strebte Mia an. Alle Welt heiratete zurzeit und vermehrte sich wie verrückt. Mia wollte davon nicht ausgeschlossen sein. Sie wurde in diesem Jahr vierunddreißig; höchste Zeit, den passenden Vater für ihre Kinder zu finden. Aber ob dieser dickliche Frank dafür der richtige Kandidat war?

Normalerweise wären Mia vielleicht Zweifel gekommen. Da sie aber bereits das vierte oder fünfte Bier getrunken hatte (sie hatte längst aufgehört, mitzuzählen), war sie herrlich entspannt und ließ den Dingen einfach ihren Lauf.

Einmal kam Andrea an ihr vorbei und sagte gönnerhaft: »Na, ihr zwei versteht euch ja prächtig.«

Mia grinste verschwommen, sie fühlte sich wie losgelöst von ihrem Körper und dieser merkwürdigen Partygesellschaft.

Irgendwann, weit nach Mitternacht, bekam Frank Konkurrenz. Stefan Büttner, einer von Mias neuen Kollegen, drängte sich an Mia heran. Er war groß, schlank und sehr attraktiv. Mit zusammengekniffenen Augen, eine Zigarette im Mundwinkel, ließ er sich von der Woge der tanzenden Leiber direkt vor Mias Füße treiben. Sie sah zu ihm auf, lächelte – und erkannte mit dem letzten Bisschen Klarheit, das sie in ihrem Hirn noch fand, dass sie sich auf gefährliches Eis begab. Stefan sah so aus, als hätte er schon mit jeder Frau geschlafen, die auf dieser Party anwesend war, und vermutlich noch mit einer Million anderer. Jetzt war sie, die Neue, an der Reihe.

Einen Moment lang genoss Mia es, von Stefan umschwärmt zu werden. Sie bewegte sich im selben Rhythmus wie er, spürte, wie er seinen Unterleib gegen sie presste, fühlte seine Wärme und ihre Erregung, drehte sich um – und blickte in Franks Augen, die so ehrlich und unschuldig schauten, dass Mia gerührt lächelte. Sie löste sich von Stefan und bewegte sich immer mehr in Franks Richtung. Er reichte ihr seine Hand und ohne zu zögern griff sie danach und ließ sich von ihm aus der Menge führen. Als sie sich flüchtig nach Stefan umdrehte, hatte der sich bereits einer anderen Frau zugewandt.

Im Treppenhaus schlug ihnen kühle Luft entgegen. Mia taten die Füße weh, sie war heiser und halb taub von der lauten Musik, und sie merkte erst in der kalten Nachtluft, wie betrunken sie schon war.

»Ich glaube, ich muss langsam mal nach Hause«, sagte sie zu Frank.

Er nickte. »Ich haue auch ab. Wo musst du hin?«

»Nach Eimsbüttel.«

»Soll ich dir ein Taxi rufen?«

»Gern. Wie kommst du denn heim?«

»Ich bin mit dem Fahrrad da. Ich wohne nicht weit von hier.«

Während sie auf das Taxi warteten, fragte Frank zögernd: »Hättest du Lust, mal mit mir essen zu gehen?«

»Klar, warum nicht?«

Bereitwillig gab sie Frank ihre Telefonnummer und erhielt im Gegenzug einen zerknautschten Kassenbon, auf den er eine Nummer und seinen Namen kritzelte – Frank Lohmann.

Am nächsten Morgen hatte Mia nur noch eine verschwommene Erinnerung an Frank. Er war nett gewesen, aber sie verspürte kein nennenswertes Bedürfnis, ihn wiederzusehen. Vielleicht, so überlegte sie, während sie sich einen starken Kaffee kochte, lag das aber auch nur an ihrem fürchterlichen Kater.

Als Frank sich in den nächsten drei Tagen nicht meldete, beruhigte Mia sich wieder. Er war wenigstens kein aufdringlicher Typ, der einer Frau auf die Nerven ging, statt sich begehrenswerter zu machen, indem er sie ein wenig zappeln ließ. Nach einer Woche dachte Mia mit leiser Enttäuschung, dass er es mit dem zappeln lassen vielleicht ein wenig übertrieb. Nach zwei Wochen war sie sich sicher, dass er kein Interesse an ihr hatte und auf der Party genauso alkoholumnebelt gewesen war wie sie selbst. Sie vergaß Frank Lohmann wieder.

Es dauerte fast drei Monate, bis sie sich wiedertrafen. Mia hatte viel zu lange gearbeitet und hetzte beim Umsteigen am Hauptbahnhof von einem Bahnsteig zum anderen, um trotzdem noch rechtzeitig zu ihrem Fitnesskurs zu kommen. An einer Ecke rannte ein Mann in sie hinein und rammte ihr seine Laptoptasche in den Bauch. Mia taumelte und stürzte fast.

»Aua!« Sie warf dem Mann einen bösen Blick über die Schulter zu und wollte weiter hasten.

»He!« Der Mann stoppte sie, indem er nach ihrem Arm griff.

Was fiel dem Kerl ein? Wollte er jetzt etwa mit ihr darüber diskutieren, wer hier wen angerempelt hatte?

Kampflustig drehte sie sich um: »Ja?«

Zu ihrer Überraschung lachte der Mann freundlich.

»Hallo Mia!«

Das Gesicht kam ihr bekannt vor, aber sie konnte es nicht gleich einordnen.

»Frank«, half ihr der Mann auf die Sprünge. »Wir sind uns bei Andreas Party begegnet.«

»Ach, richtig.« Natürlich, Frank, der Nachbar von Andrea. Den hatte sie mittlerweile längst vergessen. Während sie sich anklagend den Bauch hielt, sagte sie: »Das ist ja eine Überraschung. Was treibst du so, wenn du nicht gerade unschuldige Frauen über den Haufen rennst?«

»Tut mir echt leid. Aber du kamst angefegt wie ein Tornado, da hatte ich keine Chance mehr, auszuweichen.«

Sie musterte Frank. Er sah anders aus als beim letzten Mal, aber sie wusste nicht genau, woran das lag. War er schlanker? Trug er eine andere Frisur? Andere Brille? Was auch immer es war, es stand ihm gut und ließ ihn interessanter als bei ihrer ersten Begegnung erscheinen.

Versöhnlich sagte Mia: »Das mit dem Tornado war aber auch nicht gerade ein Kompliment.«

»Ähm … nee, nicht so richtig. Aber ich könnte dir ein echtes Kompliment machen.«

»Dann mal los!« Mia grinste erwartungsvoll.

Er holte tief Luft, machte eine theatralische Geste und sagte dann: »Gnädigste, Sie sehen heute einfach umwerfend aus!«

Sie lachten gemeinsam, als sei dieser alberne Witz der brillanteste Gag aller Zeiten.

»Du, ich habs wahnsinnig eilig«, sagte Mia schließlich.

»Ich auch. Hast du meine Telefonnummer noch?«
»Ich weiß nicht. Glaube schon, ja.«
»Dann ruf doch mal an.«
Er drehte sich um und verschwand in der Menge.
Ruf doch mal an. Warum wollte *er* nicht anrufen? Seit wann telefonierten Frauen den Männern hinterher?

Sie rief ihn trotzdem zwei Tage später an. Er freute sich.
»Wollen wir mal zusammen essen gehen?«, fragte er.
»Das hast du mich schon mal gefragt.«
»Stimmt. Diesmal machen wir es aber, ja?«
»Ja.«
Sie trafen sich bei einem Italiener auf St. Pauli. Frank trug ein T-Shirt mit dem Aufdruck »*Wer zuletzt lacht, hat es einfach nicht früher begriffen.*«
»Du trägst gerne Shirts mit solchen Sprüchen, oder?«, stellte Mia fest. Sie fand das ziemlich kindisch. Frank hatte sich überhaupt keine Mühe bei der Wahl seiner Kleidung gemacht. Er trug dieses alberne Shirt und dazu eine alte, abgewetzte Jeans. Mia hingegen hatte sich dreimal umgezogen, bevor sie sich für eine schwarze Bluse mit bunter Stickerei auf der Brust und einen sehr kurzen, roten Stretchrock entschieden hatte.
Obwohl sie einen neckenden Tonfall angeschlagen hatte, sah Frank bestürzt aus. »Ist das schlimm? Blamiere ich mich grade total?«
»Ein bisschen, ja.«
Er wurde tatsächlich rot. »Ich glaube, es wird höchste Zeit, dass ich eine Frau finde«, murmelte er und stocherte mit gesenktem Kopf in seiner Pizza herum. Verlegen schielte er zu Mia hinüber. Sie fing seinen Blick auf und plötzlich machte ihr Herz einen Hüpfer und die Welt drehte sich nur noch für sie.

Nach dem Essen gingen sie in eine Bar um die Ecke. Sie saßen dicht nebeneinander auf Barhockern am Tresen und ihre Knie berührten sich. Es war zu laut, um sich richtig zu unterhalten, also tranken sie schweigend ihre Cocktails und beobachteten das Treiben um sich herum. Als Frank sich vorbeugte, um sie etwas zu fragen, kam Mia ihm so weit entgegen, dass sich ihre Wangen berührten.

»Willst du noch was trinken oder lieber gehen?« Franks Lippen waren dicht an ihrem Ohr.

»Gehen«, sagte Mia, rührte sich aber nicht vom Fleck. Frank roch gut und er fühlte sich gut an. Er fuhr ihr leicht mit der Hand über die Wange und strich ihr eine Haarsträhne aus dem Gesicht. In seinen Augen lag eine unbeschreibliche Zärtlichkeit.

Auf der Straße fasste er ihre Hand und ließ sie nicht mehr los, bis sie in seiner Wohnung im Schanzenviertel ankamen. Im Treppenhaus kicherten sie ausgelassen bei der Vorstellung, Andrea könne aus ihrer Wohnung kommen und wie eine Concierge kontrollieren, wen Frank zu so später Stunde mit nach Hause brachte. Arm in Arm taumelten sie in Franks Wohnung hinein.

»Was möchtest du trinken?«, fragte Frank. Er kramte in einer kleinen Abstellkammer hinter der Küche. »Wie wäre es mit einem Bier?« Dann ging er zum Kühlschrank hinüber und schaute hinein. »Du könntest natürlich auch ein Bier kriegen.«

Mia lachte. »Hm, mal sehen ... ich glaube, ich nehme das Bier.«

»Das ist eine sehr gute Wahl.«

Frank öffnete zwei Flaschen und reichte ihr die eine. Sie gingen ins Wohnzimmer und ließen sich auf einem kleinen Sofa nieder. Franks Wohnung war typisch männlich eingerichtet – mit einem wilden Sammelsurium aus praktischen, aber stillosen Möbeln und wahren Geschmacklosigkeiten wie einem aufblasbaren Sitzkissen, das aussah wie ein riesiger Fußball. Der Aschenbecher auf dem Couchtisch quoll über und in einer Ecke standen einige leere Bier- und Weinflaschen. Ordnung schien auch nicht unbedingt Franks Sache zu sein.

Besorgt folgte er Mias Blicken. »Hier ist es ziemlich unordentlich, tut mir leid.«

Offensichtlich hatte er nicht damit gerechnet, dass sie den Abend bei ihm beenden würden. Das überraschte Mia. Aber es sprach auch für Frank. Er hatte nicht geplant, sie abzuschleppen, es war einfach passiert.

»Kein Problem«, sagte sie leichthin und prostete Frank mit ihrer Flasche zu. Sein Gesichtsausdruck änderte sich, die Konturen wurden markanter, der niedliche Junge verwandelte sich in einen begehrenswerten Mann. Er legte Mia seine große Hand an die Wange, und sie schmiegte sich hinein. Diese kleine, intime Geste barg alles in sich – ihr Vertrauen in Frank, ihr Begehren und, ja, ihre Liebe. Sie stellte keine Fragen, sie war nicht unsicher oder ängstlich, sie wusste in dieser Sekunde mit geradezu überwältigender Klarheit, dass sie Frank wollte, jetzt und für immer.

»Darf ich dich küssen?«, fragte Frank, und als sie »Ja!« sagte und die Wärme seiner Lippen spürte, war das für sie wie ein Versprechen.

Frank ließ sich viel Zeit, sie auszuziehen und ging dabei sehr behutsam und zart vor. Geradezu ehrfürchtig öffnete er ihren Büstenhalter und nahm ihn in die Hand.

»Wow!«, rief er begeistert.

Mia rekelte sich auf dem Sofa und hob ihm erwartungsvoll ihre Brüste entgegen. Zu ihrer Verwunderung galt Franks Kompliment jedoch ihrer bordeauxroten Unterwäsche, die mit schwarzer Spitze besetzt war, und nicht ihrem nackten Körper mit der makellosen Haut und der sanften Wölbung unter dem flachen Bauch.

Frank hielt mit seligem Gesichtsausdruck eins der BH-Körbchen an seine Nase und schien Mias Irritation gar nicht zu bemerken.

»Was für wundervolle Wäsche«, murmelte er hingerissen und nun erst besann er sich auf das Wesentliche.

Als er sich auf Mia rollte, ging er dabei sehr vorsichtig vor, fast ängstlich. »Ist alles in Ordnung?«, fragte er. Es schien ihn nicht zu beruhigen, dass Mia vor Glück strahlte. Nur zögernd drang er in sie ein und vergewisserte sich dabei immer wieder, dass es ihr gut ging. Er war der zärtlichste, rücksichtsvollste Liebhaber, den Mia je gehabt hatte. Alles an ihm fühlte sich warm, weich und sehr vertraut an.

In einer einzigen Nacht vervollständigte Frank alles, was Mia je gefehlt hatte. Sie war die glücklichste Frau auf der Welt.

3

Als Mia das nächste Mal zu Arthur kam, nahm er nicht auf dem Sofa, sondern auf einem weißen Sessel am Fenster Platz. Er hatte ein Kissen für sie bereitgelegt, geschmacksneutrale Kondome besorgt und zusätzlich zum Champagner standen Wasser und Scotch zur Auswahl. Mia blieb beim Champagner, Arthur schenkte sich Whisky ein. Sie wechselten noch weniger Worte als beim ersten Mal. Mia erledigte ihren Job, trank Champagner, schaute dabei ein paar Minuten aus dem Fenster auf die Elbe und die Baukräne auf den zahlreichen Baustellen ringsum, dann verabschiedete sie sich und ging heim.

In den nächsten Wochen änderte sich an diesem Ablauf nichts. Arthur bestellte sie in unregelmäßigen Abständen, manchmal einmal pro Woche, manchmal häufiger. Sie trafen sich zu fast allen Tageszeiten, außer in den frühen Morgenstunden und nachts. Arthur schien genauso viel Zeit zu haben wie Mia. Das überraschte sie. Sie war davon ausgegangen, dass er ein vielbeschäftigter Mann war, der Tag und Nacht arbeitete, um sein Geld zu vermehren. Aber offenbar verbrachte er einen Großteil seiner Tage zuhause.

Arthur begrüßte und verabschiedete sie stets mit einem festen Händedruck. Er trug immer ein frisch gebügeltes Hemd, eine Anzughose und teure Lederschnürschuhe, manchmal sogar Krawatte und Jackett. Selbst an den ersten warmen Frühlingstagen wählte er keine luftigere Kleidung. Mia machte sich jedes Mal so sorgfältig zurecht, als würde sie zu einer Verabredung mit ihrem Geliebten gehen. Sie bevorzugte schmal geschnittene Kleider und hohe Stiefel, die ihre schlanke Figur betonten. Sie zog sich sogar weiterhin extra schöne Unterwäsche mit Strapsen und Strümpfen an. Dabei wusste sie, dass Arthur ihre Dessous nie ansehen würde, ja, sie war sich nicht mal sicher, ob ihm überhaupt auffiel, was sie darüber trug.

Sie befriedigte ihn nicht immer mit dem Mund, oft genügte es ihm, wenn sie ihn in die Hand nahm. Aber er wollte nie etwas anderes und zog sich auch nie weiter aus.

Arthur machte sie nicht mehr nervös, aber sie war auch nicht richtig entspannt in seiner Gegenwart. Während er mit geschlossenen Augen auf seinem Sessel saß und sich seinen Begierden hingab, fühlte sie sich ihm ebenbürtig, wenn nicht sogar überlegen. Doch sobald er die Augen öffnete, wurde sie sich seiner Stärke bewusst und ließ sich von ihr einschüchtern.

Sie gewöhnte sich an, auf dem Hinweg den Bus zu nehmen und auf dem Rückweg zu Fuß zu gehen. Sie brauchte den Spaziergang, um wieder zu sich zu finden und ihre Gefühle zu sortieren. Es war ihr so, als würde sie zwischen zwei Welten pendeln, in denen sie eine jeweils andere Rolle spielte.

Nach ihrer anfänglichen Enttäuschung darüber, dass sie selbst nicht auf ihre Kosten kam, arrangierte Mia sich mit Arthur und ihrem neuen *Job*. Sie bemühte sich, nicht allzu sehr über ihr Verhältnis zu Arthur nachzudenken, falls man überhaupt von einem *Verhältnis* sprechen konnte. Sie verdrängte ihre Zweifel ebenso wie den gelegentlich aufwallenden Selbstekel und die Abscheu davor, wie nüchtern sie diese immer gleichen sexuellen Handlungen vollzog. Sie erzählte niemandem davon, nicht mal ihren besten Freundinnen Henny und Annika – und zwar nicht nur, weil sie mit Arthur Stillschweigen vereinbart hatte. Sie wusste einfach nicht, wie sie diese Geschichte erklären sollte. Sie wusste ja nicht mal, wie sie das Ganze nennen sollte. Eine Affäre war es nicht. Eine Liebesbeziehung erst recht nicht. Dann schon eher ein Tauschhandel. Arthur brauchte diese nüchterne, sterile Form der Befriedigung und Mia brauchte das Geld. Und das Gefühl, etwas völlig Absurdes zu tun, etwas, das sich außerhalb ihres bisherigen Lebens befand und somit gut zu dem passte, was ihr neues Leben ausmachte: abgründiges Chaos. Was sie mit Arthur hatte, war ein einfacher Deal. Nur – wie sollte Mia das ihren Freundinnen begreiflich machen?

Es gelang ihr nicht, mehr über Arthur in Erfahrung zu bringen. Er sprach kein Wort über sich, und in den Räumen, die Mia zu Gesicht bekam, gab es keine Hinweise, keine privaten Fotos, keine Briefe, die herumlagen, nichts. An der Wohnungstür hing kein Namensschild. Gelegentlich befiel Mia noch dieses seltsam unbestimmte Gefühl, Arthur zu kennen, aber ihr fiel nie ein, woher. Es gab nur einen Weg, mehr über ihn zu erfahren: Sie musste ihn fragen.

Doch das schien unmöglich zu sein. Keine Fragen, hatte Arthur verlangt, und er selbst hielt sich in jeder Hinsicht daran. Die einzigen Fragen, die er ihr stellte, lauteten: »Was möchten Sie trinken?« und: »Wann kommen Sie wieder?« Es erschien Mia aussichtslos, diese Mauer des Schweigens zu durchbrechen.

Bei einem ihrer Besuche wagte sie doch eine Frage:

»Finden Sie nicht auch, dass es langsam mal Zeit wird, dass wir uns duzen?«

Arthur zog erstaunt die Augenbrauen zusammen. »Warum?«

»Na ja, Sie lassen hier regelmäßig die Hosen vor mir runter und wir werden sehr intim miteinander. Da ist so ein distanziertes *Sie* doch ziemlich fehl am Platz, oder nicht?«

»Ich lasse auch vor meinem Arzt die Hosen runter und duze ihn trotzdem nicht«, entgegnete Arthur. Er stand mit seinem Whiskyglas in der Hand am Fenster, sein Blick war verschlossen und abweisend. Mia trug ein knielanges, moosgrünes Baumwollkleid mit weiten Ärmeln, die Haare fielen ihr offen auf die Schultern. Sie sah schön und selbstbewusst aus und so fühlte sie sich auch. Arthur war der Letzte, von dem sie sich heute einschüchtern lassen würde. Kämpferisch reckte sie ihr Kinn vor.

»Ihr Arzt bläst Ihnen aber auch keinen, nehme ich an.«

Arthur drehte sich abrupt um und funkelte sie zornig an. Ärger schwang in jedem Wort mit, als er sagte: »Ich habe keine Lust, mit Ihnen solche Diskussionen zu führen. Dazu habe ich Sie nicht herbestellt.«

Mia wusste nicht, was sie davon halten sollte. Was zum Teufel war mit dem Mann los? War er total verrückt? Sie hatte eine harmlose, durchaus berechtigte Frage gestellt. Darauf durfte sie doch wohl eine anständige Antwort erwarten, sonst konnte sie genauso gut gehen.

Um Geduld bemüht entgegnete sie: »Es ist wohl nicht zu viel verlangt, dass Sie mir höflich antworten.«

»Schluss jetzt!«, bellte Arthur. »Wir sind einen Deal eingegangen, mehr nicht. Das ist eine rein geschäftliche Beziehung, in der irgendwelche gefühlsduseligen Anwandlungen nichts zu suchen haben.«

Mia hatte vor Empörung Mühe, ihre Stimme ruhig zu halten. »Das ist doch lächerlich! Und außerdem können Sie das auch in einem anderen Tonfall sagen. Vereinbarungen hin oder her, aber auch mit Geschäftspartnern sollte man anständig umgehen. Selbst wenn es sich dabei nur um die Putzfrau handelt. Oder die *Schwanzlutscherin*.« Das letzte Wort spuckte sie verächtlich vor Arthur aus.

Statt einer Antwort knallte er sein Glas auf den Tisch und stapfte mit wütendem Gesicht hinüber zu seinem Lieblingssessel.

»Können wir dann mal?«, knurrte er.

Mia blieb einen Moment lang reglos stehen und starrte ihn fassungslos an, wie er da saß, bereit, sie zu empfangen, trotz seines Zorns, der noch spürbar im Raum hing. Langsam drehte sie sich um und ging Richtung Tür.

»Wo wollen Sie denn jetzt hin?«, brüllte Arthur.

»Nach Hause. Sie glauben doch nicht im Ernst, dass ich so weitermache. Ich bin nicht Ihr Fußabtreter, an dem Sie hemmungslos Ihren Frust auslassen können.«

Das Schweigen, das sich anschließend ausbreitete, schien mit Händen greifbar zu sein. Mia ging in den Flur, nahm ihren Mantel aus dem Garderobenschrank und zog ihn über. Sie hatte die Wohnungstür schon halb geöffnet, als sie Arthurs Stimme dicht hinter sich hörte, so ruhig und souverän wie meistens, dunkel und erregend wie immer.

»Wie lange kommen Sie jetzt schon zu mir, Mia?«

Die Frage überraschte sie. Sie schob die Tür wieder zu und drehte sich zu Arthur um. Sie bemühte sich, hinter dem attraktiven Gesicht den Menschen zu finden, der diesen Arthur ausmachte. Aber da war nichts als eine Maske, schön, aber kalt und hart, selbst in diesem Moment, in dem er sie offen ansah und ihr seine ganze Aufmerksamkeit widmete.

Sie zuckte mit den Schultern. »Ich weiß nicht. Sieben, acht Wochen, schätze ich. Ich müsste in meinem Kalender nachsehen.« Noch während sie die Worte aussprach, wurde ihr bewusst, dass sie mit ihrer Reaktion bestätigte, was Arthur behauptete: Sie hatten eine rein geschäftliche Beziehung, in der ein vertrauliches Du vollkommen fehl am Platz war. Was stellte sie sich überhaupt so an? War es wichtig, ob sie diesen seltsamen Menschen siezte oder duzte? Sie hatten sich doch sowieso nichts zu sagen.

»Sieben oder acht Wochen«, wiederholte Arthur bedächtig. »Warum haben Sie mich nicht schon vor acht Wochen darauf angesprochen, wie Sie gerne angeredet werden möchten?«

»Na ja, damals schien es mir noch unangemessen.«

»Und heute finden Sie es angemessener? Warum?« Arthurs Augen glänzten dunkel im Schein der Flurlampe. Er war blass und hatte tiefe Schatten unter den Augen. Schon die ganze letzte Zeit hatte er sehr erschöpft gewirkt, fand Mia. Vermutlich arbeitete er zu viel. Irgendwoher musste ja das viele Geld kommen. Arthur musterte sie auf eine Weise, die ihr Gesicht zum Glühen brachte.

»Ich weiß nicht«, stammelte sie verlegen. »Eigentlich ist nichts anders. Außer, dass wir uns seitdem ziemlich oft gesehen haben. Und ... na ja, ich finde das alles irgendwie schräg.« Sie kam sich auf einmal unglaublich dumm vor. »Ich habe noch nie einen Mann gesiezt, den ich ... na ja ... Sie wissen schon ...« Hilflos brach sie ab. Ihr Zorn verlor sich in dieser seltsamen Unsicherheit, die sie in Arthurs Nähe immer wieder befiel.

Arthur fuhr sich mit den Fingern durch die Haare und lehnte sich gegen einen Türrahmen. Er lächelte plötzlich und sah dadurch auf einen Schlag viel jünger aus.

»Acht Wochen sind eine ziemlich lange Zeit. Wissen

Sie, dass noch keine Frau so lange in diesem *Job* durchgehalten hat wie Sie?«

»Was?« Mia hob überrascht den Kopf. »Soll das heißen, Sie spielen dieses Spiel ständig wieder, in immer neuer Besetzung?«

»Könnte man so sagen, ja.«

Das war wirklich zu lächerlich! Mia sah Arthur herausfordernd an. Alle Unsicherheit war verflogen. »Haben Sie keine anderen Hobbys?«

»Wenige.«

»Vielleicht sollten Sie es mal mit Schach probieren. Das soll auch sehr entspannend wirken.«

»Ich werde darüber nachdenken.«

Kampflustig standen sie einander gegenüber.

»Die Frauen …«, hakte Mia schließlich nach, »Warum gehen die alle immer wieder?«

Erneut fuhr Arthur sich mit der Hand durch die Haare. »Nun ja, nicht jede Frau hat Spaß an dieser sehr einseitigen Form von Erotik.« Er wirkte fast verlegen, als er fortfuhr. »Davon abgesehen finden sie mich vermutlich alle genauso unmöglich wie Sie.«

»Wenn Sie sich eine Professionelle holen, die für Geld alles macht, haben Sie das Problem nicht.« Mia war selbst überrascht von der Schärfe in ihrer Stimme.

Arthur ließ sich davon jedoch nicht beirren. Er sah so aus, als hätte er viel Erfahrung mit Frauen, auch mit Prostituierten. Er sah so aus, als hätte er überhaupt mit allem auf dieser Welt viel Erfahrung. Gelassen sagte er:

»Das ist nicht so mein Ding, wissen Sie.« Es folgte ein kleines Zögern, in dem seine Sicherheit ganz überraschend ein wenig bröckelte. »Ich finde die Situation so schon schwierig genug. Aber ich glaube, bei einer Prostituierten würde ich mich nur noch erbärmlicher fühlen.«

Mia konnte ihre Verblüffung nicht verbergen. Sie war bis jetzt davon ausgegangen, dass Arthur sich Frauen kaufte, wann und wie immer es ihm beliebte – so, wie er auch Mia gekauft hatte.

»Ja, da staunen Sie jetzt, was?«, bemerkte Arthur sarkastisch. »Der böse Arthur ist in Wahrheit auch nur ein Mensch.«

Mia grinste. »*Das* überrascht mich jetzt wirklich.«

Arthur nickte nachsichtig. »Spotten Sie nur. Das habe ich wohl nicht anders verdient. Aber ich sage Ihnen noch etwas, das Sie überraschen wird.« Sein Blick wurde weicher, fast freundlich. »Sie machen Ihre Sache wirklich gut. Ich wäre Ihnen daher sehr dankbar, wenn Sie noch ein wenig bleiben würden.«

Seine Augen hielten Mia gefangen, unergründlich und faszinierend. Sie gab sich einen Ruck und zog den Mantel wieder aus. Arthur nahm ihn und warf ihn achtlos über ein Schränkchen im Flur.

»Bitte«, sagte er und wies mit einer Hand zum Wohnzimmer. »Ich habe ehrlich gesagt einen ziemlichen Druck auf der Leitung.«

Als er zu seinem Sessel ging, bemerkte Mia, dass er ein wenig steif und ungelenk lief. Vielleicht hatte er sich beim Sport überanstrengt. Oder beim Sex. Es war schließlich kaum denkbar, dass er immer nur so ruhige Nummern wie mit Mia schob.

Bevor Arthur sich in seinen Sessel setzte, sagte er in versöhnlichem Tonfall: »Falls es übrigens zur Förderung eines guten Betriebsklimas beitragen sollte, dürfen Sie mich ab sofort auch gerne duzen.«

Er schaffte es tatsächlich, Mia zum Lachen zu bringen.

Sie war überwältigt von seinem *Druck auf der Leitung*. Nach nur wenigen Berührungen mit den Fingern spürte sie seine

Energie in ihrer Hand. Sie rieb ihn energisch, beugte sich vor, um ihn zu küssen, begierig, an seiner Kraft teilzuhaben, und plötzlich drängte Arthur ungestüm vorwärts, zog ihren Kopf tiefer zu sich herab und stieß in ihren Mund hinein, bevor sie das Wort *Kondom* auch nur denken konnte. Sie ließ ihn gewähren und gab sich seinem Rausch hin, umschloss ihn fest mit ihrem Mund, während er immer tiefer in sie eindrang, bis sie fast würgen musste. Er kam schnell und heftig, und sie spürte ihre eigene Erregung aufwallen, als sie seine Kraft in ihrem Mund pulsieren fühlte und seinen Samen schmeckte.

Anschließend verharrten sie noch eine Weile reglos beieinander. Mia hielt ihn fest umschlossen und fühlte seine Wärme. Erst allmählich löste sie sich behutsam von ihm. Dabei musste sie seine Hand zur Seite schieben, die immer noch auf ihrem Kopf ruhte. Arthur hielt die Augen geschlossen und rührte sich nicht. Nur seine Brust hob und senkte sich in schnellem Rhythmus. Mia stand auf.

»Ich gehe mal kurz zur Toilette«, sagte sie leise.

Im Gäste-WC wusch sie sich Gesicht und Hände mit warmem Wasser und spülte den Mund kurz aus. Sie wusste selbst nicht, warum sie das tat. Sie hatte es zu ihrer eigenen Verwunderung überhaupt nicht eklig gefunden, als Arthur ungeschützt in ihrem Mund gekommen war, im Gegenteil, es hatte etwas geradezu verstörend Intensives gehabt.

Als sie zurückkam, stand Arthur bereits mit einem Whiskyglas in der Hand am Fenster. Ohne zu fragen, schenkte er ihr ebenfalls einen Whisky ein. Schweigend standen sie nebeneinander und schauten wie so oft auf die Elbe hinaus. Der Scotch brannte in Mias Kehle. Ihr gingen jede Menge Fragen durch den Kopf, doch sie stellte keine einzige mehr.

In der nächsten Zeit ließen sie die Kondome immer häufiger weg. Sie verloren nie ein Wort darüber, es geschah einfach, ganz natürlich und selbstverständlich. Diese kleine Abweichung ihrer üblichen Routine veränderte ihr Verhältnis erstaunlicherweise mehr als das eingeführte Du. Das Weglassen eines kleinen Gummis bewirkte, dass zwischen ihnen eine Nähe entstand, die sie bis dahin nicht gehabt hatten. Mia streifte flüchtig Arthurs Schulter, wenn sie an ihm vorbei ins Wohnzimmer ging. Arthur streichelte ihr Haar, während sie vor ihm kniete, und hin und wieder berührte er sogar leicht ihre Wange. Es waren überraschend zärtliche Berührungen, doch Mia war sich nicht sicher, ob Arthur sie auch so bewusst wahrnahm wie sie selbst. Oft verharrten sie nach seinem Höhepunkt noch eine Weile in ihren jeweiligen Stellungen, stumm miteinander verschmolzen. Manchmal dachte Mia, dass es jetzt eigentlich weitergehen müsse, dass dies nur der Auftakt zu viel mehr sei, aber es ging nie weiter. Irgendwann öffnete Arthur die Augen, Mia stand auf, und der Zauber war vorbei.

Immer häufiger verkroch sie sich zuhause im Bett und gab sich ihrer eigenen Lust hin. In ihren Fantasien vollendete sie mit Arthur, was sie in der Realität nie taten: Sie zogen sich nackt aus und liebten sich hemmungslos. Sie stellte sich Arthurs knackigen Hintern vor, seine kräftigen Arme, den muskulösen Bauch, die langen, schlanken Beine und die Füße, die sicher so schön waren wie seine Hände. Sie stellte sich alles vor, was sie unter Arthurs Maßanzügen erahnte, jedoch nie zu Gesicht bekam. Sie streichelte und begehrte in Gedanken jeden Millimeter seines vollkommenen, männlichen Körpers, bis die Bilder in ihrem Kopf in einem Feuerwerk aus Lust und Begierde explodierten.

4

An einem regnerischen Tag Anfang Mai stand Mia bei Arthur vor verschlossener Tür. Sie klingelte mehrmals, ohne dass Arthur reagierte. Sie starrte in die Überwachungskamera über der Tür, als könne sie dort des Rätsels Lösung finden. Hatte sie sich im Termin geirrt? War Arthur krank geworden? Hatte er das Interesse verloren?

Feiner Nieselregen durchnässte ihre Jacke. Sie wollte sich schon zum Gehen wenden, als ihr einfiel, dass sie sich nun nicht erneut mit Arthur verabreden konnte. Jeder ihrer Termine lag an einem anderen Wochentag, zu einer anderen Uhrzeit, es gab keinerlei Regelmäßigkeiten. Telefonnummern oder Mailadressen hatten sie nie getauscht. Die Mails vor ihrer ersten Begegnung hatten sie anonymisiert über eine Mailbox vom Szene-Magazin verschickt, die ihnen nicht mehr zur Verfügung stand. Das hatte Arthur nun also von seiner ewigen Geheimniskrämerei. Unschlüssig stand Mia vor dem Haus. Wenn sie jetzt ging und sich nie mehr rührte, war es vorbei. Vermutlich war das gut so. Hatte sie sich nicht schon viel zu lange verkauft? Höchste Zeit, zur Normalität zurückzukehren.

Der Regen wurde stärker und die Kälte kroch Mias Beine hinauf. Ein schwarzer Porsche brauste mit dröhnendem Motor die Straße herunter. Auf Mias Höhe stoppte er nur unwesentlich ab und sauste mit beängstigender

Geschwindigkeit in die Tiefgarage des Nachbarhauses. Genervt zog Mia ihre Kapuze dichter ins Gesicht und wandte sich zum Gehen. Sie gehörte nicht hierher, das hier war nicht ihre Welt.

Da öffnete sich die Haustür und eine Frau kam heraus. Mia reagierte blitzschnell. Die Frau, eine Asiatin, hatte ein müdes Gesicht und war einfach gekleidet, vermutlich machte sie in einer der schicken Wohnungen sauber. Mia schlüpfte an ihr vorbei durch den offenen Türspalt. Die Frau schaute ihr nicht mal hinterher. Mia ging die Reihen der Briefkästen durch. Sie war unsicher, welcher zu Arthur gehörte. Die Initialen A. K. passten genauso gut zu ihm wie der Kasten mit dem leeren Namensschildchen. Also fuhr sie mit dem Fahrstuhl hinauf in den vierten Stock. Sie riss ein leeres Blatt aus ihrem Kalender und kritzelte wenige Worte darauf:

»War heute vergeblich hier. Melde Dich, wenn Du mich wiedersehen möchtest. Mia.« Darunter schrieb sie ihre Handynummer. Den Zettel klemmte sie gut sichtbar unter die Fußmatte vor der Tür.

Entgegen ihrer üblichen Gewohnheit, den Heimweg immer zu Fuß zu machen, fuhr sie an diesem ungemütlichen Tag mit dem Bus nach Hause. Sie fühlte sich seltsam verloren und wusste nichts mit dem restlichen Tag anzufangen. Ruhelos wanderte sie durch ihre Wohnung, bis ihr Handy klingelte und eine SMS ankündigte. Atemlos öffnete sie die Nachricht. Sie war tatsächlich von Arthur.

»1000 mal sorry, dass ich dich versetzt habe! Freitag 19 Uhr? Ich werde garantiert da sein. Arthur.«

»In Ordnung. Ich komme am Freitag«, schrieb Mia zurück.

Sie ließ sich auf ihr Sofa sinken. Endlich konnte sie entspannen.

Am Freitag entschuldigte Arthur sich, kaum dass Mia zur Tür hereingekommen war. »Es tut mir sehr leid, dass du neulich vergeblich warten musstest. Du weißt, das ist gar nicht meine Art.«

»Was weiß ich schon, was deine Art ist?«, entgegnete Mia spitz. Sie wollte es ihm nicht zu leicht machen. »So gut kennen wir uns ja nun wahrhaftig nicht. Was war denn los?«

»Ich hatte einen beruflichen Termin, der sich unerwartet in die Länge zog.«

Arthur nahm ihr den Mantel ab und hängte ihn in den Garderobenschrank.

Mia sagte verwundert: »Du arbeitest? Ich hatte bisher den Eindruck, dass du ständig zuhause bist.«

»Das eine schließt das andere ja nicht aus. Aber zugegeben, mein Arbeitseifer war schon mal bedeutend größer.«

»Was arbeitest du denn?

»Ich bin Unternehmensberater.«

Fast war Mia ein wenig enttäuscht. Irgendwie hatte sie erwartet, Arthur würde sagen, er sei der wichtigste Berater des amerikanischen Präsidenten. Oder des UNO-Generalsekretärs. Er sei der Mann, an dem auf dieser Welt niemand vorbei kam. *Unternehmensberater* klang so banal. Allerdings sagte es natürlich nichts über die Kunden aus, die Arthur hatte. Und es war auch keine Überraschung. Mia hatte Arthur von Anfang an keinen sonderlich originellen Beruf zugetraut. Er war ein langweiliger Anzugträger, der nur Geld und Macht im Sinn hatte, das stand für sie fest.

Arthur ging hinter ihr her ins Wohnzimmer und schien genau darauf zu achten, kein Wort zu viel zu sagen. Mia ließ trotzdem nicht locker. Wenn sie schon mal dabei waren, dann durfte er jetzt auch ein bisschen mehr preisgeben – als Ausgleich dafür, dass er sie versetzt hatte.

»Unternehmensberater mit geringem Arbeitseifer – und da kann man sich das alles hier leisten?« Mit einer Handbewegung umfasste Mia die Wohnung mit allem Inventar einschließlich Elbblick. Herausfordernd sah sie Arthur an. Der Unternehmensberater passte zu ihm. Allerdings passte diese ständige Tagesfreizeit überhaupt nicht zu all dem Geld, das Arthur offensichtlich besaß. Als erfolgreichem Unternehmensberater war es ihm doch wohl kaum möglich, nur im Homeoffice zu hocken und nebenbei ständig Frauen zu empfangen.

Arthur zögerte. Er setzte den verschlossenen, abwehrenden Blick auf, der Mia mittlerweile bestens vertraut war, und mit dem er in der Regel jedes Gespräch, das ihm lästig wurde, abrupt beendete. Ruhig füllte er zwei Gläser mit Rotwein – Champagner und Whisky waren offenbar aus – und antwortete erst, nachdem er einen Schluck genommen hatte.

Er wählte jedes Wort mit Bedacht. »Ich war früher mal ein recht erfolgreicher Investmentbanker. Damals war ich von Ehrgeiz zerfressen und habe mich fast zu Tode geareitet. Aber die Zeiten sind vorbei. Heute nehme ich nur noch ausgewählte Projekte an und den Rest der Zeit …«, es folgte ein überraschend anzüglicher Blick in Mias Richtung, »verbringe ich schweigend und genießend. Und ja, ich kann mir das alles leisten, weil ich mich als Banker dumm und dämlich verdient habe. Ganz einfach.« Mit einem abschließenden Lächeln wandte er sich seinem Sessel zu. »Dann können wir wohl zur Tagesordnung übergehen.«

Als es vorbei war und sie wie üblich gemeinsam ans Fenster traten, sahen sie, dass das bisher recht freundliche Wetter umschlug. Riesige schwarze Wolken ballten sich über der Elbe zusammen und vor allem die kleineren Boote schaukelten bedenklich im unruhigen Flusswasser hin und her. Von einer Minute auf die andere wurde aus einem kräftigen Wind ein handfester Sturm. Müll wirbelte durch die Luft, auf einer Baustelle fielen Absperrgitter um, ein kleines Segelboot kenterte ein Stück elbabwärts. Wie Käfer stoben die Menschen auseinander und suchten Schutz vor dem urplötzlich einsetzenden heftigen Regen. Mehrere Männer kämpften mit einer Zeltplane, die sich vor einem Restaurant losgerissen hatte. Doch der Sturm, der nun zum Orkan anschwoll, ergriff die Plane und wehte sie aufs Wasser hinaus, wo sie eine Barkasse unter sich begrub. Fasziniert und beklommen zugleich starrte Mia hinaus.

»Da kannst du jetzt unmöglich rausgehen«, sagte Arthur, und obwohl Mia sich über seinen bestimmenden Tonfall ärgerte, musste sie zugeben, dass er recht hatte.

Schweigend standen sie nebeneinander und beobachteten das Chaos, das dieses plötzliche Unwetter ausgelöst hatte.

»Ja, also, was machen wir dann jetzt?«, fragte Mia ratlos.

Arthur war genauso unschlüssig und hilflos wie sie.

Endlich fragte er: »Wie wär's mit Essen? Hast du Hunger?«

Essen war eine großartige Idee! Da waren sie beide beschäftigt und nicht gezwungen, miteinander zu reden. Denn wer weiß, wie lange dieses Unwetter anhalten würde.

»Essen ist gut«, sagte Mia. »Was gibt deine Küche denn so her? Hummer? Kaviar?«

Arthur war irritiert. »*Darauf* hast du Appetit?«

»Nein, überhaupt nicht. Ich dachte nur, dass sich die Leute in deinen Kreisen dieses Zeug reinstopfen wie andere Leute Pizza.«

Arthur lachte. Es war ein überraschend jungenhaftes, fröhliches Lachen, das ihn zu einem völlig anderen Menschen machte. »Ich verrate dir ein Geheimnis: Es gibt in meinen Kreisen auch Leute, die sich nicht an die Spielregeln halten. Ich zum Beispiel. Ich hasse alles, was mit Fisch zu tun hat.«

Er ließ sie vor sich die Treppe hinaufgehen. Mia sah sich in seiner nagelneuen Küche um, in der es an nichts fehlte.

»Benutzt du das auch alles?«, fragte sie mit einem Blick auf blitzende Messer, Töpfe und Pfannen.

Zu ihrer Verblüffung antwortete Arthur: »Ja, gewiss, ich koche oft.«

Mia hatte Mühe, sich Arthur am Herd vorzustellen, diesen Mann, der wahrscheinlich sogar in seinen Maßanzügen schlief und den Eindruck erweckte, als würde er sich nicht nur beim Sex ständig von Frauen bedienen lassen.

Vor dem Küchenfenster entdeckte sie eine große Dachterrasse, auf deren Holzplanken der Regen niederprasselte.

»Du meine Güte, die Terrasse ist ja der Hammer!«, rief Mia begeistert.

»Stimmt«, räumte Arthur ein, der einen Topf auf den Herd stellte. »Das ist ein schönes Plätzchen da draußen.«

»Warum sind wir denn da noch nie rausgegangen?«

Mia dachte an laue Frühlingsabende, die sie im Wohnzimmer statt oben auf dieser herrlichen Terrasse verbracht hatten. Aber sie war natürlich immer schnell wieder heimgegangen. Arthur hatte ihr nie angeboten, länger zu bleiben. Das fiel ihm offenbar auch gerade auf. Während er betont konzentriert in seinen Topf starrte, murmelte er:

»Hat sich halt nie ergeben.«

»Was gibts denn jetzt eigentlich?«, fragte Mia rasch, um ihre Unsicherheit zu überspielen.

»Wie wär's mit Spaghetti und Pesto? Ich habe mir sagen lassen, dass das in deinen Kreisen ein recht beliebtes Gericht sein soll.«

Mia gefiel der freundliche Spott in Arthurs Stimme. »Klingt super!«

Sie setzte sich an den Esstisch, ließ sich von Arthur ein Glas Wein einschenken und schaute ihm beim Kochen zu. Bewundernd musterte sie seinen durchtrainierten Körper – die breiten Schultern, den knackigen Hintern, der sich deutlich unter der Hose abzeichnete, die langen Beine und den Nacken, der sich dunkel vom weißen Hemdkragen abhob. Plötzlich überkam sie das überwältigende Verlangen, diesen schmalen Streifen zwischen Kragen und Haar zu berühren, jene ungeschützte Stelle mit der weichen Haut, unter der die Muskeln spielten. Hastig nahm Mia einen Schluck Wein und zwang sich, Arthur ganz sachlich beim Kochen zu beobachten. Das war ohnehin aufregend genug.

Dies war ein ganz anderer Arthur als der, den Mia bisher kannte. Er passte weder zu ihrem Bild des kalten, berechnenden Geschäftsmannes noch zu dem Mann mit den recht einseitigen sexuellen Obsessionen. Dieser Arthur war überraschend normal. Souverän bewegte er sich zwischen Herd und Kühlschrank und routiniert bereitete er das Essen zu. Das Basilikumpesto machte er selbst, der Parmesan kam frisch vom Stück. Zumindest in einem Punkt hatte Mia sich nicht getäuscht: Es gab nichts, wovon Arthur keine Ahnung hatte und das er nicht perfekt beherrschte.

Das Essen war schlicht und doch vollkommen, es schmeckte fantastisch. Der Wein versetzte Mia in eine entspannte, leicht melancholische Stimmung. Dazu trug auch die Musik bei, die Arthur aufgelegt hatte. Suchende Klavierakkorde traten in Dialog mit einer Trompete, ihre klagenden Töne erfüllten den Raum.

»Was ist das für Musik?«, fragte Mia.

»Miles Davis«, erklärte Arthur freundlich. »*Kind of Blue*

zählt zu den größten Alben der Jazzgeschichte. Aber man muss diese Musik mögen, Jazz ist nicht jedermanns Sache.«

Mia hörte normalerweise keinen Jazz. Zunächst schien ihr auch diese Musik anstrengend und schwer zugänglich zu sein, doch bei genauerem Hinhören war ihr so, als würden die Instrumente Geschichten erzählen. Die dunkle, melancholische Stimmung dieser Geschichten berührte sie.

»Ich mag das«, sagte sie nach einer Weile.

Arthur nickte zufrieden und Mia lauschte weiter der Trompete von Miles Davis. Auch Arthur schien ganz in der Musik versunken zu sein. Er starrte vor sich hin und hatte Mia offenbar vollkommen vergessen.

Verstohlen musterte sie ihn. Wer war dieser Mann? Sie trafen sich seit Monaten, aber sie wusste nichts über ihn. Was dachte er? Was fühlte er? Anfangs hatte sie geglaubt, er sei ein kranker Spinner, ein reicher Idiot, der Gefallen daran fand, Frauen zu erniedrigen. Inzwischen hatte sie ihre Meinung ein wenig geändert. Die Sache war kniffliger, aber Mia kam nicht dahinter. Arthur war barsch und kalt, gleichzeitig aber auch sensibel und klug. Er behandelte Mia meistens höflich und zuvorkommend. Manchmal lag in seinen Augen eine Sehnsucht, die Mia anrührte. Dann wieder fand sie darin nur eine geradezu schockierende Dunkelheit. Sie hätte gerne mehr darüber erfahren.

Arthur hob den Kopf, er fühlte ihren Blick auf sich ruhen.

»Alles in Ordnung?«, fragte er leise.

»Ja.« Der Wein ließ ihre Glieder schwer werden und verwirrte ihre Gedanken. »Wir haben schon ein merkwürdiges Verhältnis, findest du nicht?«, sagte sie.

»Kommt drauf an, was du unter *merkwürdig* verstehst.« Er war wieder ganz da und sah sie aufmerksam an.

»Na ja, das ist doch eine recht einseitige Angelegenheit. Du kriegst von mir Befriedigung, aber was kriege ich?«

»Du kriegst Geld.«

»*Geld*.« Sie schnaubte verächtlich. »Als ob es darauf ankäme. Wir haben eine Geschäftsbeziehung, sagst du, aber profitieren tust nur du davon. Ich gehe immer leer aus.«

»Moment mal!« Arthurs Blick wurde finster. »Du gehst ganz gewiss nicht leer aus. Sechzig Euro für jedes Treffen, richtig? Habe ich auch nur ein einziges Mal nicht gezahlt? Also, was willst du?«

Die friedliche Stimmung war zerstört. Mia ärgerte sich, dass sie das Thema angefangen und es dann auch noch so ungeschickt in die völlig falsche Richtung gelenkt hatte. Aber der Wein war ihr zu Kopf gestiegen, sie konnte ihre Gedanken nur mühsam sortieren.

»Geld ist doch nicht immer das Wichtigste«, brachte sie hervor. Sie konnte Arthur unmöglich von ihrem heimlichen Verlangen, ihren lustvollen Fantasien erzählen.

»Nein«, entgegnete Arthur kalt, »Geld ist wahrhaftig nicht das Wichtigste. Aber es erleichtert das Leben ungemein. Oder genießt du es etwa nicht, dass du dir diesen schicken, roten Mantel kaufen konntest?«

»Du hast gemerkt, dass ich einen neuen Mantel habe?« Mia war verblüfft. Den viel zu teuren Designermantel hatte sie sich tatsächlich erst kürzlich von Arthurs Geld geleistet.

»Natürlich habe ich das gemerkt«, erwiderte er ärgerlich. »Ich merke auch, dass du heute ein neues Kleid trägst. Und ich merke, dass du dich gerade auf einen gefährlichen Pfad begibst. Sei vorsichtig, Mia! Wenn du weiterhin herkommen möchtest, dann freut mich das. Allerdings werden wir dann auch weiterhin nach meinen Regeln spielen. Wenn dir das nicht passt, steht es dir jederzeit frei, zu gehen. Und behaupte ja nicht wieder, Geld bedeute nichts. Diese hübschen kleinen Annehmlichkeiten, die man sich mit Geld erkaufen kann, sind doch wohl eine Menge wert, nicht wahr?«

Als Mia verunsichert schwieg, fuhr er fort: »Oder liege ich falsch damit, dass diese ganzen Neuanschaffungen in unmittelbarem Zusammenhang mit diesem kleinen *Nebenjob* hier stehen?«

»Nebenjob ist gut«, entgegnete Mia verdrießlich. »Ehrlich gesagt ist das zurzeit mein Hauptjob.«

Arthur starrte sie entgeistert an. »Das ist nicht dein Ernst.«

Bestürzt erkannte Mia, was für ein Riesenfehler ihre letzte Bemerkung gewesen war.

»Leider doch«, murmelte sie und konzentrierte sich darauf, die letzten Spaghetti auf ihre Gabel zu befördern. Ein Gefühl von Panik stieg in ihr auf. Dieser arrogante Arthur sollte auf keinen Fall etwas von ihrem Scheitern erfahren, das ging ihn alles nichts an.

Aber er ließ nicht locker. »Was heißt das?«, fragte er.

»Was das heißt?« Genervt hob sie den Kopf. War er wirklich so dämlich? »Das heißt, dass ich arbeitslos bin.«

»Arbeitslos.« Aus seinem Mund klang das so, als hätte sie gesagt, sie habe AIDS. »Wie lange denn schon?«

»Ein gutes halbes Jahr. Allmählich wird es eng, falls du verstehst, was ich meine.« Es war nicht ihre Absicht, so bissig zu klingen, aber sie bewegten sich auf gefährlich schwankendem Grund und sie drohte jeden Moment abzustürzen.

Arthur war fassungslos. »Gibt es niemanden, der dich unterstützt? Ich meine … gibt es keinen Mann, oder so?«

»*Du* bist der Mann, der mich unterstützt.« Mia lachte bitter über sein entsetztes Gesicht. »Herrgott nochmal, Arthur, was hast du denn gedacht? Dass ich eine gelangweilte Ehefrau bin, die sich hier mit dir ein bisschen die Zeit vertreibt und ihr Taschengeld aufbessert, während ihr Mann brav den Lebensunterhalt verdient?« Sie sah ihm an, dass er tatsächlich genau das gedacht hatte. »Tja, tut mir leid. So ist es leider nicht. Und ja, du hast ganz recht, den Mantel und das Kleid habe ich tatsächlich von deinem Geld gekauft. Beides hätte ich mir sonst nämlich nie leisten können.«

Ihr Ärger hielt nur kurz an. Eine tiefe Traurigkeit schob ihn beiseite und nahm Mia alle Energie.

Arthur sah sie lange an. Seine Narbe war im Schein der Küchenlampe deutlich sichtbar, sie zerschnitt die Symmetrie seines schönen Gesichts und gab ihm einen verwegenen Ausdruck. Mia fand, dass er selten attraktiver ausgesehen hatte.

Sachlich stellte Arthur die nächste Frage: »Wie ist es denn dazu gekommen?«

Hilflos hob sie die Hände. Wie sollte sie ihm das alles erklären? Wo sollte sie anfangen?

»Es gibt keinen besonderen Grund. Es ist einfach alles so passiert. Erst ist mein Mann abgehauen. Dann habe ich meinen Job verloren. Finanzkrise und so, du weißt schon.« Sie schickte einen bösen Blick in seine Richtung. *Du* warst doch auch einer von denen, sagte sie stumm, einer dieser gierigen Banker, die den Hals nicht voll genug kriegen konnten und uns alle in diesen Schlamassel befördert haben. Arthur reagierte nicht auf ihren stillen Vorwurf und Mia fuhr fort: »Ich konnte die Miete unserer großen Wohnung alleine nicht mehr bezahlen. Also bin ich dort auch ausgezogen.« Ihre Stimme zitterte gefährlich. »Tja... jetzt habe ich nichts mehr. Scheint so, dass ich auf ganzer Linie versagt habe.«

Warum erzählte sie ihm das alles? Er hatte nur nach ihrem Job gefragt, aber sie musste ihm gleich das gesamte Paket präsentieren. Was war sie doch für eine blöde Kuh!

Resigniert sackte sie in sich zusammen. So mutlos und verzagt hatte sie sich ewig nicht gefühlt.

»Was hast du denn beruflich gemacht?«, fragte Arthur.

»Ich war Werbetexterin.«

»Aber da wird doch was zu machen sein. Die Branche erholt sich ja schon wieder etwas.«

Mia rieb sich erschöpft die Augen. Aus Arthurs Mund klang alles so leicht, so spielerisch. Er hatte keine Ahnung, wie viel Kraft es sie manchmal allein kostete, aufzustehen und sich einem weiteren erfolglosen Tag zu stellen.

»Ich habe trotzdem keine Chance mehr. Wer in meinem Alter einmal raus ist, hat verloren.«

Arthur musterte sie erstaunt. »Wieso? Wie alt bist du denn?«

Mia zögerte. Arthur schien sie für deutlich jünger zu halten, als sie war. Auch andere Leute ließen sich öfter von ihrer frischen, mädchenhaften Erscheinung täuschen. Wäre ja eigentlich ganz hübsch, Arthur seine Illusion zu lassen. Stattdessen musste sie sich nun wohl ein weiteres Versagen eingestehen – sie war nicht mal im passenden Alter, um diesen eigenwilligen Mann zufriedenzustellen. Es war zum Heulen.

»Ich bin neununddreißig«, sagte sie.

Wie erwartet weiteten sich Arthurs Augen vor Erstaunen. »Ich dachte, du seist viel jünger.«

Sie freute sich nicht über das Kompliment. »Tja … enttäuscht?«

»Nein.« Er zögerte leicht. »Ganz und gar nicht.«

»Aha.«

Arthur trank einen Schluck Wein und lehnte sich in seinem Stuhl zurück. Sein Blick war undurchdringlich.

»Und wie alt bist du?«, fragte Mia, hauptsächlich, um ihre Verwirrung zu überspielen.

»Dreiundvierzig. Und sag jetzt ja nicht, du hättest gedacht, ich sei viel älter.« Drohend funkelte er sie an.

Mia grinste. »Ähm ... nein, ich sage nichts.« Sie behielt für sich, dass sie Arthur tatsächlich für bedeutend älter gehalten hatte. Dreiundvierzig, dachte sie erstaunt, und ihr schoss durch den Kopf, was Arthur vorhin über seine Arbeit gesagt hatte. *Ich war früher mal ein recht erfolgreicher Investmentbanker.* Das klang so, als sei es Jahrzehnte her. Mit dreiundvierzig Jahren hatte Arthur bereits alles geschafft und sich mehr oder weniger zur Ruhe gesetzt. Die Scham über ihr eigenes Scheitern überwältigte Mia. Wie aus weiter Ferne hörte sie Arthurs Stimme:

„... kommt mir nicht so hoffnungslos vor.«

Mühsam brachte sie hervor: »Es ist aber so. Man hat nur Erfolg, wenn man ununterbrochen am Ball bleibt. Sobald man einmal hinfällt, kommt man nicht mehr auf die Beine.«

Diesmal behauptete Arthur nicht, dass es doch ganz leicht sei, wieder aufzustehen. Stattdessen sagte er leise, wie zu sich selbst: »Ist das so?«

Mia presste die Lippen aufeinander und zu ihrem eigenen Entsetzen schossen ihr plötzlich Tränen in die Augen. Sie schlug erschrocken die Hände vors Gesicht und versuchte verzweifelt, ihre Fassung wiederzugewinnen. Wieso heulte sie ausgerechnet hier vor diesem blöden Arthur, der vermutlich nicht mal wusste, was Tränen waren? Ihr war das schrecklich peinlich.

Arthur stand auf, holte aus einer Schublade eine Packung Kleenex und reichte sie ihr wortlos. Dankbar griff sie danach. Sie wagte nicht, ihn anzusehen, aus Furcht, in seinem Blick nur Verachtung zu lesen. Sein Schweigen war deutlich genug. Sie putzte sich die Nase, schloss die Augen und holte ein paar Mal tief Luft, bemüht, das Beben in ihrer

Brust wieder unter Kontrolle zu bekommen. Dann stand sie auf und warf die nassen, zerknüllten Papiertücher in den Müll. Sie fühlte sich erbärmlich.

»Gehts wieder?«, hörte sie Arthurs Stimme in ihrem Rücken, leise und überraschend warm. Sie nickte, ohne sich umzudrehen.

»Das Leben beutelt einen manchmal ganz schön, was?«, fuhr Arthur fort.

Wieder nickte Mia stumm, hilflos und zutiefst beschämt. Sie suchte Halt am Spülbecken, stützte sich mit den Händen ab und wusste nicht, was sie jetzt tun sollte. Vielleicht wenigstens ein paar erklärende Sätze zu ihren Tränen hinzufügen?

»Es ist so …«, hob sie an und brach wieder ab, als sie merkte, dass sie ihre Ängste, ihre Verzweiflung nicht in Worte zu fassen vermochte.

»Du bist mir keine Erklärung schuldig«, warf Arthur ein. Er stand dicht hinter ihr, so dicht, dass sie einander fast berührten. Es nahm ihr die Luft.

»Ach«, fuhr sie mit einer wegwerfenden Handbewegung fort, »du kannst das sowieso nicht verstehen.«

»Kann ich nicht? Oh, natürlich, schon klar. Wer in *so* einer Wohnung lebt und *so* ein dickes Bankkonto hat wie ich, für den muss das Leben ja ein ununterbrochener Sonntagsspaziergang sein.«

Wie feine Nadelspitzen streifte sein Atem ihr Ohr. Da war er wieder, der vertraute Zorn, die kalte Verachtung.

»Das ist es doch, was du ständig denkst, richtig? So ist das aber nicht.« Er trat noch dichter an sie heran. »Nur weil ich etwas mehr Geld habe als du und gerne mal den arroganten Sack raushängen lasse, heißt das noch lange nicht, dass ich nicht weiß, wie es sich anfühlt, am Boden zu liegen.«

Über den *arroganten Sack* musste sie schmunzeln. Mit einem schiefen Grinsen und verheulten Augen drehte sie sich zu Arthur um. Er stand so dicht vor ihr, dass sie mit ihrer Nase seine Brust berührte.

»Tut mir leid.« Ihre Stimme zitterte immer noch gefährlich. »Ich ... ich bin wohl grade ziemlich hinüber.«

»Das sehe ich.«

Ihre Nase stieß in sein frisch gebügeltes Hemd und ein betörender Duft nach Arthurs Parfüm, das ihr mittlerweile sehr vertraut war, umhüllte sie. Mia wagte nicht, ihr verheultes Gesicht zu bewegen, aus Furcht, sie könne das teure Hemd schmutzig machen, und Arthur rührte sich auch nicht vom Fleck. Es schien Ewigkeiten zu dauern, bis er endlich zur Seite trat und Mia wieder frei atmen konnte.

Arthur wies zur Terrassentür hinaus. »Mir scheint, das Unwetter ist vorbei. Ich glaube, ich fahre dich mal nach Hause, okay?«

Mia nickte, dankbar und verwirrt zugleich, dass Arthur keine weiteren Fragen stellte und sich sogar noch anbot, sie heimzubringen.

Schweigend verließen sie die Wohnung und fuhren mit dem Fahrstuhl in die Tiefgarage. Arthur fuhr einen silbernen Mercedes, eine große, schwere Limousine, die breit wie ein Schiff war. Mia hatte etwas Sportlicheres erwartet, so eine kleine Flunder, schick anzusehen, aber total unpraktisch, ein typisches Männerspielzeug eben. In der Limousine fühlte Mia sich wie ein kleines Mädchen, das mit Papi auf große Fahrt gehen darf, während Arthur seine Angeberkarre konzentriert und souverän durch den dichten Wochenendverkehr steuerte.

Unterwegs sahen sie Feuerwehrleute, die umgestürzte Bäume von den Straßen räumten. Das kurze, aber heftige

Unwetter hatte erheblichen Schaden angerichtet. Sie sprachen den ganzen Weg lang kein Wort, und als Arthur vor ihrem Haus parkte, saßen sie noch einen Moment in verlegenem Schweigen nebeneinander.

»Danke für den schönen Abend«, sagte Mia schließlich.

»Gleichfalls. Tut mir leid, dass ich wohl die falschen Fragen gestellt habe. Ich hätte mich an unsere Spielregeln halten sollen.«

»Ach, diese blöden Regeln.« Mia berührte ihn leicht am Arm. Er wandte ihr sein Gesicht zu, aber sie sah im Dämmerlicht den Ausdruck seiner Augen nicht. Sie öffnete die Autotür.

»Gute Nacht«, sagte sie leise.

»Gute Nacht.« Seine Stimme klang warm und dunkel.

Mia eilte zum Haus hinüber und sah dem Wagen hinterher, der die enge Straße hinabfuhr und um die nächste Ecke verschwand.

In ihrem Wohnzimmer entdeckte Mia auf dem Fensterbrett eine kleine Wasserlache. Der Sturm hatte den Regen durch das undichte Fenster gedrückt. Seufzend wischte sie das Wasser fort. Im Fernsehen erfuhr sie von schweren Verwüstungen, die das Unwetter angerichtet hatte. Niemand hatte den Orkan vorhergesehen, daher waren auch keine Warnungen ausgesprochen worden. Er fegte urplötzlich über die Stadt und zog genauso schnell weiter.

Mia fühlte sich unendlich müde und hatte trotzdem kein Bedürfnis, ins Bett zu gehen. Die Traurigkeit hing noch an ihr wie Arthurs Geruch, verwirrend und lästig. In letzter Zeit war doch alles ganz gut gelaufen. Sie verstand nicht, warum sie gerade an diesem stürmischen Tag im Mai, unter dem durchdringenden Blick von Arthurs blauen Augen, erneut allen Kampfgeist verloren hatte.

Auf einmal musste sie an Frank denken, der mit seiner Fröhlichkeit und seiner Gier nach Leben ganz anders als dieser steife, kalte Arthur war. Als sie heirateten, hatte sie geglaubt, nun sei alles gut, nun könne sie sich für die nächsten vierzig Jahre entspannen. Sie hatte in ihrem wunderschönen cremefarbenen Kleid vor dem Pfarrer gestanden und gedacht, er werde sie und Frank bis in alle Ewigkeit verbinden. Stattdessen hatte diese seltsame Ehe gerade mal vier Jahre gehalten.

5

Mit Frank an der Seite war das Leben ein einziger Spaß. Sie gingen auf Konzerte, ins Kino, in Ausstellungen. An den Wochenenden tanzten sie bis in den frühen Morgen hinein in Clubs und auf Partys von Freunden. Oft war Mia montags noch völlig verkatert, aber das Gefühl von Lebendigkeit war so überwältigend, dass sie trotzdem gut arbeiten konnte. Frank lebte viel unkonventioneller als Mia ursprünglich erwartet hatte. Sie genoss es, gemeinsam mit ihm in ein intensives, übersprudelndes Großstadtleben einzutauchen.

Frank kannte die halbe Stadt, viele seiner Freunde und Bekannten waren Künstler. Sie machten bei Poetry Slams mit, spielten Musik in winzigen Kneipen oder stellten ihre Bilder in alten Fabrikhallen aus. Die wenigsten von ihnen konnten von ihrer Kunst leben.

Frank arbeitete als Grafiker und Webdesigner und wurde privat immer wieder für Projekte eingespannt, die einen Haufen Zeit kosteten, aber kein Geld einbrachten. Wenn Mia deswegen eine Bemerkung machte, sagte Frank nur leichthin:

»Ach, komm, wir haben doch genug. Und der Boogie braucht unbedingt eine professionelle Internetseite, damit er seine Bilder endlich mal richtig präsentieren kann.«

Seine Freunde hatten sich so schräge Namen wie Boogie, Rocco, Schmiddel oder Frodo zugelegt, und sie waren alle sehr gesellig. Man traf selten einen von ihnen allein an, in der Regel traten sie im Rudel auf und balgten sich ständig darum, wer ihr Anführer sein durfte. Die Rollenverteilung schien jede Woche zu wechseln, aber Rocco Paletti, der als Drehbuchautor arbeitete und tatsächlich davon leben konnte, erkämpfte sich den Rang des Leithundes besonders oft. Er hatte eine schlaksige Figur, bunte Tätowierungen auf den Armen und braune Haare, die er mit viel Gel straff nach hinten kämmte.

Mia mochte Rocco nicht sonderlich. Sie fand, dass er es mit seinem coolen Auftreten deutlich übertrieb. Für ihren Geschmack wirkte er eine Spur zu herablassend und gleichgültig und er bedachte Mia ein bisschen zu oft mit einem anzüglichen, süffisanten Grinsen. Eigentlich stand er auf Männer – aber seine sexuelle Orientierung schien nicht ganz eindeutig zu sein.

»Ist er etwa doch nicht schwul?«, fragte Mia, als sie einmal beobachtete, wie Rocco auf einer Party sehr leidenschaftlich eine Frau küsste.

Frank zuckte mit den Schultern. »Bei Rocco weiß man das nie so genau. Ich glaube, er ist ein Teilzeitschwuler.«

Und ausgerechnet diesen Teilzeitschwulen hatte Frank besonders gern um sich. Also arrangierte Mia sich notgedrungen mit seiner Gegenwart.

Vieles entwickelte sich allerdings genau so, wie Mia es erwartet hatte. Frank brannte darauf, ihre Beziehung schnell in sichere Bahnen zu lenken. Nach vier Monaten zogen sie zusammen, nach weiteren zehn Monaten heirateten sie. Dieser Schritt musste all den Boogies und Roccos unfassbar spießig erschienen sein. Aber keiner von ihnen machte eine abfällige Bemerkung zu ihren Hochzeitsplänen, im Gegenteil, sie freuten sich alle aufrichtig. Vielleicht war

Heiraten in ihren Kreisen so exotisch, dass sie es schon wieder toll fanden.

Die Hochzeit verlief dann allerdings wider Erwarten überhaupt nicht so bunt und schrill, wie Franks Freundeskreis vermuten ließ. Mia und Frank wollten möglichst viele Freunde bei ihrer Feier dabei haben und keine Großtanten und Cousins dritten Grades, die sie gar nicht kannten. Mias Familie hatte kein Problem damit, dass nur die engsten Verwandten eine Einladung erhielten.

Bei Franks Eltern sah das jedoch anders aus. Als Mia und Frank bei ihnen zu Besuch waren und über die Einzelheiten der Hochzeit sprachen, wurde Mia klar, dass Frank und seine Eltern Welten trennten.

»Aber Tante Gisela hättest du schon einladen können«, sagte seine Mutter Erika mit leicht beleidigtem Unterton.

»Tante Gisela?« Frank sah sie entsetzt an.

»Ja, Tante Gisela. Die hat all die Jahre so viel für dich getan.«

Frank verdrehte die Augen. »Mutti, das ist ewig her. Ich habe Tante Gisela das letzte Mal bei meiner Konfirmation gesehen, wenn ich mich recht erinnere.«

»Und da hast du dreihundert Mark von ihr gekriegt. Das war damals sehr viel Geld.«

»Das musste ja auch für zwanzig Jahre reichen, danach kam nichts mehr«, knurrte Frank.

Gekränkt presste seine Mutter die Lippen aufeinander und nestelte an der Tischdecke herum.

»Ach komm, Junge«, mischte sich nun Franks Vater Hartmut ein. »Eine Person mehr oder weniger spielt doch keine Rolle.«

»Und wer zahlt das Ganze?«, fragte Frank grimmig.

»Aber Junge, wir unterstützen euch, das weißt du doch.« Erika wechselte hilflose Blicke mit Hartmut und Mia vertiefte sich peinlich berührt in das Blumenmuster der Tischdecke.

Frank stammte von einem Bauernhof in Ostwestfalen. Humor und Toleranz gehörten nicht unbedingt zu den Dingen, die seine protestantischen Eltern auszeichneten. Frank schlug so sehr aus der Art, dass Mia sich fragte, ob er nicht in Wahrheit adoptiert worden war. Bisher hatte sie geglaubt, seine Familie ignorieren zu können. Doch nun begriff sie, dass sie nicht nur Frank, sondern auch seine gesamte Sippe heiratete.

Frank warf ihr genervte Blicke zu. Er fand diese Diskussion komplett überflüssig. »Mir wäre es fast lieber, ihr würdet uns nicht unterstützen, dann könnten wir die Feier so ausrichten, wie wir es wollen.« Mit beinah kindlichem Trotz schob er seine Unterlippe vor.

»Jetzt rede doch keinen Unsinn!« Hartmut Lohmann sah deutlich verstimmt aus. »Man heiratet nur einmal im Leben. Das muss was Ordentliches sein. Und dass ihr das nicht alleine stemmen könnt, ist ja klar.« Er sah Mia an. »Das siehst du doch sicher auch so, nicht wahr?«

Mias Blick flog von Hartmut zu Frank. Sie war natürlich auf Franks Seite. Aber sie wollte ihre zukünftigen Schwiegereltern auch nicht verärgern.

»Ich möchte vor allem ein schönes Fest haben, bei dem ich mich wohlfühle und Spaß habe«, sagte sie diplomatisch.

Franks Unterlippe rutschte noch weiter nach vorne. »Spaß haben wir, wenn wir in Hamburg feiern«, murmelte er.

Erika wechselte einen entsetzten Blick mit Hartmut.

»Sind wir euch nicht gut genug?«, fragte Hartmut verärgert. »Dann lassen wir es doch gleich bleiben. *Ihr* habt gefragt, ob ihr hier auf dem Hof feiern dürft. Unsere Idee war das nicht.«

Da hatte er leider recht. Und während Erika rot anlief vor Verlegenheit und Empörung über diese unangenehme Diskussion, erreichte Franks Unterlippe fast seine Nasenspitze. Grimmig schweigend ergab er sich in sein Schicksal.

Weil das dörfliche Leben Vorrang vor der protestantischen Enthaltsamkeit hatte, dauerte die Hochzeit tagelang. Die Nachbarinnen kamen zum Kränzewinden und fertigten eine Girlande für das große Eingangstor. Dabei gab es jede Menge Schnaps. Frank wurde von seinen Freunden zum Junggesellenabschied abgeholt und kam erst am nächsten Morgen sturzbetrunken zurück. Zum Polterabend rückte das ganze Dorf an und es floss noch mehr Alkohol. Nach der standesamtlichen Trauung fand ein großer Empfang statt (natürlich nicht ohne reichlich Alkohol) und am Tag der kirchlichen Trauung war Mia bereits so erledigt, dass sie kaum wusste, wie sie diesen Tag (an dem der Alkohol erst recht in Strömen fließen würde) auch noch durchstehen sollte.

Natürlich war Tante Gisela gekommen. Und ein gewisser Onkel Udo. Und noch ungefähr ein Dutzend weitere Verwandte, die Mia und Frank nicht eingeladen hatten.

Tante Gisela war den ganzen Tag missgestimmt. In der Kirche war es zu kalt, das Essen, bei dem Mia sich wenigstens teilweise durchsetzen konnte, war zu exotisch – »Antiwas?« »Antipasti, Tante Gisela.« »Kenne ich nicht. Wieso gibts denn keine Hochzeitssuppe?« –, die Musik nicht nach ihrem Geschmack.

Onkel Udo war bereits abends um sieben so betrunken, dass er sich Mias junger Cousine Sophie vor den Augen seiner eigenen Frau äußerst aufdringlich näherte. Und Ursula, Hartmuts Schwester, erklärte im Laufe des Abends immer häufiger und lauter, Mia würde ihr Eheversprechen gar nicht ernst nehmen – sicherstes Anzeichen dafür: die Braut hatte ihren Mädchennamen behalten.

»So was tut man nur, wenn man Angst hat«, erklärte Ursula und kräuselte ihre Lippen, während sie das Brautpaar misstrauisch beäugte.

Der Teilzeitschwule Rocco beeindruckte hingegen alle Damen über sechzig damit, dass er sich als sehr guter Tänzer erwies und Erika und ihre Schwester Hilde gekonnt zu Walzerklängen über das Parkett wirbelte.

Mias Familie, die nicht halb so trinkfreudig wie Franks Verwandtschaft war, schaute sich das bunte Treiben mit einer Mischung aus Vergnügen und Widerwillen an. Hartmut Lohmann trank seine halbe Sippe unter den Tisch und interessierte sich nicht für all die Nebenschauplätze. Erika Lohmann war peinlich berührt angesichts der Entgleisungen ihrer Verwandtschaft, doch sie bemühte sich um Haltung. Frank verkniff sich die meisten seiner bösen Bemerkungen, und Mia ignorierte einfach alles, was nicht in ihr Bild einer Traumhochzeit passte. Sie war glücklich. Endlich gehörte ihr geliebter Frank ganz ihr.

6

Mia dachte lange darüber nach, was sie Arthur von Frank erzählen wollte. Im Geist legte sie sich eine Rede zurecht, in der sie Arthur alles erklärte, was es zu erklären gab.

Sie sah ihrer nächsten Verabredung voller Ungeduld entgegen und als er ihr die Tür öffnete, strahlte sie ihn erwartungsvoll an. Arthur reichte ihr jedoch so steif und förmlich wie bei ihrer allerersten Begegnung die Hand. Sein Blick war ernst und undurchdringlich. Verwirrt und enttäuscht stolperte Mia ins Wohnzimmer.

Sie wusste selbst nicht, was sie eigentlich erwartet hatte. Ein Lächeln auf jeden Fall. Vielleicht sogar eine Umarmung. Irgendetwas, womit Arthur zum Ausdruck brachte, dass die Dinge sich seit ihrem gemeinsamen Essen verändert hatten. Er konnte doch nicht einfach so tun, als hätte es ihre Gespräche und Mias Tränen nie gegeben. Und doch tat er genau das.

Mutlos nahm Mia auf dem Kissen vor seinem Sessel Platz und öffnete fast widerwillig seine Hose. Zum ersten Mal, seit sie vor Arthur kniete, kam ihr diese Handlung entwürdigend vor.

Sie waren schnell fertig, Arthur legte heute keinen Wert auf unnötige Intimitäten und Mia bemühte sich nicht um besondere Raffinessen. Als sie bei ihrem After-Work-Drink angekommen waren, holte sie tief Luft.

»Arthur, ich …«, hob sie an, doch er unterbrach sie barsch: »Weißt du, ich bin im Moment beruflich sehr eingespannt. In den nächsten Wochen muss ich einige Reisen machen, und da wird wenig Zeit für unser Arrangement bleiben.«

Es war wie eine Ohrfeige, die Mia innerlich vor Schmerz zusammenzucken ließ. Sie schluckte hart und würgte alles hinunter, was sie sich zurechtgelegt hatte.

Was war sie doch für eine blöde Kuh!

Natürlich hatte Arthur kein Interesse an ihr und ihren Problemen, wie hatte sie nur etwas anderes annehmen können? Er hatte doch deutlich genug gezeigt, wie sehr er von ihren Tränen genervt war.

Andererseits – warum hatte er sie dann anschließend nach Hause gefahren? Der Sturm war längst abgeklungen, das war nicht der Grund. Vielmehr war das beinah eine fürsorgliche Geste gewesen. Mia verstand das nicht. Aber Arthur hatte sich in den letzten Monaten selten durch logische und nachvollziehbare Handlungen ausgezeichnet, also passte auch dieser merkwürdige Bruch zu ihm. Und es passte ebenfalls zu ihm, dass er ihr Verhältnis nicht einfach per SMS beendete, sondern Mia noch mal antraben ließ, um sie richtig schön zu demütigen.

Bemüht, sich ihren Zorn nicht anmerken zu lassen, sagte sie: »Verstehe. Dann machen wir wohl besser keinen neuen Termin aus.«

Arthur warf ihr einen schnellen Blick von der Seite zu. »Tut mir leid«, sagte er knapp, aber seine Stimme klang nicht mehr ganz so grob, fast ein wenig entschuldigend.

Mia trank hastig ihr Glas aus und verabschiedete sich.

An der Tür gab Arthur ihr wie immer die Hand. »Alles Gute«, sagte er. Es klang sehr endgültig.

Mia konnte ihm kaum in die Augen sehen, als sie

stammelte: »Melde dich, wenn du ... wenn ... also, ich komme gerne wieder.«

»Ich weiß.«

Er nickte ihr zu. Sein distanzierter Blick verfolgte sie die Treppe hinunter, aus dem Haus hinaus.

Sie lief und lief, ohne auf den Weg zu achten, immer entlang der Elbe. Erst als sie schon in Oevelgönne am Strand angekommen war, hatte sie sich wieder beruhigt. Es war ein warmer Tag und sie war auf dem rund fünf Kilometer langen Marsch ziemlich ins Schwitzen geraten. Sie setzte sich in den feinen Sand am Strand und schaute auf die Elbe. Ein großes Containerschiff wurde von zwei Schleppern in den Hafen gezogen. Ein Hund sprang einem Ball hinterher ins Wasser. Leute lagerten auf Decken in der Sonne. Es roch nach gegrillten Würstchen.

Allmählich sortierte sich die Unordnung in Mias Kopf. Sie konnte Arthur nicht böse sein. Er war sich schließlich die ganze Zeit über treu geblieben. Er wollte nicht mehr von ihr als das, was er damals in seiner Anzeige geschrieben hatte: »*Sie blasen. Ich genieße.*« Ihr gemeinsames Abendessen war ein Ausrutscher gewesen und Arthur hatte hinterher offenbar gemerkt, dass ihm das alles zu viel wurde.

Im Grunde war ihr das ganz recht. An den Zusammenkünften mit Arthur war etwas Beunruhigendes, das ihr überhaupt nicht bekam. Sie musste nur an die zahlreichen Momente denken, in denen er sie aus der Fassung gebracht hatte. Und daran, wie kalt er auf ihre Tränen reagiert hatte.

Und doch war da etwas, ein vertracktes Gefühl, über das Mia sich ärgerte. Seit jenem stürmischen Abend hatte sie sich eingebildet, es könnte mehr zwischen ihnen entstehen, mehr Sex mit mehr Körperteilen und mehr Befriedigung. Schlimmer noch: Sie hatte gehofft, Arthur würde sie nach diesem Abend mehr wahrnehmen, als Frau, als Mensch.

Aber das war natürlich totaler Unsinn. Sie war für diesen Idioten mit dem beknackten Namen nichts weiter als eine Hure, auch wenn er selbst dieses Wort vermieden hatte. Ja, sie war eine *Hure* und Arthur hatte sie *benutzt*. Höchste Zeit, sich das mal deutlich vor Augen zu führen. Und aller-allerhöchste Zeit, diesen Zustand zu beenden und sich um die wirklich wichtigen Dinge zu kümmern, allem voran ihrer Suche nach einem Job. Die Sache mit Arthur war eine interessante Erfahrung gewesen. Aber so etwas konnte ja unmöglich von Dauer sein, das war ihr von Anfang an klar gewesen.

Mia gab sich einen Ruck, stand auf und schüttelte sich den Sand aus den Kleidern. Ein Kaffee und ein dickes Stück Kuchen mit Schlagsahne wären jetzt nicht schlecht. Langsam stapfte sie in Richtung der Strandcafés.

Dabei fiel ihr auf, dass sie nicht mal Arthurs Nachnamen erfahren hatte.

Zuhause setzte sie sich an ihren Computer und fing an zu schreiben. Es waren wirre Sätze und Gedanken, die keinen rechten Zusammenhang bildeten, und mit ihrem Romanprojekt hatten sie gleich gar nichts zu tun. Aber sie schrieb endlich wieder, nach vielen Monaten das erste Mal. Je länger sie schrieb, desto leichter ging es, desto mehr Ideen kamen ihr in den Sinn. Erst am späten Abend schaltete Mia müde und mit brennenden Augen den Rechner aus. Etwas in ihr begann, sich zu lösen. Eine Last, die sie mit sich herumtrug, seit Frank sie verlassen hatte. Aber sie spürte keine Erleichterung darüber. Es tat einfach nur weh.

7

Die Agentur für Public Relations befand sich in einem schicken Loft in Bahrenfeld. Der Inhaber Norbert Roth war klein und dick, mit Halbglatze und Brille.

»Eins interessiert mich natürlich besonders«, sagte er und spielte dabei mit dem Kugelschreiber in seiner Hand. »Wieso sind ausgerechnet Sie von Ihrem alten Arbeitgeber entlassen worden? Keutner und Lempe sind ja nicht pleitegegangen, die Agentur existiert nach wie vor.«

Mia konnte nicht einschätzen, wie groß Norbert Roths Interesse an ihr war. Trotzdem entschied sie sich für die Wahrheit. »Ich wollte einen Roman schreiben. Darum habe ich in den letzten Monaten vor meiner Kündigung nur noch in Teilzeit gearbeitet, um mehr Zeit zum Schreiben zu haben.«

Norbert Roth schaute überrascht auf. Mit dieser Antwort hatte er nicht gerechnet. »Das war aber eine mutige Entscheidung. Stunden, die erst mal weg sind, kriegt man ja in der Regel so schnell nicht wieder.«

Mia nickte. »Das war genau mein Problem. Als die Agentur in Bedrängnis geriet, war ich eine der Ersten, die gehen musste. Teilzeitkräfte brachten sich in den Augen der Geschäftsleitung nicht genug in ihre Arbeit ein.«

Norbert Roth spielte weiter mit seinem Kugelschreiber. »Und dann haben Sie die Arbeitslosigkeit als Chance genutzt und erst mal in aller Ruhe Ihren Roman fertig geschrieben, nehme ich an.«

Diese Frage brachte Mia aus der Fassung. »Äh ... nein.« Sie suchte fieberhaft in ihrem Hirn nach einer plausiblen Erklärung für fast ein Jahr Arbeitslosigkeit. Wieder fiel ihr nur die Wahrheit ein. »Das heißt, ich habe es versucht. Aber ich bin ehrlich gesagt nur mühsam vorangekommen. Ich hatte private Probleme. Mein Mann und ich trennten uns – das hat mir sehr zu schaffen gemacht. Ich ... mag sein, dass ich dadurch auch nicht nachdrücklich genug nach einem neuen Job gesucht habe.«

Aus. Vorbei. Unfassbar, was sie hier für Müll redete. Sie hatte es total vermasselt. Wieder mal.

Norbert Roths Blick war undurchdringlich. »Sie hätten doch als freie Texterin arbeiten können«, bemerkte er. »Bei Ihrer langjährigen Erfahrung wäre da doch sicher was gegangen.«

»Stimmt. Kleinere Aufträge hatte ich zwischendurch auch mal.« Jetzt log sie doch. »Und falls es mit der festen Stelle gar nicht klappt, werde ich das auf jeden Fall ausbauen. Aber ich ... na ja, ich lebe lieber abgesichert. Die Selbständigkeit liegt mir nicht so.«

Norbert Roth blätterte in ihrem Lebenslauf. Seine nächsten Fragen waren weniger heikel und Mia entspannte sich ein wenig.

Abschließend sprach Norbert Roth die Rahmenbedingungen an. »Wir suchen dringend jemanden, am liebsten ab morgen. Sie würden einen Vertrag über dreißig Wochenstunden bekommen, befristet für ein Jahr.«

Mia wusste, was das bedeutete. Sie arbeitete mindestens vierzig Stunden, vermutlich eher fünfzig, wurde aber nur für dreißig bezahlt. Und das bei einem Gehalt, das ohnehin erschütternd niedrig war. Sie hatte also die Wahl, für einen Hungerlohn Vollzeit zu arbeiten, oder weiter auf Staatskosten zu leben. Verlockender war eindeutig die zweite Variante. Aber sie wusste, dass sie nie wieder auf die Beine kommen würde, wenn sie diese Chance nicht ergriff – sofern Norbert Roth sie überhaupt haben wollte.

Er wollte sie zu ihrer Überraschung tatsächlich. Bei einem zweiten Gespräch lernte Mia seine Frau und seine Sekretärin kennen. Sie waren seine einzigen Mitarbeiterinnen. Die Sekretärin machte einen fröhlichen und patenten Eindruck. Dagmar Roth hingegen hatte verkniffene Gesichtszüge und musterte Mia misstrauisch. Offenbar betrachtete sie Mia als Konkurrentin, nicht nur in beruflicher Hinsicht, sondern vor allem als Frau. Vermutlich fürchtete Frau Roth, dass Herr Roth sich gelegentlich mit der neuen Mitarbeiterin im Kopierraum vergnügen könnte. Als Mia trotzdem zusagte, hatte sie kein gutes Gefühl dabei. Aber ihr blieb keine Wahl.

Der Wiedereinstieg ins Berufsleben gestaltete sich mühsam für sie. In den ersten Wochen wurde sie nach all den Misserfolgen des vergangenen Jahres von solchen Ängsten und Selbstzweifeln geplagt, dass sie nachts kaum schlief. Und das, obwohl sie abends so erschöpft war, dass sie es meistens nicht mal schaffte, einzukaufen, geschweige denn, selbst zu kochen. Ihr Essen bestand hauptsächlich aus Fastfood. Die Speckröllchen auf ihren Hüften wurden immer größer. Sie bewegte sich auch kaum noch. Tagsüber saß sie im Büro, abends lag sie apathisch auf ihrem Sofa. Wie hatte sie es früher nur geschafft, nach so langen Arbeitstagen noch um die Häuser zu ziehen? Damals musste sie einen anderen Körper besessen haben.

Die Arbeit in der kleinen Agentur machte Mia wie erwartet keinen Spaß. Sie sehnte sich nach herausfordernden, kreativen Arbeiten. Stattdessen verbrachte sie ihre Tage damit, Bildunterschriften für das Kundenmagazin eines Autohauses zu entwerfen und für eine Spielbank Pressemeldungen zu schreiben, die Dagmar Roth ihr regelmäßig mit verkniffenem Mund zurückgab.

»Was Sie da schreiben, ist Werbung, keine Öffentlichkeitsarbeit. Wenn Sie den Unterschied nicht kennen, sind Sie hier fehl am Platz.«

Mia korrigierte jeden ihrer Texte wieder und wieder, wie eine kleine Volontärin, die keine Ahnung vom Schreiben hatte. Sie war abends immer erschöpfter und morgens immer lustloser, wenn sie aufstand. Sie bekam Magenschmerzen und Albträume. Ihr Leben war genauso einsam wie in den Zeiten der Arbeitslosigkeit. Doch nun war sie zusätzlich auch noch völlig panisch.

Nur an den Sonntagen fühlte sie sich wohl. Da schlief sie sehr lange und arbeitete anschließend an ihrem Roman. Sie hatte ihn tatsächlich wieder hervorgeholt und überarbeitete Seite für Seite das gesamte Manuskript. Erstaunt stellte sie fest, dass sie schon recht viel geschrieben hatte. Allerdings waren viele Szenen unbrauchbar. Mia entwickelte ein völlig neues Konzept für die Geschichte. Und auf einmal fügten sich die Wörter mit einer Selbstverständlichkeit aneinander, die sie lange vermisst hatte.

»Nun mach es schon auf!«, drängte Annika ungeduldig.

Sie und Henny saßen gemeinsam mit Mia in einem kleinen indischen Restaurant in Altona. Es war Mias vierzigster Geburtstag. Die große Party, von der sie jahrelang geträumt hatte, gab es nicht, danach stand ihr einfach nicht der Sinn. Aber Henny und Annika hatten darauf bestanden, wenigstens gemeinsam essen zu gehen.

Sie kannten sich alle seit der fünften Klasse und waren seit damals Freundinnen. Ihre Lebenswege entwickelten sich sehr unterschiedlich, aber ihre Freundschaft überdauerte all die Jahre. Annika wurde Psychologin, heiratete und bekam zwei Kinder. Sie und ihr Mann Matthias kauften sich ein Reihenhaus in Neu-Allermöhe, einer seelenlosen Vorortsiedlung, in der hauptsächlich Familien mit Kindern lebten. Annika organisierte Tupperpartys und Kindergeburtstage und war so wahnsinnig hilfsbereit, dass sie sich damit ständig selbst überforderte. Henny entschied sich für eine kaufmännische Richtung und arbeitete mittlerweile als Personalleiterin bei einer Krankenkasse. Ihre schrillen Männergeschichten waren legendär. Warum sie immer an die Falschen geriet, wusste sie selbst nicht, aber mit zunehmendem Alter machte sie sich immer weniger aus all den Dramen und Tragödien. Sie kamen und gingen und hielten ihr Leben in Schwung.

Mia öffnete das kleine Päckchen. Es enthielt ein Duschgel und eine Körperlotion, beides von Weleda. Sündhaft teure Bioprodukte, die Mia sich lange nicht mehr geleistet hatte.

»*Granatapfel Schönheitsdusche*«, las sie und seufzte. Sie fühlte sich gleich viel besser. In dem Päckchen lag noch ein Gutschein für eine Wellnessbehandlung – Massage, Schlammpackung, Peeling. Mia musste laut lachen, als sie das Motto des Schönheitsprogramms las. »*Aus alt mach neu* – das ist ja wohl genau das Richtige für mich.«

»Danach wirst du dich königlich fühlen«, prophezeite Annika ihr.

Gerührt umarmte Mia ihre Freundinnen.

»Und – hast du was von Frank gehört?«, fragte Henny.

Mia verzog missmutig das Gesicht. Sie hatte gehofft, dieses unschöne Thema vermeiden zu können, aber dass

Henny taktlos in ihren Wunden stocherte, war eigentlich keine Überraschung.

Gequält sagte sie: »Er hat mir ein Paket geschickt. Wie schon beim letzten Geburtstag und Weihnachten.«

»Was war denn drin?« Henny schob ihre langen, blonden Ponyfransen aus der Stirn. Für sie war jedes Lebenszeichen von Frank ein Liebesbeweis, und sie begriff nicht, warum Mia so ungehalten darauf reagierte. Frank liebte sie immer noch, auf seine Weise, und statt ihn zu verfluchen, täte Mia gut daran, ihn endlich zu erhören und damit nicht nur Frank, sondern auch sich selbst zu erlösen.

Mia zuckte mit den Schultern. »Das Übliche. Lauter nette Sachen. Teure Pralinen, ein Buch, eine schöne, kleine Vase.«

Sie wusste nicht, was sie von Franks Geschenken halten sollte. Sie waren allesamt mit Liebe ausgewählt. Er wusste, welche Bücher sie gerne las, welche Süßigkeiten ihr schmeckten und dass sie sich ständig darüber beklagte, zu wenig Vasen zu besitzen. Frank kannte sie mindestens so gut wie ihre langjährigen Freundinnen, zwischen ihnen war all die Jahre so viel Nähe, so viel Vertrautheit gewesen. Aber jetzt ertrug Mia diese Nähe nicht mehr. Sie bereitete ihr Übelkeit und Herzrasen.

»Er sollte damit aufhören.« Annika hatte ihre eigene Theorie zu der *Sache mit Frank*, wie sie es gern nannte. »Das tut dir einfach nicht gut.«

»Ich habs ihm doch schon gesagt. Oder vielmehr geschrieben. Ich rede ja nicht mehr mit ihm.«

»Aber vielleicht ist das genau das Problem«, warf Henny ein. »Ihr müsst euch endlich mal richtig aussprechen, damit dieses ganze Theater ein Ende hat.«

Mia schüttelte entsetzt den Kopf. Sie wollte Frank nicht mehr sehen. Sie wollte nicht mehr mit ihm sprechen. Sie wollte ihn einfach vergessen. Das Dumme daran war nur, dass es nicht klappte. Je mehr sie Frank ignorierte, desto häufiger schlich er sich plötzlich in ihr Bewusstsein ein. Da lief ein Song im Radio, der sie total aus der Bahn warf. Oder ein Film im Fernsehen. Sie träumte nachts von Frank und wachte völlig verstört auf. Sie stöberte in alten Fotos und fand plötzlich ein Bild, auf dem Frank sie so liebevoll anblickte, dass es ihr die Luft nahm. Sie bekam Mails von ihm und Päckchen und sie hörte seine Stimme auf ihrem Anrufbeantworter.

Aber das alles würde bald ein Ende haben. In wenigen Wochen war der Scheidungstermin. Dann würde auch Frank sich hoffentlich wieder beruhigen und erkennen, dass ihre Liebe endgültig gestorben war.

Nach dem Essen zogen sie noch durch diverse Kneipen und Mia betrank sich dabei so fürchterlich, dass sie sich kaum noch auf den Beinen halten konnte, als Henny sie in ein Taxi hievte.

»Is sie nich gud?«, fragte der Taxifahrer misstrauisch, der glänzendes schwarzes Haar und kaffeebraune Haut hatte. Er sah aus wie einer der Kellner aus dem indischen Restaurant, in dem sie den Abend verbracht hatten. »Wenn sie schlech wird, nehm ich sie nich mid.«

»Ihr wird nicht schlecht, auf gar keinen Fall«, behauptete Henny energisch. »Sie ist einfach nur müde.«

Sie waren keine fünf Minuten gefahren, als Mia stöhnte. »Mir wird schlecht, ich muss raus.«

»Ich abe gesad, keine schlech, sons nich mid!« Der Taxifahrer warf ihr einen bösen Blick zu, dann bremste er scharf an einer Bushaltestelle an der Königstraße. Mia sprang aus dem Wagen und beugte sich über den Rinnstein. Laut würgend gab sie ihr Abendessen in einem Schwall unverdauter Alkoholika wieder.

»Sahle bidde«, sagte der Taxifahrer zu Henny.
Sie starrte ihn entgeistert an. »Wie bitte?«
»Sahle bidde«, wiederholte der indische Kellner energisch.
»Ich soll zahlen?« Endlich begriff sie, was er von ihr wollte. »Aber wir sind überhaupt noch nicht da. Ich muss noch ganz bis nach Barmbek und meine Freundin immerhin nach St. Pauli.«
»Ich sage, wenn schlech, ich nehm nich mid. Nächse Ma sie schlech in Auto. Große Sauerei, gans große Sauerei.«
»Ihr wird nicht mehr schlecht, garantiert nicht. Sie hat doch schon alles ausgekotzt.«
»Kann nie wissen. Sahle bidde. Mach fünfeuroviesich.«
»Ich fasse es nicht!« Wütend suchte Henny nach ihrem Portemonnaie und zählte das Geld bis auf den letzten Cent genau ab.
»Was ist denn?« Mia kam zurückgekrochen, blass und zitternd.
»Der Kerl schmeißt uns raus«, Henny stieg aus dem Taxi. »Er hat Angst, dass du ihm die Sitze vollkotzt.«
»Tut mir leid.« Bestürzt hielt Mia sich am Pfahl des Haltestellenschilds fest. »Ich ... ich ... oh nein ...« Erneut würgte sie und übergab sich in einen Mülleimer neben dem Bushäuschen.
»Siehsu«, rief der Inder triumphierend. »Nich gud, noch viel schlech. Viel su viel trinke, nich gud für Frau. Kriegsu nie Mann, wenn immer viel trinke un viel schlech.«
»Ja, genau. Viel Saufen gibt schlechtes Karma.« Henny donnerte die Wagentür hinter sich zu. »Und wer harmlose Fahrgäste mitten in der Nacht aus dem Taxi wirft, kriegt ein noch viel schlechteres Karma.«
Erschrocken starrte Mia dem Taxi nach. »Wie kommen wir denn jetzt nach Hause?«, fragte sie verzweifelt.

»Zu Fuß. Es sei denn, wir finden unterwegs ein Taxi, das bereit ist, dich auch mitzunehmen.«

Langsam setzten sie sich in Bewegung und marschierten durch die warme Sommernacht die Königstraße hinab Richtung Reeperbahn. Mia war schlagartig wieder nüchtern. Unterwegs zog sie eine vernichtende Bilanz.

Sie war vierzig. Das hieß, ihr Leben war vorbei.

Kein Arbeitgeber würde ihr einen Job geben, wenn ihr Jahr bei Norbert Roth vorbei war.

Kein Mann würde sie jemals wieder begehren. Erst würden ihre Brüste anfangen zu hängen, dann ihre Pobacken und schließlich ihre Mundwinkel. Da half auch keine Aus-alt-mach-neu-Schlammpackung mehr. Die Richtung war klar vorgegeben: Es ging nur noch abwärts.

Alles, was Mia erreichen wollte, hatte sie bis jetzt nicht erreicht und würde sie auch in Zukunft nicht mehr erreichen. Sie hatte keinen Mann, keine Kinder, kein Geld. Stattdessen eine Scheidung, einen nie fertig geschriebenen Roman, erste graue Haare (die sie überfärbte), Speckröllchen auf den Hüften, Orangenhaut an den Beinen und am Hintern (sie wusste nicht, was schlimmer war – schrumpelige oder hängende Pobacken), Krähenfüße um die Augen und Besenreiser an den Waden. Sie hatte immer häufiger Rückenschmerzen und geriet schnell aus der Puste, wenn sie mit ihren Nichten durch den Garten tobte.

Eigentlich hatte sie ziemlich viel. Nur war nichts davon brauchbar. Selbst ihr Job war unbrauchbar. Aber immerhin hatte sie überhaupt wieder einen. Das war wenigstens ein kleiner Trost. Doch was sollte sie machen, wenn das Jahr um war und ihr Vertrag auslief? Oder – noch schlimmer – wenn die giftige Dagmar Roth ihren Mann dazu anstachelte, sie vorher zu feuern?

»Ach komm, das ist doch totaler Quatsch«, sagte Henny,

die sich geduldig Mias Gejammer anhörte und sie an den Türstehern vor den Sexclubs auf der Reeperbahn vorbeischob. Sie verlor kein Wort darüber, dass sie zu Fuß auf total unbequemen Schuhen durch die Nacht laufen musste, statt in ihrem gemütlichen Bett zu liegen, wo sie ohne Mia längst wäre. »Wir hatten einen großartigen Abend und du hast dich dabei betrunken wie eine Zwanzigjährige. Wobei – ich bin nicht mal als Zwanzigjährige aus einem Taxi geflogen, weil ich zu besoffen war.« Sie kicherte. Auf einmal fand sie die Geschichte nur noch komisch. »Je oller, je doller. Und ich glaube, der Typ in der Bar vorhin fand dich richtig scharf.«

Mia wusste nicht, wovon Henny sprach, sie hatte die Leute um sich herum kaum wahrgenommen. Die Wahrheit war, dass sie an Männern nicht mehr interessiert war. Und Männer waren auch nicht mehr an ihr interessiert. Kaum einer sah sie auf der Straße noch an, keiner flirtete mit ihr (da konnte Henny erzählen, was sie wollte). Irgendetwas war mit ihr in den letzten Jahren geschehen, ohne dass sie es bemerkt hatte. Sie war auf einmal unsichtbar geworden, jedenfalls für Männer. Aber eigentlich war das ganz gut so. Ihr Bedarf an Männern war ohnehin für die nächsten hundert Jahre gedeckt.

Flüchtig schaute sie auf die Auslagen im Schaufenster eines Sexshops. Riesige Dildos, bizarr geformte Stiefel, Lederdessous, die mehr zeigten als verbargen. Plötzlich kam ihr Arthur in den Sinn. Arthur mit seinen seltsam einseitigen sexuellen Bedürfnissen. Auch er hatte sie als Frau übersehen. Trotzdem hatte sie sich auf ihn eingelassen, seine Launen und Merkwürdigkeiten ausgehalten. Das lag vermutlich daran, dass er so wunderbar distanziert war. Arthur war ihr nie gefährlich geworden, zwischen ihnen hätten sich nie Gefühle entwickelt, die ihnen zum

Verhängnis werden konnten. Das war sehr beruhigend. Ein Mann wie Arthur könnte Mia durchaus noch mal über den Weg laufen. Ein Mann, dessen Herz genauso kalt wie ihr eigenes geworden war.

8

Manchmal kamen Mia die stillen, einsamen Sonntage in ihrer kleinen Wohnung richtig unwirklich vor. Mit Frank war sie nie zur Ruhe gekommen. Damals war es für sie undenkbar, ein ganzes Wochenende lang nur zuhause zu verbringen. Sie waren ständig unterwegs gewesen und wie im Rausch von Event zu Event gesaust. Heute grauste ihr schon allein bei der Vorstellung daran. Wie hatte sie das nur geschafft? Wo hatte sie die Energie hergenommen?

Seit sie wieder arbeitete, brauchte sie den größten Teil des Wochenendes zum Schlafen, Einkaufen und Saubermachen. Wann hatte sie das früher alles erledigt? Lag es an ihr? Daran, dass sie mittlerweile eine Frau in den Vierzigern war? Oder hatte vor allem Frank das bunte Treiben zu verantworten gehabt? War er der Motor, der Mia einfach immer mitgezogen hatte? Sie vermochte es nicht mehr zu sagen.

Der Kontakt zu all den kreativen, unkonventionellen Menschen, die sie durch Frank kennenlernte, inspirierte Mia. Sie hätte niemals alles aufgeben und sich ganz der Kunst verschreiben können, wie es einige ihrer Freunde taten. Aber sie träumte schon seit Jahren davon, ein Buch zu schreiben – genau genommen, seit ihre Patentante ihr einen Karton mit alten Tagebüchern vererbt hatte.

Die kleinen Hefte erzählten vom Leben ihrer Tante in den dreißiger und vierziger Jahren des 20. Jahrhunderts, von der Zeit in einem Potsdamer Internat, dem Krieg, ihrer Flucht aus Pommern und ihrem Neustart im Westen. Der Reiz der Texte lag in der ungefilterten, teils naiven Sicht des Mädchens auf das Leben und die politischen Verhältnisse in Deutschland. Mia hatte die Tagebücher verschlungen und anschließend beschlossen, sie zu einem Roman zu verarbeiten. Aber immer wieder verwarf sie ihre Ideen und löschte erste Gliederungen und szenische Skizzen.

Erst seit sie Frank kannte, nahm das Projekt deutlich konkretere Formen an.

Frank war hellauf begeistert. »Das ist ein grandioser Stoff, Süße. Damit kommst du ganz groß raus.« Er packte Mia bei den Schultern und sah sie beschwörend an. »Nimm dir Zeit zum Schreiben. Kündige deinen Job, fahr alleine in Urlaub, mach irgendwas, damit dieser Roman ganz schnell was wird.«

»Meinst du das ernst?«, fragte Mia verdattert. Frank sah in diesem Moment so aus, als würde er niemanden und nichts ernst nehmen. Er trug eine Marilyn Monroe-Perücke, die ihm zu tief ins Gesicht gerutscht war, und ein knallrotes, langes Taftkleid, das sich über seinem Bauch gefährlich spannte, obwohl er den Reißverschluss am Rücken sicherheitshalber offengelassen hatte.

»Das Kleid geht gar nicht, oder?« Er sah besorgt an sich herab. Seit Tagen trieb er Mia damit in den Wahnsinn, dass er ein schräges Kostüm nach dem nächsten anprobierte, weil er sich nicht entscheiden konnte, was er bei Boogies Kostümparty am Wochenende tragen sollte.

Mia schüttelte den Kopf. »Es geht nur, wenn du bis Samstag mindestens fünf Kilo abnimmst. Aber das meinte ich nicht. Ich wollte wissen, ob es dein Ernst ist, dass ich meinen Job wegen dieses Schreibprojekts kündigen soll.«

»Ja, natürlich.« Frank schob sich die Perücke aus der Stirn. »Wenn du diesen Roman geschrieben hast, musst du wahrscheinlich nie wieder Werbetexte schreiben. Das ist eine große Sache, ehrlich.«

Mia blieb skeptisch. »Das glaube ich kaum. Es ist nicht leicht, als unbekannte Autorin einen Verlag zu finden. Und um einen Bestseller zu landen, bin ich nicht gut genug.«

»Woher willst du das wissen? Du hast es ja noch gar nicht versucht.«

Das stimmte allerdings.

»Und außerdem«, fuhr Frank fort »kenne ich genug Leute, die dir dabei helfen können. Wir fragen morgen gleich mal Rocco, der ist schließlich Autor.«

»Rocco!« Mia verdrehte die Augen. Was wusste dieser Hans-Dampf-in-allen-Gassen schon? Frank lächelte nachsichtig. Ihm war nicht entgangen, dass Mia Rocco nicht gerade liebte. »Ich weiß, Rocco überspannt den Bogen manchmal etwas, aber immerhin schafft er es, vom Schreiben zu leben. Das muss man erst mal hinkriegen.«

Widerstrebend gab Mia zu, dass Frank auch damit recht hatte. Nachdem Rocco sich jahrelang mit Fachartikeln für diverse Musik- und Kunstzeitschriften durchgeschlagen hatte, arbeitete er seit einiger Zeit recht erfolgreich als Drehbuchautor.

»Schreib dieses Buch, Süße!«, sagte Frank noch einmal nachdrücklich.

Mia war gerührt, weil er ihre Träume ernst nahm und sie darin unterstützen wollte, sie zu verwirklichen. Er fand nicht, dieses Projekt sei eine Spinnerei, für die bestenfalls an langweiligen Wochenenden Zeit war. Nein, er schlug allen Ernstes vor, Mia solle für den Roman ihren Job kündigen.

Zärtlich schlang sie ihre Arme um Frank und küsste ihn. »Du bist wundervoll!«

Er strahlte und erwiderte ihren Kuss. »Das kann ich nur zurückgeben.«

Der Kuss wurde inniger, leidenschaftlicher.

»Ich liebe dich«, murmelte Mia. Blonde Kunsthaare kitzelten sie im Gesicht. Mit einer schnellen Bewegung zog sie Frank die Perücke vom Kopf. »Zieh doch mal diesen Fummel aus«, sagte sie und nestelte am tiefen Ausschnitt seines Kleides herum.

»Ich glaube, ich komme da gar nicht mehr raus.« Frank zog den Bauch ein und hielt die Luft an, während er den Rock über seinen Kopf zog. Mia half ihm, aber es dauerte trotzdem ewig, bis Frank endlich nur noch in Unterhose und Socken vor ihr stand. Mia streichelte seinen Bauch und fuhr spielerisch mit ihrer Hand abwärts.

»Ich muss das Kleid mal eben noch aufhängen.« Frank drehte sich mit einem entschuldigenden Lächeln weg von ihr. »Nicht dass es noch kaputt geht. Das hab ich von Bonzo geliehen, und der ist mit so was recht eigen.«

»Wer ist denn Bonzo?«

»Ein Freund von Boogie.«

»Ah.«

Mia lächelte dünn und blickte Frank nach, der Richtung Schlafzimmer verschwand. Wenn dieser Bonzo so eigen war, wieso lieh Frank sich dann von ihm ein Kleid, das er ausgerechnet auf einer Party tragen wollte? Und wieso besaß Bonzo überhaupt Kleider? Mia ließ sich müde in die Sofakissen sinken und stieß mit einer ärgerlichen Bewegung die alberne Perücke fort, die sich zwischen ihren Füßen verfangen hatte. Das Glück, das sie eben noch verspürt hatte, war verpufft.

Es dauerte ewig, bis Frank wiederkam.

»Wie findest du denn das hier?« Er sprühte vor Begeisterung, als er Mia sein neuestes Outfit präsentierte – einen blau-weiß-gestreiften Männerbadeanzug nach der Mode des 19. Jahrhunderts. Weiß der Himmel, wo er den aufgetrieben hatte. Mia lachte pflichtbewusst, aber innerlich fühlte sie sich auf einmal sehr leer. Ihr stand der Sinn nach ganz anderen Dingen, doch die kamen wieder mal zu kurz – wie so oft in letzter Zeit.

»Lass uns ins Bett gehen, Schatz«, unternahm sie einen neuen Versuch.

»Aber es ist doch erst halb zehn.« Frank schaute sie mit geradezu kindlicher Verwunderung an.

»Ich bin aber müde.« Mia stand auf. »Und mir ist so nach Kuscheln.«

Frank drückte ihr einen zärtlichen Kuss auf die Stirn. »Ist gut, Süße, ich komme auch gleich.«

Mia zog sich aus und legte sich ins Bett. Nachdenklich starrte sie vor sich hin. Wann hatten sie und Frank das letzte Mal miteinander geschlafen? Es fiel ihr nicht ein. Zwischen Arbeit, Partys und Freunden war ihr Liebesleben auf der Strecke geblieben. Frank schien das gar nicht aufzufallen, doch Mia fehlten die intimen Momente mit ihm, die innigen Augenblicke voller Zärtlichkeit und Lust. Langsam fuhr sie mit den Händen unter ihr Nachthemd. Ihre eigenen Berührungen weckten ein Sehnen und Verlangen in ihr, das sie traurig stimmte.

Sie war eingeschlafen, bevor Frank auch endlich ins Bett kam.

Am nächsten Morgen erwachte sie von einem knisternden Rascheln und einem intensiven Duft, der ihr in die Nase stieg. Sie blinzelte verschlafen, als Frank sich über sie beugte und küsste.

»Alles Liebe zum Hochzeitstag, mein Engel.«

Ihr Hochzeitstag! Nach gestern Abend hatte sie nicht erwartet, dass Frank daran denken würde. Liebevoll hatte er auf einem Tablett ein Frühstück angerichtet. Gerührt schaute Mia auf die Kaffeebecher, belegten Brötchenhälften und Schälchen mit selbstgemachtem Obstsalat. Auf der Kommode stand ein Strauß frischer Rosen. Und zwischen den Brötchen entdeckte Mia eine kleine Schachtel. Darin befand sich ein wunderschöner Ring aus Gold mit einem kleinen, rechteckigen Smaragd in der Mitte. Der grüne Stein funkelte und glitzerte zauberhaft, als Mia den Ring ansteckte. Frank musste ein Vermögen für das Schmuckstück ausgegeben haben.

Er strahlte vor Glück über das ganze Gesicht, reichte Mia einen Kaffeebecher und fütterte sie mit einem Nutellabrötchen. Später leckte er ihr die Schokolade von den Lippen, kroch zu ihr unter die Decke und verwöhnte sie voller Zärtlichkeit. Genau darum liebte sie ihn – weil er immer wieder für Überraschungen gut war. Und weil er Mia trotz aller Turbulenzen auf eine Weise umsorgte, die ihr dieses überwältigende Gefühl von Geborgenheit und Sicherheit gab. Sanft glitt sie auf dieser Woge voller Glück dahin, überzeugt, dass sie ewig anhalten würde.

9

Arthur saß auf seiner Dachterrasse und schaute hinüber zur *Queen Mary 2*. Das majestätische Kreuzfahrtschiff verließ Hamburg mit dem üblichen Pomp Richtung New York. Tausende Menschen säumten die Ufer, um dem Spektakel beizuwohnen, Dutzende kleine Beiboote begleiteten das riesige Schiff die Elbe hinab.

Es war ein schöner Augustabend, aber Arthur konnte ihn nicht genießen. Er schenkte sich einen Whisky nach dem nächsten ein und starrte bedrückt auf das riesige Schiff, mit dem er hier oben auf dem Dach fast auf Augenhöhe war.

Seine Hand zitterte, als er sein Glas zum Mund führte, aber Arthur wusste, dass es ohne den Whisky noch schlimmer wäre. Er verfluchte den Tag, an dem er diese Wohnung gekauft hatte. Er hatte geglaubt, hier, wo alles neu entstand, mitten auf dieser riesigen Baustelle, in dieser Stadt der Zukunft, könne auch er neu anfangen, alles Alte einfach hinter sich lassen. Aber er hatte sich getäuscht. Es war eine absolute Katastrophe.

Der Lärm von den Baustellen ringsum und vom Hafen, der Tag und Nacht in Betrieb war, ging ihm auf die Nerven. Außerdem war er wütend auf sich selbst, weil er eine Wohnung gewählt hatte, die über drei Ebenen lief. Ständig musste er Treppen bewältigen, vom Arbeitszimmer ins Wohnzimmer, vom Wohnzimmer in die Küche. Was für ein Irrsinn.

Am schlimmsten waren jedoch die Kreuzfahrtschiffe, die Richtung Amerika fuhren, allen voran die *Queen Mary*. Sie fuhren direkt vor seiner Haustür ab, rissen ihn mit ihrem lauten Tuten, mit Feuerwerk und Trallala aus seinen Gedanken, seiner Ruhe, seinem Schlaf. Dass die Leute auch immer so ein Gewese um die Abfahrt dieser Schiffe machen mussten. Grauenvoll!

Jetzt saß er da und dachte, er müsse jeden Moment wahnsinnig werden. Er hatte vergessen, den Tag in seinem Kalender zu markieren, um rechtzeitig fliehen zu können. Natürlich hätte er das immer noch tun können, theoretisch sogar noch in den letzten Minuten vor der Abfahrt des Schiffes. Stattdessen saß Arthur wie gelähmt auf seinem Outdoorsofa und hoffte, dass der Alkohol ihm das letzte bisschen Verstand nehmen würde, das er noch besaß.

Die *Queen Mary* schob sich langsam den Fluss hinab und verschwand mehr und mehr aus Arthurs Blickfeld. Sie nahm all seine Sehnsüchte mit, seine Erinnerungen, sein Herz. Zurück blieb ein kläglicher Rest von dem Rest, der er ohnehin nur noch war. Mit dem Arthur Kessler, der er einst gewesen war, hatte er schon lange nichts mehr gemeinsam.

Mühsam erhob er sich vom Sofa und trat schwankend an das Geländer der Terrasse. Eigentlich war es traumhaft schön hier oben. Könnte er das alles doch nur etwas mehr genießen.

Auf einmal hatte er Mias Stimme im Ohr. *Du meine Güte, die Terrasse ist ja der Hammer!* Stimmt, sie war tatsächlich der Hammer, vielleicht sogar das Beste an der ganzen Wohnung. *Warum sind wir denn da noch nie rausgegangen?* Ja, warum eigentlich nicht?

Einen irrwitzigen Moment lang überlegte er, Mia anzurufen und sie zu einem Glas Wein einzuladen, hierher, auf diese riesige Dachterrasse. Sie könnten nebeneinander am Geländer stehen, wie zwei Kapitäne auf ihrem Schiff das Treiben zu ihren Füßen beobachten und den fantastischen Ausblick genießen.

Aber dann lachte er über sich selbst. Er war eindeutig betrunken. Er hatte Mia seit drei Monaten nicht mehr gesehen. Sie würde ihn für verrückt erklären, wenn er sich jetzt plötzlich bei ihr melden würde. Andererseits – hielten ihn nicht sowieso schon alle für verrückt? Er hatte doch kaum noch etwas zu verlieren.

Mia. An manchen Tagen hatte er gedacht, sie sei ein Geschenk für ihn. In ihren Händen starb er seine kleinen Tode, einsam, verloren und doch so erlösend. Dann wieder fürchtete er, er könne sie mit seinen Obsessionen auch ins Verderben reißen – eine Vorstellung, die ihm Übelkeit bereitete.

Er hatte schnell gemerkt, dass sie anders war als die anderen Frauen. Sie war schön, intelligent und fröhlich, ihre Augen strahlten Neugier und Lebensfreude aus. Nur manchmal sah er darin eine leise Trauer, ein Sehnen, das ihn berührte, weil es ihm vertraut vorkam.

Mia hielt sich an seine Abmachungen. Sie hatte nicht gleich beim ersten Mal versucht, mit ihm herumzuknutschen und seine Hände unter ihre Bluse zu schieben, in der Hoffnung, er werde dann schon Feuer fangen und sie voll gieriger Lust nehmen. Mia hatte sich auf seine Bedingungen eingelassen, sie hatte getan, was er wollte, gab ihm, was er brauchte und ließ ihn den Rest der Zeit in Ruhe. Er hatte keine Ahnung, warum sie das tat. Manchmal sah er Leidenschaft in ihren Augen, Verlangen, wenn sie sich über ihn beugte. Es schien ihr tatsächlich Spaß zu machen, ihn zu befriedigen. Ein paar Mal war er drauf und dran, alle

Ängste über Bord zu werfen und ihr Verlangen zu stillen. Aber er schaffte es einfach nicht.

»Hast du nie das Bedürfnis, mich auch zu berühren?«, fragte Mia einmal. Ihre Wangen glühten und in ihren Augen blitzte diese unvergleichliche Mischung aus Neugier und Zurückhaltung, die Arthur faszinierte, seit er sie das erste Mal gesehen hatte. Sie war eine ungewöhnlich schöne Frau, der man ihr Alter wahrhaftig nicht ansah. Ihre grünbraunen Augen blitzten lebhaft, die schwungvolle Linie ihres Mundes verhieß Leidenschaft, ihren schlanken Körper hielt sie sehr aufrecht und bewegte ihn mit einer Leichtigkeit und Geschmeidigkeit, die Arthur neidisch machte.

Am liebsten hätte er anstelle einer Antwort die Hand ausgestreckt und Mia an sich gezogen. Nur mühsam konnte er das überwältigende Bedürfnis verdrängen, ihre Haut zu spüren und den Duft ihrer Haare einzuatmen.

Steif und abwehrend sagte er: »Doch, natürlich.«

»Und warum tust du es dann nicht?«

Ihre Beharrlichkeit amüsierte ihn. Unter anderen Umständen hätten sie ein gutes Team abgegeben. Er trank Whisky und starrte schweigend auf den Boden. Was sollte er ihr antworten, ohne sie nicht noch mehr zu verletzen als ohnehin schon? Er wünschte, sie würde sich einfach umdrehen und gehen, während er das makellose Eichenparkett begutachtete. Doch als er den Kopf hob, ruhte ihr Blick immer noch auf ihm und sie drehte nervös am Stil ihres Champagnerglases, das einzige Anzeichen für ihre innere Erregung.

»Ich möchte das Gleichgewicht zwischen uns nicht stören«, sagte er schließlich. »Wenn ich dich berühre, wirst du vermutlich mehr wollen – mehr Sex, mehr Nähe, was auch immer. Aber das kann ich dir nicht geben. Darum sollten, wir alles so lassen, wie es ist.«

Ihre Finger krampften sich so fest um den dünnen Stil des Glases, dass Arthur fürchtete, er könne brechen. Doch ihre Stimme klang fest, als sie fragte:

»Liegt es an mir?«

Er war schockiert. »Meine Güte, wie kommst du denn darauf? Mit dir hat das alles doch überhaupt nichts zu tun. Du bist eine wunderschöne, begehrenswerte Frau. Das hier würde doch sonst nicht schon so lange laufen, es würde gar nicht funktionieren.«

Er bekam Angst. Sie waren eindeutig zu weit gegangen. Er musste dringend damit aufhören, sonst würde er sie beide noch in Teufels Küche bringen.

Entnervt registrierte er, dass Mia immer noch nicht aufgab.

»Kommt dir nie in den Sinn, dass du nicht der Einzige bist, der hier Bedürfnisse hegt? Dass du nicht der Einzige bist, der Begehren empfindet?«

Es kostete ihn große Anstrengung, ruhig zu bleiben. »Ich bin doch nicht blind. Aber noch mal: Das hat absolut nichts mit dir zu tun. Du bist eine großartige Frau und ich frage mich sowieso, was dich immer wieder zu mir altem Idioten herzieht, warum du nicht längst auf Nimmerwiedersehen verschwunden bist.«

»Möchtest du denn, dass ich gehe?«

»Nein! Wenn es nach mir ginge ...« Er brach abrupt ab. Dann hatte er sich wieder gefasst, seine Augen verengten sich und er sagte kühl: »Das einzige, was ich dir geben kann, ist dieses lächerliche Geld. Es liegt bei dir, ob du es annimmst oder nicht. Und es liegt bei dir, ob du wiederkommst oder nicht.«

»Selbstverständlich komme ich wieder.«

Er atmete auf. Endlich gab sie Ruhe.

Nachdem sie sich im Flur mit ihrem üblichen Händedruck verabschiedet hatten, hob Mia plötzlich ihren Arm und strich Arthur zart mit dem Handrücken über die Wange. Er stand starr vor Schreck. Ihre Berührung brannte wie Feuer auf seiner Haut.

Wenige Wochen später hatte er sie fortgeschickt.

Er sah Mia vor sich, wie sie zum Abschied mit, wie ihm schien, großer Gleichgültigkeit und nur aus reiner Höflichkeit sagte:

»Melde dich. Ich komme gerne wieder.«

Sie wussten beide, dass er sich nicht melden würde. Und sie würde es auch nicht tun. Also war es aus.

Es wurde kühl auf der Terrasse. Arthur zog sich in sein Wohnzimmer zurück. Als er einen letzten Blick auf die Elbe warf, wusste er auf einmal, was ihn bei der Erinnerung an Mia irritierte: Er konnte sich haargenau an die Form ihres Mundes erinnern. Aber er brauchte ewig, um sich Carols Mund ins Gedächtnis zu rufen.

Carol.

Er begann, sie zu vergessen. Entsetzt umklammerte er sein Whiskyglas, wie ein Ertrinkender seinen Rettungsring.

10

Mia stapfte wütend von der Bushaltestelle nach Hause. Sie hatte es ja schon immer gewusst. Mit ihrer Chefin würde sie keine Freundschaft schließen. Heute war allerdings das Maß voll gewesen. Dagmar Roth hatte ihr einen Text fünfmal zurückgegeben und jedes Mal andere Formulierungen kritisiert.

»Frau Sommer«, sagte sie nach der fünften Korrektur mit einer Stimme, die Mias Text in der Luft zerschnitt, »so langsam sollten Sie doch den Dreh raus haben. Ich brauche eine anständige Pressemeldung, keinen Werbetext. Habe ich mich klar genug ausgedrückt? Oder muss ich Ihnen die Unterschiede noch mal in allen Einzelheiten erklären?«

»Das *ist* keine Werbung, jedenfalls nicht nach meinem Empfinden.«

»Ihr Empfinden zählt hier aber nicht, sondern ausschließlich meins. Klar?« Frau Roths Augen waren schmale Schlitze, ihre Lippen dünne Linien. Ihre Stimme klang so eisig, dass Mia glaubte, die Kälte körperlich zu spüren.

»Klar.« Resigniert nahm sie das Papier mit, um es ein weiteres Mal zu überarbeiten.

Sie hatte keine Ahnung, was sie noch korrigieren sollte. Der Text war in ihren Augen tadellos und Dagmar Roths Kritik reine Schikane. So sehr sie sich auch anstrengte, sie konnte es der Frau ihres Chefs nie recht machen. Norbert Roth war ein gutmütiger, nachsichtiger Mensch. Auch er hatte hohe Ansprüche und anfangs Korrekturen an Mias Texten vorgenommen, bis sie genau seinen Vorstellungen entsprachen. Doch das gehörte längst der Vergangenheit an. Schließlich war Mia eine erfahrene Texterin und keine Volontärin. Ganz anders hingegen verhielt sich Dagmar Roth. Sie schien in Mia täglich eine größere Bedrohung zu sehen und tat alles, um ihre Mitarbeiterin so klein wie möglich zu halten. Mia war sich nicht sicher, wie lange sie das noch aushalten konnte.

Als sie in ihre Straße einbog, kam ihr ein schlaksiger Mann in Lederjacke und Jeans entgegen. Sie erkannte Franks feinen Kumpanen Rocco schon von Weitem und ging innerlich in Kampfstellung. Das Letzte, worauf sie jetzt Lust hatte, war ein Gespräch mit diesem Widerling.

»Mia!« Rocco blieb natürlich stehen und ging nicht einfach an ihr vorbei. Sie hatten sich nicht mehr gesehen, seit Frank bei ihr ausgezogen war, da sollte es eigentlich normal sein, wenigstens ein paar Floskeln auszutauschen. Doch Rocco gehörte wahrhaftig nicht zu den Leuten, die sie vermisste.

»Tag, Rocco.« Sie drängte sich mit mürrischem Gesicht an ihm vorbei.

Er hielt sie am Arm fest. »He ...« Seine Stimme klang freundlich. »Was machst du denn hier?« Er trug eine riesige Sonnenbrille, hinter der sein halbes Gesicht verschwand. Und das wegen der lächerlichen paar Sonnenstrahlen, die dieser trübe Septembertag hergab.

»Ich wohne hier«, knurrte Mia.

Rocco sah sich neugierig um. »Was – hier in der Straße? Da sind wir ja fast Nachbarn.«

Mia verdrehte genervt die Augen. Das wurde ja immer schöner. Hatte sie jetzt etwa die ganze Meute wieder am

Hals? Fehlte bloß noch, dass sie morgen früh Frank an der Bushaltestelle traf.

»Ist ja großartig.« Abweisend musterte sie Rocco. Sie verspürte keinerlei Bedürfnis, das Gespräch zu vertiefen. Rocco schüttelte bekümmert den Kopf. »Immer noch so voller Zorn? Mensch, Mia.«

Wütend fuhr sie herum. »Natürlich bin ich noch voller Zorn. Was hast du denn geglaubt?«

»Dass du dich mal ein bisschen entspannst. Meinst du nicht, dass es an der Zeit ist, Frank zu vergeben? Er leidet deinetwegen wie ein Hund.«

Rocco schob sich die Sonnenbrille auf die Stirn. Seine dunklen Augen sprühten vor Lebendigkeit, er war braun gebrannt (was zu der Sonnenbrille passte – vielleicht kam er gerade aus dem Urlaub und hatte noch nicht kapiert, dass in Hamburg bereits Herbst war) und sah so lässig aus wie immer. Außerdem entdeckte sie einen neuen Ausdruck in seinem Gesicht. So etwas wie Glück. Das machte sie erst recht wütend.

»Den Quatsch glaubst du doch selbst nicht«, fuhr sie Rocco an. »Frank war doch nur noch erleichtert, mich los zu sein.«

»Das stimmt nicht, und das weißt du ganz genau.« Roccos Stimme wurde leise und scharf. »Frank hat dich die ganze Zeit geliebt. Er liebt dich sogar jetzt noch.«

Das war ja wohl nicht zu fassen. Was fuhr dieser widerliche Typ hier bloß für eine miese Tour?

»Weißt du was?«, funkelte Mia ihn zornig an. »Diesen ganzen Müll kannst du dir für deine Drehbücher aufsparen, damit dann irgendwer einen schmalzigen Film mit Christine Neubauer daraus macht.«

»Christine Neubauer?« Rocco verzog das Gesicht. »Jetzt beleidigst du mich aber echt.«

»Herrgott noch mal«, fuhr Mia ungerührt fort. »Frank hat mich belogen und betrogen und du hast ihn auch noch dabei unterstützt. Ich sehe nicht ganz, was das alles mit Liebe zu tun hat.«

Rocco seufzte und schüttelte nachsichtig den Kopf. »Das genau ist ja dein Problem, Mia. Dein Begriff von Liebe ist irgendwie sehr … schlicht.«

Das war zu viel.

»Schlicht?«, schrie Mia empört. »Im Gegensatz zu dir habe ich wenigstens überhaupt einen Begriff von Liebe.«

Mit diesen Worten stieß sie Rocco grob zur Seite und marschierte mit weit ausholenden Schritten die Straße hinab. Am liebsten wäre sie gerannt, so groß war der Drang, ihre Aggressionen loszulassen, aber ihre Stiefel hatten recht hohe Absätze. Sie wollte nicht riskieren, dass Rocco sich noch daran weiden konnte, wie sie stürzte. Früher war sie auf zwölf Zentimeter hohen Absätzen hinter dem Bus hergesaust. Heute fürchtete sie sich, in halb so hohen Schuhen etwas schneller zu laufen. Auch so ein Altersphänomen, dachte sie resigniert.

Was für ein grauenvoller Tag. Jetzt fehlte eigentlich bloß noch, dass Frank vor ihrer Tür hockte und ihr mit seinem treuen Hundeblick erklärte, Rocco habe die Wahrheit gesagt. Mia atmete auf, als das nicht der Fall war und sie unbehelligt von weiteren Angriffen Schutz in ihrer Wohnung suchen konnte.

Sie drosch auf ein paar Sofakissen ein. Vor Wut schossen ihr Tränen in die Augen.

Frank. Rocco. Dagmar Roth.

Die Welt war schlecht, besonders der Teil, der sich gegen Mia verschworen hatte. Sie hatte das dringende Bedürfnis, etwas kaputt zu machen. Oder noch besser: *jemanden* kaputt zu machen. Stattdessen machten alle anderen sie kaputt. Sie wühlte in ihren Schränken. Gab es nicht ein bisschen altes Porzellan, das sie zerkloppen konnte? Nein, fand sie, nichts in ihrer Wohnung war es wert, diesen schrecklichen Leuten geopfert zu werden.

Schließlich holte sie eine Flasche Rum hervor, den einzigen Alkohol, den sie finden konnte, und goss den Schnaps pur in ein Wasserglas. Der erste Schluck schmeckte widerlich. Der zweite war schon besser. Der dritte wärmte ihren Bauch, der vierte ihre Seele, der fünfte ließ sie Dagmar Roth vergessen, der sechste Frank.

Als das Glas leer war, erinnerte sie sich an überhaupt nichts mehr und schaffte es auch nicht mehr, von ihrem Sofa aufzustehen.

Die Scheidung fand Ende September statt. Mia war an dem Morgen so schlecht vor Angst, dass sie sich übergeben musste. Sie fürchtete sich davor, ihrem Mann nach einem Jahr zum ersten Mal gegenüberzutreten.

Wie eigenartig. Sie hatte sich nie vor Frank gefürchtet, im Gegenteil. Niemand hatte so beruhigend auf sie gewirkt wie Frank. Sie hatte ihm blind vertraut und sich immer ruhig und entspannt gefühlt, sobald er in ihrer Nähe war.

Und jetzt hing sie vor Angst über dem Klo.

Annika brachte sie zum Gericht und wartete dort auf sie. »Du musst das nicht alleine durchstehen«, sagte sie und umarmte Mia, bevor diese sich bleich und mit weichen Knien in die Obhut ihres Anwalts begab. Mia fühlte sich einsam und verloren. Das ganze Jahr über hatte sie sich auf diesen Tag gefreut, darauf, es endlich hinter sich zu bringen, Frank für immer Lebewohl zu sagen. Und jetzt war da auf einmal diese verfluchte Angst.

Ihr Anwalt redete beruhigend auf sie ein. »Das wird alles ganz schnell und unproblematisch ablaufen, Frau Sommer.

Sie haben keine komplizierten Vermögensverhältnisse. Kinder sind auch keine da. Wir können in einer Viertelstunde wieder draußen sein.«

So war es auch. In dieser Viertelstunde jedoch saß Mia wie hypnotisiert da und starrte Frank an.

Frank, der ihr so vertraut war, dass es weh tat. Dessen Anblick alle Erinnerungen in ihr weckte. Einfach alle. Frank, der mit großen, traurigen Augen zurückstarrte. Und der unverschämt gut aussah. Er hatte abgenommen und einen neuen, modischen Haarschnitt. Und er trug kein T-Shirt mit einem albernen Aufdruck, sondern ein hellblaues Hemd, das gut zu seinen blonden Haaren passte. Von seinem Dackelblick mal abgesehen sah Frank so aus, als verlaufe sein Leben ohne Mia sehr erfolgreich und glücklich.

Als es vorbei war, kam er zu ihr.

»Es tut mir alles so wahnsinnig leid«, sagte er und sein Dackelblick wurde noch dackeliger. »Bitte, Mia, es ist mir so wichtig, dass du das weißt.« Er griff nach ihrer Hand, aber sie zog sie rasch zurück. Die Kluft zwischen ihnen entsetzte Frank. »Ich war ein totaler Idiot«, sagte er betreten. »Ich kann das alles nicht mehr ungeschehen machen. Aber ich möchte so gerne, dass du wieder fröhlich bist. Bitte, Mia …« Seine Stimme wurde verzweifelter, sein Dackelblick wandelte sich in den eines verängstigten Rehs. »Lass uns nicht so auseinandergehen. Sonst werden wir das beide nie mehr los. Lass uns reden. Lass es mich erklären. Bitte!«

Es war so verlockend. Mit Frank zu ihrem Lieblingsitaliener zu gehen, wie in alten Zeiten beieinander zu sitzen, sein Lachen zu hören, seine Wärme zu spüren, die Vergangenheit zu begraben. Aber Mia wusste, dass sie das nicht aushalten konnte. Sie konnte nicht mit Frank dasitzen und sein liebes Gesicht anschauen und danach einfach nach Hause gehen und ihr Leben als geschiedene Frau in Angriff nehmen. Sie schaffte das nicht.

»Ich kann das nicht«, sagte sie hastig und floh, bevor Frank ihre Tränen sehen konnte. Sie sprang in Annikas Auto und weinte ununterbrochen, bis sie vor Annikas Haus angekommen waren.

»Jetzt bin ich eine geschiedene Frau«, sagte sie.

»Jetzt bist du eine freie Frau«, entgegnete Annika.

Aber Mia wusste, dass das nicht stimmte.

11

Müde schleppte Mia sich durch die Gänge im Alsterhaus. Sie hatte Rückenschmerzen und die Füße taten ihr weh. Dies war erst der dritte Laden, in den sie ging, aber sie war jetzt schon völlig erledigt. Zeit, nach Hause zu gehen, die Füße hochzulegen und die Stille zu genießen. Sie wollte nur noch mal ein wenig zwischen der Bettwäsche im Alsterhaus stöbern. In einem Werbeblättchen hatte sie gelesen, dass es dort Sonderangebote gab.

Mia nahm die Rolltreppe aufwärts. Gelangweilt musterte sie die Menschen, die auf der anderen Seite abwärts fuhren.

Da sah sie plötzlich Arthur.

Auch er stand auf der Rolltreppe, die abwärts führte. Ihre Blicke trafen sich und verfingen sich ineinander, während sie langsam auf ihren Rolltreppen aneinander vorbeiglitten. Als Mia sich umdrehte, sah sie, dass auch Arthur sich umgedreht hatte und ihr nachblickte. Fast schien er dabei ein wenig zu lächeln.

Arthur ... Sie hatte ewig nicht an diesen seltsamen Anzugträger mit dem merkwürdigen Namen gedacht. Aber nun kamen ihr all die Begegnungen mit ihm wieder in den Sinn, die vielen intimen Momente, die von einer eigenartigen Intensität gewesen waren. Kurz verspürte sie das Bedürfnis, Arthur nachzulaufen, mit ihm zu sprechen. Doch der alberne Wunsch verschwand sofort wieder, als sie sich an seine Launen, ihre Tränen und seine kalte Zurückweisung erinnerte. Seine Demütigungen waren den ganzen Rest nicht wert.

Mia fuhr in den zweiten Stock hinauf und wühlte lustlos zwischen Kissenbezügen und Spannbettlaken. Bereits nach wenigen Minuten trat sie den Rückzug an. Sie war viel zu müde, um weiterhin auf Schnäppchenjagd zu gehen.

Auf dem Weg zur Rolltreppe blieb sie allerdings doch noch bei den Dessous hängen. Sie schlenderte zwischen den Ständern mit Büstenhaltern und Korsagen entlang, nahm hier ein Teil in die Hand und berührte da prüfend einen hauchzarten Spitzenstoff. Frank wäre begeistert gewesen. Er hatte es immer schön gefunden, wenn sie hübsche Wäsche trug. Aber am Ende hatte ihnen das auch nicht geholfen.

Gedankenverloren hängte Mia ein durchsichtiges Spitzenhöschen wieder auf den Ständer. Was machte es für einen Sinn, einen Haufen Geld für hübsches Zeug auszugeben, das niemand zu Gesicht bekam?

Sie drehte sich um – und da sah sie Arthur erneut. Er stand hinter einem Ständer mit riesigen, fleischfarbenen Schlüpfern und starrte zu ihr herüber.

»Arthur!«

Es war ungewohnt und überraschend, ihn nicht in seiner Wohnung zu treffen, sondern hier, in der Wäscheabteilung eines Kaufhauses. Mia wusste nicht, was sie sagen sollte.

Statt einer Begrüßung machte Arthur ihr eigenartige Zeichen.

»Was ist los?« Mia sah sich um. War er mit einer anderen Frau hier? Mit der blonden vielleicht, die ein Stückchen weiter links gerade einen knallroten Strapsgürtel begutachtete?

»Was machst du hier? Bist du nicht eben noch auf der Rolltreppe nach unten gefahren?«, fragte Mia.

»Stimmt. Aber dann fand ich es interessanter, wieder nach oben zu fahren.«

Arthur gab sein Versteck hinter den fleischfarbenen Zelten auf und schob sich an ebenfalls fleischfarbenen Büstenhaltern vorbei, die so groß wie Einkaufskörbe waren. Er musterte die Sachen mit einem erstaunten Blick, als könne er nicht glauben, dass so etwas überhaupt existierte. Erneut machte er Mia ein Zeichen, als ob er ihr etwas zeigen wollte.

»Spionierst du mir etwa nach?«, fragte sie misstrauisch.

Arthur wirkte amüsiert. »Warum sollte ich das tun? Obwohl es durchaus Spaß macht, dich zu beobachten.«

»Also hast du mich doch verfolgt.«

Mia wusste nicht, was sie von der Sache halten sollte. Fieberhaft überlegte sie, was sie in den letzten Minuten getan hatte. Verstohlen an ihrem Slip herum gezupft, der ein bisschen kniff? In der Nase gebohrt? Nein, ihr fiel zum Glück nichts ein. Sie hatte nur Kleidungsstücke begutachtet. Als sie an das durchsichtige Höschen dachte, das sie zuletzt in der Hand gehalten hatte, wurde sie doch rot.

»Das da«, sagte Arthur ernsthaft. »Das solltest du anprobieren. Es steht dir sicher gut.«

»Was?«, fragte sie verdattert.

»Das da«, sagte Arthur erneut und griff nach einer Korsage.

»Was?«, fragte Mia wieder.

Arthurs plötzliche Anwesenheit legte ihr Hirn total lahm. Was zum Teufel tat er hier? So groß, so gut aussehend, so … überwältigend. Er trug seine Haare deutlich länger als im Frühling, wodurch sein Gesicht weicher und jünger erschien. Seine ozeanblauen Augen funkelten verführerisch, und – das war überhaupt das Auffälligste – er lächelte und amüsierte sich köstlich über Mias Verwirrung.

Prüfend sah er auf das Etikett der Korsage. »Ist das die passende Größe?« Ein schneller, abschätzender Blick in Mias Richtung. «Sieht ganz so aus.« Er drückte ihr das edle Wäscheteil in die Hand und nickte ihr aufmunternd zu.

Die Korsage war ein raffiniert geschnittener Traum aus schwarzer Spitze und Seide, die mit Arabesken aus rubinrotem Samt verziert war. Vorne konnte man sie mit vielen kleinen Häkchen verschließen, aber zusätzlich hatte sie auf dem Rücken noch eine Schnürung, wie ein richtiges Korsett. Das edle Stück sah atemberaubend aus, der Preis war es leider auch.

»Das ist schön.«

Mia strich bewundernd über den zarten Stoff. Arthur besaß Geschmack. Dann wurde sie sich der Intimität der Situation bewusst. Wie ein altes Ehepaar begutachteten sie hier gemeinsam Wäsche. Sie hängte das Teil wieder auf den Ständer.

»Ein bisschen viel Geld für so wenig Stoff«, sagte sie betont munter und versuchte, ihre Verlegenheit zu überspielen.

»Du solltest es trotzdem mal anprobieren.« Arthur sah Mia abwartend an. Ihre Verwirrung und Irritation bereiteten ihm sichtlich Freude. Er war ja schon immer für Überraschungen gut gewesen. Aber das hier war neu für Mia.

Sie zögerte. War das Arthurs Art, ihr Verhältnis wieder aufzunehmen? Würde er ihr morgen eine SMS schicken und um einen Termin für den nächsten Blowjob bitten? Zuzutrauen war es ihm. Aber sie war sich nicht sicher, ob sie für diesen Job noch zur Verfügung stand.

»Sag mir einen Grund, warum ich dieses Teil anprobieren

soll«, sagte sie und reckte ihr Kinn herausfordernd vor, als sie zu Arthur aufschaute.

»Weil es dir gefallen wird«, entgegnete er schlicht und seine Klarheit und Sicherheit verblüfften Mia so sehr, dass ihr Widerstand verflog.

»Also gut, schaden kann es ja nicht.«

»Das finde ich auch.« Arthur verzog keine Miene.

Zögernd wandte Mia sich den Umkleidekabinen zu. Als sie sich umdrehte, um den Vorhang ihrer Kabine zu schließen, stellte sie erleichtert fest, dass Arthur verschwunden war. Sie atmete auf und glaubte schon, sein plötzliches Erscheinen inmitten all der Dessous nur geträumt zu haben. Aber da sie ja nun schon mal hier war, konnte sie diesen feinen Fummel auch tatsächlich anprobieren.

Die Korsage saß wie angegossen. Mit jedem kleinen Häkchen, das Mia vor ihrer Brust schloss, legte sich der Stoff straffer um ihre Haut und formte ihre Figur vorteilhafter. Die eingearbeiteten Stäbchen zwangen Mia zu einer aufrechten Haltung und ihre Brüste, die nur spärlich von hauchzarter Spitze bedeckt wurden, wirkten üppiger. Dabei hatte sie die breiten, roten Bänder am Rücken noch gar nicht geschnürt. Obwohl sie eine Jeans dazu trug, war ihre ganze Erscheinung so verändert, so aufregend weiblich, dass Mia vor Staunen die Luft anhielt.

Noch nie hatte sie ein Kleidungsstück getragen, das so erotisch und edel zugleich wirkte.

»Und?«

Erschrocken fuhr Mia herum. Arthur steckte den Kopf zwischen dem Vorhang hindurch. Er war also doch kein Traum. Mia wurde rot und drehte sich vor Verlegenheit zum Spiegel zurück – nur, um darin erneut Arthurs Blick zu begegnen, der voller Bewunderung über ihren Körper wanderte.

»Es … es fühlt sich ganz toll an«, murmelte sie und wusste nicht, wohin sie schauen sollte.

»Das habe ich mir gedacht.« Mit einer schnellen Bewegung schlüpfte Arthur zu ihr in die Kabine. Er machte sich an der Schnürung der Korsage zu schaffen, Mias Taille wurde noch eine Spur schmaler und ihre Brüste hoben sich noch ein wenig mehr. Der feine Druck, den der Stoff und die Stäbe auf ihren Körper ausübten, versetzte sie in eine seltsame Erregung.

Als sie den Blick hob, bannte Arthur sie im Spiegel förmlich mit seinen Augen, und plötzlich war etwas zwischen ihnen, das Mia den Atem nahm und ihr Herz still stehen ließ. Eine winzige Ewigkeit lang verschwand der Rest der Welt aus ihrem Bewusstsein und es gab nur noch sie und Arthur.

Dann war es auch schon wieder vorbei, Arthur ließ sie los, die Korsage lockerte sich, und Mia konnte wieder freier atmen. Ihr Herz trommelte so laut, dass Arthur es vermutlich hörte.

»Schade eigentlich, dass ich nie eine Gelegenheit haben werde, das Teil zu tragen«, sagte sie leise.

»Das ist wirklich schade«, erwiderte Arthur. »Eine Frau sollte immer eine Gelegenheit haben, so etwas zu tragen.«

Er strich leicht mit dem Daumen über Mias nackte Schulter und zog sich aus der Kabine so schnell und unauffällig zurück, wie er sie betreten hatte.

Mia begann verwundert und verwirrt, die vielen kleinen Häkchen vor ihrer Brust zu öffnen. Sie hatte ganz eindeutig geträumt. Das hier war nicht der Arthur, den sie kennengelernt hatte. Der Arthur, den sie kannte, war distanziert und nur mit sich selbst beschäftigt. Er hatte Mia kaum wahrgenommen und keinerlei Interesse verspürt, sie anzufassen und ihr näher zu kommen. Dieser

Arthur hier hingegen hatte sie verführt, er hatte sie mit seinen Blicken ausgezogen, bis sie vollkommen nackt vor ihm stand.

Dieser Arthur hatte sie begehrt.

Die Weihnachtszeit kam. Mia hatte ihren Job noch. Aber sie war nicht froh darüber. Sie fing an, sich nach etwas Neuem umzusehen, doch es war aussichtslos. Niemand schien sich für sie zu interessieren. Dabei hatte sie immer geglaubt, gute Arbeit zu leisten, ein kleines, aber wichtiges Rädchen im Getriebe zu sein. Jetzt kam sie sich unfähig und überflüssig vor.

Bedrückt sah sie dem Jahreswechsel entgegen. Es war ihr erster als geschiedene Frau, ihr zweiter ohne Frank. Sie hatte geglaubt, sich diesmal besser zu fühlen, aber sie erkannte voller Schrecken, dass ihre Wunden nicht geheilt waren, sondern immer noch schmerzten wie rohes Fleisch.

»Ich weiß nicht, woran das liegt«, sagte sie verzweifelt zu Annika. »Wir sind jetzt seit anderthalb Jahren getrennt, aber ich komme überhaupt nicht zur Ruhe. Ich fühle mich kein bisschen besser als damals.«

»Du hältst zu sehr fest«, erklärte Annika. Die Psychologin in ihr hatte immer eine Erklärung parat. »Wenn du alles, was mit Frank zu tun hat, immer nur verdrängst, wirst du ihn nie los.«

»Was soll ich also deiner Meinung nach tun?«

»Mit ihm reden. Dich von ihm verabschieden.«

»Das kann ich nicht.«

»Du solltest es wenigstens versuchen.«

Mia wich Annika aus. »Schau mal, das hier klingt gut.«

Wieder mal weigerte sie sich, weiter über Frank nachzudenken. Sie standen in der Kinderbuchecke im Thalia-Buchhaus in der Spitalerstraße. Annika suchte noch ein

Weihnachtsgeschenk für ihren neunjährigen Sohn Torben. Mia vertiefte sich betont konzentriert in die Bücher, die auf einem Tisch auslagen. Ihr wundes Herz schmerzte bei jeder Berührung. Es war besser, man ließ es in Ruhe, dann fühlte sie sich auch gut.

Annika brauchte ewig, bis sie sich entschieden hatte. Mia tat der Rücken weh. Langes Stehen strengte sie in letzter Zeit immer häufiger an. Endlich traten sie den Weg ins Erdgeschoss zu den Kassen an. Die Schlange davor war endlos, wie jedes Jahr in der Weihnachtszeit. Während sie warteten, überlegten Mia und Annika, in welchem Café sie sich am besten vom Weihnachts-Shoppingstress erholen konnten.

»Du, der Typ da drüben starrt dich die ganze Zeit an«, sagte Annika plötzlich.

Mia drehte sich verwundert um. Zunächst versperrten ihr einige Leute die Sicht, aber dann sah sie den Mann in der Hörbuchecke, der, ein CD-Paket in der Hand, tatsächlich genau in ihre Richtung sah. Dunkles, fast schwarzes Haar mit einem Hauch von Grau. Ein eleganter Wollmantel. Ozeanblaue Augen, deren Leuchten und Funkeln Mia nicht mehr losließ.

Arthur. Schon wieder Arthur.

Das gab es doch gar nicht. Ihre letzte Begegnung war erst zwei Wochen her.

»Ach, du meine Güte«, sagte Mia, überrascht und verwundert. »Ich glaube, der Kerl verfolgt mich.«

»Kennst du den etwa?« Annika reckte neugierig den Hals.

Mia war unbehaglich zumute. Sie hatte Annika nie von Arthur erzählt. Was sollte sie nun sagen? Wie sollte sie dieses unverhohlene Starren erklären?

»Ja, ich kenne ihn.«

Jetzt machte Arthur auch noch Anstalten, sich in ihre

Richtung zu bewegen. Hastig trat Mia aus der Schlange und ging auf ihn zu.

»Verfolgst du mich etwa?«, fragte sie unfreundlich anstelle einer Begrüßung.

»Warum sollte ich?« Arthur stand dicht vor ihr. Groß. Männlich. Umwerfend.

Mia schrumpfte neben ihm ein gewaltiges Stück. Sie reckte ihr Kinn betont nach oben, um nicht völlig unterzugehen.

»Erst tauchst du im Alsterhaus auf, jetzt hier«, sagte sie. »Das ist mir allmählich unheimlich.«

Arthur grinste breit. »Ich kaufe bloß Weihnachtsgeschenke für meine Lieben. Wie Millionen anderer Menschen auch.«

Für meine Lieben. Arthur besaß so etwas wie eine Familie? Kaum zu glauben.

»Kennst du das hier?« Er hielt eine CD hoch. *Das Rilke-Projekt.* Schöne Musik, verwoben mit wundervoller Poesie.

So etwas mochte Arthur? Stumm nickte Mia.

»Schade, sonst hätte ich es dir jetzt geschenkt.« Er lachte über ihr verblüfftes Gesicht. »Die gibts grade im Angebot, es wäre also kein sehr kostbares Geschenk gewesen.«

Als Mia immer noch nichts sagte, fügte er distanzierter hinzu: »Na dann – viel Spaß noch beim Shoppen.«

»Dir auch.« Mia rang sich ein Lächeln ab. Sie verstand diesen Mann nicht. Unschlüssig ging sie zu Annika zurück.

»Wer war denn das?« Annika platzte fast vor Neugier.

»Ein Bekannter.« Mia sah sich noch mal um. Arthur hatte ihr bereits den Rücken gekehrt und sich zwischen die Regale zurückgezogen.

»Ein *Bekannter*?« Annika schüttelte den Kopf. »So sah das aber nicht aus.«

»Wie sah es denn aus?«, fragte Mia verwundert.

Annika antwortete nicht. Sie war endlich an der Reihe mit Bezahlen. Anschließend gingen sie in ein Café im Levantehaus und erst jetzt nahm Annika ihren Gesprächsfaden wieder auf.

»Also, dieser Typ da vorhin – wow! Wo hast du den bloß aufgegabelt?«

Mia lachte. Arthurs Ausstrahlung zeigte offenbar auch bei anderen Frauen Wirkung. »Er sieht ziemlich gut aus, nicht?«

»Er sieht *hammermäßig* gut aus.« Annika war beeindruckt. »Seit wann läuft das zwischen euch?«

»Wie – was meinst du?« Schockiert erkannte Mia, dass Annika irgendetwas gemerkt hatte. Wie war das möglich? Sie hatte doch nur einen Augenblick mit Arthur da gestanden und belangloses Zeug geredet. »Zwischen uns läuft nichts«, antwortete sie wahrheitsgemäß. Schließlich war ihr seltsames Verhältnis Monate her.

»Echt nicht?« Jetzt war Annika verwundert. »Aber der Kerl ist doch total scharf auf dich. Warum schnappst du ihn dir nicht?«

»Er ist nicht scharf auf mich. Wie kommst du denn darauf? Er interessiert sich überhaupt nicht für mich.«

Annika lachte gutmütig. Wann würde Mia endlich damit aufhören, alle Männer zu ignorieren?

Mias Scheidung hatte Annika bedrückt. Bei ihr selber war alles ganz anders gelaufen. Noch während des Studiums war sie zum ersten Mal schwanger geworden. Es war nicht geplant, aber Matthias, der Vater des Kindes, blieb bei ihr – bis heute. Einige Jahre später kam noch ein zweites Kind; sie hatten sich in ihrem Leben eingerichtet. Sie besaßen ein Reihenhaus in Neu-Allermöhe, gingen beide ihrer Arbeit nach und hatten nichts im Leben zu bewältigen als die üblichen Alltagssorgen. Früher war Annika die

Attraktivere von ihnen gewesen. Groß, sehr schlank, mit endlos langen Beinen und einer wilden Lockenmähne. Ihr hatten alle Männer hinterher gesehen. Doch das war lange her. Mit den Jahren war Annika ziemlich in die Breite gegangen. Die Locken waren längst verschwunden und einer praktischen Kurzhaarfrisur gewichen. Ihre Kleidung wurde immer farbloser und schlichter. Die Jagd war für sie schon lange vorbei.

Aber für Mia fing sie gerade wieder an.

Annika trank einen großen Schluck von ihrem Latte macchiato, bevor sie Mia antwortete. »Das glaube ich nicht. Allein wie er dir hinterher gesehen hat. Wow! Und jetzt will ich wissen, wie du an dieses Prachtexemplar von einem Mann geraten bist.«

»Oh nein!« Mia war entsetzt. »Das kann ich nicht erzählen. Es ist eine total peinliche Geschichte. Also, *richtig* peinlich meine ich.«

»Umso besser.« Annika kicherte vergnügt. »Ich liebe peinliche Geschichten.«

Nervös fuhr Mia sich durch die Haare. Angespannt überlegte sie, was Annika alles wissen durfte und was nicht. Endlich gab sie sich einen Ruck. Sie hatte nie Geheimnisse vor Annika gehabt und vielleicht war es sogar gut, wenn diese seltsame Geschichte mal ans Tageslicht kam. In dürren Worten erzählte sie von Arthurs Anzeige und ihren Treffen in seiner Wohnung. Es fiel ihr schwer, zu erklären, was sie daran so reizvoll gefunden hatte.

»Ich glaube, ich wollte einfach meinen eigenen Mist vergessen«, sagte sie und war sich selbst nicht sicher, ob es das traf. Ging es nicht auch um Spüren, um Erleben, um das Ausloten eigener Grenzen? Und darum, etwas völlig Unerklärliches zu tun. Frank hatte das auch gemacht. Nichts von dem, was er getan hatte, war nachvollziehbar.

»Unglaublich«, sagte Annika. »Und er hat dir wirklich Geld gegeben?«

Mia nickte beschämt. »Für jeden einzelnen Blowjob.«

Jetzt starrte Annika sie ungläubig an. »*Blowjob*? Du meinst, du hast ihn in den *Mund* genommen?«

Mia nickte erneut.

»Aber du kanntest ihn doch gar nicht. Wie konntest du so was machen? Bei einem total fremden Mann?« Annika verzog angewidert das Gesicht.

Mia wurde unsicher. Sie hatte erwartet, dass Annika sich vor allem über die Tatsache aufregen würde, dass Arthur Mia bezahlt hatte. Nun störten sie jedoch ganz andere Dinge. »Na ja«, sagte Mia beschwichtigend, »wir haben meistens ein Kondom benutzt.«

Annika atmete sichtlich auf. »Dann ist es ja gut. Ich hatte schon befürchtet, du hättest das Zeug auch noch geschluckt.«

Als Mia rot wurde, schrie sie entsetzt auf. »NEIN! Himmel, Mia, das ist *widerlicher Schleim*. Wie konntest du so was tun?«

Verlegen sah Mia sich um. Die Leute am Nachbartisch schauten bereits interessiert herüber. »Brüll es nur schön in die Welt hinaus«, brummte sie unwirsch. »Ich habe das ja nicht jedes Mal gemacht. Wie gesagt, oft haben wir Gummis benutzt. Und er ist auch nicht immer in meinem Mund ... na ja, der gute alte Handbetrieb tat's häufig auch.«

Annika war schockiert. »Das ist so E-KEL-HAFT. Ich mache das nicht mal bei Matthias. Aber bei einem fremden Mann? Oh, Mia, ich verstehe dich nicht. Du hättest AIDS kriegen können. Hast du daran mal gedacht?«

»Unsinn«, wehrte Mia ab. Ihre Verlegenheit schlug in Ärger um. »Höchstens, wenn ich eine Verletzung im Mund gehabt hätte. Hatte ich aber nicht. Außerdem hat Sex immer mit Schleim zu tun. Bedenk mal, was der Mann alles abkriegt, wenn er dich mit dem Mund befriedigt. Und sogar beim Küssen tauscht man schleimige Flüssigkeiten aus.«

Jetzt war es an Annika, rot zu werden. »Küssen ist aber doch nicht so … so …« Hilflos hob sie die Arme und auf einmal fragte Mia sich, was eigentlich in Annikas Ehebett stattfand – oder vielmehr: was nicht stattfand.

Es war das erste Mal, dass sie so offen über Sex sprachen. Mia hatte oft gefunden, dass mit Frank vieles eher langweilige, brave Routine war. Aber jetzt wurde ihr schlagartig klar, dass sich ihr Liebesleben im Vergleich zu Annikas offenbar äußerst aufregend gestaltet hatte.

Annika war schockiert, aber auch ein wenig fasziniert. Endlich passierte mal etwas Aufregendes, etwas, das in ihrer kleinen, überschaubaren Welt nicht einmal Platz in ihrer Fantasie hatte.

»Dieser Arthur sieht überhaupt nicht so aus«, sagte sie. »Ich meine, wie er da in der Buchhandlung stand, wirkte er so normal. Und so wahnsinnig sympathisch. Gar nicht wie jemand, der sich Frauen kauft und sich von ihnen … « Sie ließ den Satz unvollendet. Je weniger sie über die widerlichen Details dieser seltsamen Affäre sprachen, desto besser.

Mia musste ihr recht geben. Bei ihren Begegnungen in der Stadt war Arthur tatsächlich sehr sympathisch erschienen. Freundlich, humorvoll, aufmerksam. Ganz anders als damals in seiner Wohnung.

»Warum sollte man einem Mann auch ansehen, was er für ein Liebesleben führt?«, überlegte sie laut. »War es nicht schon immer so, dass die größten Biedermänner hinter der heilen Fassade die übelsten Kerle waren?«

»Das schon«, stimmte Annika ihr zu. »Aber dein Arthur ist ja nun wirklich kein Biedermann. Er hat eine umwerfende

Ausstrahlung. Er sieht so aus, als könnte er jede Frau kriegen. Warum also dieser ganze Unfug mit dem Geld?«

Das hatte Mia sich auch ständig gefragt. Aber war es nun nicht eigentlich egal? Sie und Arthur verband nichts mehr miteinander.

Oder etwa doch?

Nachdenklich rührte Mia in ihrem Kaffee. Ob es eine Bedeutung hatte, dass sie Frank in den vergangenen anderthalb Jahren kein einziges Mal zufällig über den Weg gelaufen war, während Arthur innerhalb von wenigen Wochen gleich zweimal plötzlich vor ihr stand?

»Er wollte mir eine CD schenken«, sagte sie, als sie sich daran erinnerte, was Arthur in der Buchhandlung zu ihr gesagt hatte. »Kannst du dir das vorstellen?«

Annika grinste breit. »Allerdings. Das kann ich mir sogar sehr gut vorstellen.«

»Es wäre besser, er würde so was nicht sagen.« Mias Stimme klirrte wie Glas. Etwas in ihr bekam feine Risse.

12

Die Weihnachtstage verbrachte Mia bei ihren Eltern in Lüneburg, wo es wie immer sehr gemütlich war. Ihre Eltern waren beide pensionierte Lehrer und während sie früher oft erschöpft und überempfindlich reagierten, waren sie nun sehr entspannt.

Mia reichte Zimtsterne herum.

»Die schmecken aber lecker«, sagte ihre Mutter. »Wo hast du die denn her?«

»Sie waren in Franks alljährlichem Weihnachtspäckchen.«

»Oh nein!« Bestürzt legte Barbara Sommer das Gebäckstück wieder weg.

»Nun iss schon«, forderte Mia sie auf. »Dafür sind sie doch da. Oder hätte ich sie wegschmeißen sollen?«

»Ach, meine Kleine.« Bekümmert schloss ihre Mutter sie in die Arme.

Mia war immer noch die Kleine, auch mit vierzig Jahren. Die zwei Jahre Vorsprung, die ihre Schwester Marie hatte, würde sie nie aufholen. Genauso wenig, wie sie jemals an Maries Erfolge heranreichen würde. Marie war Cellistin. Sie spielte in den großen Orchestern der Welt und war auch solo sehr erfolgreich unterwegs. Auch privat lief alles rund. Bei einem Schüleraustausch in Frankreich hatte sie Jean-Luc kennengelernt, der ebenfalls Musiker war. Heute war er ihr Mann und der Vater ihrer bezaubernden beiden Töchter. Marie hatte nie einen anderen Mann geliebt.

Manchmal fragte Mia sich, wie das war, wenn man nicht suchte und ausprobierte, so wie sie es getan hatte. Wenn man nicht im Laufe der Jahre an der Seite der unterschiedlichsten Männer entdeckte, was man mochte und was nicht – im täglichen Einerlei genauso wie in der Lust und Liebe. Wenn man nie scheiterte und von vorne anfing, sondern von Anfang an eine klare Richtung vorgegeben war. War Maries Leben reicher, weil die Beständigkeit ihr Raum und Sicherheit zum Entfalten gab? Oder war es beschränkter, weil ihr Erfahrungen fehlten, an denen sie wachsen konnte?

Auch Mia hatte immer nach Beständigkeit gesucht und doch war ihr Leben laufend in Bewegung. Vier Beziehungen gingen in die Brüche, viermal hatte sie von ewiger Liebe geträumt, und stand am Ende doch immer mit leeren Händen da. Jedes Ende war schmerzhaft gewesen, jedes Mal hatte sie geglaubt, nie wieder einen Mann so lieben zu können wie den letzten. Doch keine Trennung war so schlimm wie die von Frank.

Früher hatte Mia sich damit getröstet, dass sie jung genug war, um noch einmal von vorne zu beginnen. Es war noch alles drin – Mann, Kinder, Haus, das ganze Programm. Aber diesmal war das nicht so. Sie gab sich keinen Illusionen hin. In ihrem Alter war es nahezu aussichtslos, eine neue Beziehung zu beginnen. Die guten Männer waren alle verheiratet, die weniger brauchbaren zumindest in halbwegs festen Bindungen, und die übriggebliebenen Trottel wollte natürlich auch Mia nicht haben.

Dazu kam, dass sie überzeugt davon war, sich so schnell nicht wieder zu verlieben. Frank hatte ihr das Herz ausgerissen, und Herzen wuchsen bekanntermaßen nicht einfach wieder nach. Ein paar glückliche Jahre lang hatte sie sich in Sicherheit gewogen und geglaubt, nie wieder allein sein zu müssen. Und nun saß sie mit leeren Händen und blutendem Herzen unter dem Weihnachtsbaum ihrer Eltern und wusste nicht, wohin mit dem Rest ihres Lebens, der auf einmal wieder ganz frei zur Verfügung stand.

Betont munter stürzte Mia sich ins Familiengetümmel und bemühte sich, ihren Trübsinn zu verdrängen. Sie verbrachte Stunden mit Florence und Chantalle auf dem Fußboden und half ihnen, ihr neues Playmobilhaus zusammenzubauen. Sie stopfte sich mit der Schokoladen-Weihnachtstorte ihrer Mutter voll und machte anschließend mit der ganzen Familie einen langen Spaziergang im dämmrigen Winterlicht. Sie zwang sich, nur schöne, fröhliche Gedanken zuzulassen.

Irgendwann ertappte Marie sie doch.

»Na, Schwesterchen, was schaust du denn so trüb aus der Wäsche?« Sie hockte sich neben Mia auf das Sofa, die nachdenklich ihre Eltern betrachtete.

Barbara Sommer sah mit hochgelegten Füßen ihre Weihnachtspost durch und sprach dabei mit Rudi, dem Hund.

»Lisbeths Rheuma wird auch immer schlimmer. Die Ärmste kann nicht mehr so munter herum springen wie du«, sagte sie.

»Ach, so munter springe ich doch auch nicht mehr herum«, entgegnete ihr Mann Walter, der die Kerzen am Weihnachtsbaum beaufsichtigte.

»Dich meine ich doch auch gar nicht. Ich spreche mit Rudi.« Liebevoll beugte Barbara sich zu dem Jack-Russell-Terrier herab, der ihr mit schräg gelegtem Kopf zuhörte.

Walter seufzte theatralisch. »Eure Mutter redet mittlerweile mit dem Hund mehr als mit mir. Ich glaube, sie liebt ihn sogar mehr als mich.«

»Ach, Walter«, seine Frau lachte. »Du hast meine Liebe vierzig Jahre bekommen, jetzt sind mal andere dran. Nicht wahr, mein Herzchen?«

»Herzchen? Seit wann nennst du Papa Herzchen?« Marie runzelte erstaunt die Stirn.

»Sie meint den verdammten Hund.« Walter warf einen verzweifelten Blick in die Runde. »Da seht ihr es!«

Mia und Marie lachten schallend.

»Ich schaffe es jetzt kaum noch die vielen Treppen hinunter und überlege daher schon länger, die Wohnung zu verkaufen«, las Mias Mutter aus dem Brief ihrer alten Schulfreundin vor und ihr Mann und der Hund hörten geduldig zu.

Eine leise Traurigkeit erfasste Mia. Würde sie jemals so ein eigenes Heim, eine eigene Familie haben, in der sie in aller Stille alt werden konnte? Mit Frank hatte sie es nicht mal geschafft, Kinder zu bekommen.

»Lass uns noch ein bisschen warten«, hatte er immer wieder gesagt.

»Aber ich werde allmählich zu alt«, hatte Mia erwidert.

Frank hatte gelacht. »Ach, Unsinn, Süße, du bist doch noch jung, du hast noch ewig Zeit, Kinder zu kriegen.«

Nach männlicher Zeitrechnung mochte das stimmen, nach weiblicher hingegen schrumpften die Jahre erschütternd schnell zusammen. Sie wollte aber auch nicht einfach die Pille absetzen, wie viele Frauen es taten, und ihren Mann vor vollendete Tatsachen stellen. Frank sollte laut und deutlich Ja zu einem Kind sagen – und zwar von Anfang an.

So war die Zeit vergangen, bis es zu spät war.

Noch etwas wurde Mia auf einmal bewusst. Ihre Eltern waren allmählich in einem Alter angekommen, in dem es nicht mehr selbstverständlich war, sondern ein kostbares Geschenk, dass sie alle hier so gesund beieinander saßen. Sie spürte einen Kloß im Hals, als sie sah, wie ihr Vater sich schwerfällig zu Chantalle und Florence hinabbeugte und mit ungeschickten Bewegungen eine Playmobilfigur wieder an ihren Platz stellte.

»Ich bin so froh, dass ich euch alle habe«, sagte sie zu Marie. »Mir wird grade bewusst, wie wichtig ihr mir seid.«

»Ach, Kleene …« Marie drückte gerührt ihre Hand. »Und sonst? Alles in Ordnung?«

Mia lächelte tapfer. »Doch, natürlich.«

»Was machen die Männer? Gibt es da jemanden?«

»Nein.«

»Wie schade. Du solltest dich mehr umsehen. Es gibt so viele tolle Männer auf dieser Welt, ganz ehrlich.«

»Ach …«, Mia grinste. »Woher willst denn ausgerechnet du das wissen?«

»Na, meinst du etwa, ich bin blind? Ich schaue mir gerne Männer an. Und ich kann dir versichern, dass da draußen noch so einige wirklich tolle Typen frei herumlaufen.«

»Vielleicht in Paris. In Hamburg nicht.«

»Natürlich laufen auch in Hamburg tolle Männer herum«, mischte sich ihre Mutter ein. »Aber solange du lieber die Zimtsterne von deinem Exmann isst, siehst du sie natürlich nicht.«

Das saß. Mia schluckte. Sie wusste, ihre Mutter meinte es nicht so, vermutlich war ihr gar nicht bewusst, wie sehr sie Mia traf.

Marie versuchte, die Situation zu retten. »Hast du nicht Lust, mit uns nach Paris zu kommen und Silvester bei uns zu verbringen? Dann kannst du ja mal die französischen Männer in Augenschein nehmen.«

Mia rang sich ein Lächeln ab. »Das ist lieb gemeint. Aber ich feiere Silvester zusammen mit Henny in Hamburg. Wir gehen auf eine große Party. Da kann ich mir dann ja die Hamburger Männer ansehen«, fügte sie in Barbaras Richtung hinzu.

Mia stand auf. Sie brauchte dringend frische Luft. »Wie siehts aus? Kommt jemand mit spazieren?«

Rudi sprang begeistert an ihr hoch und flitzte zur Tür. Wenigstens der Hund würde ihr die Laune nicht verderben.

Arthur verbrachte den Jahreswechsel in einer Hotelbar nahe der Elbe, hoch über den Dächern der Stadt. Er war von Geschäftspartnern mitgeschleppt worden und machte das, was er in solchen Situationen immer machte: gut aussehen und alle Gefühle verdrängen. Er ließ sich bei allen wichtigen Leuten mal blicken, hielt Small Talk und zeigte das strahlendste Lächeln, das er auf Knopfdruck bieten konnte. Er gehörte zu den wenigen Männern, die nicht in Begleitung gekommen waren, und wurde von den Solofrauen schnell in Augenschein genommen. Aber keine von ihnen interessierte ihn. Höflich, aber bestimmt ließ er sie alle abblitzen. Nicht lange nach Mitternacht schlich er sich davon.

Draußen auf der Straße geriet er in eine Gruppe von Leuten, die sich das Feuerwerk an der Elbe angesehen hatten und nun zum Feiern Richtung Reeperbahn weiterzogen. Die Männer und Frauen lachten und grölten ausgelassen und prosteten Arthur zu. Einer von ihnen legte ihm einen Arm um die Schulter.

»Prost Neujahr, Alter!«, rief er. Er war gut einen Kopf kleiner als Arthur, blond, untersetzt und schon ziemlich betrunken. »Das war ein Scheißjahr, was?«

Arthur versuchte, den besoffenen Kerl abzuwimmeln, der ihm eine Sektflasche unter die Nase hielt. Angewidert schob er sie zur Seite.

»Stimmt«, sagte er, um seine Ruhe zu haben. »Es war ein Scheißjahr. Das nächste wird garantiert besser.«

»Nee, Mann, daswirdssicherich«, nuschelte der Blonde.

»He – Frank, nun komm schon!«

Ein großer, schlaksiger Mann zerrte den blonden Suffkopf weiter, der ihm nur widerstrebend folgte.

»Stimmt doch, Rocco, es war ein Beschissnesscheißjahr.«

»War es nicht.« Der Schlaksige klang wütend. »Verdammt, ich scheuer dir gleich eine, wenn du das noch mal sagst.«

Arthurs Taxi fuhr vor. Erleichtert stieg er ein.

Zuhause stand er im Dunkeln am Fenster und sah zu, wie die letzten Feuerwerkskörper über der Elbe explodierten.

»Es war tatsächlich ein Scheißjahr«, sagte er in die Stille seiner dunklen Wohnung hinein. »Genauso wie das letzte und vorletzte.«

Als Antwort explodierte vor seinem Haus ein Böller. Arthur zuckte zusammen. Die Welt da draußen war schon ohne diesen ganzen Silvesterquatsch feindselig genug. Aber heute brachte sie ihn um.

Ihm war eiskalt.

Nicht weit entfernt feierte Mia auf einer riesigen Party direkt am Fischmarkt. Zu ihrer Überraschung wimmelte es dort von sehr attraktiven, sehr selbstbewussten Singlefrauen in ihrem Alter. Eine Coverband spielte die Musik ihrer Jugend – Abba, Smokie, Rolling Stones – und die Frauen tanzten alle fröhlich und äußerst gut gelaunt dazu.

Es waren auch viele gutaussehende Männer da, aber die meisten hatten eine Frau an ihrer Seite, die eifersüchtig über sie wachte. Und die wenigen Singlemänner tranken sich alle erst mal so nachdrücklich Mut an der Bar an, dass etliche von ihnen bereits um Mitternacht kaum noch ihren Namen wussten.

Mia stürzte sich mit Henny ins Getümmel. Die gute Laune der anderen Gäste steckte sie an. Diese Nacht würde ihnen gehören! Henny strahlte und sah genauso selbstbewusst und ausgelassen wie die anderen Singlefrauen aus. Sie hatte seit sechs Jahren keinen festen Partner mehr und nur kleinere Affären gehabt, die allesamt katastrophal endeten. Mia verstand das überhaupt nicht. Henny war eine tolle Frau. Sie war klein, immer noch so zierlich wie mit zwanzig, hatte blonde Haare (deren Farbe nicht mehr ganz so echt wie mit zwanzig war), war intelligent, sehr humorvoll und einfach total liebenswert.

Mia fragte sich, wie Henny es ohne die intime Nähe einer Partnerschaft aushielt, ohne regelmäßigen Sex, ohne jemanden, der ihr ganz selbstverständlich unter die Arme griff, wenn sie Hilfe brauchte.

»Keine Ahnung«, hatte Henny einmal gesagt. »Man gewöhnt sich dran. In den ersten Jahren war es schrecklich, aber irgendwann ist es einfach normal geworden, abends alleine einzuschlafen, sonntags alleine am Frühstückstisch zu sitzen, das Auto selbst in die Werkstatt zu bringen und alleine in Urlaub zu fahren.«

Um sie herum glaubte niemand mehr daran, dass sich an ihrer Situation jemals wieder etwas ändern würde. Und sie selbst hatte die Hoffnung wohl auch aufgegeben.

»In meiner Familie glaubt keiner mehr, dass ich noch mal einen Mann finde«, sagte sie resigniert. »Früher haben sie mich immer geneckt und versucht, mich mit den merkwürdigsten Typen zu verkuppeln. Inzwischen sagt keiner mehr was. Ich bin die Übriggebliebene, die zu jeder Familienfeier alleine kommt und mit den Kindern spielt, während sich die Erwachsenen unterhalten.«

Sie klang schrecklich bitter, als sie das sagte, und Mia, die damals noch mit Frank zusammen war, hatte Mitleid mit ihr gehabt. Inzwischen war sie selbst zu einer Übriggebliebenen geworden.

Aber in dieser Nacht dachte keine von ihnen daran. Sie

wollten tanzen und Spaß haben, das alte Jahr zum Teufel schicken und dem neuen fröhlich zuprosten.

Zu ihrer Überraschung stellte Mia fest, dass sie auf dieser Party keineswegs zu den unsichtbaren Frauen gehörte, sondern durchaus gesehen wurde, und zwar von Männern jeden Alters. Sie konnte es kaum glauben, als sie bemerkte, wie zwei Männer, die sicher noch keine dreißig waren, immer wieder Blickkontakt zu ihr suchten. War sie für diese Jungen wirklich interessant? Unvorstellbar. Aber einer der Männer, der sehr sympathisch aussah, lachte ihr immer wieder zu und suchte beim Tanzen tatsächlich unübersehbar ihre Nähe. Mia musste nur zugreifen. Verwirrt und erschrocken zog sie sich ein Stück zurück.

»Sag mal, der Gitarrist von der Band sieht doch aus wie Dirk Richter, findest du nicht?«, fragte Henny irgendwann.

»Dirk Richter? *Der* Dirk Richter aus unserer Schule?«

»Ja, genau der.«

Mia sah sich den Gitarristen genauer an. Die dunkelblonden Locken und die Himmelfahrtsnase erinnerten tatsächlich entfernt an den Jungen von damals aus ihrer Klasse. Doch sie schüttelte den Kopf. »Das könnte Dirk Richter sein. Wenn er zwei Köpfe kleiner wäre. Und dreißig Jahre jünger.«

Henny kicherte. »Auch ein Dirk Richter wird mal älter.«

Mia verzog keine Miene. »Glaub ich nicht.«

Sie stürmte zurück auf die Tanzfläche.

»Sexy – was hast du bloß aus diesem Mann gemacht?«, grölte sie mit tausend anderen Partygästen. »Sexy – was hat der alte Mann dir denn getan?«

In einer Spielpause saßen die Bandmitglieder an einem Tisch an der Seite der Tanzfläche. Mia und Henny saßen am Nebentisch.

»Ich geh da jetzt mal hin und frage den, ob er Dirk Richter ist«, sagte Henny.

Mia schüttelte den Kopf. Aus der Nähe betrachtet sah sie noch weniger Ähnlichkeiten zwischen dem frechen kleinen Jungen aus der fünften Klasse und dem hageren Gitarristen der Band. Aber Henny stiefelte schon los. Sie musste bereits sehr betrunken sein. Mia ging an die Bar und holte sich eine Caipirinha. Als sie zurückkam, saß Henny wieder an ihrem Tisch.

»Das ist gar nicht Dirk Richter«, erklärte sie.

»Ach was.« Mia grinste breit.

»Aber er ist total nett. Eigentlich viel netter als Dirk Richter«, sagte Henny mit verklärtem Blick.

»Großartig!«

Mia kippte ihre Caipirinha hinunter und ging wieder tanzen. Henny blieb sitzen und stierte zu den Bandmitgliedern hinüber. Der hagere Gitarrist grinste ihr zu. Sollte Henny sich vergucken, in wen sie wollte. Mia war das egal. Sie tanzte und tanzte, bis die Nacht fast um war.

Henny sah sie vielsagend an, als sie endlich den Heimweg antraten. »Du glaubst nie, wessen Telefonnummer ich hier habe«, sagte sie.

»Etwa die von Dirk Richter?« Mia kicherte.

»Viel besser!«, kreischte Henny und sie lachten ausgelassen.

Auf der Straße räumten bereits Müllmänner den Dreck der Nacht zusammen. Es war bitterkalt und schneite. Weil es keine freien Taxis gab, brachte Mia Henny zu Fuß zur S-Bahn und ging dann das letzte Stück allein nach Hause. Auch das war etwas, was sie nach ihrer Scheidung wieder lernen musste: sich als Frau alleine durch die Nacht zu bewegen. In diesen Momenten war sie direkt dankbar, dass sie mittlerweile zur Riege der unsichtbaren Frauen gehörte.

Dennoch wurde ihr etwas mulmig zumute, als ihr in

einer kleinen, einsamen Straße drei Männer entgegen kamen, die grölend durch den Schnee torkelten. Mia wollte ihnen schon ausweichen, als einer von ihnen schrie:

»Dasissochmiaodanich?«

Die Männer blieben vor ihr stehen. Einer war groß und schlaksig, einer klein und dicklich, der dritte ein unauffälliger Mitläufer. Rocco, Frank und Schmiddel. Frank löste sich aus der Gruppe. Er war so betrunken, dass er sich kaum noch auf den Beinen halten konnte. Trotzdem hatte er Mia in der Dunkelheit sofort erkannt.

»Mia!« Er fiel ihr förmlich in die Arme. »Meine alleralleralleliebssse Mia.« Er hielt sich an ihr fest wie ein Ertrinkender. »Prosssit Neujahr!«, lallte er.

Verglichen mit den Männern war Mia geradezu nüchtern. Die betrunkenen Kerle stießen sie noch mehr ab, als sie es in nüchternem Zustand getan hätten. Manche Männer wurden offenbar nie erwachsen.

»Euch auch ein schönes neues Jahr«, sagte sie frostig und versuchte, Frank von sich fortzustoßen.

Doch er umklammerte sie wie eine Klette.

Rocco, der sichtlich genervt von Franks Trunkenheit war, prostete ihr mit einer leeren Bierflasche zu. »Frohes neues Jahr, Mia«, sagte er liebevoll. Er beugte sich vor, um ihr Frank abzunehmen, und dabei drückte er ihr einen warmen Kuss auf die Wange.

»Es gibt Momente, in denen wünschte ich, er wäre noch dein Mann«, seufzte er. Dann klemmten er und Schmiddel sich Frank in ihre Mitte und schleiften ihn weiter.

Mia sah ihnen nach. Schneeflocken fielen auf ihr Gesicht.

Auf einmal war ihr zum Weinen.

In ihrer Wohnung war es eiskalt. Mia kroch mit einer Wärmflasche ins Bett und vergrub sich tief unter ihrer

Bettdecke. Früher hatte Frank immer ihre kalten Füße gewärmt. Früher, dachte sie und spürte, wie die Kälte trotz der Wärmflasche durch ihren ganzen Körper zog, war überhaupt alles wärmer gewesen.

Auf einmal musste sie an Arthur denken. Er gehörte eindeutig zur Kälte. Alles an ihm war kalt. Seine Wohnung. Sein Blick. Seine Gefühle. Nur unter ihren Händen war er nie kalt gewesen, da hatte er geglüht.

Auf dem Nachttisch summte ihr Handy. Mia angelte schläfrig danach. Sie hatte bereits ein halbes Dutzend Neujahrsgrüße erhalten, vermutlich war das jetzt Marie, von der hatte sie noch nichts gehört. Offenbar feierte man in Paris auch die ganze Nacht.

»Frohes neues Jahr und alles Gute für dich, Mia. Gruß Arthur.«

Verwundert starrte sie auf die Worte im Display. Eben hatte sie noch an Arthur gedacht und nun schrieb er ihr, mitten in der Nacht. Was für ein Zufall! Sie dachte sonst überhaupt nie an Arthur – wenn sie ihm nicht gerade beim Shoppen über den Weg lief. Doch Arthur, der launische, abweisende, kalte Arthur, der sie oft genug wie eine Hure behandelt hatte, dieser Arthur schickte ausgerechnet ihr einen Neujahrsgruß.

Zum ersten Mal kam Mia der Gedanke, dass Arthur ein sehr einsamer Mensch war.

Sie schrieb ihm zurück.

»Ich wünsche dir auch ein frohes neues Jahr und nur das Beste für dich. Liebe Grüße, Mia.«

Sie überlegte lange, ob sie noch mehr dazu schreiben sollte. Sie könnte Arthur fragen, wie es ihm ging, oder ob er Lust hätte, sie auf einen Kaffee zu treffen. Aber hatte *sie* überhaupt Lust dazu? Mia legte das Handy auf den Nachttisch zurück und zog sich die Decke wieder bis zur

Nase. Kurz darauf kündigte ihr Handy erneut den Eingang einer Nachricht an.

»*Danke. Gut gefeiert?*«

Mia drückte das Handy im Dunkeln an ihre Brust, in der ihr Herz ein paar überraschte Hüpfer machte. Arthur war offenbar genauso alleine wie sie – und genauso wach, obwohl es fast halb sechs war, auch für eine Silvesternacht recht spät.

»*Ja, war ein tolles Silvester. Und bei dir?*«
»*Es war okay.*«
»*Okay klingt aber nicht so richtig gut.*«
»*Nein, aber okay ist okay. Schlaf schön!*«
»*Du auch. Gute Nacht!*«

Mia lächelte, als sie das Handy endgültig auf den Nachttisch zurücklegte. Arthur. Immer wieder gut für Überraschungen.

13

Es war der schneereichste Winter seit Jahrzehnten. Von Weihnachten bis Mitte März versank Norddeutschland fast ununterbrochen im Schnee. Nach einer kurzen Tauwetterphase im Januar verwandelten sich in Hamburg Gehwege und Treppen in spiegelglatte Eisflächen, die den Fußgängern monatelang zu schaffen machten. Viele Menschen stürzten und verletzten sich dabei schwer. Mia fand den Winter trotzdem großartig. Der Schnee ließ die Welt heller und freundlicher erscheinen.

Das neue Jahr begann für sie allerdings alles andere als freundlich. Gleich in den ersten Januartagen verlor sie ihren Job. Die Kündigung kam trotz aller Differenzen, die sie mit Dagmar Roth hatte, überraschend. Erst vor wenigen Wochen war Mias Probezeit abgelaufen und seitdem fühlte sie sich sicher. Sie würde das Arbeitsjahr irgendwie rumkriegen und die Schikanen ihrer Chefin tapfer ignorieren. Dass Norbert Roth ihr nun kündigte, erstaunte sie. Offenbar hatten die Roths unterm Tannenbaum ein paar Machtkämpfe ausgetragen, die Dagmar Roth für sich entschieden hatte.

»Ihre Kündigung hat ausschließlich wirtschaftliche Gründe«, behauptete Norbert Roth und rutschte unbehaglich auf seinem Stuhl hin und her. »Sie wissen, wir haben das Autohaus Lübbe als Kunden verloren, das ist für uns ein großer Einbruch.«

Mia sagte nichts. Sie wussten beide, dass für das Autohaus zwei neue, vielversprechende Kunden gekommen waren, was nicht zuletzt auch Mias Verdienst war.

»Ich weiß, das ist kein schöner Start ins neue Jahr, aber ich bin sicher, dass wir uns finanziell einig werden«, fügte Norbert Roth fast entschuldigend hinzu.

»Zu wann?«, fragte Mia, obwohl sie die Antwort schon kannte.

»Es wäre schön, wenn Sie noch bis zum Ende der Woche bleiben könnten, um Ihre letzten Arbeiten abzuschließen.« Norbert Roth verstand es, die fristlose Kündigung freundlich zu verpacken.

Mia stand auf. Erstaunlicherweise verschluckte der Abgrund sie nicht, der sich vor ihr auftat.

»Schade«, sagte sie mit belegter Stimme, »ich wäre gerne bis zum Sommer geblieben.«

Norbert Roth nickte bekümmert.

Sabine Müller, die Sekretärin schaute traurig von ihrem Schreibtisch auf, als Mia an ihr vorbeiging. Sie wusste es also schon.

»Es tut mir so wahnsinnig leid«, flüsterte sie und rollte vielsagend mit den Augen. Auf der anderen Seite des kleinen Flurs stand Dagmar Roth im Kopierraum.

»Frau Sommer«, rief sie in ihrem üblichen Befehlston herüber. »Sie können gleich mal die Kopien mitnehmen und auf die Pressemappen verteilen.«

Mia zögerte. Sie stand mitten im Flur zwischen diesen beiden so unterschiedlichen Frauen. Ihre Augen wanderten von Sabine Müllers nettem, betrübtem Gesicht zu Dagmar Roths meckerndem Ziegenkopf. Diese Frau hielt es nicht mal für nötig, Mias Rauswurf angemessen zu kommentieren. Zwei Tage mehr oder weniger, dachte Mia, darauf kam es nun wirklich nicht mehr an.

»Wissen Sie was, Frau Roth?« Sie blieb mitten im Flur stehen und sprach so laut, dass es alle mitbekamen. »Ich habe ehrlich gesagt keine Ahnung, was Sie gegen mich haben. Seit meinem ersten Arbeitstag haben Sie mich wie eine untalentierte, strohdoofe kleine Praktikantin behandelt. Ich bin aber weder strohdoof noch eine Praktikantin und untalentiert gleich gar nicht.«

Dagmar Roth schnaubte unwillig. »Was reden Sie denn da für einen Unfug? Sind Sie beleidigt, weil wir Sie nicht länger bezahlen können? Das ist Ihr Problem, nicht meins.«

Mia verdrängte ihre aufsteigende Hysterie und versuchte, ihre Stimme ruhig zu halten. »Ich bin nicht beleidigt. Ich bin total sauer. Und zwar auf Sie. Ausschließlich auf Sie. Ich weiß nicht, was Sie für ein Problem mit mir haben. Aber falls es mit Ihrer Angst zu tun hat, dass ich besser als Sie bin, so kann ich das verstehen.«

Dagmar Roth erstarrte zu einer hässlichen Skulptur. Sabine Müller formte mit ihrem offenen Mund stumme Laute. Es war so still im ganzen Büro, dass Mia fast glaubte, außer ihr würde niemand mehr atmen. Sogar der Kopierer hörte auf, ratternd Papier auszuspucken. »Mag sein, dass Sie meine Konkurrenz fürchten und meine Berufserfahrung.« Mia erschrak selbst darüber, wie scharf ihre Stimme die Stille durchschnitt. »Mag auch sein, dass Sie fürchten, Ihr Mann könne sich mehr für mich als für Sie interessieren.« Täuschte Sie sich, oder hatte Norbert Roth seine Zimmertür einen Spaltbreit weiter aufgeschoben? »Ich kann Ihnen dazu nur so viel sagen: Sie haben recht mit Ihren Befürchtungen. Ich *bin* besser in meinem Job als Sie. Das weiß ich. Ob sich Ihr Mann mehr für mich interessiert als für Sie, weiß ich dagegen nicht. Wir haben nie über solche Dinge gesprochen und Ihr Mann interessiert mich auch nicht – also, jedenfalls nicht als Mann …

Sie wissen schon.« Dagmar Roth sagte kein Wort. »Aber *falls* er sich für mich mehr als für Sie interessieren würde«, fuhr Mia fort, »dann könnte ich das verstehen. Wer hat schon Lust auf totale Humorlosigkeit? Auf ständiges Gekeife und Gemecker? Auf permanente Kontrolle? Niemand.« Sie holte tief Luft und nickte Dagmar Roth abschließend zu. »Denken Sie mal drüber nach!«

Dagmar Roth erwachte langsam wieder zu Leben. Ihre Gesichtsfarbe wechselte von kalkweiß zu puterrot. Mia war sich nicht sicher, ob sie die drohende Explosion überleben würde. Sie war sich nicht sicher, ob irgendjemand diese Explosion überleben würde.

Hastig drehte sie sich zu Sabine Müller um, wünschte ihr alles Gute und eilte dann mit zitternden Knien zu ihrem Schreibtisch. Mit fliegenden Fingern und rasendem Herzen packte sie ihre wenigen privaten Dinge zusammen und floh aus dem Büro.

Niemand hielt sie auf. Dagmar Roth explodierte nicht. Vielmehr begleitete bestürztes Schweigen Mia hinaus.

Sie schaffte es mit Mühe bis zur nächsten Straßenecke, dann musste sie sich auf die Bank an einer Bushaltestelle setzen, weil ihre Beine sie nicht mehr trugen.

Was für ein Abgang!

Als das Zittern nachließ, begann sie zu lachen. Sie lachte und lachte, bis ihr Tränen über die Wangen liefen. Passanten musterten sie mit merkwürdigen Blicken, aber das war ihr egal. Es fühlte sich einfach unfassbar befriedigend an, dass sie Dagmar Roth den Marsch geblasen hatte.

UN-FASS-BAR befriedigend.

Zuhause lachte Mia nicht mehr. Sie war darauf angewiesen, dass Norbert Roth ihr eine gute Abfindung zahlte, sonst bekam sie finanzielle Probleme. Sie hatte so kurz bei ihm gearbeitet, dass sie kaum Arbeitslosengeld erhalten würde. Was, wenn er sich jetzt quer stellte und sie ihr Geld vielleicht einklagen musste? Das konnte ewig dauern. Panik erfasste sie. Sie schlief vor lauter Angst nicht mehr und schrieb wie irre eine Bewerbung nach der nächsten. Irgendjemand musste doch an sie glauben. Irgendwer musste sie haben wollen.

Und so war es auch.

Allerdings anders, als sie dachte. Bereits in der Woche nach ihrer Kündigung erhielt sie per Mail eine Anfrage von einer Firma, die Biokleidung herstellte – produziert in Deutschland aus heimischen Rohstoffen, unter strengsten ökologischen Auflagen. Die kleine Firma war gerade erst im Aufbau und sie suchte dringend jemanden, der nicht nur die Werbetexte schrieb, sondern auch ein Vermarktungskonzept entwickelte. Natürlich konnten sie nicht gut zahlen. Aber es war eine Chance, ein Anfang.

»Wie sind Sie denn auf mich gekommen?«, fragte Mia den Geschäftsführer Ulrich Hampel bei ihrem ersten Telefongespräch.

»Unser Berater hat Sie empfohlen, Arthur Kessler.«

»Kessler? Kenne ich nicht.«

Mia stutzte.

»Moment mal ... *Arthur* Kessler sagten Sie? Der Mann heißt Arthur mit Vornamen? Hat er dunkle Haare und ... ähm, eine Narbe im Gesicht?«

»Ja, genau. Er hatte mal einen schweren Autounfall.«

»Das wusste ich nicht. Aber dann kenne ich ihn doch.«

Arthur. Schon wieder Arthur. Der Mann wurde allmählich zu einer Plage. Wieso mischte er sich ungefragt in ihr Leben ein und empfahl Mia bei einer Firma, ohne ihr ein Wort davon zu sagen? Er wusste doch überhaupt nichts von ihrer beruflichen Situation. Es missfiel ihr, dass er immer genau dann, wenn Mia anfing, ihn ein wenig zu mögen, Dinge tat, mit denen er sich wieder total unbeliebt bei ihr machte.

Sie rief ihn an, aber er ging nicht dran. Klar, dachte Mia giftig, vermutlich vergnügte er sich gerade mit einer ihrer Nachfolgerinnen, von denen es sicher zahlreiche gab.

»Kannst du mir mal erklären, was dieser ganze Mist soll?«, keifte sie auf seinen Anrufbeantworter.

Es war schon spät am Abend, als Arthur sich meldete, zunächst per SMS.

»Bist du noch wach?«

»Ja«, schrieb Mia zurück. *»Und ich bin ziemlich sauer auf dich.«*

Es dauerte nur Sekunden, bis er anrief.

»Was ist los?«, fragte Arthur reserviert. »Ich erinnere mich nicht daran, dass ich mich in letzter Zeit dir gegenüber daneben benommen hätte.«

»Und ob du das hast«, sagte Mia wütend. »Ich hatte heute ein sehr aufschlussreiches Gespräch mit Ulrich Hampel von Elbzeug.«

»Aha.«

Seine aufreizend ruhige Stimme machte Mia rasend. »Elbzeug, du weißt schon, diese Ökoleute.«

»Und?«

Sie hatte das Bedürfnis, ihm ins Gesicht zu schlagen. »Was – und? Kannst du mir mal erklären, wieso du denen meine Mailadresse gibst?«

In der Sekunde, in der sie die Worte aussprach, wurde ihr klar, dass er ihre Adresse überhaupt nicht kannte. Er kannte ja nicht mal ihren Nachnamen.

»Ich habe niemandem deine Adresse gegeben«, sagte er prompt.

»Das hat Ulrich Hampel aber behauptet.«

»Und warum sollte ich das tun?« Seine Stimme wurde ungeduldiger, abweisender. »Damit sie dich zuspammen? Obwohl das in ihrem Fall nicht schlimm wäre. Sie machen tolle Sachen.«

»Darum ging es nicht«, sagte Mia verunsichert und kam sich wieder mal völlig idiotisch vor. »Sie haben mir einen Job angeboten.«

»Oh.«

Sie schwiegen beide, verwirrt über dieses seltsame Missverständnis.

Arthur brach das Schweigen mit zögernder Stimme. »Kann sein, dass ich damit doch zu tun habe, jedenfalls entfernt. Ich hatte mich ein bisschen nach freiberuflichen Kommunikationsprofis umgehört, weil die bei Elbzeug sich keine Agentur leisten können.«

»Und?« Mia hielt den Atem an und presste das Handy so fest an ihr Ohr, dass es wehtat.

»Nun ja, ein Bekannter hat mir eine Liste mit mehreren Namen gegeben. Die habe ich einfach weitergeleitet. Die Auswahl wollte ich natürlich den Elbzeugleuten überlassen.« Kurze Pause. »Außerdem war mir nicht klar, dass du offenbar auch auf der Liste stehst.«

Mia wusste nicht, ob sie ihm glauben sollte. Sie stellte eine letzte Frage. »Wer hat dir denn die Namen gegeben?«

»Ein Bekannter, wie ich schon sagte, Stefan Büttner. Vielleicht kennst du ihn, er arbeitet auch in der Werbung.«

Sie ließ fast das Handy fallen vor Überraschung.

»Tut mir leid, wenn das zu Verwirrung geführt hat.« Arthurs Stimme klang auf einmal so weit weg, als würde er sich am anderen Ende der Welt befinden. »Andererseits ist es doch toll, dass du einen Job hast ...«

»Noch habe ich ihn nicht«, sagte Mia hastig. »Ich muss erst noch ein Angebot schreiben.«

»Natürlich. Aber es wird sicher gut laufen. Und es wird dir Spaß machen. Das ist ein netter Laden.«

Was wusste er schon, was ihr Spaß machte?

»Dann haben wir also alles geklärt und können dieses merkwürdige Gespräch beenden?«, fragte er und klang dabei ein wenig freundlicher als am Anfang.

»Scheint so«, murmelte Mia betreten.

»Also dann – gute Nacht.« Er fügte noch etwas hinzu, mit einem eigenartigen Unterton. »Ach, und falls du zufällig noch einen kleinen Nebenjob suchen solltest ...«

»Was?«, fuhr sie atemlos dazwischen.

»Na ja ... ach ... sorry, vergiss es.«

Sie hörte, wie er tief ausatmete.

»Viel Glück für den Auftrag«, sagte er, so distanziert wie während des gesamten Gesprächs. »Gute Nacht.«

»Gute Nacht.«

Mia wusste nicht, wer ihr in dieser Nacht mehr den Schlaf raubte, Arthur Kessler (so hieß er also mit Nachnamen) oder Stefan Büttner, ihr ehemaliger Kollege. Stefan hatte Arthur ihre Adresse gegeben. Wie klein die Welt manchmal war. Und in was für seltsame Richtungen sie sich drehte. Wie hing das alles zusammen? Woher wusste Stefan, wie dringend sie Arbeit suchte? Sie hatten seit Ewigkeiten kein Wort miteinander gewechselt. Und nun bildete ausgerechnet Arthur ein Verbindungsglied zwischen ihnen. Wie seltsam.

Überhaupt Arthur! Was spielte der für eine eigenartige Rolle in diesem ganzen Zirkus? Mia verstand das nicht. Und was hatte er da eigentlich zum Abschied gesagt? *Falls du zufällig noch einen kleinen Nebenjob suchen solltest ...* Sie dachte an ihr gemeinsames Essen im vergangenen Frühling. Das schien Ewigkeiten her zu sein. Trotzdem hörte sie Arthurs Stimme klar und deutlich. *Liege ich falsch damit, dass diese ganzen Neuanschaffungen in unmittelbarem Zusammenhang mit diesem kleinen Nebenjob hier stehen?* Sie hatte sich so erbärmlich gefühlt, so gedemütigt, als sie ihm antwortete. *Nebenjob ist gut. Ehrlich gesagt ist das zurzeit mein Hauptjob.* Kein einziges Wort dieses Gesprächs hatte sie vergessen. Arthur offenbar auch nicht. Falls dieser Mann sich jeden Wortwechsel merkte, den er mit einer seiner vermutlich zahlreichen Gespielinnen führte, musste er ein Gedächtnis wie ein Elefant haben.

Es war natürlich klar, was er von Mia wollte: Dass sie wieder zu ihm kam, vor ihm kniete und hinterher mit ihm Champagner trank, als sei es das Normalste der Welt. Das könnte ihm so passen! Mia wollte nichts mehr mit Arthurs ekelhaften Spielchen zu tun haben. Sie war über diese Phase hinweg, in der sie sich so einsam und verloren gefühlt hatte, dass sie nicht wusste, was sie tat.

Doch die Nacht war lang und still. Mia bewegte ihre Gedanken und Gefühle hin und her. Sie dachte an Norbert Roth und Elbzeug. An Frank. An Stefan Büttner. Und an Arthur. Alles floss wild durcheinander; was nichts miteinander zu tun hatte, wurde plötzlich eins. Mitten in der Nacht, in einem Moment totaler Übermüdung, in dem sie Traumbilder nicht mehr von der Realität unterscheiden konnte, fasste Mia einen Entschluss.

Sie würde doch wieder zu Arthur gehen.

Aber diesmal würden sie nach ihren Regeln spielen.

14

Als Mia das erste Mal arbeitslos wurde, war es viel schlimmer als diesmal. Die Kündigung traf sie völlig unvorbereitet. Nichts hatte darauf hingedeutet, dass man sie nicht mehr haben wollte. Dabei hätte sie es wissen müssen. Sie war viel zu lange bei Keutner und Lempe dabei. Sie hatte sich häuslich eingerichtet, war Leiterin eines Kreativteams geworden und wurde von den Kollegen geachtet und geschätzt. Aber dann ging sie rückwärts, gab Arbeitszeit und Verantwortung ab, ihre Ziele verschoben sich. Sie war froh, dass ihre Chefs ihre Entscheidung mittrugen.

Bis jetzt. Auf einmal brach alles zusammen.

Mia war fassungslos.

»Es tut mir leid«, sagte Clemens Marquardt, der Geschäftsführer von Keutner und Lempe. »Aber wir stehen kurz vor der Insolvenz.« Das stimmte nicht, aber er hoffte wohl, mit seiner Dramatik etwas Schärfe aus dem Rauswurf zu nehmen. »Wir können im Moment nur noch die Leute gebrauchen, die hier vollen Einsatz zeigen.«

»Aber das tue ich doch«, warf Mia ein. Sie konnte nicht glauben, dass ausgerechnet sie gehen musste. Es gab Leute, die wesentlich kürzer dabei waren, die der Firma noch nicht über so lange Zeit loyal gedient hatten. Aber diese Kollegen waren alle viel jünger. Bestürzt erkannte Mia, dass man sie ausmusterte wie ein in die Jahre gekommenes Möbelstück.

»Oder wart ihr mit meiner Arbeit nicht mehr zufrieden?«, fragte sie, wobei sie nicht wusste, was schlimmer war: zu alt oder zu schlecht für ihren Job geworden zu sein. »Ich weiß, ich hatte in letzter Zeit ein paar persönliche Probleme, aber jetzt bin ich wieder voll dabei. Du kennst mich doch, Clemens. Ich stehe immer wieder auf.« Sie hasste sich dafür, dass sie sich selbst erniedrigte und anfing zu betteln. Sie hätte mit hoch erhobenem Haupt das Büro ihres Chefs verlassen müssen, brüllend wie eine Löwin. Stattdessen kroch sie unterwürfig vor ihm über den Boden wie eine geprügelte Hündin.

»Das weiß ich doch, Mia. Aber wir können es uns in Krisenzeiten nicht leisten, Leute durchzuschleppen, die keinen hundertprozentigen Einsatz zeigen.«

Mia schaffte es nur mühsam, die Fassung zu bewahren. Sie hatte fünfeinhalb Jahre für diesen Laden geschuftet und klaglos unzählige Überstunden gemacht. Sie war erfolgreich gewesen, ihr Team gewann Preise für herausragende Kampagnen und trug dazu bei, dass Keutner und Lempe auch in Krisenzeiten zu den Größten der Branche zählten. Jetzt hatte sie mal ein paar schlechte Wochen, und schon setzte man sie vor die Tür, als würden die Jahre davor nicht zählen.

»Ich könnte wieder Vollzeit arbeiten«, sagte sie und warf verzweifelt ihren letzten Rest Würde über Bord. »Das passt mir inzwischen sowieso viel besser.«

»Tut mir leid.« Clemens Marquardt klang endgültig. »Aber für weitere Vollzeitstellen haben wir erst recht keine Kapazitäten.« Mit einem Blick des Bedauerns besiegelte er Mias Schicksal.

Als sie bleich und zitternd aus dem Chefbüro taumelte, lief sie Stefan Büttner über den Weg.

»Na, Mia, wieder mal ne lange Nacht gehabt? Du siehst etwas verkatert aus«, neckte er sie.

»Ich bin grade rausgeflogen«, sagte sie tonlos.

Mia und Stefan Büttner waren immer gut miteinander ausgekommen. Anfangs versuchte Stefan ein paar Mal, Mia ins Bett zu kriegen, aber sie wies ihn jedes Mal sehr bestimmt ab, bis er irgendwann aufgab und sich zwischen ihnen ein gutes Verhältnis entwickelte. In den letzten Wochen war ihr Miteinander allerdings merklich abgekühlt. Seit ihrer Trennung von Frank hatte Mia sich völlig zurückgezogen.

Jetzt war Stefan schockiert. Er hatte nichts von Mias Rauswurf geahnt und ließ ihn sich in allen Einzelheiten schildern. »Irgendwann trifft es wohl jeden mal«, sagte er. »Und wir zwei sind in diesem Laden immerhin auch schon ziemlich lange dabei. Das ist ja in der Agenturwelt eher ungewöhnlich. Sieh es als Chance, mal etwas mehr von der großen, weiten Welt zu sehen. Mit so viel Begeisterung warst du in letzter Zeit ja wirklich nicht mehr bei der Sache.« Er nickte ihr aufmunternd zu.

Natürlich hatte er recht, aber Mia war so fassungslos, dass sie keine Chancen sah, nur Abgründe. Erst Frank und jetzt auch noch der Job. Innerhalb weniger Monate brach ihr ganzes Leben weg. Sie konnte es nicht glauben.

»He …«, Stefan merkte erst jetzt, wie sehr sie neben sich stand. »Na, komm schon, Mädchen.« Er nahm sie einfach in die Arme und ließ sich auch nicht erschüttern, als sie in Tränen ausbrach und sein neues Boss-Hemd vollheulte.

»Gehen wir einen Kaffee trinken?«, fragte er und strich ihr beruhigend über den Rücken.

Sie grinste ihn mit verheulten Augen an. »Gern. Ist ohnehin die beste Zeit, um Feierabend zu machen.«

Es war gerade erst kurz vor elf. Stefan lachte und knuffte sie in die Seite. »Sehr schön. Der Humor ist schon wieder da. Dann kann der ganze Rest ja auch nicht mehr weit sein.«

Sie gingen zum Italiener um die Ecke, bei dem sie unzählige Mittagspausen gemeinsam mit den Kollegen verbracht hatten. Auf den Cappuccino folgte eine Flasche Merlot, dann ein Grappa. Und noch eine Flasche Merlot. Stefan war wenigstens so klug, zwischendurch auch noch etwas zu essen, aber Mia brachte keinen Bissen hinunter.

»Ich glaube, ich sollte meine kleine Pause langsam mal beenden«, stellte Stefan fest, als es draußen bereits dämmerte. Es war fast fünf, der Arbeitstag war mehr oder weniger rum.

»Und ich muss nach Hause. Ich bin so blau, dass ich nicht mehr arbeiten kann. Nie mehr. Ich kann überhaupt nie mehr arbeiten.« Mia schaffte es kaum noch, aufzustehen. Stefan griff ihr unter die Arme.

»Ich bring dich mal nach Hause«, sagte er und organisierte ein Taxi.

Im Taxi lehnte Mia ihren Kopf an seine Schulter. »Du bist so gut zu mir«, seufzte sie. »Du bist überhaupt der einzige nette Mensch in dieser ganzen verdammten Agentur.«

Stefan legte den Arm um sie und hielt sie fest. In ihrer Wohnung half er ihr aus den Schuhen und beförderte sie auf ihr Bett. Mia lag vor ihm, verführerisch, willig – und sturzbetrunken. Es wäre so leicht. Aber eine hilflose Frau erzeugte in Stefan Büttner kein Jagdfieber.

Er beugte sich über Mia. »Sehen wir uns morgen?« Er glaubte kaum, dass Mia noch mal in die Agentur kommen würde. Andererseits wollte sie sich nach all den Jahren vielleicht doch gerne von ein paar Leuten verabschieden.

Statt einer Antwort streckte sie die Arme nach ihm aus und zog ihn zu sich herab. »Bleib doch noch ein bisschen hier«, murmelte sie mit schwerer Zunge und schläfrigem Blick.

Ihr Mund berührte seine Wange. Stefan drehte leicht

den Kopf und spürte ihre Lippen jetzt direkt auf seinen. Er küsste sie ganz automatisch. Mia schmeckte nach Wein und nach Leidenschaft. Und sie küsste selbst betrunken noch wundervoll. Aber sie würde sich morgen vermutlich an nichts mehr erinnern. Das war es nicht wert. Stefan löste sich von ihr.

»Schlaf dich erst mal gründlich aus. Und melde dich, wenn du was brauchst.«

Er ging.

Mia erschien am nächsten Morgen nicht mehr im Büro. Sie verabschiedete sich von niemandem und meldete sich auch bei Stefan Büttner nicht. Er räumte ihre privaten Dinge aus ihrem Schreibtisch, aber Mia ging nie ans Telefon und öffnete ihm auch nicht die Tür. Schließlich stellte er den kleinen Pappkarton im Treppenhaus vor ihrer Tür ab. Ein paar Mal rief er sie noch an, aber es sprang immer nur ihre Mailbox an und Mia rief nie zurück.

Enttäuscht gab Stefan Büttner auf.

Mia war ihr Totalabsturz bereits am nächsten Morgen sehr peinlich. Stefan hatte ihre Wohnung kaum verlassen, als sie sich übergeben musste. Sie war so betrunken, dass sie es nicht mehr bis ins Bad schaffte und auf den Orientteppich in ihrem Schlafzimmer kotzte, der eigentlich Frank gehörte. Als Mia wieder zu sich kam, war es mitten in der Nacht. Sie lag immer noch angekleidet auf ihrem Bett, vom Boden stieg ein säuerlicher Geruch auf, ihre Zunge fühlte sich pelzig an und ihr Kopf dröhnte. Erneut wurde ihr übel, aber diesmal schaffte sie es gerade noch rechtzeitig bis zur Toilette. Sie kniete vor der Kloschüssel und spuckte sich die Seele aus dem Leib. Ihr ganzes Leben schien in der Kanalisation zu verschwinden, zurück blieb nur eine zitternde Hülle, die sich vor Schmerzen zusammenzog.

Dieses Gefühl von Leere und dumpfem Schmerz hielt wochenlang an. Anfangs verließ Mia kaum noch ihr Bett. Sie schlief und schlief und schlief. Schon das Aufstehen am Morgen empfand sie als so große Last, dass sie davor kapitulierte. Jeder Schritt, den sie tat, fühlte sich so an, als hätte sie Bleiplatten unter den Füßen. Jeder Gedanke bewegte sich im Zeitlupentempo in ihrem Gehirn, als bestünde ihr ganzer Kopf aus Watte, die jede noch so kleine Bewegung bremste.

Nach dem Schlafen kam das Weinen. Mia heulte so viel, dass sie sich wunderte, warum es auf dem Fußboden nie eine Überschwemmung gab. Sie hatte nicht gewusst, dass ein Mensch so viele Tränen vergießen konnte.

Nach dem Weinen kam die Erkenntnis. Sie war alleine. Sie war arbeitslos. Sie war fast vierzig. Sie konnte jetzt entweder eine Schachtel Schlaftabletten schlucken, sich vor die nächste S-Bahn werfen, Stefan Büttner anrufen und mit ihm hemmungslosen Sex haben, oder einfach ein neues Leben beginnen.

Sie entschied sich für Letzteres, wobei natürlich überhaupt nichts *einfach* war.

In den nächsten Wochen steckte Mia ihre kaum vorhandene Energie in das Projekt »neue Wohnung«. Frank überwies zwar weiterhin jeden Monat seinen Anteil an der Miete, aber Mia wollte das Geld nicht haben. Frank gehörte nicht mehr zu ihrem Leben, und sein Geld gleich gar nicht.

Sie brauchte daher dringend eine kleinere und billigere Wohnung. In diesem Fall hatte sie Glück. Im Oktober verlor sie ihren Job, und bereits zum ersten Januar fand sie durch einen Tipp von Henny eine Wohnung. Sie war klein und heruntergekommen, aber bezahlbar, und sie lag sogar ganz hübsch, in einer ruhigen Wohnstraße auf St. Pauli.

Mia stürzte sich mit ihrer kaum vorhandenen Energie

in den Umzug. Weihnachten und Silvester überstand sie nur, weil sie damit beschäftigt war, Wände zu streichen, Kisten ein- und wieder auszupacken und Möbel in den dritten Stock eines Altbaus ohne Fahrstuhl zu schleppen.

Irgendwann im neuen Jahr wurde ihr bewusst, dass sie sich dringend bei einigen Leuten melden musste, allen voran Stefan Büttner. Aber ihr fehlte der Mut, ihn anzurufen. Sie wollte nicht, dass er ihr Scheitern bemerkte, dass er sah, wie schlecht es ihr ging und entdeckte, dass sie in den ersten Monaten ihrer Arbeitslosigkeit nicht in der Lage gewesen war, auch nur eine einzige Bewerbung zu schreiben, einen einzigen ihrer zahlreichen Kontakte zu nutzen, um einen neuen Job zu finden. Sie wusste, dass sie den Wettlauf mit der Zeit schon fast verloren hatte. Sie war jetzt drei Monate raus aus dem Job. Noch ein, zwei weitere Monate, und es würde sich niemand mehr an sie erinnern. In der Werbebranche herrschte ein rasantes Tempo.

Aber Mia war wie gelähmt. So sehr sie es auch versuchte, sie fand den Weg zurück in die Arbeitswelt nicht mehr. Sie begann zu verdrängen. Sie ging dreimal pro Woche ins Fitnessstudio. Sie fuhr regelmäßig mit Henny zum Reiten, was sie bereits gemeinsam machten, seit sie vierzehn waren. Sie verschlang einen Krimi nach dem nächsten. Je blutrünstiger, desto besser. Sie saß jeden Abend stundenlang vorm Fernseher. Sie achtete mehr denn je auf ihr Äußeres und gab ihr letztes Geld für Kleidung und Friseurbesuche aus.

Nach außen wirkte Mia stark und zufrieden. Sie schien ihr Leben im Griff zu haben. Sie tat so, als würde sie ihr Geld als Freiberuflerin verdienen, damit sich ihre Freunde und Familie keine Sorgen machten. Niemand sollte wissen, dass sie nach wie vor wie gelähmt war und ihr jeden

Morgen übel vor Angst war, weil sie es nicht ertrug, einen weiteren erfolglosen Tag durchstehen zu müssen.

Sie wusste, es lag nicht nur daran, dass sie zu alt für das Agenturgeschäft war und sich eigentlich nach etwas anderem umsehen müsste. Es war viel mehr. In ihr war etwas in Unordnung geraten. Ihre Sicherheit, ihr Glaube an sich selbst, an ihr persönliches Glück waren eingestürzt. Bisher war immer alles gut gegangen in ihrem Leben. Gewiss, es verlief nie so geradlinig wie bei Marie, aber irgendwie war am Ende immer alles wieder in Fluss gekommen. Wenn eine Beziehung scheiterte, fand Mia Trost in ihrer Arbeit und bei ihren Freunden. Wenn es beruflich nicht lief, sah sie das als Herausforderung und suchte sich selbstbewusst einen neuen Job, ein neues Projekt, mit dem sie der Welt und sich beweisen konnte, wie gut sie war. In den ersten Jahren nach dem Studium hatte sie ihren Job ständig gewechselt, immer auf der Suche nach neuen Herausforderungen. Sie war ehrgeizig und zielstrebig und genau das hatten ihre Chefs immer so an ihr geschätzt.

In dunklen, einsamen Stunden musste sie zugeben, dass ihr am Ende tatsächlich der Biss gefehlt hatte. Vielleicht, weil sie sich so sicher gefühlt hatte, mit ihrem Job, mit Frank, mit ihrem ganzen Leben. Es gab keinen Grund, sich sonderlich anzustrengen.

Als dann ihr kleines, sicheres Leben einstürzte, reagierte Mia so hilflos und überfordert wie ein kleines Kind. Sie sehnte sich nach jemandem, der sie an die Hand nahm und ihr den Weg aus diesem Chaos heraus zeigte. Aber da war niemand. Um sie herum schien es nur finstere Stille zu geben. Mia fühlte sich so einsam wie in ihrem ganzen Leben noch nicht.

Und dann lernte sie Arthur kennen.

Er lenkte sie nicht nur wunderbar von ihren eigentlichen

Themen ab. Sie fühlte sich durch ihn auch auf seltsame Weise endlich wieder lebendig. Da war jemand, der sie *wollte*, bei dem sie sich nützlich machen konnte – wenn auch auf äußerst eigenwillige Weise. Außerdem war Arthur so kalt, so tot, dass Mia erschrak. Nicht nur über ihn, sondern auch über ihre eigene innere Leere, die sie auf einmal erschütternd deutlich wahrnahm. Sie begriff, dass sie dringend etwas dagegen tun musste. Als Arthur ihr Verhältnis wieder beendete, war sie daher fast dankbar. Jetzt hatte sie keine Ausrede mehr, um vor sich selbst wegzulaufen. Sie musste sich ihrem Leben wieder stellen.

15

Mia wartete, bis sie den Zuschlag von Elbzeug erhielt. Sie hatte nach wie vor den Verdacht, dass Arthur bei der Sache seine Hände im Spiel hatte, aber sie fand nichts heraus. Also hoffte sie nur, dass Ulrich Hampel und seine Kollegen mit ihrer Arbeit zufrieden waren und niemand danach fragen würde, wie sie an den Job gekommen war.

Sie freute sich auf diese Arbeit. Mode lag ihr, sie begeisterte sich auch privat für schöne Stoffe und raffinierte Schnitte. Zunächst war sie skeptisch, ob so eine Ökofirma nicht nur unförmige Strickpullover und sackartige Kleider produzierte, doch schnell erkannte sie, dass hier eine neue Generation umweltbewusster Menschen aktiv war, die gezielt junge, trendbewusste Kunden ansprach. Die hochwertigen Kleider, Jacken und Pullover konnten sich sehen lassen und würden garantiert Käufer finden.

Am Abend nach der Zusage schickte Mia eine SMS an Arthur.

»Der neue Hauptjob wird mich sehr ausfüllen. Trotzdem hätte ich ab und zu noch Zeit für einen Nebenjob. Diesmal allerdings zu meinen Konditionen. Wie sieht's aus?«

Arthurs Antwort trudelte erst am späten Abend ein, als Mia schon mit einem Krimi im Bett lag. Arthur schien ein Nachtmensch zu sein.

»Gut siehts aus mit dem Nebenjob. Über die Konditionen können wir gerne verhandeln – im Rahmen des Möglichen natürlich.«

Dieser Fuchs! Aber er entwischte ihr nicht. Mia kicherte aufgeregt bei dem Gedanken daran, welche Bedingungen sie sich für ihr nächstes Treffen mit Arthur überlegt hatte. Der würde Augen machen.

Arthur lächelte zur Begrüßung. Das hatte er früher nie getan. Doch dann lief zunächst alles so, wie damals. Nur dass er ihr Kaffee statt Champagner anbot.

Aus alter Gewohnheit trat Mia ans Wohnzimmerfenster und warf einen prüfenden Blick auf den verschneiten Hafen und die Elbe, auf der dicke Eisschollen trieben. Es war fast ein Jahr her, seit sie zum ersten Mal aus diesem Fenster gesehen hatte, unsicher und nervös. Und voller Verachtung für den Mann im Maßanzug mit seinen primitiven Bedürfnissen. Aber obwohl ihre Verachtung nicht geringer geworden war, stand sie nun doch wieder hier, noch dazu mit einem kühnen Vorschlag.

Mia wandte sich Arthur zu. Er sah angeschlagen aus, stellte sie plötzlich fest. Bleich, mit tiefen Schatten unter den Augen.

»Ich habe mir etwas überlegt«, sagte sie, um einen leichten Tonfall bemüht. »Du brauchst offenbar nach wie vor diese etwas eigenwillige Form der Befriedigung. Ich brauche zwar eigentlich auch weiterhin das Geld, aber ich möchte es nicht mehr.«

Arthur lehnte sich lässig gegen den Fensterrahmen und sah sie abwartend an. Immerhin polterte er nicht gleich los, sondern ließ Mia ausreden.

»Ich möchte kein Geld mehr von dir haben, das empfinde ich mittlerweile zu entwürdigend.«

Arthur schwieg weiter.

»Wir sind uns in den letzten Monaten immer wieder zufällig über den Weg gelaufen.« Sie dachte an den Job bei den Ökos. »Na ja, mehr oder weniger zufällig. Und nun stehen wir uns hier wieder gegenüber, obwohl das eigentlich keinen Sinn macht. Da habe ich mir gedacht, vielleicht ist es an der Zeit, dass wir mal mehr als nur drei Sätze miteinander wechseln.«

Arthur lächelte. »Das scheint ein längerer Vortrag zu werden. Vielleicht hätten wir uns setzen sollen.«

»Ich bin auch schon fast fertig«, beeilte Mia sich zu sagen. »Also, mein Vorschlag: Ich komme her, gebe dir, was du willst, und dafür kriege ich, was ich will: eine Geschichte.«

Arthurs Lächeln verschwand. »Eine Geschichte? Was denn für eine Geschichte?«

Seine Verwirrung gefiel Mia. Sonst war sie es immer, die durcheinander kam. Heute war Arthur mal aus dem Tritt geraten. Großartig!

»Irgendeine Geschichte, das ist mir völlig egal. Einzige Bedingung: Du hast sie selbst erlebt.«

Arthur fuhr sich mit der Hand durch die Haare. »Habe ich das richtig verstanden? Statt Sex gegen Geld soll es ab sofort Sex gegen Geschichten geben?«

»Wenn du so willst – ja.«

»Nenn mir einen einzigen Grund, warum ich mich darauf einlassen sollte.«

Mia wusste nicht, was sie geritten hatte, als ihr in tiefster Nacht diese schräge Idee gekommen war. Jetzt, bei Tageslicht betrachtet, machte sie nur noch halb so viel Sinn wie im Dunkeln in der Sicherheit ihres Bettes. Sie war erst ein paar Minuten hier und bereits jetzt ging ihr dieser Mann mit seiner kühlen Überheblichkeit schon wieder total auf die Nerven. Trotzdem sagte sie genau die beiden Sätze, die sie sich schon vorher als Antwort überlegt hatte:

»Weil ich nicht glaube, dass dir diese ganzen Blowjob-Nummern wirklich Spaß machen. Und weil ich das Gefühl habe, dass du mehr Interesse an mir hast, als du zugeben willst.«

Beim letzten Satz schlug ihr Herz bis zum Hals. Sie lehnte sich damit sehr weit aus dem Fenster. Aber da war dieses eigenartige Gefühl, die Erinnerung an Arthurs verlangenden Blick in der Umkleidekabine des Alsterhauses, sein Neujahrsgruß, sein Bemühen, ihr Arbeit zu besorgen (auch, wenn er das nicht zugeben mochte). Sie verstand nicht, warum er sie nicht einfach zum Essen oder ins Kino einlud, sondern so ein Theater um alles machen musste und die Sache mit diesem albernen *Job* wieder einführte. Nicht dass sie eine Einladung zum Essen tatsächlich angenommen hätte, sie wusste ja mittlerweile, wie so was mit Arthur ablief. Aber bei ihren letzten Begegnungen schimmerte zwischen seinem unverschämten Verhalten auch etwas anderes durch. Das machte Mia neugierig. Die Schriftstellerin in ihr witterte hinter Arthurs glatter Fassade eine Menge interessanter Geschichten. Wäre es nicht spannend, sie ans Tageslicht zu befördern?

Arthur nippte an seinem Kaffee. Die Luft zwischen ihm und Mia schien zu vibrieren. Er sah sie mit einem Ausdruck an, der sie verwunderte, weil er nicht wie sonst verschlossen und abweisend war, sondern eine Vielzahl von Empfindungen widerspiegelte. Überraschung. Neugier. Interesse.

Vor allem aber wirkte er amüsiert.

Wie immer senkte Mia den Blick zuerst, während Arthur Stärke demonstrierte. Er streckte den Arm aus und stieß seinen Kaffeebecher klirrend gegen ihren, als wolle er ihr zuprosten. Seine Augen leuchteten, seine Stimme klang spöttisch.

»Nette Idee. Ich denke mal darüber nach.«

Er wandte sich dem Sofa zu. »Aber jetzt sollten wir uns vielleicht doch erst mal setzen. Dann kann ich dir in aller Ruhe erzählen, worum es bei diesem *Nebenjob* tatsächlich geht.«

»Wie meinst du das? Worum soll es denn gehen? *Sie blasen. Ich zahle.* Ich dachte, das sei das Programm.«

»Ich zahle und genieße.« Arthur setzte sich. »Das Genießen solltest du nicht vergessen. Es ist ganz wichtig.«

»Ja, eben.« Mia blieb am Fenster stehen.

Etwas stimmte nicht. Sie wollten doch nach ihren Regeln spielen. Warum nur beschlich sie der schreckliche Verdacht, dass Arthur den Spieß schon wieder umdrehte?

»Das Programm lautet diesmal folgendermaßen: Du schreibst. Ich zahle und genieße.«

Er machte sich eindeutig über sie lustig. Er saß da auf seinem riesigen Sofa und grinste unverschämt.

»*Schreiben?*« Sie war sprachlos. »Ich soll SCHREIBEN??? Es geht gar nicht um Sex?«

»Nein. Davon war nie die Rede. Ich brauche jemanden, der die Texte für meinen neuen Webauftritt macht. Und da dachte ich an dich.«

Eine glühende Feuerkugel schoss durch Mias ganzen Körper. Verzweifelt suchte sie nach einem Loch, in dem sie sich verstecken konnte.

Sie hatte sich schon wieder total blamiert. Arthur bot ihr einen Job als Texterin an. Und sie redete lauter Unsinn. Von wegen, er würde sich für sie interessieren. Wie unfassbar peinlich.

»Scheiße«, sagte sie. »Warum hast du das nicht gleich gesagt?«

»Du hast nicht gefragt.«

Sie hätte ihm am liebsten mitten hinein in sein vergnügtes Grinsen geschlagen. Er hatte sie auflaufen lassen. So ein blödes Arschloch.

Dabei war sie bloß zu dämlich gewesen, die Signale richtig zu deuten. Wer trank schon Kaffee bei einem erotischen Stelldichein? Arthur jedenfalls nicht. Jetzt sah sie auch die Papiere mit grafischen Entwürfen auf dem Couchtisch liegen.

Mia schnappte nach Luft und setzte sich auf dem Sofa so weit wie möglich von Arthur weg. Sie wusste nicht, was sie tun sollte.

»Worum geht es also?«, fragte sie schließlich, bemüht, ihre Verlegenheit zu überspielen.

»Um die Texte für meinen Internetauftritt«, erklärte Arthur so sachlich, als habe ihr Vorgeplänkel nie stattgefunden. »Ich möchte damit eine junge Zielgruppe ansprechen, Jungunternehmer, Existenzgründer, Leute, die ganz am Anfang stehen und mit frischen Ideen an den Markt gehen.« Er wirkte ruhig und konzentriert, als hätte er Mias Ansprache völlig vergessen.

»Jungunternehmer? Existenzgründer? Ich dachte, du würdest in einer ganz anderen Liga spielen. Wieso steigst du plötzlich vom Olymp herab in die Niederungen des gemeinen Volkes?« Mia bemühte sich, mit Arthurs professionellem Auftreten mitzuhalten, aber sie fühlte sich heillos überfordert.

Arthur zuckte mit den Schultern. »Vielleicht, weil da oben die Luft etwas zu trocken wurde.«

Er beugte sich über die Papiere und rückte näher an Mia heran. Ruhig erläuterte er seine Ideen. Mia roch sein Aftershave und konnte seinen Worten nicht mehr folgen. Arthur nahm ein paar Ausdrucke, erste Entwürfe eines

Grafikers, in die Hand. Als er sie Mia reichte, berührten sich ihre Finger leicht. Sie zuckte erschrocken zurück. Er beugte sich vor und sagte etwas. Sein Geruch wurde intensiver, sein Arm streifte Mias Arm. Sie wusste kaum noch, wo sie war.

»Was denkst du?«, fragte Arthur und hob den Kopf. Aufmerksam sah er sie an. Sie verspürte plötzlich das unsinnige Verlangen, sein müdes Gesicht in ihre Hände zu nehmen und ihn einen Moment ausruhen zu lassen.

»Ich ... keine Ahnung«, stammelte sie wahrheitsgemäß. Wie hatte er seine Frage gemeint? Wollte er wissen, was sie über das Projekt dachte, oder über ihn? »Ich ...«, setzte sie erneut an und verlor sich wieder im Dickicht ihrer wirren Gedanken. »Ich glaube, das funktioniert nicht mit uns.«

Endlich war es raus.

»Warum nicht?« Er saß immer noch viel zu dicht neben ihr.

»Weil so viel Unerledigtes im Raum hängt. Ich meine, diese ganze Blowjob-Geschichte, und meine idiotische Bemerkung vorhin, und ...«

»Darüber zerbrichst du dir immer noch den Kopf?« Trotz seiner sichtbaren Müdigkeit strahlte er eine geradezu unverschämte Attraktivität aus. Wie schaffte er das bloß? Wenn Mia erschöpft war, sah sie alt und hässlich aus.

»Ich habe das längst vergessen, und das solltest du auch.«

Sie glaubte ihm nicht. Schweigend starrte sie ihn an. Und diesmal war er es tatsächlich, der die Augen zuerst senkte.

»Also gut«, sagte er leise. »Du hast recht. Das ist alles ein bisschen heikel. Darum habe ich auch gezögert, dir den Job anzubieten. Ich vermische solche Sachen normalerweise nie. Aber nachdem wir uns zufällig wieder über den Weg gelaufen waren, dachte ich, es könnte vielleicht klappen. Zumal ich ja weiß, dass das letzte Jahr finanziell nicht so gut für dich gelaufen ist. Da dachte ich, bevor das Geld jemand kriegt, der schon genug hat, gebe ich es lieber dir.«

Er räumte die Papiere zusammen. »Überleg ganz in Ruhe. Die Sache eilt nicht.«

Er stand auf und verzog dabei das Gesicht, als hätte er Schmerzen. Seine Bewegungen waren etwas steif, als er zur Tür ging. Mia war das früher schon manchmal aufgefallen. Eigentlich, überlegte sie, passte das gar nicht zu dem so durchtrainiert wirkenden Arthur. Langsam folgte sie ihm zur Tür. Zum Abschied drückte Arthur ihr eine Visitenkarte in die Hand. Sie nahm das kleine Kärtchen und drehte es behutsam hin und her wie einen Rohdiamanten.

»So viele Informationen auf einmal habe ich ja noch nie von dir gekriegt. Soll das heißen, dass die Zeiten vorbei sind, in denen totales Frageverbot herrschte?«

»Es soll heißen, dass ich an einer guten Zusammenarbeit mit dir interessiert bin«, entgegnete Arthur gewohnt souverän. Er reichte ihr die Hand und verabschiedete sie höflich.

Mia trat auf die Straße hinaus. Die frostige Luft tat ihrem erhitzten Gemüt gut. Es begann zu schneien, als sie langsam durch den Schnee heimwärts stapfte.

16

Arthur verfluchte sich selbst. Was er auch tat, er richtete nur noch Chaos an. Er verstand das nicht. Früher hatte er sein Leben perfekt im Griff gehabt. Es war doch eigentlich ganz einfach. Arthur verhielt sich seiner Umwelt gegenüber klar und eindeutig und daher verhielt sich auch alle Welt ihm gegenüber klar und eindeutig. Er begriff nicht, warum das plötzlich nicht mehr funktionierte.

Natürlich war es ein Riesenfehler, Mia diesen Auftrag anzubieten. Allein in Hamburg gab es eine Million guter Texter, und er musste sich ausgerechnet die Frau aussuchen, mit der die Zusammenarbeit am kompliziertesten war. Dämlicher hätte er sich nicht anstellen können.

Ständig schmierte Mia ihm neu aufs Brot, was für ein Arschloch er war. Er verstand sie sogar. Aus ihrer Sicht war er ein mieses Schwein, das sich Frauen kaufte und sie nach Belieben wieder fallen ließ. Aus der Nummer kam er nicht mehr raus. Aber statt mal ein paar Dinge klarzustellen, wich er Mia immer wieder aus. Er wusste einfach nicht, was er sagen sollte. »Ich brauchte das damals so dringend und du warst die Beste, keine Frau hat mich so geil befriedigt.« Oder doch lieber so: »Du warst seit langem der erste Mensch, den ich länger als fünf Minuten in meiner Nähe aushalten konnte. Das werde ich nie vergessen.«

Nun, inzwischen hatte er seine sexuellen Obsessionen

besser im Griff und steckte seine frei werdende Energie lieber wieder in Arbeit. Das war auf eine andere Art befriedigend. Vor allem aber beanspruchte es deutlich mehr Zeit und hielt ihn vom Nachdenken ab.

Mia nahm den Auftrag zu seiner Verwunderung an.
»Das wird aber teuer«, sagte sie und er nickte ergeben. Er hatte nichts anderes erwartet.
Der Betrag im Angebot machte ihn dann allerdings doch sprachlos. Mias Kalkulation war maßlos und unverschämt. Aber Arthur schluckte seinen Ärger hinunter und verstand das Projekt als eine Art Wiedergutmachung. Er versuchte nicht, Mias Honorar auch nur um einen Cent zu drücken.
Dafür lieferte sie eine professionelle, sehr gute Arbeit ab. Aber auch das hatte er nicht anders erwartet. Sie war eine Perfektionistin, genau wie er, das wusste er von Anfang an. Was er von Ulrich Hampel und seinem Team über Mia hörte, bestätigte seine Einschätzung nur. Zumindest in dieser Hinsicht hatte Arthurs Menschenkenntnis nicht versagt.
Der Auftrag war eine schnelle Sache. Mia verstand auf Anhieb, worauf es Arthur ankam und setzte seine Wünsche hervorragend um. Trotzdem verlief die kurze Zusammenarbeit alles andere als harmonisch. Mia weigerte sich, noch einmal in Arthurs Wohnung zu kommen und wickelte den gesamten Auftrag per Mail und Telefon ab. Am Telefon sprach sie kühl und herablassend mit ihm. Er verdiente es nicht anders.
Zweimal beggenete sie ihm zufällig in den Büroräumen von Elbzeug. Als sie erfuhr, dass Arthur keineswegs ein externer Berater der kleinen Firma war, sondern auch ein Teil seines Vermögens in dem Unternehmen steckte, ging sie die Decke hoch. Er verstand nicht, warum sie so

empfindlich reagierte. Wieso war es ihr wichtig, wofür Arthur sein Geld ausgab?

Ihr Temperament erinnerte ihn sehr an Carol. Dabei war Mia ganz anders als sie.

Arthur stutzte. Jetzt fing er schon an, Mia mit Carol zu vergleichen. Das war unzulässig. Carol ließ sich mit keiner Frau vergleichen. Carol war Carol. Einmalig und wunderbar.

Aber Mia war ... Mia. Verwirrend anders und Carol doch so ähnlich. Sanft und grob. Nachgiebig und hart.

Arthur musste zugeben, dass Mia ihn beschäftigte.

Vor allem diese seltsame Idee mit dem Geschichtenerzählen bewegte ihn. Warum hatte sie das vorgeschlagen? Was erhoffte sie sich von ihm? Und was zum Teufel sollte er denn für Geschichten erzählen?

Aber vielleicht ging es gar nicht darum, was Mia erwartete, sondern was er daraus machte. In schlaflosen Nächten dachte er darüber nach. Und schlaflose Nächte hatte er im Überfluss, gerade in letzter Zeit. Albträume plagten ihn, und Schmerzen. Er dachte, dass er das alles längst hinter sich hätte, aber auf einmal brach alles wieder über ihm herein. Manchmal wollte er schreien vor Wut und Verzweiflung.

Die Idee, die in ihm wuchs, erwärmte seine dunklen, kalten Nächte, erregte seine Sinne und lenkte ihn ab von finsteren Gedanken. Er hatte diese kleinen Spielereien schon immer geliebt. Und wenn ihn nicht alles täuschte, würde Mia sie auch lieben.

Er schrieb ihr eine Mail.

»Besten Dank noch mal für die hervorragende Arbeit. Ich bin sehr zufrieden. Dein Honorar habe ich überwiesen – jedenfalls den größten Teil. Die restliche Zahlung erfolgt in Form von Naturalien, Zeitpunkt nach Vereinbarung.«

Jetzt musste er nur ein wenig Geduld haben und die Nerven behalten.

Es dauerte jedoch keine fünf Minuten, bis sein Handy klingelte. Wow, sie war schnell!

»Naturalien?«, schnaubte Mia. »Was soll der Quatsch? Überweise mir das gesamte Geld und du hörst nie wieder von mir. Oder lass es bleiben und ich mache dir ewig die Hölle heiß.«

Oho, sie war richtig gut in Form! Er hatte Mühe, ernst zu bleiben. »Warum willst du nicht wissen, wie die Naturalien aussehen? Vielleicht sind sie viel mehr wert als diese läppischen zweihundert Euro, die ich dir noch schulde.«

Er hörte ihren Atem dicht an seinem Ohr. Sie war nervös, das merkte er, ohne sie zu sehen.

»Worum geht es also?« Ihre Stimme klang heiser und angespannt.

»Nun ja, die Idee stammt eigentlich von dir«, bekannte er. »Du weißt schon – Sex gegen Geschichten. Ich dachte mir, das ist gar nicht so eine bescheuerte Idee.«

Sie schwieg und atmete hörbar ein und aus.

»Das wäre eine weitere Dienstleistung«, sagte sie endlich. »Du kriegst von mir Sex, ich kriege dafür was auch immer. Damit hast du deine Textschulden noch nicht beglichen.«

»Ich weiß. Darum dachte ich daran, dem Ganzen noch eine zweite Komponente hinzuzufügen.« Er legte eine kunstvolle Pause ein. »Du kriegst auch Sex.«

Schweigen. Atmen.

»Sex gegen Geld? Das will ich nicht. Auf keinen Fall.« Ihre Stimme klang sehr leise, aber auch sehr entschieden. Natürlich wollte sie keinen Sex gegen Geld, das hatte er einkalkuliert. Er brauchte aber einen Vorwand, um das Ganze zu inszenieren und sie aus der Reserve zu locken.

»Schade. Dann überweise ich dir gleich dein Honorar.«

Schweigen. Atmen. Schweigen.

»Andererseits … «, fuhr er fort.

»Ja?«

Er lachte still über ihre aufgeregte, hastige Stimme. »Nun ja, ehrlich gesagt wäre der Sex nur das schmückende Beiwerk. Eigentlich wollte ich dir etwas Hübsches kaufen. *Geschenk statt Geld* lautet die korrekte Formel.«

Absolute Stille. Sie schien die Luft anzuhalten.

»Ein Geschenk?« Es kam sehr zögernd.

»Ja. Aber vielleicht war das eine blöde Idee. Sag es einfach, dann überweise ich dir sofort dein Geld.«

»Weißt du, Arthur, das klingt tatsächlich ziemlich blöd.« Auf einmal war Mias Stimme nicht mehr leise und nervös, sondern sehr klar. »Mir scheint, du verfügst über zu viel freie Zeit, um dir so viel Mist auszudenken.«

Sie hatte recht. Verdammt noch mal, und wie sie recht hatte! Ihm sank der Mut. Eben noch dachte er, dass er sie rumkriegen würde, aber nun entglitt sie ihm. Warum konnte er sie auch nicht wie jeder normale Mensch einfach ins Kino einladen?

»Zufällig habe ich aber mittlerweile Erfahrung mit deinen schrägen Inszenierungen.«

Er zuckte innerlich zusammen. Wie gut sie ihn durchschaute.

»Und«, fuhr sie überraschend freundlich fort, »ganz zufällig habe ich am nächsten Samstag viel Zeit, mit der ich nichts anzufangen weiß. Ich erwarte dann also ein umwerfendes Zweihundert-Euro-Geschenk und noch eine Menge anderer Dinge. Und sag jetzt ja nicht, dass du am Samstag schon ein anderes Date hast.«

»Nein, nein, keine Sorge. Samstag ist perfekt.«

Als er auflegte, war er erleichtert – und überwältigt.

Das Spiel gewann an Fahrt.

Mia war sehr nervös, als sie am Samstag vor Arthurs Tür stand. Heute würde sie sich endlich mit ihm hemmungslos durch die Laken wälzen. Seltsam. Warum maß sie dem so große Bedeutung bei?

Etwas war in den vergangenen Wochen passiert. Arthur hatte sich verändert, das war deutlich. Er trug zwar immer noch seine ganzen widerlichen Statussymbole demonstrativ zur Schau und war immer noch weit davon entfernt, ein herzlicher Mensch zu sein. Aber er war längst nicht mehr so kalt und leblos wie noch vor einem Jahr. Und er strahlte eine sexuelle Energie aus, die beängstigend war. Musste Mia trotzdem gleich mit ihm ins Bett gehen?

»Ich habe dir doch gesagt, dass er scharf auf dich ist«, sagte Annika, als Mia ihr von ihrem bevorstehenden Date berichtete.

»Ach, weißt du«, sagte Mia wegwerfend, »er strahlt so etwas aus, dass man meinen könnte, er sei auf jede Frau scharf. Er … Himmel, ich hätte nie gedacht, dass ich so was mal sagen würde, aber er sieht wahnsinnig sexy in seinen Anzügen aus. Das ist so unglaublich männlich.«

»Er ist nicht nur scharf auf dich. Du bist auch scharf auf ihn. Das ist alles«, bemerkte Annika, unbeeindruckt von Mias Schilderungen. »Ich habe dir schon vor Monaten gesagt, dass du ihn dir schnappen sollst. Komm schon, ein bisschen unverbindlicher Sex wird dir guttun. Das hilft dir, endlich über Frank hinwegzukommen.«

Annika hatte recht. Es würde Mia guttun, sich auf ein unverbindliches Abenteuer einzulassen. Sie holte tief Luft und klingelte. So oft hatte sie schon vor dieser Tür gestanden. Aber noch nie war sie so angespannt gewesen.

Arthur begrüßte sie zu ihrer Überraschung mit einem Kuss auf die Wange. Das fing gut an. Sehr gut sogar. Aufgeregt folgte sie ihm ins Wohnzimmer. Statt eines eleganten

Anzugs trug Arthur eine modisch geschnittene Jeans und ein schwarzes, langärmliges Shirt, unter dem sich sein durchtrainierter Oberkörper abzeichnete. Mia fand, dass er umwerfend aussah.

Er reichte ihr ein Glas Champagner. »Ich hoffe, du hast ein bisschen Zeit mitgebracht. Wir haben ein umfangreiches Programm abzuarbeiten.«

»Aha. Und womit fangen wir an?«

Arthur ließ sich Zeit mit seiner Antwort und trank erst mal Champagner, während er zusah, wie vor dem Fenster dichtes Schneetreiben einsetzte. »Ladys first, würde ich sagen.«

Mia runzelte die Stirn. Was sollte das nun wieder bedeuten?

»Ich sagte ja schon, dass wir ein umfangreiches Programm haben«, fuhr Arthur fort. Der kalte Banker war verschwunden. An seine Stelle trat ein frecher Junge, der Verführungen liebte und schelmisch grinste. »Zur Erinnerung – mein Programmteil lautet: Ich kriege Sex und du eine Geschichte. Dein Programmteil heißt: Du kriegst Sex und ein Geschenk.«

Mia musste auf einmal lachen. Was war dieser Arthur doch für ein verrückter Kerl. »Na dann«, sagte sie fröhlich, »her mit dem Zweihundert-Euro-Geschenk.«

Arthur grinste breit. »Du willst es wirklich haben?«

»Ja, klar. Darum bin ich hier.«

»Okay. Dann starten wir, und zwar in der Küche.«

Arthur ließ Mia wie üblich den Vortritt und neugierig stieg sie die Stufen hinauf zur Küche. Auf dem Esstisch waren Teller und Schälchen mit Fingerfood aufgereiht.

»Vielleicht magst du eine Kleinigkeit essen. Später gibt es noch mehr, aber ich dachte, voller Bauch ... ähm ...« Er zögerte.

»Vögelt nicht gern?«, half Mia übermütig weiter und erwiderte sein freches Grinsen.

»Genau.«

Sie sahen sich an und lachten beide gleichzeitig. Die Spannung zwischen ihnen löste sich auf einmal.

Mia griff nach einer Frucht. »Erdbeeren im Winter? Das darfst du aber nicht deinen Ökos erzählen.«

Arthur schnitt eine Grimasse. »Ich weiß, das ist total dekadent. Verpetz mich bloß nicht.«

Alles an dir ist dekadent, dachte Mia, aber sie lachte nur. Sie aß Erdbeeren und gegrilltes Gemüse und trank Champagner dazu. Alles erschien in diesem Moment so leicht.

»Dann nähern wir uns jetzt der Geschenkübergabe. Bist du bereit?«

Als Mia nickte, führte Arthur sie in einen kleinen Raum in der untersten Etage. Das Zimmer enthielt fast nur ein Bett und sah noch unbewohnter als die übrige Wohnung aus. Einzige Ausnahme: Auf einem kleinen Tisch brannten zwei dicke Kerzen und verbreiteten warmes Licht. Arthur wies auf eine längliche Schachtel auf dem Bett.

»Das ist dein Geschenk. Mehr dazu findest du dort im Gästebad. Es wäre schön, wenn du die Sachen alle anlegen würdest.«

Mia öffnete die Tür zum Bad und sah sich staunend um. »Du hast ein Gästezimmer mit eigenem Bad? Wow! Du lässt echt nichts aus.«

Alles blitzte und blinkte wie neu in dem kleinen Badezimmer. Auf einem Bord über dem Waschbecken standen Fläschchen und Tuben mit Wasch- und Pflegeprodukten, allesamt von einer französischen Marke, die Mia nicht kannte.

»Stets gerüstet für alle Lebenslagen, hm?« Mia konnte sich die spöttische Bemerkung nicht verkneifen.

»Wieso?«

»Na, du willst mir doch nicht erzählen, dass du diese Sachen selbst benutzt. Die sind ja wohl eher für weibliche Gäste bestimmt.« Mia nahm eine große Flasche mit Bodylotion in die Hand, die ein blassrosa Etikett trug.

Arthur runzelte die Stirn. »Wäre es dir lieber, ich würde noch ein Männer-Shampoo hinstellen?«

»Nein. Ich glaube, das würde mich noch mehr irritieren.« Mia lachte. Sollte Arthur so viele Frauen haben, wie er wollte. Ihr war das egal. Sie wollte ihn schließlich nicht heiraten.

»Wie gesagt, es wäre schön, wenn du die Sachen alle anziehen würdest. Vor allem solltest du dies hier anlegen.« Er hob aus einem Gewirr aus schwarzem Stoff, der auf einem Hocker lag, eine Augenbinde.

»Vertraust du mir?«, fragte er leise.

Mias Mund wurde trocken. Was zur Hölle war das hier für ein Spiel? Was hatte Arthur vor mit ihr? Sein Blick war gespannt. Zögernd griff sie nach der Augenbinde.

»Ich weiß nicht«, bekannte sie. »So was hatte ich jetzt ehrlich gesagt nicht erwartet.«

Was hatte sie denn erwartet? Hemmungslosen, unkomplizierten Sex. So wie in ihren Fantasien. Sie hatte geglaubt, dass Arthur einfach mit ihr ins Schlafzimmer gehen und sich der Rest von selbst ergeben würde. Wie das normalerweise so war zwischen Männern und Frauen. Aber wenn sie es recht bedachte, waren das sehr naive Gedanken gewesen. Warum sollte ein Abend mit Arthur, der so viel Scheu vor Berührungen und Nähe hatte und der voller Überraschungen steckte, derart simpel verlaufen?

»Du kannst dich darauf verlassen, dass nichts geschieht, was du nicht willst«, sagte Arthur und Mia erinnerte sich an ihre allererste Begegnung. Genau dasselbe hatte er damals auch gesagt. Und es hatte gestimmt.

»Ich weiß«, flüsterte sie und in ihre Angst mischten sich Neugier und Erregung. »Ich habe mit so was nur überhaupt keine Erfahrung.«

»Das macht gar nichts. Lass dich einfach von mir führen – wenn du magst. Es wird dir gefallen. Und falls doch nicht, brechen wir sofort ab, versprochen.«

Arthurs Stimme umhüllte sie, warm und erregend zugleich. »Lass dir alle Zeit, die du brauchst. Wenn du fertig bist und die Augenbinde angelegt hast, öffnest du einfach die Tür. Ich bin dann da.« Er reichte ihr die Schachtel mit ihrem Geschenk. »Vertraust du mir?«, frage er noch einmal.

»Ja«, sagte Mia und griff nach der Schachtel.

Sie öffnete sie erst, als sie allein war – und traute ihren Augen kaum. In der Schachtel lag eine Korsage, ein Traum aus schwarzer Seide und Spitze, abgesetzt mit rubinrotem Samt. Es war die Korsage, die Mia in Arthurs Gegenwart im Alsterhaus anprobiert hatte. *Eine Frau sollte immer eine Gelegenheit haben, so etwas zu tragen,* hörte sie Arthur sagen. Dieser Mann war unglaublich.

Aufgeregt schlüpfte Mia aus ihren eigenen Kleidern und zog die Korsage über. Sie fühlte sich auch beim zweiten Tragen fantastisch an. Das Stoffbündel auf dem Hocker entpuppte sich als dazu passendes Seidenhöschen sowie halterlose Strümpfe und ein Paar schwarze Spitzenhandschuhe, die bis zu den Oberarmen reichten. Unter dem Hocker standen wunderschöne High Heels mit gigantisch hohen Absätzen. Arthur hatte wirklich an alles gedacht.

»In den Schuhen kann ich garantiert nicht laufen«, rief Mia durch die verschlossene Tür.

»Das musst du auch nicht«, rief Arthur zurück. »Sie sind nur dafür da, dass du dich anders fühlst.«

Und dafür, dass *du* was zum Glotzen hast, fügte Mia still hinzu und quetschte sich in die Schuhe. Sie waren ein bisschen eng. Lange würde sie es darin sicher nicht aushalten. Allerdings fühlte sie sich tatsächlich anders, als sie auf ihnen stand, eleganter, weiblicher und, ja, auch ein wenig frivol.

Sie legte die Augenbinde an, holte tief Luft und öffnete die Tür.

Sie erwartete, dass Arthur etwas sagen würde, so wie damals in der Umkleidekabine. »Du siehst umwerfend aus. – Wow, bist du hübsch.« Irgendwas in der Art.

Aber er sagte gar nichts.

Mia stand mit verbundenen Augen auf wackeligen Absätzen in der Tür und wurde von Schweigen empfangen. Es war ein knisterndes Schweigen, das sie nervös machte und gleichzeitig erregte.

Nach einer Weile hielt sie es nicht mehr aus. »Bist du noch da?«

»Ja, ich bin hier.«

Arthurs Stimme erklang unerwartet nah an ihrem Ohr. Er fasste ihre Schultern und führte sie in den Raum hinein. Sie spürte seinen Atem weich und einladend in ihrem Gesicht. Mia hob eine Hand, um ihn zu berühren. Doch Arthur umfasste ihre Hände sanft und bog sie nach unten. Seine Lippen legten sich leicht auf ihre, es war ein zarter Kuss, fast unschuldig.

Mit federleichten Bewegungen fuhren Arthurs Hände über ihren Körper, streichelten ihre nackte Haut und den Stoff ihrer Dessous. Weil sie nichts sehen konnte, reagierten ihre anderen Sinne umso intensiver. Jede hauchzarte Berührung löste in ihr starke Empfindungen aus. Arthur ging sehr behutsam vor – und äußerst raffiniert. Mal spürte sie seinen Atem in ihrem Gesicht, dann wieder in ihrem Nacken. Seine Lippen streiften ihre Haut, seine Finger streichelten ihr Haar. Ewig beschäftigte er sich damit, die

Konturen der BH-Körbchen ihrer Korsage nachzuzeichnen. Sie wurde fast wahnsinnig. Seine Finger wanderten tiefer, umkreisten ihren Bauch, glitten noch weiter hinab, so leicht wie Federn. Als sie den Stoff ihres Höschens berührten, konnte Mia es kaum noch aushalten. Doch gerade, als sie hoffte, Arthur würde seine Finger noch tiefer gleiten lassen, hörte er einfach auf.

Er ließ sie in Dunkelheit und Stille allein mit ihrer Verwirrung. Nach einer Weile angespannten Wartens begriff sie, dass Stillstand zu diesem Spiel dazugehörte. Und urplötzlich war auch Arthur wieder da und küsste ihre Schulter.

Der Sex mit ihm war anders als alles, was sie bisher erlebt hatte. Und dabei waren sie erst am Anfang!

»Setz dich bitte.«

Arthur drückte sie sanft auf das Bett und half ihr, sich lang auszustrecken. Bevor sie verstand, was er eigentlich tat, zog er ihre Arme nach oben und befestigte sie mit weichen Bändern am Bett.

Mia war gefesselt.

Wie zur Beruhigung streichelte Arthur ihre Wange. »Ist das okay für dich?«, fragte er leise, mit seinen Lippen dicht an ihrem Ohr.

»Ja«, sagte sie aufgeregt.

»Schön.« Seine Lippen waren immer noch an ihrem Ohr. »Entspann dich einfach. Dies ist der letzte Teil meiner Bezahlung. Ich hoffe, du kommst auf deine Kosten.«

Trotz des grandiosen Vorspiels fiel es Mia zunächst tatsächlich schwer, sich zu entspannen. Sie war noch nie gefesselt worden. Sie hatte auch noch nie eine Augenbinde beim Sex getragen. Vor allem aber hatte Arthur sich ihr noch nie auf diese Weise genähert. Er war ihr einerseits so vertraut durch viele intime Momente und andererseits vollkommen fremd.

Aber er ließ ihr wenig Gelegenheit für Ängste und Zweifel. Vielmehr fuhr er fort, Mia mit diesen hauchzarten Berührungen zu umschmeicheln. Er bezog nun auch ihre intimeren Stellen mit ein, immer mit kleinen Pausen, in denen sie sich nach ihm zu sehnen begann. Er knöpfte die Korsage auf, berührte Mias Brüste mit seinen Lippen und biss leicht in ihre Brustwarzen. Sie stöhnte auf und drängte sich ihm entgegen. Seine Berührungen wurden zupackender, bis seine Finger sich behutsam ihren Weg abwärts suchten.

Mia öffnete ihm bereitwillig ihre Schenkel. Sie dachte nicht an Orangenhaut und Speckröllchen, und auch Arthurs grimmige Worte von einst, mit denen er Mia abgewehrt hatte, waren Geschichte. Jetzt war er hier und widmete sich ihr mit einer Leidenschaft und Aufmerksamkeit, die ihr fremd war. Bisher hatte sie nur den triebhaften Arthur gekannt, der außer seiner eigenen Gier nichts im Sinn zu haben schien. Nie hätte sie vermutet, dass er so sanft und zurückhaltend sein konnte.

Nach der anfänglichen Überraschung vergaß sie den Mann immer mehr, der sie verführte. Die Augenbinde bewirkte, dass sie sich ganz auf ihre Empfindungen konzentrierte und gar nicht so sehr über Arthur nachdachte. Es war ein bisschen so, als würde sie jemand ganz anderes verwöhnen. Ein unbekannter Fremder, der es perfekt verstand, mit ihren Sinnen zu spielen. Er zog ihr das Höschen aus und sie spürte ihn zwischen ihren Beinen, mit seinen Fingern, seinem Mund. Er verwöhnte sie mit einer Hingabe und Raffinesse, dass sie vor Wonne aufschrie. Genießerisch gab sie sich den Berührungen seiner Zunge hin, nimmersatt nach der langen Zeit des Wartens. Auch er schien gar nicht genug von ihr haben zu können, nach einem ersten Höhepunkt trieb er sie zu einem zweiten, dritten, wobei er genau wusste, wann er ihr eine Pause gönnen musste, um ihre empfindlichsten Stellen nicht zu überreizen.

Frank hatte sie nie auf diese Weise verwöhnt, der Sex mit ihm war meistens ein angestrengtes Bemühen, alles richtig machen zu wollen. Frank hasste es, Mia mit dem Mund zu befriedigen, und sie mochte es nicht, dass der Akt für ihn grundsätzlich beendet war, sobald er zu seinem Recht gekommen war. Auch bei ihren früheren Männern war sie eher zu kurz gekommen. Sie alle hatten in erster Linie das Bestreben, möglichst schnell ihre Erektionen loszuwerden, und sie bildeten sich offenbar ein, dass mit dem Erschlaffen ihrer eigenen Lust automatisch auch Mias Lust gestillt war. Sie nahm es als gegeben hin, häufig unbefriedigt zu bleiben oder es sich, wenn die Männer unter der Dusche waren, heimlich selbst zu besorgen.

Ganz anders dagegen Arthur, von dem Mia lange geglaubt hatte, dass er Frauen nur benutzte. Er hielt es für selbstverständlich, dass eine Frau nicht nur vielfache Befriedigung haben konnte, sondern auch haben *wollte*. Und er verstand sich perfekt darauf, dieses Begehren zu stillen.

Als es vorbei war, verspürte Mia das Bedürfnis, sich in Arthurs Arme zu schmiegen, ihn zu küssen und dann all das mit ihm zu machen, was er zuvor mit ihr gemacht hatte. Und noch viel mehr.

Doch das sah Arthurs Programm nicht vor.

Er löste ihr die Fesseln und sagte: »Ich lasse dich jetzt allein. Nimm dir Zeit, geh duschen, wenn du magst, was auch immer. Wir sehen uns dann später beim Essen.«

Ein flüchtiger, hingehauchter Kuss auf Mias Wange, dann war er verschwunden. Mia nahm sich die Augenbinde ab und blieb lange liegen, satt und erschöpft vor Lust und wie betäubt von dem etwas jähen Ende der Veranstaltung.

Sie ging ins Badezimmer und stellte sich kurz unter die

Dusche. Sie wollte sauber und frisch riechen, wenn sie mit Arthur in die zweite Runde ging. Liebe Zeit, dachte sie, war sie überhaupt in der Lage für noch mehr aufregende Berührungen und lustvolle Momente? Eigentlich nicht.

Das Duschgel duftete wunderbar, genau wie die anderen Sachen. Verwundert stellte Mia fest, dass die Fläschchen und Dosen alle noch ungeöffnet waren. Hatte Arthur sie etwa extra für heute Abend gekauft? Kaum zu glauben.

Arthur stand in der Küche und kochte. Unschlüssig blieb Mia stehen, eigenartig befangen. Sie sehnte sich danach, von ihm in die Arme genommen zu werden und erneut diese wundervoll intime Nähe spüren. Aber er tat nichts dergleichen. Er stand am Herd, schenkte ihr ein sehr warmes Lächeln und widmete sich wieder ganz dem Kochen.

»Ist alles in Ordnung?«, fragte er, ohne Mia anzusehen.

»Ja.« Sie seufzte. »Ich ... ich habe so was noch nie erlebt.«

»Was hast du noch nie erlebt?« Er warf ihr einen raschen Blick über die Schulter zu.

Mia suchte nach Worten. Es war ihr unangenehm, so offen zu sprechen. »So viel Sinnlichkeit«, sagte sie leise und wurde rot. »So viel Verwöhntwerden. Und so viel ... Lust.«

Jetzt drehte Arthur sich doch um. Er sah so lässig aus, als würde er solche Spiele täglich spielen. Aber seine Aufmerksamkeit galt in diesem Moment nur Mia.

»Freut mich«, sagte er leise. »Wobei es natürlich schade ist, dass das früher nicht so war.«

»Besser spät als nie.« Mia nippte gedankenverloren an dem Rotwein, den Arthur ihr eingeschenkt hatte. Sie lächelte versonnen. »Danke. Vielen Dank!«

»Gerne.« Arthur drehte sich wieder um.

»Und was ist mit dir?«, fragte Mia. »Wann starten wir dein Programm?«

»Jetzt gleich«, erklärte Arthur, während er Fleisch klein schnitt. »Du bist hoffentlich keine Vegetarierin. Ich habe vergessen, dich zu fragen.«

»Nein, keine Sorge. Wollen wir erst essen, bevor es in deine Runde geht?«

»Nein, ich bereite nur schon mal ein paar Sachen vor. Wir essen hinterher.« Er grinste. »Wenn aller Druck weg ist.«

Arthur stellte das Fleisch zur Seite, wusch sich die Hände und ging hinunter ins Wohnzimmer. Zielstrebig steuerte er seinen Lieblingssessel an.

Mia starrte ihn entgeistert an. Sie war davon ausgegangen, dass sie nun in Arthurs Schlafzimmer gehen würden, dass endlich der Teil kam, bei dem sie beide nackt nebeneinanderliegen und sich leidenschaftlich lieben würden – und *dass* es leidenschaftlich würde, daran hatte Mia seit diesem Abend keinen Zweifel mehr.

»Du willst sonst nichts? Nur das klassische Programm?«, fragte sie erstaunt.

»Ja.«

»Aber …«

»Keine Angst, ich komme nicht zu kurz«, unterbrach Arthur sie. »Ich habe heute schon sehr viel erhalten.«

Der Blick, mit dem er Mia ansah, verwirrte sie.

»Dann machen wir mal«, murmelte sie hastig und kniete sich auf den Boden.

Es war anders als damals vor einem Jahr. Weder unpersönlich noch gierig. Stattdessen war es sanft und leidenschaftlich. Mia war erstaunt, wie unterschiedlich eine eigentlich immer gleiche Handlung ausfallen konnte. Als sie aufstand, strich sie Arthur leicht mit einem Finger über die Wange. Er ließ es geschehen.

»Danke«, sagte er leise.

Schweigend genossen sie das köstliche Essen, Gemüse und Hähnchen aus dem Wok, dazu Basmatireis. Es war jedoch keine angespannte, verlegene Stille, wie sonst so oft zwischen ihnen, sondern vielmehr die Stille nach dem Sturm. Ruhig und auf fast unheimliche Weise friedlich. Selbst die Musik – wieder irgendetwas Jazziges, das Mia nicht kannte – war verstummt.

Mia durchbrach die Stille als Erste. »Du hast hoffentlich nicht vergessen, dass noch ein Programmpunkt fehlt.«

»Nein, habe ich nicht.« Arthur spülte seinen letzten Bissen mit Wein hinunter. »Ehrlich gesagt habe ich lange überlegt, was für eine Geschichte du wohl erwartest.«

»Und?«

»Ich nehme an, es gibt ziemlich vieles, was du gerne wissen würdest.«

»Darauf kommt es nicht an«, entgegnete Mia und registrierte mit Vergnügen, dass Arthur unsicher wirkte. Endlich brachte sie ihn mal ein wenig ins Schwanken. Aber Mia wollte ihn nicht unnötig zappeln lassen und fuhr freundlich fort: »Es kommt darauf an, was du gerne erzählen möchtest.«

»Eigentlich nicht viel.« Ein verlegenes Lächeln huschte über Arthurs Gesicht. Er sah fast ein wenig traurig aus – oder einfach müde. »Aber ich erzähle dir trotzdem etwas. Das habe ich schließlich versprochen.«

Ein letzter Bissen, ein letzter Schluck Wein, dann lehnte er sich zurück und legte los.

»Als Kind wollte ich unbedingt einen Hund haben. Meine Eltern fanden das aber keine so gute Idee. Also bekam ich ein Meerschweinchen.«

Mia lächelte. Was immer Arthur jetzt erzählen würde, es war nicht das, was sie erwartet hatte.

»Und damit es keinen Streit gab, bekamen auch meine

zwei Brüder jeder ein Meerschweinchen. Die Tiere lebten in einem Stall in unserem Garten und hatten Auslauf in einem großen Gehege. Allerdings durften wir sie nicht unbeaufsichtigt draußen lassen, weil die Nachbarn eine sehr gefräßige Katze hatten, die gern lauernd vor dem Stall unserer kleinen Meerschweinchen hockte.«

Arthur war ein guter Erzähler. Gebannt beobachtete Mia, wie er konzentriert seine Sätze formulierte und Mia dabei unverwandt ansah. Sie erkannte, dass er sich seine Geschichte genau zurechtgelegt hatte.

»Ich liebte mein Meerschweinchen über alles. Es war schwarz-weiß gefleckt und hieß Paulchen. Wie Paulchen Panther. Tobias, mein älterer Bruder, verlor schnell die Lust daran, die Tiere zu versorgen. Jakob war noch zu klein. Also blieb die Verantwortung meistens an mir hängen. Ich habe das auch ganz gern gemacht, ich war irgendwie immer der Kümmerer bei uns.«

Mia sah überrascht auf. Der Kümmerer? Arthur? Wenn das hier mal keine Märchenstunde wurde.

Arthur ignorierte ihren spöttischen Blick. »Ich habe also meistens den Stall der Meerschweinchen sauber gemacht und sie beaufsichtigt, wenn sie draußen in ihrem Gehege saßen. Aber manchmal ging mir das auch auf die Nerven und ich verdonnerte meine Brüder zu mehr Einsatz. Eines Tages setzte ich die Meerschweinchen raus in ihr Gehege und beauftragte wieder mal meine Brüder, aufzupassen, während ich selbst mit meinem neuen Fahrrad loszog.«

Mia versuchte sich den kleinen Arthur vorzustellen, einen Jungen mit kurzen Hosen und verstrubbelten Haaren, Zahnlücken und aufgeschlagenen Knien, der vor Lebenslust und Energie übersprudelte. Es fiel ihr schwer.

»Als ich zurückkam, herrschte in unserem Haus eine

eigenartige Stimmung. Etwas war passiert, das spürte ich sofort. Jakob sah verheult aus, Tobias wirkte betreten und meine Mutter war wütend. Als sie mich sahen, starrten mich alle an. Jakob platzte heraus: *Paulchen ist tot.* Ich war total geschockt und wollte erst gar nicht glauben, was er da sagte. Aber meine Mutter und Tobias bestätigten die Horrorbotschaft. Es stellte sich heraus, dass meine Brüder die Meerschweinchen vergessen hatten. Während Jakob in der Sandkiste buddelte und Tobias sich etwas zu essen machte, kam Nachbars Katze und hüpfte in das Gehege. Die anderen beiden Meerschweinchen konnten sich rechtzeitig in ihren Stall retten, aber mein kleines Paulchen schaffte es nicht mehr. Die Katze brach ihm das Genick.«

Arthur schwieg einen Moment, ernst und in sich gekehrt.

»Das war meine erste Begegnung mit dem Tod«, sagte er abschließend, ohne Mia anzusehen.

Sie ließ die Geschichte auf sich wirken. Am Ende lag so etwas wie Bitterkeit in Arthurs Stimme. Hatte er seinen Brüdern diese kleine Geschichte nach all den Jahren etwa immer noch nicht verziehen? Das war kaum denkbar. Zumindest bewegte und beschäftigte sie ihn nach wie vor.

»Das war aber keine fröhliche Geschichte«, sagte Mia, um einen leichten Ton bemüht.

»Nein. War das etwa Bedingung?«

»Keineswegs.« Mia lächelte. »Da gab es keine Regeln.«

»Dann bin ich ja froh.«

»Ich schätze, du warst auf deine Brüder tierisch sauer.«

»Allerdings. Vor allem auf Tobias. Aus lauter Wut habe ich seinen Legokran zertrümmert, an dem er drei Tage gebaut hatte.« Arthur grinste. »Aber was solls – es ist ewig her.«

Mia schwieg seltsam berührt. Was für ein außergewöhnlicher Abend mit einem außergewöhnlichen Arthur. Sie fing an, diesen Mann zu mögen.

Arthur fuhr sie nach Hause. Sie wehrte ab – »Ist doch nicht weit.« –, aber er bestand darauf: »Das machen Männer doch gewöhnlich so, wenn sie ein Date mit einer Frau haben.«

»Hatten wir denn ein Date?«

»Was war es denn sonst?«

»Keine Ahnung.«

»Na also.«

Alles erinnerte Mia an ihre letzte Fahrt mit Arthur. Wieder lenkte er seine breite Limousine gelassen durch den Großstadtverkehr, während sie schweigend nebeneinander saßen. Wieder waren sie hilflos um einen angemessenen Abschied bemüht.

»Ich hätte Lust, noch mehr Geschichten von dir zu hören«, sagte Mia.

»Ich denke mal drüber nach«, antwortete Arthur mit seiner üblichen Unverbindlichkeit.

Mia hoffte auf einen Abschiedskuss, aber sie bekam nur ein warmes »Schlaf schön« zu hören. Immerhin.

17

»Er hat dich nach Hause gefahren?«, fragte Annika. »Du meine Güte! Ein echter Gentleman.«
»Und noch dazu ein grandioser Liebhaber«, rief Henny, die Mias Bericht begierig verfolgt hatte. »Wahnsinn! So einen Mann triffst du nur einmal in hundert Jahren.«

Sie saßen zu dritt in einer Bar in Eimsbüttel. Mia hatte auch Henny mittlerweile von Arthur erzählt, die in erster Linie amüsiert reagierte.

»Dann bin ich endlich nicht mehr die Einzige hier, die schräge Männergeschichten zu erzählen hat«, sagte sie mit einer Mischung aus Belustigung und Zufriedenheit.

»Ach was«, wehrte Mia ab. »Für meinen Geschmack ist das alles ein paar Nummern zu dick aufgetragen. Er ist der perfekte Liebhaber, er kann perfekt kochen, er hat perfekte Umgangsformen. Er ist zu perfekt, zu vollkommen. Und am Ende stimmt eben doch nichts.«

»Wie meinst du das?«, fragte Annika. Sie trug einen ausgeleierten Strickpulli voller Knötchen in der Wolle und ihre Haare hingen ihr strähnig ins Gesicht. Im Gegensatz zu Arthur wirkte Annika geradezu verwahrlost.

Mia erzählte von all den seltsamen Widersprüchen in ihrem Kontakt zu Arthur – von seiner kühlen, souveränen Art einerseits und seinem Unvermögen, zwischenmenschliche Kontakte halbwegs normal zu gestalten, andererseits.

Von seinem ständigen Bestreben, nichts von sich preiszugeben und seinen ganzen eigenartigen Spielchen.

»Er hat zum Beispiel behauptet, dass ich rein zufällig an den Auftrag bei dieser Ökofirma geraten sei. Aber irgendwann stellte sich raus, dass er Teilhaber der Firma ist. Ich wette mit euch, dass er mir gezielt hinterhergeschnüffelt hat, um Informationen über mich einzuholen«, berichtete sie aufgebracht. »So was kann ich gar nicht leiden.«

Henny, die sich mit seltsamen Männern auskannte, sah das nicht so verbissen. »Vielleicht hat er bloß einen Vorwand gesucht, um in Kontakt mit dir zu kommen. Und er meint es gut mit dir. Er hat dir schließlich einen Job vermittelt. Zwei Jobs genau genommen.«

Mia wünschte, sie könnte die Sache auch so leicht nehmen. Zu ihrer eigenen Überraschung stellte sie fest, dass ihr Abend mit Arthur Spuren hinterlassen hatte, die sie verunsicherten. Der Umgang mit ihm war ihr leichter gefallen, als er so abweisend war. Die unterkühlte Erotik zwischen ihnen hatte sie damals fasziniert und ihr ein Gefühl von Sicherheit gegeben. Sie bewegten sich stets im Rahmen deutlicher Grenzen. Aber jetzt war das Eis an einigen Stellen geschmolzen und einer nicht minder faszinierenden, aber auch beängstigenden Glut gewichen.

»Wisst ihr«, fuhr Mia nachdenklich fort, »irgendwas stimmt mit Arthur nicht. Und das macht mir ehrlich gesagt Angst. Da lauert etwas unter der Oberfläche, das mir unheimlich ist.«

Sie erzählte von ihrem Auftrag für Arthur. Er hatte ihr Eckdaten seines beruflichen Werdegangs genannt, damit sie sein Profil erstellen konnte. Und natürlich recherchierte sie auf eigene Faust weiter. Arthur war ein Überflieger. Abitur, Banklehre, Studium, etliche Semester und Praktika im Ausland, und dann der Start einer beispiellosen

Karriere im Investmentbanking. Mit zweiunddreißig wurde er zum Jungmanager des Jahres gewählt, er arbeitete in London, New York und Zürich und stieg in den Hierarchien immer weiter auf.

Bis eines Tages plötzlich Schluss war.

Den Grund dafür nannten weder Arthur noch Google. Er habe keine Lust mehr gehabt, behauptete Arthur und nach mehrfachem, erfolglosem Nachhaken begründete Mia seinen Tätigkeitswechsel schließlich mit seinem wachsenden Interesse an nachhaltiger Wirtschaft und sozialer Verantwortung. Arthur nickte den Text kommentarlos ab.

»Warum steigt jemand so radikal aus? Wohlgemerkt *vor* der Finanzkrise 2008.« Mia war ratlos.

»Persönliche Krisen, Burnout«, mutmaßte Annika. »Vielleicht wurde er auch vom Blitz getroffen oder hatte eine Erleuchtung.«

Mia und Henny starrten sie entgeistert an. »Eine Erleuchtung?«

»Na ja, ich will damit nur sagen, dass es tausend Gründe dafür gibt, dass jemand sich verändert, auch völlig abwegige. Oder total banale. Vielleicht hat sich seine Frau ja beschwert, dass er so selten zuhause war.«

»Seine Frau? Welche Frau?« Noch während sie die Worte aussprach, beschlich Mia ein entsetzlich ungutes Gefühl. Sie hatte immer angenommen, dass Arthur allein lebte. Aber was, wenn das gar nicht stimmte? Vielleicht war er darum so abweisend und wollte keine emotionale Bindung zu ihr aufbauen. Das würde auch erklären, warum seine Wohnung so unpersönlich eingerichtet war. Vielleicht diente sie ihm nur als Büro, als Ort für Zusammenkünfte mit Geschäftspartnern und seinen Liebschaften. Mia wurde ganz flau im Magen.

Auf einmal fiel ihr noch etwas ein. Arthurs Narbe. Ulrich

Hampel hatte angedeutet, dass sie von einem Autounfall stammte. Vielleicht war damals etwas passiert, das Arthur aus dem Tritt gebracht hatte.

Mia schwirrte der Kopf und das flaue Gefühl in ihrem Magen verstärkte sich. Um sich abzulenken, fragte sie Henny: »Und wie läuft es mit Dirk Richter?«

Sie wusste natürlich längst, dass der Gitarrist, den Henny Silvester aufgegabelt hatte, in Wahrheit André Kuhn hieß. Aber der Name Dirk Richter war an ihm hängen geblieben.

Henny grinste vergnügt. Sie war seit Silvester ständig in Partylaune, aufgekratzt und überdreht. Auch heute Abend strahlten ihre Augen und ihre Wangen glühten.

»Super«, sagte sie. »Ich glaube zwar nicht, dass er Mr. Right ist, aber im Moment ist es echt ganz schön.«

Mr. Right – gab es den überhaupt? Nachdem sich Mias vermeintlicher Mr. Right als Griff ins Klo entpuppt hatte, zweifelte sie stark daran. Jeder Mann hatte Macken und Fehler und je älter sie wurden, desto mehr Ballast schleppten sie alle mit sich herum – unverdaute Tiefschläge, Verluste, Krankheiten und Marotten. Mr. Right, so glaubte Mia auf einmal, begegnete man entweder mit zwanzig oder nie mehr.

Arthur rief an und lud Mia erneut ein. Sie fuhr zu ihm, er empfing sie freundlich und sie nahmen ihre alten Rituale wieder auf und ergänzten sie durch neue. Wieder trug Arthur lässige Freizeitkleidung statt eines eleganten Anzugs. Wieder war er Mia sehr zugetan. Aufmerksam registrierte sie selbst seine kleinsten Zärtlichkeiten. Es waren nur winzige Gesten, aber verglichen mit der Kälte, die ein Jahr zuvor zwischen ihnen geherrscht hatte, waren es Gesten großer Zuneigung.

Arthur verwöhnte Mia auf dieselbe überwältigende

Weise wie beim ersten Mal. Wieder berauschte sie sich an den Berührungen seiner Hände und Lippen, an seiner Ausdauer und seinen raffinierten Spielereien mit Fesseln und anderen Utensilien, während sie sich hinter ihrer Augenbinde ganz ihren lustvollen Fantasien hingeben konnte.

Hinterher saßen sie auf seinem Sofa und Arthur erzählte Geschichten, kleine Anekdoten aus seinem Leben, lustig, nachdenklich, Appetithäppchen vor den eigentlichen, den großen Geschichten. Mia erfuhr, dass er in Hamburg aufgewachsen war und hörte Amüsantes aus seinen Jahren in der Schweiz und Amerika. Sie erfuhr jedoch nichts über die Frauen in seinem Leben, nichts darüber, was für ihn wirklich Bedeutung hatte, ihn glücklich oder unglücklich machte.

Sie selbst erzählte ebenfalls Geschichten, von ihrer Familie, von Marie, der großen Schwester, die immer alles besser konnte, von ihren Eltern, die sie ermutigten, ihre Kreativität auszuleben, von Annika und Henny, mit denen sie seit dreißig Jahren unzertrennlich war. Von Frank erzählte sie nicht.

Sie genossen die Lust, die sie sich gegenseitig bereiteten, die Geschichten, die sie sich erzählten, die schweigsamen Stunden, die sie bei Essen und Wein an Arthurs Esstisch zubrachten. Mia gewöhnte sich an sein stetes Bemühen, sie trotz allem nicht näher an sich heranzulassen, als unbedingt nötig. Sie hörte auf, Arthur Fragen zu stellen, die ihn verärgerten. Erstaunt stellte sie fest, dass er viel mehr preisgab, wenn sie ihn nicht drängte.

Auch Arthur stellte keine Fragen, aber er war ein aufmerksamer Zuhörer.

Als Mia ganz nebenbei ihren Roman erwähnte, war Arthur fasziniert. »Das ist ja großartig«, sagte er mit ehrlicher Begeisterung. »Worum geht es darin?«

Mia berichtete vom Tagebuch ihrer Patentante und von ihren Versuchen, die vielen kleinen Erinnerungen in einen großen Zusammenhang zu betten. »Ich will nicht das Leben meiner Tante nacherzählen, das kann ich gar nicht. Die Figuren und Handlungen sind daher zum großen Teil fiktiv. Aber sie basieren auf dem, was meine Tante als junges Mädchen aufgeschrieben hat.«

Arthur war sichtlich beeindruckt. »Das kling brillant. Hast du schon einen Verlag?«

Mia zuckte mit den Schultern. Darum hatte sie sich überhaupt noch nicht gekümmert.

»Ich kann dir dabei helfen, wenn du magst«, bot Arthur zu ihrer Überraschung an. »Ich kenne einen sehr guten Agenten.«

Natürlich, Arthur kannte wieder mal jeden und wusste über alles Bescheid.

»Du weißt doch noch gar nicht, ob der Roman gut ist«, wehrte Mia ärgerlich ab.

»Das ist er garantiert. Ich weiß, wie du schreibst, das reicht mir schon.« Als er Mias skeptischen Blick sah, fügte er hinzu: »Gib mir das Manuskript zum Lesen, dann gebe ich dir ein angemessenes Feedback.«

Diesmal fuhr er sie nicht nach Hause, er hatte selbst für seine Begriffe zu viel Wein getrunken.

»Hast du am Freitag Zeit?«, fragte er zum Abschied. Heute war Montag. Er wollte sie schon in vier Tagen wiedersehen. Mia freute sich darüber.

Nachdenklich ging sie an diesem Tag nach Hause. Arthur Kessler gab ihr immer mehr Rätsel auf. Früher war sein Verhalten klar und eindeutig gewesen. Er war ein arroganter Sack, wie er selbst einmal gesagt hatte, ein Snob, für den Humor und menschliche Wärme Fremdwörter waren.

Verglichen zu damals wirkte er mittlerweile sehr offen und zugänglich.

Und doch gab es immer noch Grenzen. Arthur erzählte nur im Rahmen ihrer ritualisierten Erzählstunden von sich. Und auch in ihrem erotischen Miteinander fehlte etwas Entscheidendes. Sie küssten sich nicht und schliefen nicht zusammen. Jeder genoss seine Lust nur für sich, isoliert von den Empfindungen des anderen. So aufregend das war, hatte es auch etwas Einsames, Steriles.

In Gedanken versunken bog Mia von der Budapester Straße in die Clemens-Schultz-Straße ein und ging von dort weiter in ihre eigene Straße. Es war bitterkalt und obwohl schon März war, lag immer noch Schnee in Hamburg. Unter dem Schnee waren die Gehwege vereist und spiegelglatt. Mia lief in ihren eleganten Stiefeletten mit den glatten Sohlen wie auf rohen Eiern. Und dann, nur wenige Meter von ihrem Haus entfernt, als sie sich schon in Sicherheit wähnte, rutschte sie mit dem schmalen Absatz des linken Stiefels weg, knickte um und stürzte seitlich auf den vereisten Weg.

Im ersten Moment war der Schreck da, dann die Wut auf sich selbst. Warum hatte sie auch diese modischen Stiefelchen angezogen, statt derbe Schuhe mit guten Profilen? Bloß, weil sie Arthur imponieren wollte. Wie dämlich!

Mühsam rappelte Mia sich wieder auf. Sie spürte einen undefinierbaren, dumpfen Schmerz, der von ihrem Gesäß durch das ganze linke Bein zog, sich aber nicht richtig schlimm anfühlte. Das Bein war von der Kälte halb betäubt. Wahrscheinlich würde sie morgen ein paar hübsche, blaue Flecken haben. Als sie mit dem Fuß auftrat, zog jedoch ein anderer, stechender Schmerz durch ihren Knöchel, schneidend und äußerst unangenehm. Sie konnte mit dem Fuß kaum auftreten und humpelte mühsam heimwärts, dankbar, dass es nicht mehr weit war.

Zuhause begutachtete sie in Ruhe ihren geschundenen Körper. Aber sie fand nichts Auffälliges, nur ein paar gerötete Stellen, die auch genauso gut von der Kälte kommen konnten, und eine leichte Abschürfung am Oberschenkel.

Doch in der Nacht konnte sie kaum schlafen, weil ihr Fuß bei jeder Bewegung pochte und schmerzte. Am nächsten Morgen war der Knöchel auf Tennisballgröße angeschwollen und hatte die Farbe einer Aubergine angenommen. Hilflos hockte Mia auf ihrem Bett und fing vor Verzweiflung und Schmerz an zu weinen. Sie musste dringend zum Arzt, das war klar – nur wie? Niemand war da, der ihr helfen konnte, alle Freunde waren längst bei der Arbeit, ihre Eltern im Urlaub auf Lanzarote und von den Nachbarn war vermutlich nur Frau Schmidt aus dem zweiten Stock zuhause, aber die besaß kein Auto.

Sie dachte an Frank, der immer für sie da gewesen war, wenn sie Hilfe brauchte. Immer. Auf einmal fühlte sie sich noch elender und musste erst recht weinen. Sie bat Frank trotzdem nicht um Hilfe. Sie war nicht mehr seine Frau. Und außerdem musste er genauso arbeiten wie Annika und Henny.

Mia humpelte ins Badezimmer und machte sich notdürftig frisch. Dann rief sie sich ein Taxi und quälte sich unter großen Schmerzen mühsam die Treppen aus dem dritten Stock hinab auf die Straße.

Sie saß drei Stunden im Wartezimmer eines Orthopäden und musste anschließend eine weitere Stunde warten, bis sie geröntgt werden konnte. Immerhin hatte sie Glück im Unglück. Es war nichts gebrochen oder gerissen, nur verstaucht.

»Kühlen Sie das Bein und lagern Sie es hoch. Dann haben Sie das Schlimmste spätestens in zwei Wochen überstanden«, sagte der Arzt.

Mit einem Druckverband um den Fuß und auf Krücken gestützt humpelte Mia wieder auf die Straße und ließ sich von einem Taxi heimbringen.

Seufzend machte sie sich daran, die Treppen in ihre Wohnung hinauf zu bewältigen. Zwei Wochen auf ihrem Sofa liegen und sich Zukunftssorgen machen – das hatte ihr gerade noch gefehlt. Im Treppenhaus traf sie Frau Schmidt, die für ihre achtzig Jahre noch sehr rüstig war. Sie bot sofort an, für Mia einzukaufen. Dankbar quälte Mia sich die letzten Meter hinauf und verfluchte dabei jede einzelne Stufe.

Den Rest des Tages verbrachte sie damit, per Telefon Verzweiflungsschreie in die Welt abzusenden. Ihre Eltern waren bestürzt, Annika und Henny bedauerten sie und sogar Arthur fand mitfühlende Worte, als Mia ihm eine Nachricht schickte, um ihre nächste Verabredung abzusagen.

»*Wirst du gut versorgt?*«, fragte er per SMS.

»*Ja,*« schrieb Mia zurück. »*Alles bestens.*«

Am Abend kam Henny und brachte einen großen Topf mit. »Ich habe dir einen Gemüseeintopf gekocht. Den kannst du dir bequem warm machen.«

Mia warf einen Blick auf klein geschnittene Karotten und Kartoffeln und nickte dankbar.

Henny packte zwei Tafeln Chili-Zartbitter-Schokolade aus, Mias Lieblingssorte. »Damit deine gute Laune wieder steigt.«

Etwas später kam auch Annika vorbei. Sie wirkte gehetzt. »Ich habe nicht viel Zeit, Torben ist alleine, weil Matthias beim Sport ist«, sagte sie.

»Hätte er den nicht mal absagen können?«, fragte Henny.

»Ach, er war da schon ewig nicht mehr, ich kann ihm das auch nicht immer verwehren.« Annika packte einen großen Topf aus. »Ich habe dir einen Gemüseeintopf gekocht, den kannst du dir bequem warm machen.«

»Na großartig, da hatten wir ja dieselbe Idee,« sagte Henny.

»Ach, zeig doch mal.« Mia öffnete den Deckel von Annikas Topf. »Er ist mit Tomaten und Paprika«, sagte sie in Hennys Richtung. »Das ist was völlig anderes als Kartoffeln und Möhren.«

»Du kannst dir Reis oder Nudeln dazu machen«, ergänzte Annika. »Und einfrieren kannst du das Zeug auch gut.«

»Für mein Überleben ist also gesorgt.« Mia ließ sich ergeben in die Kissen sinken und lagerte ihr Bein hoch. So alleine war sie gar nicht.

Dennoch ließ dieses Gefühl unendlicher Einsamkeit sie nicht mehr los, das sie am Morgen befallen hatte, als sie hilflos und alleine auf ihrem Bett gesessen hatte. Sie verbarg es hinter grimmigem Zorn über die Versäumnisse des städtischen Winterräumdienstes und hinter übertriebenem Arbeitseifer.

Auf einmal fand sie das selbstständige Arbeiten gar nicht mehr so übel. Sie saß auf ihrem Sofa, schrieb abwechselnd an einer Broschüre für Elbzeug und ihrem Roman, hörte Musik, aß nebenbei Gemüseeintopf und Schokolade und klappte den Rechner einfach zu, wenn sie keine Lust mehr hatte. War das nicht herrlich gemütlich? Und sie wurde sogar noch dafür bezahlt, das war das Beste daran.

Sie begann, ernsthaft darüber nachzudenken, welche alten Kontakte sie auffrischen musste, um an weitere Aufträge zu gelangen. Das hatte sie ewig nicht getan. Ihre Stimmung hob sich ein wenig.

Doch der Schmerz in ihrem Fuß ließ trotz der Schmerzmittel nicht nach und zermürbte Mia. Vor allem nachts kam sie kaum zur Ruhe. Zu allem Überfluss feierten auch noch gerade jetzt ihre türkischen Nachbarn die Hochzeit ihrer Tochter. Nach einem großen Fest in einem Restaurant ging die Feier zuhause tagelang weiter. Durch die dünnen Wände hörte Mia bis spät in die Nacht Reden, Lachen und Musik.

Sie wusste nicht, was schlimmer war, der Lärm oder Schmerz. Zum Arbeiten war sie nach ihrem ersten Höhenflug zu unkonzentriert, zum Lesen zu müde, und im Fernsehen lief auch nur Schrott. Tränen der Verzweiflung schossen ihr in die Augen.

Es klingelte an der Tür. Mühsam humpelte Mia mit Hilfe ihrer Krücken in den Flur. Eine Männerstimme kündigte durch die Gegensprechanlage einen Blumengruß an. Überwältigt vor Freude nahm Mia einen großen Blumenstrauß aus leuchtend gelben Gerbera und Rosen an. Sie vermutete, dass er von ihren Eltern stammte und staunte nicht schlecht, als sie den Text auf der beiliegenden Karte las:

»Ich dachte, du könntest ein bisschen Sonne gebrauchen. Gute Besserung! Arthur.«

Arthur! Lächelnd legte sie die Karte auf den Tisch. Langeweile und Zorn waren für einen Moment vergessen. Mia stellte die Blumen in einer Vase auf den Wohnzimmertisch. Der ganze Raum schien auf einmal viel freundlicher auszusehen. Wie schön!

Mia schickte Arthur eine SMS.

»1000 Dank für die wunderschönen Blumen! Kleiner Lichtblick in düsteren Zeiten. Meine Nachbarn feiern seit 3 Tagen und Nächten Hochzeit. Werde mich wohl umbringen, wenn sie noch einen 4. Tag feiern. Oder ich bringe die Braut um. Gruß Mia«

Sie fühlte sich seltsam leicht, nachdem sie die Nachricht abgeschickt hatte. Die Leichtigkeit hielt jedoch kaum eine

Stunde an. Dann dröhnte in voller Lautstärke türkische Popmusik durch das ganze Haus. Die orientalischen Rhythmen verursachten Mia Kopfschmerzen. Aber nachmittags um vier konnte sie sich schlecht über die Lärmbelästigung beschweren.

Sie dachte daran, wie schön ruhig und gemütlich sie es bei ihren Eltern haben könnte, aber die mussten ja ausgerechnet jetzt unter spanischer Sonne am Strand liegen und es sich gutgehen lassen. Wieder brachen Zorn und Verzweiflung sich Bahn, als es erneut an der Tür klingelte.

Mia wischte sich die Tränen aus dem Gesicht und schleppte sich wieder in den Flur. Die Krücken ließ sie diesmal in der Ecke stehen. Sie waren ihr mehr Last als Hilfe. Wie konnten andere Leute mit diesen Dingern bloß kilometerweit gehen? Mia schaffte es kaum drei Meter. Da hangelte sie sich lieber an Möbeln und Wänden entlang.

An der Tür war vermutlich Frau Schmidt, die ihr ein paar Besorgungen mitbringen wollte. Doch da niemand im Treppenhaus stand, hob Mia den Hörer der Gegensprechanlage ab.

»Ja, hallo?«

»Hallo, hier ist Arthur. Ich wollte mal schauen, ob du noch lebst.«

Arthur! Um Himmels willen, ARTHUR!!!

Entsetzt sah Mia an sich herab. Sie trug ihre älteste, ausgebeulteste Jogginghose und dicke, uralte Wollsocken, auf ihrer hellen Fleecejacke prangten rote Sprenkel, die stark an Annikas Gemüseeintopf erinnerten, und ihre ungewaschenen Haare fielen ihr strähnig ins Gesicht. So konnte sie unmöglich Arthur gegenübertreten, der immer so aussah, als sei er soeben einem Modekatalog entstiegen.

»Hallo? Bist du noch da? Oder hast du dich doch schon

umgebracht?«, kam es krächzend durch die Gegensprechanlage.

»Ja … ich …«

Blumen zu schicken war eins, aber einfach unangemeldet hier vor ihrer Tür aufzutauchen, das war eine ganz andere Nummer. Zwischen Verwirrung und Schreck meldete sich nun auch leiser Ärger bei Mia. Sie war geneigt, Arthur einfach wegzuschicken.

Als hätte er ihre Gedanken erraten, krächzte es in der Gegensprechanlage wieder: »Entschuldige, ich wollte dich nicht erschrecken. Dann gehe ich wohl besser wieder.«

Mia sah sich hektisch in der unaufgeräumten Wohnung um. Im Schlafzimmer lag ein BH auf dem Boden und das Bett war ungemacht, in der Küche türmte sich der Abwasch von drei Tagen.

»Moment.« Mia drückte auf den Summer und humpelte, so schnell es ging, durch den Flur und schloss die Türen zu Küche und Schlafzimmer. Zum Glück brauchte Arthur ewig für die drei Stockwerke, so dass sie sogar noch Zeit hatte, im Wohnzimmer ein paar Zeitschriften zusammenzuschieben und Schokoladenpapier verschwinden zu lassen.

Dann stand Arthur in der Tür. Er brachte kalte, frische Winterluft mit herein und füllte den ganzen Flur aus. Mia strich sich verlegen ein paar Haarsträhnen aus dem Gesicht.

»Ich … mit dir hatte ich jetzt überhaupt nicht gerechnet.« Sie stützte sich am Türrahmen ab und hoffte, dass Arthur ihre verheulten Augen nicht bemerken würde. Was, um Himmels Willen, tat er hier?

Arthur spürte ihre Verlegenheit. »Ist es dir auch wirklich recht? Sonst gehe ich sofort wieder.« Er blieb zögernd stehen. »Ich dachte nur, bevor du einen Mord begehst, schaue ich lieber mal vorbei.«

Hilflos wandte Mia sich dem Wohnzimmer zu. Arthur

hatte ihr Blumen geschenkt. Es wäre wohl ziemlich unverschämt, ihn gleich wieder hinauszuwerfen.

»Ist schon okay. Ich muss mich nur mal setzen, wenn du nichts dagegen hast.«

Sie hievte sich von der Tür bis zum Sofa, trat dabei zu fest auf und verzog das Gesicht, als ihr ein stechender Schmerz in den Knöchel fuhr.

Arthur folgte ihr. Sein Blick fiel auf die Gehhilfen. »Warum benutzt du die nicht?«, fragte er.

»Ich komme damit nicht klar«, gestand Mia und legte sich ein Eispack auf den Fuß.

»Vielleicht haben sie nicht die richtige Größe.« Arthur nahm eine der Krücken in die Hand und musterte sie. »Klapprige, alte Dinger«, murmelte er abfällig, dann bat er Mia, noch einmal aufzustehen. Er nahm prüfend mit den Gehhilfen Maß, behauptete, sie seien zu groß und verstellte sie in der Länge.

»Woher willst du das wissen?«, fragte Mia misstrauisch. Es ging ihr auf die Nerven, dass Arthur zu wirklich jedem Mist etwas zu sagen hatte.

Arthur reichte ihr die Krücken schweigend zurück. »Ich hatte mir mal ein Bein gebrochen und musste eine ganze Weile mit solchen Dingern auskommen«, sagte er schließlich, wobei sein Blick so abweisend war, dass Mia es vorzog, keine weiteren Fragen zu stellen. Schweigend lauschte sie Arthurs Tipps zum Umgang mit den Gehhilfen. Leider musste sie zugeben, dass er wieder einmal recht hatte. Auf einmal lief sie viel sicherer, die Gehhilfen waren plötzlich keine Hindernisse mehr, sondern echte Hilfen. Widerwillig bedankte sie sich.

Arthur setzte sich in einen Sessel und schaute sich in Mias Wohnzimmer um.

»Gemütlich hast du's hier«, sagte er, aber Mia glaubte ihm

nicht. Wenn ihm sein kalter Designerpalast gefiel, konnte er sich unmöglich in ihrer Wohnung mit den vielen Büchern, den uralten Dielenböden und den zugigen Fenstern wohlfühlen.

Verlegenes Schweigen schob sich zwischen sie. Arthur war in Mias Reich eingedrungen, noch dazu in einem Moment, in dem sie krank und schwach war. Sie saß nicht als attraktive Frau vor ihm, sondern als Patientin. Unauffällig verkroch sie sich unter einer Wolldecke, um ihre alte, fleckige Kleidung vor Arthurs kritischem Blick zu verbergen.

»Wie geht es deinem Fuß?«, fragte Arthur.

»Er tut weh.« Mia hatte nicht beabsichtigt, so gequält zu klingen, aber Arthur klang ehrlich mitfühlend und löste ihren Widerstand dadurch ein wenig auf. »Ich habe das Gefühl, es wird überhaupt nicht weniger, obwohl ich jetzt schon seit einer Woche hier liege. Der Arzt meinte, dass ich nach zwei Wochen wieder normal laufen könne. Aber das glaube ich nicht.« Missmutig zog sie die Wolldecke noch ein Stückchen höher. Am liebsten hätte sie sich vollständig darunter versteckt. Außer ihrem Kopf schaute nur noch ihr kranker Fuß heraus, der, eingebettet in Eispackungen, ein Fremdkörper geworden war und, nackt und versehrt wie er war, nicht mehr zu ihrem restlichen Körper zu gehören schien.

»Darf ich mal sehen?«, fragte Arthur zu Mias Überraschung.

Als sie zögernd nickte, schob er das mit eisgekühltem Gel gefüllte Plastiktütchen auf ihrem Fuß zur Seite und betrachtete die violette Schwellung rund um ihren Knöchel, die bereits von Tennisballgröße auf Golfballgröße geschrumpft war. Es war der erste Tag, an dem Mia versuchsweise den Verband weggelassen hatte, der Fuß fühlte sich dadurch beweglicher, aber auch verletzlicher an.

Arthur ging jedoch sehr behutsam vor, bemüht, Mia keine Schmerzen zu bereiten.

»So schlimm sieht es gar nicht aus«, stellte er sachlich fest. »Aber mehr als eine Woche brauchst du garantiert noch. Ich würde fast sagen, noch zwei Wochen, dann bist du wieder fit.«

Mia zog ihre Stirn in Falten. »Bist du in deinem Zweitleben etwa Arzt?«, fragte sie genervt.

»Nein.« Arthurs Blick gestattete nicht einmal den Gedanken an weitere Fragen oder Bemerkungen.

Zu Mias Erleichterung klingelte es erneut an der Tür. Nun musste sie sich nicht weiter mit diesem seltsamen Arthur abplagen. Sie machte Anstalten, sich vom Sofa zu erheben, aber Arthur war schneller.

»Bleib du mal schön, wo du bist«, sagte er und ging in den Flur.

»Das ist meine Nachbarin Frau Schmidt«, rief Mia ihm hinterher. »Sie hat für mich eingekauft.«

Arthur öffnete die Tür. »Guten Tag«, hörte sie ihn sagen.

Die Zimmertür war halb zugefallen und Mia sah nicht, was im Flur geschah.

»Sie sehen nicht aus wie Frau Schmidt«, fuhr Arthur mit leicht belustigtem Unterton fort.

»Ich bin auch nicht Frau Schmidt«, ertönte eine andere Männerstimme. »Und Sie sehen nicht aus wie Mia. Wer sind Sie dann? Der Krankenpfleger?«

Der Klang dieser Stimme ließ Mia wie elektrisiert die Wolldecke zur Seite reißen und aufspringen. Ein höllischer Schmerz schoss ihr durch den kranken Fuß und sie stieß einen lauten Schrei aus. Die Wohnzimmertür flog auf.

»Du sollst doch nicht aufstehen«, sagte Arthur tadelnd.

»Ist es so schlimm?«, fragte die andere Männerstimme und Franks blonder Schopf schob sich an Arthur vorbei.

Mia ließ sich zurück auf das Sofa sinken. Auf einmal fühlte sie sich ganz schwach und zittrig. Frank begutachtete ihren Knöchel, bis Arthur sich beeilte, das Eispack wieder auf ihrem Fuß zu drapieren. Die beiden Männer starrten den Fuß an wie ein Objekt im Museum.

Mia ertrug es kaum, sie so zu sehen.

»Weg da, alle beide!«, schrie sie außer sich.

Erschrocken traten beide Männer einen Schritt zurück. Mia musterte Frank feindselig. Er trug eins seiner geliebten Sprüche-Shirts mit dem Aufdruck »*Ich bin mit der Gesamtsituation unzufrieden*« und sah so vertraut aus, dass es wehtat.

»Was machst du hier?«, fragte Mia verwirrt und verärgert zugleich.

»Ich habe Henny bei Max Bahr getroffen«, erklärte Frank, und als er Mias ungläubigen Blick sah, fügte er rasch hinzu: »Sie war da mit so einem komischen Lockentyp unterwegs.«

»Ach, Dirk Richter.«

Dass Henny, die zwei linke Hände hatte, mit ihrem neuen Lover im Baumarkt war, klang plausibel. Mia lehnte sich zurück in ihre Kissen.

»Na ja«, fuhr Frank ein wenig unbehaglich fort. »Sie hat mir erzählt, was passiert ist und da dachte ich, ich schaue mal vorbei.«

Er warf Arthur einen abschätzenden Blick zu. Arthur hielt der Musterung statt. Kühl sagte er:

»Kennen wir uns nicht irgendwoher?«

»Was?«, fragte Mia entsetzt.

»Nicht, dass ich wüsste.« Frank setzte eine gleichgültige Miene auf.

Arthur schaute prüfend in Franks jungenhaftes Gesicht. Die verschwommene Erinnerung an eine freudlose Silvesternacht tauchte vor seinem inneren Auge auf.

»Klärst du uns mal auf?«, bat Mia, obwohl sie sich fast davor fürchtete, zu erfahren, woher Arthur Frank kannte.

Arthur hob zu einer Antwort an, als es wieder klingelte.

»Frau Schmidt«, sagte er munter und wandte sich zum Flur.

»Frau Schmidt«, seufzte Mia ergeben und schloss die Augen.

»Ich komme wohl etwas ungelegen, was?« Franks Augen flackerten unsicher.

»Natürlich kommst du ungelegen«, entgegnete Mia ungerührt und lauschte mit halbem Ohr in den Flur.

»Guten Tag, Frau Schmidt«, hörte sie Arthur sagen und atmete erleichtert auf, dass sich kein weiterer Überraschungsbesuch ankündigte.

Frank sah sich in dem kleinen Wohnzimmer um.

»Schön siehts bei dir aus«, sagte er und seine Stimme klang sehnsüchtig. »Du hast es schon immer geschafft, dass alles schön aussieht.«

Mia schwieg.

»Tut mir leid«, flüsterte Frank und wirkte auf einmal sehr traurig und verloren.

»Mir auch.« Mia verschloss sich Franks Traurigkeit nicht schnell genug, ein winziges Stückchen davon berührte ihr Herz und brachte es zum Zittern.

Hilflos starrte Frank auf ihren Fuß. »Brauchst du irgendwas?«

»Nein.« Mia hatte sich wieder so weit gefasst, dass ihre Stimme abweisend klang.

Mutlos nickte Frank. »Tut mir leid«, wiederholte er erneut mit hängenden Schultern.

Im Flur verabschiedete Arthur Frau Schmidt.

»Ich bringe die Sachen mal in die Küche«, rief er.

»Nein!«, schrie Mia entsetzt. Nicht auszudenken, wenn

Arthur diese dreckige, unaufgeräumte Küche in Augenschein nahm. Aber es war bereits zu spät, sie hörte ihn schon die Tür öffnen und in der Küche rumoren.

»Hört denn hier gar niemand mehr auf mich?«, fragte Mia verzweifelt und zog sich erneut die Wolldecke bis zur Nase.

»Vielleicht ist es ja an der Zeit, dass du zur Abwechslung mal auf andere hörst«, murmelte Frank niedergeschlagen und zog den Kopf schon vorsorglich ein, bevor Mia ihn mit einem giftigen Blick strafte.

Arthur kam zurück, gut gelaunt und entspannt und offenbar unbeeindruckt von Mias Küchenchaos.

»Hat Frau Schmidt gesagt, wie viel Geld sie kriegt?«, fragte Mia matt.

»Ich habe das schon geregelt«, entgegnete Arthur, aber statt ihm dankbar zu sein und sich über seine Hilfsbereitschaft zu freuen, rührte sich erneut Groll in Mia. Sie fühlte sich überfahren und überfordert.

Schweigend starrte sie die beiden so unterschiedlichen Männer an, die ihr Wohnzimmer besetzten. Stumm schauten sie zurück. Nur der Orientalenpop von nebenan war zu hören.

»Ganz schön laut hier«, stellte Frank fest, bemüht, die Spannung aufzulösen. »Ist das immer so?«

»Nein.« Mia berichtete von der Hochzeit ihrer Nachbarn.

»Sind die direkt da nebenan?«, Arthur wies mit dem Kopf zur Wand, an der die Bücherregale standen.

Mia nickte. Arthur trat etwas näher an die Wand heran, als wolle er dem Lärm nachgehen. Sein Blick blieb an einigen Fotos hängen, die im Regal vor den Büchern standen. Eingehend betrachtete er ein Bild, das Mia und Henny an einem Strand zeigte. Sie standen mit sturmzerzausten Haaren inmitten einer Gruppe von Reitern und struppigen

Ponys und lachten glücklich in die Kamera. Mia erinnerte sich immer wieder voller Sehnsucht an diesen wunderschönen Urlaub mit endlos langen Ritten am Strand und gemütlichen Abenden in kleinen Restaurants.

»Das war in Ostfriesland«, erklärte sie Arthur. »Auf Spiekeroog.«

»Ich weiß, wo das ist.«

Arthur drehte sich langsam um. Eine eigenartige Verwandlung war mit ihm geschehen. Bleich und mit ungläubigem Entsetzen starrte er Mia an.

»Warst du da auch schon mal?«, fragte Mia, verwirrt und erschrocken über Arthurs plötzliche Veränderung.

»Ja.« Arthurs Stimme klang heiser. »Woher hast du dieses Foto?«, fragte er mit einem Blick, der Mia Angst machte.

»Das hat eine der anderen Reiterinnen gemacht.« Mia versuchte sich zu erinnern. Der Urlaub war gut dreieinhalb Jahre her. Das verschwommene Bild einer Frau mit dunkelblonden kurzen Haaren erschien vor ihrem inneren Auge. Temperamentvoll und fröhlich war sie gewesen – und eine ausgesprochen leichtsinnige Reiterin. Sie hatten während der Urlaubswoche viel Zeit miteinander verbracht, danach aber nie wieder etwas voneinander gehört – abgesehen von einem kurzen Mailwechsel, bei dem sie Urlaubsfotos ausgetauscht hatten. Danach war der Kontakt eingeschlafen.

»Ich glaube, sie hieß Carmen«, sagte Mia. »Und sie war Amerikanerin. Warum willst du das wissen?«

Arthur sah so aus, als ob er gleich ohnmächtig werden würde.

»Carol«, sagte er mit einer Stimme, die dünn wie Luft war.

Mia hob überrascht den Kopf. »Carol, ja richtig, so hieß sie!«

Woher wusste Arthur das? Kannte er die Frau? War das

möglich? Falls ja, verband er allerdings keine schönen Erinnerungen mit ihr.

»*Du* warst auch da.« Fassungsloses Erkennen spiegelte sich in Arthurs Gesicht. Er starrte Mia an, als würde er sie in diesem Moment zum ersten Mal richtig sehen.

»Ja, natürlich war ich da. Sonst wäre ich doch nicht auf dem Bild.« Mia verdrehte ungeduldig die Augen.

Auch Frank musterte Arthur verwundert. Eben noch war dieser Mann sehr überlegen und gelassen aufgetreten, aber nun verstörte ihn der Anblick eines harmlosen Urlaubsfotos so sehr, als hätte er einen Geist gesehen.

»Wer ist denn diese Carol?«, fragte Frank neugierig.

Arthur richtete seinen Blick fest auf Mia, aber er schien durch sie hindurchzusehen. Seine Stimme klang fremd und hohl.

»Meine Frau«, sagte er.

18

»Was war denn das?«

Frank starrte verblüfft auf die Tür, durch die Arthur soeben fluchtartig Mias Wohnung verlassen hatte. Mia schüttelte verstört den Kopf. Das hätte sie auch gern gewusst.

»Wer war dieser Typ überhaupt?«, fragte Frank.

»Ein Bekannter.«

Frank musterte sie eindringlich. »Scheint ja ein ziemlich guter Bekannter zu sein«, bemerkte er und konnte seine Eifersucht nicht verbergen.

»Und wenn schon – was gehts dich an?« Mia vergrub sich in hilfloser Verwirrung unter ihrer Wolldecke.

Sie verstand das nicht. Was hatte Arthur so erschreckt? Und wieso um Himmels willen hatte er plötzlich eine Frau? Noch dazu diese Carol, die Mia – wenn auch nur sehr flüchtig – sogar kannte.

Ihr wurde abwechselnd heiß und kalt und sie konnte es kaum abwarten, nach den Fotos ihrer Spiekeroogreise zu suchen. Frank hatte es jedoch überhaupt nicht eilig, zu gehen. Er quetschte Mia so lange aus, bis er halbwegs die Zusammenhänge begriff, soweit Mia sie überhaupt selbst verstand.

»Zufälle gibts«, sagte Frank vielsagend. »Ein Zufall ist zum Beispiel, dass ich nur zwei Straßen von dir entfernt wohne. Hast du das gewusst?«

»Ich habs geahnt.« Unwillig dachte Mia an ihre Begegnung mit Rocco im vergangenen Sommer.

»Falls du also mal was brauchst – ich bin ganz in der Nähe.« Frank bewegte sich unsicher in Richtung Tür.

Mia schluckte. Sie wollte sich jetzt nicht auch noch mit Frank beschäftigen, die Baustelle mit Arthur reichte ihr fürs Erste.

»Danke«, sagte sie und brachte ein schiefes Grinsen zustande.

Das genügte Frank, um wieder Hoffnung zu schöpfen. »Dann bis bald mal.« Er verabschiedete sich mit einem liebevollen Lächeln.

Die Wohnungstür war kaum hinter Frank zugefallen, als Mia sich bereits den Laptop auf den Schoß zog und anfing, ihre Festplatte zu durchwühlen. Mit fliegenden Fingern klickte sie sich durch die Bilder ihres Spiekeroogurlaubs, ständig auf der Suche nach Arthur und Carol. Arthur war nirgendwo zu sehen. Aber Carol lachte ein paar Mal direkt in die Kamera. Ja, genau, erinnerte Mia sich wieder, sie war eine sehr fröhliche Frau in Mias Alter.

Mia dachte an die Panik, mit der Arthur aus ihrer Wohnung geflohen war. Frank hatte recht, es gab im Leben die seltsamsten Zufälle. Da begegnete man sich flüchtig auf einer Urlaubsreise und dann traf man sich Jahre später unter ganz anderen Umständen wieder, und was so harmlos und unschuldig begann, endete plötzlich im totalen Chaos.

Mia erinnerte sich haargenau an jeden einzelnen Tag dieses Urlaubs auf Spiekeroog. Sie und Henny ritten seit vielen Jahren gemeinsam auf einem Hof in der Nähe von Hamburg. Weil sie auch in diesem Urlaub hauptsächlich reiten wollten, beschlossen sie, alleine zu reisen. »Das wird ein männerfreier Urlaub«, erklärte Mia und schlug Frank vor, doch zur selben Zeit auch mit ein paar Freunden wegzufahren. Vermutlich war das der Anfang vom Ende, dachte sie später. Aber damals hatten sich alle einfach nur gefreut – Mia und Henny auf die Pferde, Frank, Rocco, Boogie und Bonzo auf eine wilde Zeit ohne Frauen in Dänemark. Sie hatten großes Glück mit dem Wetter, es war für Anfang Mai sehr warm und sonnig. Die Männer genossen die Nordsee in Dänemark zum Surfen, die Frauen die endlosen Strände der kleinen, ostfriesischen Insel zum Reiten und Sonnenbaden.

Mia und Henny machten fast täglich geführte Ausritte auf kleinen, robusten Islandpferden in die Dünen und zum Strand mit, und dabei lernten sie Carol kennen, eine fröhliche, lebenslustige Amerikanerin. Sie war eine verwegene Reiterin und lieferte sich zum Ärger der Reitlehrerin mit einigen anderen Reitern ein kühnes Wettrennen am Strand. Im fliegenden Galopp jagten sie über den menschenleeren Strand und rissen die ganze Gruppe mit. Mia stellte sich in die Steigbügel und beugte den Oberkörper weit nach vorne. Noch nie in ihrem Leben war sie so schnell galoppiert. Und es ging ewig so weiter, der Strand schien überhaupt nie zu enden. Der Wind trieb Mia Tränen in die Augen, sie war wie berauscht von der Geschwindigkeit und hätte schreien mögen vor Glück. Carol trieb ihr Pferd an, damit es noch schneller lief. Wie bei einem Turnier riss sie einen Arm nach oben und reckte eine Faust in der Siegerpose zum Himmel. Mia traute ihren Augen kaum. Bei diesem Tempo einhändig zu reiten, noch dazu auf einem fremden Pferd, war mehr als leichtsinnig. Aber Carol schien überhaupt keine Angst zu haben. Sie drehte sich sogar noch im Sattel um, lachte Mia zu – und riss auch den zweiten Arm nach oben. War sie völlig verrückt geworden? Keineswegs. Sie hatte die Situation genau im Blick. Der Sand wurde ohnehin weicher, die Pferde waren erschöpft und beendeten den wilden Galopp von selbst.

An langen Zügeln stapften die Ponys durch den tiefen Sand. Ein Mann stand am Rand der Dünen und filmte die Gruppe mit einer Digitalkamera. Carol lenkte ihr Pferd zu ihm. Lachend winkte sie in die Kamera.

Später, nachdem sie die Pferde in aller Ruhe versorgt und zum Weiden auf die Salzwiesen entlassen hatten, gingen sie alle zusammen Pizza essen. Sie waren eine ausgelassene Runde. Mia mochte Carols offene, herzliche Art; *oberflächlich* hätten andere gesagt, aber Mia war bereit, sich für die Zeit dieser einen Urlaubswoche darauf einzulassen. Der Mann mit der Kamera war auch dabei. Er gehörte zu Carol und hatte auch auf dem Hof noch weiter gefilmt und Fotos gemacht.

»Kannst du uns eine Kopie von dem Film schicken?«, wandte Henny sich an ihn. »Das wäre total klasse.«

»Ja, klar«, sagte er bereitwillig. Er war groß und hatte dieselbe energiegeladene Ausstrahlung wie seine Frau.

Er war Mia bereits am Tag zuvor beim Joggen am Strand aufgefallen. Sie hatte ihm heimlich hinterhergeschaut und seine kräftigen Bewegungen und das markante Gesicht bewundert. Ob er sie auch wiedererkannte, ließ er sich nicht anmerken. Am Strand hatte er sich allerdings ebenfalls nach ihr umgedreht.

Henny schrieb ihm auf einen Bierdeckel ihre Mailadresse. Carols Mann schenkte ihr ein umwerfendes Lächeln.

»Sternchen?«, fragte er amüsiert, als er die Adresse las.

»Äh … ja …« Henny wurde tatsächlich rot. »Von Stern. Das ist mein Nachname.«

»Verstehe.« Wieder folgte dieses umwerfende Lächeln.

Mia warf Carol einen flüchtigen Blick zu, aber die war

gerade in ein Gespräch mit Heike, der Reitlehrerin vertieft. Offenbar war es ihr egal, dass ihr Mann mit Henny flirtete.

Es war spät geworden.

»Also dann«, Mia erhob sich schwerfällig. Nach einer Woche Reiterurlaub tat ihr jeder Knochen weh.

Gemeinsam brachen sie auf und gingen zu Fuß durchs Dorf. An jeder Kreuzung bog jemand zu seinem Ferienhaus ab. Carol umarmte Mia und Henny zum Abschied und sie versprachen einander, sich im nächsten Jahr wieder auf Spiekeroog zu treffen.

Eine Woche später erhielt Henny eine Mail von Carol mit dem versprochenen Film und einigen Fotos, auf denen auch Mia und Henny zu sehen waren. Sie leitete die Mail an Mia weiter. Mia bedankte sich bei Carol, aber die reagierte nicht. Mia schickte ihr trotzdem Monate später einen Weihnachtsgruß und fragte an, ob Carol und ihr Mann im nächsten Jahr wieder nach Spiekeroog reisen würden.

Aber sie erhielt nie eine Antwort.

Für Carol war ihre Begegnung wohl doch nur eine oberflächliche, unverbindliche Urlaubsbekanntschaft gewesen.

Auf einmal verstand Mia auch, warum sie bei ihrer ersten Verabredung mit Arthur das unbestimmte Gefühl gehabt hatte, ihn zu kennen. Ihre Begegnung damals war jedoch zu flüchtig gewesen, um sich genauer in ihrem Gedächtnis festzusetzen. Und es war so viel seitdem geschehen, dass der Urlaub längst in weite Ferne gerückt war. Mia hatte nur unklare und bruchstückhafte Erinnerungen an Carols Mann, aber er war sehr charmant und unkompliziert gewesen, das wusste sie noch. Sie lachten viel zusammen bei jenem gemeinsamen Pizzaessen.

Was war passiert, dass Arthur seit damals sein Lachen so verlernt hatte? Und vor allem: Was zum Teufel machte er hier die ganze Zeit mit Mia, während seine Frau zuhause auf ihn wartete?

Mia wurde übel vor Angst.

Die Woche verging, ohne dass Arthur sich meldete. Das war kein gutes Zeichen. Aus Mias Übelkeit wurde Zorn. Sie war sich sicher, dass Arthur verschreckt zu seiner Frau zurückgekehrt war. Als er das Foto gesehen hatte, war ihm vermutlich klar geworden, dass es einen, wenn auch lange zurückliegenden, Kontakt zwischen seiner Frau und Mia gab. Da war ihm seine Affäre zu heiß geworden. Genau so musste es sein.

Mia malte sich diesen Albtraum in den düstersten Farben aus, während sie untätig auf ihrem Sofa lag. Arthur hatte sie belogen und betrogen. Genau wie Frank. In dieser Hinsicht waren wirklich alle Männer gleich. Sollte er es jemals wagen, wieder einen Fuß in ihre Wohnung zu setzen, war Arthur Kessler ein toter Mann, so viel stand fest.

Ihr Zorn half Mia, wieder auf die Beine zu kommen. Energisch trieb sie ihre Genesung voran und zwang sich, ihren Fuß vorsichtig, aber regelmäßig wieder zu belasten. Zwei weitere Wochen Heilung hatte Arthur, der Möchtegernarzt, vorhergesagt. Mia schaffte es bereits nach einer Woche wieder, ohne Krücken die Treppe hinab bis vor die Haustür zu laufen.

Ihre Eltern kamen endlich aus dem Urlaub zurück und machten sofort einen Krankenbesuch bei ihr. Beruhigt stellten sie fest, dass ihre Tochter schon wieder voller Tatendrang war.

»Ich habe dir vorhin noch schnell einen Gemüseeintopf gemacht«, sagte Barbara Sommer. »Den kannst du dir …«

» … ganz bequem aufwärmen«, ergänzte Mia. »Ich weiß. Henny und Annika haben mich auch schon mit Eintopf gemästet.«

»Verhungert siehst du tatsächlich nicht aus. Und den Eintopf kannst du auch wunderbar einfrieren.«

»Ich weiß«, sagte Mia erneut und nahm ihrer Mutter den großen Suppentopf ab. »Ehrlich gesagt fällt mir hier ein bisschen die Decke auf den Kopf. Kann ich nicht ein paar Tage mit zu euch kommen?«

Aus den Augenwinkeln beobachtete sie, wie Rudi, der kleine Terrier, durch die Wohnung wuselte und mit den Zähnen einen Hausschuh packte, den er wie eine erlegte Beute hin und her schüttelte.

»Lass das gefälligst, Walter!«, fuhr Barbara ihn an.

»Was denn?«, fragte Walter und drehte sich erschrocken um.

»Ach, du liebe Zeit«, rief seine Frau, »ich meine doch nicht dich. Ich meine den Hund.«

Walter zog verärgert die Augenbrauen zusammen. »Jetzt verwechselt deine Mutter mich schon mit dem Hund«, sagte er anklagend zu Mia. »Das geht wirklich zu weit, findest du nicht?«

Mia lachte. »Solange du nicht aus dem Hundenapf essen musst, ist doch alles noch gut. Wie sieht es denn nun aus – kann ich ein paar Tage bei euch wohnen?«

»Natürlich!« Ihre Mutter legte einen Arm um sie. »Du kannst immer zu uns kommen, Schätzchen, das weißt du doch.«

Es tat Mia gut, verwöhnt zu werden, und das Lauftraining im Lüneburger Garten war erheblich angenehmer als das Bewältigen der vielen Treppen bei ihr zuhause. Der

Schnee schmolz immer mehr, erste milde Tage ließen den Frühling erahnen und Mias Tatendrang wuchs täglich.

Einmal kam eine SMS von Arthur: »*Ich glaube, wir müssen mal reden.*«

Mia löschte sie wütend. Der Mann machte es sich schön einfach. Vermutlich würde er ihr demnächst auch noch per SMS mitteilen, dass er sie nicht mehr sehen wollte. Aber Arthur schrieb ihr nicht wieder. Er schaffte es nicht mal, sich mit einer SMS von ihr zu verabschieden, dachte Mia verbittert. Wie armselig.

Als sie zurück nach Hamburg kam, war sie fast wieder fit, nur an Sport war noch nicht zu denken. Widerstrebend musste sie sich eingestehen, dass Arthur recht behielt. Sie brauchte die vollen zwei Wochen, um ihren Fuß wieder genauso wie vor dem Unfall belasten zu können.

Arthurs Schweigen hielt an. In Lüneburg fand Mia viel Ablenkung von ihrem Frust, aber nun brach er mit voller Macht wieder über ihr herein. Henny und Annika rieten ihr, Arthur ziehen zu lassen. Er war offenbar ein skrupelloser Betrüger, der mit Mia ein richtig mieses Spiel gespielt hatte. Natürlich war er ihr zu nichts verpflichtet und konnte neben ihr so viele Frauen haben, wie er wollte. Aber dass er ihr seine Ehefrau verschwiegen hatte, ging zu weit. Mia sah das genauso.

Henny erinnerte sich erstaunlich gut an Carol und auch an Arthur, und enttäuscht dachte Mia, dass es ohnehin keinen Sinn machte, mit einem Mann eine Affäre zu haben, der vor Jahren schon mal mit ihrer Freundin geflirtet hatte. Wer weiß, ob er das nicht wieder tun würde, sobald sich die Gelegenheit bot. Arthur Kessler schien nichts anbrennen zu lassen.

»Und dabei war er damals schon scharf auf dich«, sagte Henny jedoch zu ihrer Überraschung.

»Wieso? Wie kommst du denn darauf?« Mia war verblüfft. »Er hat doch mit *dir* geflirtet. Daran erinnere ich mich genau.«

»Mit mir?« Jetzt war Henny verwundert. Aber dann lachte sie. »Ach, du liebe Zeit, das ist doch der älteste Trick der Welt: Man gibt sich mit der Frau ab, die man weniger interessant findet, damit niemandem auffällt, dass man in Wahrheit eine andere anhimmelt. Jedenfalls überrascht es mich rückblickend überhaupt nicht, dass Arthur ausgerechnet mit dir eine Affäre angefangen hat.«

Wieder kam Mia die Begegnung mit Arthur am Strand in den Sinn. Wie er ihr nachgesehen hatte, mit diesem Strahlen in den Augen, das sie noch spürte, als sie längst in ihrer Ferienwohnung unter der Dusche stand. All die Jahre hatte sie sich nicht mehr an diesen Moment erinnert. Bis jetzt.

Bitterkeit stieg in ihr auf. Die arme Carol. Wie hielt sie es nur mit einem Mann aus, der ständig fremdging?

Sie überlegte, Arthur doch anzurufen und ihn zur Rede zu stellen. Er verdiente es nicht, so ungeschoren davon zu kommen. Andererseits – war er es überhaupt wert, dass sie so viel Energie an ihn verschwendete? Eigentlich sollte es genügen, ihn gedanklich zum Teufel zu schicken – und fertig. Dumm nur, dass das gar nicht so leicht war.

Gerade, als sie sich zum x-ten Mal im Kreis drehte, rief Arthur an.

»Wie gehts deinem Fuß?«, fragte er freundlich.

»Na, du traust dich was!«, rief Mia empört.

»Wieso?«

»Du weißt genau, was ich meine. Das ist ja wohl das Letzte, so harmlos und unschuldig zu tun. Erst teilst du mir mal eben zwischen Tür und Angel mit, dass du verheiratet bist. Dann tauchst du einfach unter. Und jetzt tust du so, als sei nichts gewesen.«

Arthur seufzte. Er hatte Mias Reaktion befürchtet. Allein, dass sie nicht auf seine SMS reagiert hatte, verhieß nichts Gutes. Er wappnete sich für ein schwieriges Gespräch.

»Ich bin nicht untergetaucht, im Gegensatz zu dir.« Er ärgerte sich sofort, dass er einen viel zu zornigen Ton anschlug. »Ich stand zweimal vor deiner Tür, aber du hast nicht aufgemacht. Dann habe ich dir eine SMS geschickt. Aber du hast nicht geantwortet. Also – wer taucht hier unter? Und ich tue auch keineswegs so, als sei nichts gewesen. Vielmehr habe ich mich genau darum gemeldet: Weil ich weiß, dass es ein paar Dinge gibt, über die wir mal reden müssen.«

Mia überhörte geflissentlich, dass Arthur zweimal vergeblich vor ihrer Tür gestanden hatte. »Ach, und worüber sollen wir jetzt noch reden? Darüber, dass wir uns in Zukunft nicht mehr sehen können, weil dir das nun doch etwas heikel geworden ist? Wo ich deine Frau ja sogar kenne. Ich könnte ihr mal eine Mail schreiben und erzählen, was ihr Mann so treibt, während sie in Amerika oder wo auch immer ist. Die Adresse habe ich sicher noch irgendwo gespeichert.«

Mia wartete darauf, dass Arthur eine verlegene Entschuldigung murmelte und auflegte. Jedes weitere Wort, das er jetzt sagte, war garantiert ein Schlag in ihre Magengrube, da war es am besten, er verabschiedete sich kurz und schmerzlos und machte nicht alles mit lahmen Rechtfertigungsversuchen noch schlimmer. Gleichzeitig belastete ihn jede Sekunde, in der er länger schwieg, noch mehr.

Schuldig, dachte Mia, er ist schuldig, und ich kann ihm jetzt entweder einen kurzen oder einen langen Prozess machen. Sie kochte innerlich.

Auf das, was dann kam, war sie jedoch nicht im Geringsten vorbereitet.

Arthurs Stimme klang eigenartig fremd, als er wieder sprach. »Das habe ich befürchtet – dass du denkst, ich betrüge Carol mit dir. Aber so ist das nicht. Lieber Himmel, Mia, ich weiß, ich kann nicht mal was Gescheites zu meiner Verteidigung vorbringen. Einem Mann, der Frauen kauft, traut man vermutlich alles zu.« Er sprach seltsam unbeteiligt und so, als hätte er selbst noch nicht begriffen, was er da sagte. »Ich weiß, ich habe mich dir gegenüber schrecklich verhalten. Aber manchmal sind die Dinge nicht so, wie sie vielleicht auf den ersten Blick scheinen.« Unsicher brach er ab.

Mia schwieg verwirrt. Sie verstand nicht, wovon Arthur redete.

Er atmete so laut aus, dass Mia meinte, seinen Atem durchs Telefon zu spüren. »Lebensumstände ändern sich. Damals auf Spiekeroog waren wir beide noch verheiratet. Du bist jetzt geschieden. Kam dir nicht der Gedanke, dass sich auch in meinem Leben etwas verändert haben könnte?«

»Ihr … ihr seid auch geschieden?«, fragte Mia entgeistert und kam sich so unfassbar dämlich vor, dass sie dankbar war, Arthur nicht in die Augen sehen zu müssen.

»Nein, sind wir nicht.«

Schlagartig war alle Wut wieder da.

»Na bitte, ich wusste es doch!«, rief Mia aufgebracht. Eine klitzekleine Sekunde nur war sie auf Arthur hereingefallen – eine Sekunde und ein ganzes Jahr lang. Sie zitterte vor Wut. »Du bist ja wohl das mieseste Arschloch, das mir jemals untergekommen ist«, schrie sie. »Arthur Kessler, du kannst echt froh sein, dass ich nicht vor dir stehe. Ich würde dir glatt eine scheuern.«

Ein trauriges, dünnes Seufzen schob sich durchs Telefon.

Arthur sagte mit einer Stimme, die auch ihm fremd war: »Mia, es tut mir leid, dass du so über mich denkst. Ich kann dir das nicht verdenken. Es ist nur so … ich … Carol … also … ich bin Witwer.«

Er staunte selbst über dieses eigenartige Wort, das er noch nie so bewusst ausgesprochen hatte. Witwer – das waren doch gewöhnlich alte Männer, die mit gebeugtem Rücken über den Friedhof schlurften und Stiefmütterchen auf dem Grab ihrer verstorbenen Frau pflanzten, mit der sie fünfzig Jahre verheiratet gewesen waren. Witwer waren keine attraktiven Männer, die mitten im Leben standen.

Aber das Wort *Witwer* war so fremd und seltsam, dass Arthur es aussprechen konnte. Es war ein leichteres Wort als *tot*.

Carol ist tot. Carol ist gestorben. Carol lebt nicht mehr.

Er schaffte es nicht, das zu sagen. Es lag zu viel Vergangenheit darin. Zu viel Erinnerung.

Das Schweigen, das sich zwischen ihnen ausbreitete, wog tonnenschwer.

»Witwer?« Mia flüsterte das seltsame Wort fast und sie klang dabei entsetzter als Arthur. Das Wort bekam in ihrem Mund Gestalt, es wurde konkreter, bedrohlicher. Es war ein dunkles Wort, unter dem sich ein riesiges, schwarzes Loch ausbreitete, das alles zu verschlingen drohte.

»Das heißt … ach, du meine Güte …«

Auf einen Schlag erfasste Mia alles, was in diesem einen Wort lag. Ihr Zimmer verschwand um sie herum und vor ihr tat sich ein fremdes Universum auf, so groß, dass weder Arthur noch sie es in Worte zu fassen vermochte.

Zutiefst geschockt lauschte sie seiner Stimme, die aus einer anderen Welt in ihr Bewusstsein tröpfelte.

»Ich wollte dir das eigentlich nicht am Telefon sagen.

Ich wollte es dir in Ruhe erklären. Ich wollte sogar ... ach was, egal ...«

Mia war so übel, dass sie glaubte, sich übergeben zu müssen. »Arthur, bitte ...«

»Ist schon in Ordnung. Ich habs ja selbst vermasselt.« Arthur klang verloren und mutlos. »Also dann ...«

Er legte auf.

Mia blieb wie gelähmt sitzen und starrte ihr Telefon an. Jahre schienen vergangen zu sein, seit es geklingelt hatte und Arthur freundlich fragte, wie es ihrem Fuß ging. Jahre, in denen ein ganzes Leben aufgetaucht und wieder verschwunden war. Carols Leben.

19

*E*s war eine haltlose Zeit gewesen, in der erdrutschartig alles im Bodenlosen versunken war. Später wurde Mia klar, dass die Anzeichen für die nahende Katastrophe direkt vor ihren Füßen lagen, aber sie hatte sie einfach ignoriert. Sie übersah die Warnungen bei Keutner und Lempe ebenso wie die Vorboten zuhause. Die unzufriedene Stimmung ihrer Chefs ihr gegenüber schob sie auf den Stress, den ein großes Projekt erzeugte, bei dem ziemlich viel schief ging. Und dass Frank und sie kaum noch Zeit miteinander verbrachten, lag nur an seinen merkwürdigen, besitzergreifenden Freunden.

Es verging fast kein Abend, an dem Rocco Paletti nicht bei ihnen herumlungerte, wenn Mia müde und erschöpft nach Hause kam und sich nach ein paar stillen, gemütlichen Stunden mit ihrem Mann sehnte. Allmählich verspürte sie einen gewissen Groll gegen Rocco.

»Hast du kein eigenes Zuhause?«, fragte sie ärgerlich. Rocco saß auf *ihrem* Sofa, die Füße auf *ihrem* Couchtisch, neben sich eine Flasche Cola, die *sie* gekauft hatte, und guckte Dr. House. Frank hockte seit Stunden mit Schmiddel im Arbeitszimmer am Computer und bastelte für ihn ein Banner für sein neues Blog.

»Doch.« Rocco grinste breit. »Aber da ist es nicht so gemütlich wie hier.«

»Das liegt vermutlich daran, dass du keine so nette Putz-

frau hast wie Frank, die deinen ganzen Müll wegräumt.«
Ärgerlich leerte Mia den übervollen Aschenbecher und trug ein paar leere Flaschen in die Küche. Ordnung war ständig ein Diskussionspunkt zwischen ihr und Frank.

»Da irrst du dich, meine Liebe«, erklärte Rocco ernsthaft. »Ich bin ein sehr ordentlicher Mensch.«

Das stimmte dummerweise. Mia musste zugeben, dass seine Wohnung, in der er allein lebte, nicht nur sehr geschmackvoll eingerichtet war, sondern tatsächlich auch immer sauber und aufgeräumt aussah. Aber das lag vermutlich nur daran, dass Rocco Paletti, der in einem früheren Leben auf den Namen Ralf Becker getauft worden war, nie zuhause war, sondern seinen Müll lieber in den Wohnzimmern anderer Leute fallen ließ.

»Was macht dein Roman?«, fragte Rocco unvermittelt.

»Der wächst und gedeiht.« Mia ließ sich in einen Sessel fallen und riss eine Chipstüte auf. »Wenn es so weiter geht, bin ich Weihnachten fertig.«

»He, das ist ja großartig! Du solltest unbedingt möglichst bald ein Exposé schreiben und es an ein paar Agenten schicken. Die brauchen eh immer ewig, bis sie sich zurückmelden. Ich kann dir dabei helfen, wenn du willst.«

Rocco wirkte ehrlich interessiert und Mia war ein wenig versöhnt. Er hatte ihr tatsächlich bereits einige gute Tipps zum Schreiben gegeben. Und er hatte sie, genau wie Frank, dazu ermutigt, Stunden in ihrem Job zu reduzieren. Seit einem Monat arbeitete sie nur noch dreißig Stunden pro Woche in der Agentur, den Rest der Zeit verbrachte sie mit ihrem Roman – mehr oder weniger jedenfalls. Sie hatte nicht geahnt, wie viel Disziplin es erforderte, aus eigenem Antrieb an einem so großen Projekt zu arbeiten.

Schmiddel setzte sich zu Rocco aufs Sofa.

»Und, hat Frank dir was Schönes gebastelt?«, fragte Rocco.

»Ja, ist super geworden«, sagte Schmiddel, nahm Rocco die Colaflasche aus der Hand, trank einen Schluck und stierte stumm auf den Fernseher. Schmiddel redete nie viel. Vielleicht mochten ihn all seine selbstverliebten Freunde deshalb so gern. Er machte ihnen ihr Gerangel um Aufmerksamkeit nicht streitig.

Frank kam ins Zimmer und verteilte Perücken.

»Für den Schlagermove«, erklärte er. Begeistert setzte Rocco eine Heino-Perücke auf und Schmiddel verliebte sich sofort in seine neue Jimi-Hendrix-Gedächtnis-Frisur. Frank trug ein knallblaues Monstrum, das wie ein Wischmob aussah. Auch Mia ließ sich breitschlagen, eine Perücke in Pink mit Pagenschnitt aufzusetzen. Es war ein großer Spaß, und auf den Schlagermove freuten sie sich alle jetzt schon, obwohl es noch drei Wochen bis dahin waren. In schrägen Klamotten zu fieser Partymusik in einem riesigen Umzug quer durch die Stadt zu laufen, war einfach nur witzig. Während Mia ihre Perücke schnell wieder absetzte, behielten die Männer ihre auf.

Plötzlich musste Mia lachen. Sie sahen einfach zu lächerlich aus, wie sie da zu dritt auf dem Sofa hockten und keine Miene verzogen, obwohl sie genau wussten, wie albern sie mit diesen schrillen Kopfbedeckungen wirkten. Auf Franks T-Shirt prangte passenderweise der Spruch: »*Wir sind zwar zu nichts zu gebrauchen, aber dafür zu allem fähig.*«

»Jungs, ihr seht fabelhaft aus«, kicherte Mia und hielt diesen denkwürdigen Moment mit ihrer Digitalkamera fest.

Spätestens bei dieser seltsamen Küchenorgie, die kurz darauf stattfand, hätte sie misstrauisch werden müssen. Aber nach über fünf Jahren an Franks Seite war sie es gewohnt, ihn in aberwitzigen Situationen vorzufinden. Seine Liebe zum Kostümieren, zu theatralischen Szenen, zu schrillen Auftritten überraschte sie nicht mehr.

Es war an einem grauen Tag im Juni. Mia ging mit Annika ins Kino. Trotz des bleiernen Himmels war es immer noch hell, als sie nach Hause kam. Sie freute sich darauf, den Tag in aller Ruhe mit Frank ausklingen zu lassen.

Vor ihrem Haus parkte Roccos uralter, gelber Jetta. Also würden sie wohl zu dritt auf dem Sofa sitzen. Wieder einmal. Seufzend schloss Mia die Wohnungstür auf. Aus dem Wohnzimmer dröhnte ihr schallendes Gelächter entgegen. Das klang eindeutig nach mehr als zwei Personen. Franks Stimme war jedoch nicht dabei. Sie ertönte aus der Küche. Mia steckte ihren Kopf durch die offene Küchentür.

Das Erste, worauf ihr Blick fiel, war Roccos nackter Hintern (der, wie sie widerstrebend zugeben musste, ausgesprochen knackig aussah). Das Zweite war die umgestülpte Salatschüssel auf seinem Kopf. Frank stand am Herd und auch er zeigte Mia einen nackten Hintern.

»Was ist denn hier los?«, fragte sie und wusste nicht, ob sie lachen oder schockiert sein sollte.

Rocco drehte sich um und grinste breit. Er trug außer der Salatschüssel nur eine kurze Schürze, die notdürftig sein Gemächte verdeckte. Auch Franks Kleidung beschränkte sich auf eine Schürze – die immerhin deutlich länger als Roccos war – und ein Abtropfsieb als Hut.

»Süße, du bist ja schon da.« Er blickte ein wenig schuldbewusst drein.

»*Schon* ist gut. Es ist halb elf. Der Film hatte keine Überlänge, und du weißt doch, dass Annika wegen ihres Kleinen immer früh heimgeht.« Sie sah die beiden Männer prüfend an. »Was zum Teufel macht ihr hier eigentlich?«

»Wir kochen«, beeilte Frank sich, die Situation zu entschärfen. Er rührte auch tatsächlich ganz eifrig in einem Topf herum.

»In *dieser* Aufmachung?« Misstrauisch fragte Mia sich, wer eigentlich in ihrem Wohnzimmer saß. Vor ihrem inneren Auge erschienen Bilder von nackten, jungen Mädchen, die sich auf Mias Sofa rekelten.

»Frank hat mit Boogie gewettet«, feixte Rocco. »Und nun muss er für ihn nackt kochen.«

»Und warum hast du dich auch ausgezogen?«

»Och, aus Solidarität. Ist doch auch lustiger so, oder nicht?«

Rocco ging so dicht an Mia vorbei, dass er sie fast mit seinem nackten Körper berührte, und grinste dabei anzüglich. Dieser Kerl war ekelhaft. Mia musste dringend ein Wörtchen mit Frank reden, das ging so alles nicht weiter.

Um den Esstisch versammelt saß die ganze Meute und grölte vor Begeisterung, als Rocco hereinkam und die Getränke einschenkte.

Mia hielt Frank in der Küche fest. »Findest du nicht auch, dass das langsam etwas zu weit geht?«

»Was denn?« Frank wirkte immer noch seltsam schuldbewusst, gleichzeitig aber auch so jungenhaft-unschuldig wie immer. »Süße, es ist eine Wette, ein Spaß. Komm schon, guck dir an, wie die anderen mich fertig machen.« Mit einem breiten Grinsen trug er einen Topf voller Spaghetti vor ihr her ins Wohnzimmer. Zu ihrer Erleichterung saßen keine Frauen mit am Tisch, aber die versammelten Männer johlten, als Frank ihnen sein blankes Hinterteil präsentierte. Arm in Arm posierte er mit Rocco, der neckisch seine Hüfte an ihm rieb, für Boogies Kamera.

»Deine Eier gucken raus«, schrie Frodo und Boogies Kamera zoomte auf Roccos Schritt.

»Den Ersten, der das morgen im Internet postet, ermorde ich«, drohte Rocco und zupfte an seiner Schürze herum.

»Was suchst du dir auch den kürzesten Fummel aus, den du finden konntest.« Boogie wischte sich die Lachtränen aus den Augen. »Ich fass' es nicht. Diese beiden Schwuchteln!«

»Weswegen habt ihr eigentlich gewettet?«, fragte Mia, als sie alle beim Essen saßen. Boogie machte schon den Mund auf, als Frank rasch sagte: »Männersache. Das willst du gar nicht wissen.« Er wurde rot.

»Natürlich will ich es wissen«, beharrte Mia. »Jetzt erst recht.«

Boogie hob erneut an, doch zwischen ihm und Frank flogen merkwürdige Blicke hin und her. Die Stimmung war auf einmal gespannt. Selbst Rocco starrte stumm auf sein Essen.

»Gib doch noch mal die Soße rüber«, sagte Frodo schließlich und löste das unbehagliche Schweigen auf. Alle redeten daraufhin gleichzeitig los und Mias Frage schien vergessen.

»Mach dir nichts draus, das sortiert sich alles wieder«, sagte Frodo zum Abschied zu ihr.

Woraus sollte sie sich nichts machen? Mia verstand überhaupt nichts mehr. Ein seltsames Unbehagen beschlich sie, das die ganze nächste Zeit anhielt.

Die Bombe ging Anfang Juli hoch, drei Tage vor dem Schlagermove. Mia hatte eine riesige weiße Sonnenbrille in Herzform erstanden und konnte es kaum erwarten, sie Frank zu präsentieren. Er würde die Brille vermutlich am liebsten selbst tragen wollen.

Als sie den Schlüssel ins Schloss steckte, stellte sie zu ihrer Überraschung fest, dass die Wohnungstür nicht abgeschlossen war. Frank wollte eigentlich mit Rocco und

Boogie zu einem Konzert, Mia hatte ihn nicht vor Mitternacht zurückerwartet. In der Wohnung war es allerdings still. Vielleicht musste Frank noch arbeiten und hatte sich im Arbeitszimmer verkrochen.

Mia freute sich auf einen ruhigen Abend auf dem Balkon. Gedankenverloren öffnete sie eine Flasche Wein, als sie glaubte, eine Stimme zu hören. Hatte Frank doch Besuch, oder telefonierte er? Sie ließ den Korkenzieher sinken und lauschte. Die Stimme kam aus dem Bad. Telefonierte Frank etwa auf dem Klo? Mia traute ihm alles zu.

Ganz selbstverständlich öffnete sie die Badezimmertür. Nach fünf Jahren Beziehung hatten Frank und sie keine Geheimnisse mehr voreinander. Ihn auf dem Klo sitzen zu sehen, war für sie genauso natürlich geworden, wie sich in seiner Gegenwart die Zehennägel zu schneiden.

Frank stand tatsächlich vor der Toilette – mit heruntergelassener Hose. Und neben ihm stand Rocco – ebenfalls mit heruntergelassener Hose.

Schon wieder Rocco. Schon wieder ein nackter Hintern, der Mia unappetitlich angrinste. Das wurde ja allmählich zur Gewohnheit. Typisch Männer, dachte sie genervt, schön gemeinsam pinkeln und dabei gucken, wer den Längsten hat.

Sie wollte die Tür schon wieder schließen, doch etwas ließ sie zögern. Frank war tiefrot geworden und guckte sie erschrocken an. Es war ihm offenbar höchst peinlich, dass Mia ihn hier so mit Rocco sah. Sie schaute noch einmal hin, und da entdeckte sie, was an dem Bild nicht stimmte.

Rocco pinkelte gar nicht.

Rocco hatte eine Latte, die quer durch das ganze Badezimmer reichte.

Schlagartig erfasste Mia die Situation.

»Was macht ihr da?«, fragte sie schockiert.

»Das, wonach es aussieht«, murmelte Rocco und Frank beeilte sich, seine Hose hochzuziehen.

Mia war außer sich. Diese Art von Männerspielen ging eindeutig zu weit.

»Ich fasse es nicht!«, schrie sie. »Mein Mann treibt es mit seinem Kumpel in unserem Badezimmer. Gehts euch noch gut?«

Rocco verstaute seine Erektion nun auch in der Hose. Verlegen drehten die Männer sich zu ihr um.

»Das ist nicht so, wie du denkst, Süße.« Frank wusste kaum, wo er hinschauen sollte.

Mias Augen funkelten zornig. »Findet ihr nicht, dass ihr für Doktorspiele ein bisschen zu alt seid? Also echt jetzt, das geht wirklich zu weit.« Wütend ging sie auf Rocco los: »Dich will ich hier so bald nicht wiedersehen, kapiert? Zeig anderen Kerlen deinen Piepmatz, wenns dir Spaß macht, aber nicht meinem Mann!«

Mit einer entschuldigenden Geste schob Rocco sich an ihr vorbei und ging durch den Flur. Er warf Frank einen eigenartigen Blick zu.

»Sie weiß alles, ja? Sie ist mit allem einverstanden, ja?«, zischte er.

In Franks Gesicht bildeten sich rote Flecken. Mit gesenktem Kopf murmelte er: »Es tut mir leid.«

Er ließ dabei offen, ob seine Entschuldigung Mia oder Rocco galt.

»Raus!«, schrie Mia, als Rocco zögernd an der Tür stehen blieb. Ohne ein weiteres Wort verließ er die Wohnung.

Mia schwirrte der Kopf. Was war hier los?

»Kannst du mir das mal erklären?«, fuhr sie Frank an, der kleinlaut hinter ihr her ins Wohnzimmer trottete.

»Ich … ich weiß nicht.« Er zuckte hilflos mit den Schultern. »Ich wollte es dir längst sagen, aber ich wusste einfach nicht, wie.« Seine Stimme war heiser, fast nur noch ein Flüstern.

Sie weiß alles, ja? Sie ist mit allem einverstanden, ja?

Mia wurde abwechselnd heiß und kalt und der Boden unter ihren Füßen fing an zu schwanken. Das war kein Spaß, kein albernes Spiel unter Jungen, wie sie im ersten Moment gedacht hatte. Das war etwas anderes.

Mia musste sich setzen. »Habt ihr richtig was laufen?«, fragte sie tonlos.

Frank nickte stumm.

Die nächste Frage brachte sie kaum heraus: »Wie lange schon?«

Frank senkte den Kopf und schwieg.

»Wie – lange – schon?«

In seinen Augen lag Verzweiflung, als er Mia endlich ansah. »Seit September ... ungefähr ...«

Seit September. Fast ein ganzes Jahr. Frank hatte seit einem Jahr eine Affäre mit Rocco Paletti. Mia war sprachlos.

Auf einmal verstand sie so vieles. Dass Rocco ständig bei ihnen herumhing. Diese vertrauliche Art, mit der er Frank oft anfasste. Sie musste nur daran denken, wie lasziv er neulich seine nackte Hüfte an Franks Körper gerieben hatte. Ihr wurde schlecht bei der bloßen Vorstellung.

Dabei kam ihr noch etwas in den Sinn. Diese seltsame Wette. Dieses Nacktkochen.

»Worum ging es bei der Wette?«

Frank sackte unter ihrem bohrenden Blick zusammen. »Bitte, Süße, das ist doch nicht wichtig«, flehte er.

»Worum ging es bei der Wette?«, wiederholte sie kalt.

Frank schluckte. Er konnte Mia nicht in die Augen sehen. »Boogie meinte, ich würde es nicht schaffen, mit in einen Schwulenclub zu gehen, mich wenigstens in der Szene zu outen. Ich konnte das tatsächlich nicht. Und weil ich es nicht geschafft habe, dort die Hosen runterzulassen – also, im übertragenen Sinn – musste ich es dann hier tun.«

Mias Herz setzte einen Schlag lang aus. »Das heißt, deine feinen Kumpel wussten alle die ganze Zeit Bescheid? Nur ich blöde Kuh war dumm und ahnungslos?«

Diese Schwuchteln, hatte Boogie neulich gesagt, aber sie hatte das für einen albernen Spruch gehalten. *Das sortiert sich alles wieder*, hatte Frodo mitleidig gesagt, aber sie hatte nicht begriffen, was er meinte. Sie alle hatten es gewusst und sich vermutlich hinter ihrem Rücken über ihre Naivität lustig gemacht.

»Es tut mir so leid.« Frank war nur noch ein Häuflein Elend, doch Mia verspürte kein Mitleid mit ihm. Sie war noch nie in ihrem Leben so sehr gedemütigt worden.

»Aber warum?«, fragte sie verzweifelt. »Um Himmels willen, Frank, *warum*? Du bist doch nicht schwul.«

»Offenbar doch«, sagte Frank unglücklich. »Oder zumindest bi.« Er setzte sich neben sie auf das Sofa und fasste nach ihren Händen. »Ich weiß das schon ganz lange, aber ich wollte dir nie weh tun, Süße«, flüsterte er und war den Tränen nahe. »Ich möchte dich auch auf keinen Fall verlieren. Ich liebe dich doch auch …«

»*Auch?*« Mia entriss ihm ihre Hände. »Was heißt denn *auch*? Willst du damit etwa sagen, dass du Rocco *liebst*?«

Jetzt fing Frank tatsächlich an zu weinen.

»Ja«, schluchzte er, »ja, das tue ich. Aber dich liebe ich auch. Und ich will dich auf keinen Fall verlieren. Oh Mia, das ist alles so schrecklich.«

Das war es in der Tat. Der Abgrund, der sich vor Mia auftat, war zu groß, um überwunden zu werden. Mechanisch, wie ferngesteuert, ließ sie Frank weinend auf dem Sofa zurück, nahm ihre Handtasche und verließ das Haus.

In den nächsten Tagen wohnte Mia bei Annika, wo sie ihre Zeit hauptsächlich damit verbrachte, sich die Augen auszuheulen. Sie saß wie festgeklebt auf der Eckbank in Annikas Küche, ließ sich von den einzelnen Familienmitgliedern Taschentücher reichen und qualmte sie zum Dank alle zu. Eigentlich rauchte sie seit zwei Jahren nicht mehr, doch *die Sache mit Frank*, wie Annika es nannte, brachte ihre ganzen guten Vorsätze durcheinander.

Annika verlor kein Wort darüber, dass Mia sich eine Zigarette nach der nächsten ansteckte, woraufhin der kleine Torben demonstrativ hustend die Küche verließ. Annika riss kommentarlos die Fenster weit auf und kochte Beruhigungstee – für Mia, aber auch für sich selbst.

Am zweiten Tag spuckte Mia das Gebräu angewidert aus. »Hast du nicht mal was Anständiges? Einen ordentlichen Schnaps?«

Annika stellte ihr wortlos eine Flasche Jägermeister auf den Tisch. »Das ist das einzig Hochprozentige im Haus. Aber kotz mir ja nicht nachher das Bett voll«, war alles, was sie sagte.

Nele gesellte sich zu ihnen. Sie war fünfzehn und hasste das Leben. Ihre Eltern waren ihr zuwider, die Schule war ihr zuwider, die meisten ihrer Mitschüler waren ihr zuwider. Und seit geraumer Zeit war ihr auch jegliche Form von Nahrungsaufnahme zuwider.

Mia kannte Annikas Tochter seit ihrer Geburt. Was war nur aus dem niedlichen Kind mit dem fröhlichen Lachen geworden? Ein dürres Mädchen mit feindseligem Blick, die blonden Haare modisch kurz geschnitten und schwarz gefärbt. Das machte ihr Gesicht noch bleicher. Ihre knallenge Jeans betonte ihre mageren Beine unangenehm und saß so tief, dass die spitzen Hüftknochen und dunklen Stoppeln auf dem Schambein deutlich zu sehen waren. Den flachen Bauch zierte ein Bauchnabelpiercing.

Mit gierigem Blick starrte Nele auf Mias Zigaretten, aber sie wagte nicht, um eine zu bitten. Vermutlich wusste Annika gar nicht, dass ihre Tochter rauchte. Mia starrte nicht minder neugierig auf Neles Hosenbund.

»Alles scheiße, was?« Immerhin brachte Mias Kummer Nele zum Reden.

»Das kannst du laut sagen.« Mia schwenkte ihr Likörglas. »Verlieb dich bloß nie.«

Nele schüttelte finster den Kopf. »Bestimmt nicht. Alle Männer sind Arschlöcher.«

Wie auf Kommando kam Matthias herein. Er wedelte übertrieben mit den Händen den Rauch zur Seite.

»Wird diese Kneipe hier eigentlich jemals wieder zu unserer gemütlichen Küche werden?«, fragte er Annika, die verzweifelt mit den Schultern zuckte.

»Ist doch gemütlich hier«, grunzte Mia und schenkte sich noch einen Likör ein.

Matthias warf einen Blick auf die Flasche vor ihr. »Das Zeug wird bei uns sonst nur getrunken, wenn jemand eine Magenverstimmung hat.«

»Ich habe auch Verstimmungen. Sehr große sogar«, nuschelte Mia.

»Aber ich glaube, die hast du jetzt genug kuriert.« Matthias nahm die Flasche an sich.

»Spielverderber«, knurrte Mia.

»Sag ich doch, alle Männer sind Arschlöcher«, sagte Nele und verschwand.

»Du solltest dich mehr um deine Tochter als um meine Freundin sorgen«, wandte Annika sich an Matthias. »Mia wird diese Phase heil überstehen. Bei Nele bin ich mir da nicht so sicher.«

»Seit wann rasiert sie sich denn die Schamhaare?«, fragte Mia neugierig. »Ich meine, sie ist *fünfzehn*.«

»Besser sie rasiert sich da unten, als hier oben.« Annika zeigte auf ihren Kopf.

»Sie wollte sich eine Glatze schneiden lassen?« Mia war sprachlos.

Annika und Matthias wechselten hilflose Blicke.

»Es ist eine Phase«, sagte Matthias.

»Ich glaube, sie braucht Hilfe«, entgegnete Annika.

Matthias schenkte sich einen Jägermeister ein.

»Für mich bitte auch.« Annika reichte ihm ein Glas.

Keiner sagte ein Wort, als sie den Likör in einem Zug hinunterkippte.

Am nächsten Tag hatte Mia einen Kater und noch größere Verstimmungen als am Tag zuvor. Es war Samstag, der Schlagermove fand statt. Die ganze Stadt war voller Menschen, die schrille Siebziger-Jahre-Kostüme trugen und fröhlich feierten. Und mittendrin waren sicherlich auch Frank und Rocco mit ihren bunten Anzügen und den albernen Perücken und amüsierten sich prächtig.

Mia war außer sich vor Wut.

»Wenn er sich wenigstens in eine andere Frau verliebt hätte«, schluchzte sie verzweifelt. »Aber musste es ausgerechnet dieser schleimige Rocco sein? Das ist so widerlich, so abartig, so ekelhaft, so demütigend, so …«

»So enttäuschend«, half Annika weiter. Sie hatte sich manchmal gefragt, warum Mia ausgerechnet diesen Kindskopf Frank heiraten musste, der immer viel unreifer als Mia wirkte und, wie man ja nun ganz deutlich sah, nicht in der Lage war, Verantwortung zu übernehmen. Aber Liebe machte bekanntlich blind.

»Alle Paare haben doch Probleme«, verharmloste Mia die Krisen, die sie mit Frank durchstand, angefangen bei ihrem immer karger werdenden Liebesleben, bis hin zu der ewigen Diskussion, wann der richtige Zeitpunkt für ein Kind gekommen sei. Frank wollte auf jeden Fall noch warten, Mia fand, dass es höchste Zeit sei. Sie war schließlich schon fast siebenunddreißig, ihre biologische Uhr tickte sehr laut und schnell.

»Und jetzt sitze ich hier und habe gar nichts«, heulte sie, während Annika ihr Taschentücher reichte. »Keinen Mann, kein Kind, kein Nix.«

»Noch hast du einen Mann«, gab Annika zu bedenken. »Überleg dir gut, ob du ihn einfach in die Wüste schicken willst. Immerhin hat er doch behauptet, dass er dich noch liebt.«

»Ach ...«, Mia machte eine wegwerfende Handbewegung. »Das kann er hundertmal sagen. Du glaubst doch nicht im Ernst, dass ich mich auf eine Dreiergeschichte mit ihm und Rocco einlasse.«

»Nein, natürlich nicht.«

Annika kochte wieder Tee, lüftete ausgiebig und hoffte, dass Mias Verstimmungen nicht ewig dauern würden.

Als Mia sich ein paar Tage später mit Frank traf, um zu besprechen, wie es nun weitergehen sollte, schlug er ihr tatsächlich eine Dreierbeziehung vor.

»Es muss doch nicht immer alles so sein, wie die ganze Welt es macht. Es gibt so viele Wege zum Lieben«, sagte er zaghaft. Er sah Mia voller Angst an und als sie ihm sehr deutlich erklärte, dass nichts auf dieser Welt sie dazu bewegen könne, ihn mit Rocco Paletti zu teilen, begann er erneut zu weinen.

»Ich hab es vermasselt«, heulte er. »Ich habs total vermasselt. Und dabei wollte ich euch doch nur beide glücklich machen.«

Mia fragte sich, was in seinem Kopf vor sich ging.

Glaubte er ernsthaft, sie würde ihn teilen? Noch dazu mit diesem ekelhaften Rocco? Sie konnte es kaum glauben. Das mit Rocco war doch nur eine Laune. Dieser Kerl konnte Frank unmöglich so wichtig sein, dass er dafür alles aufs Spiel setzte. Schließlich war Frank mit Mia verheiratet und teilte mit ihr eine Wohnung. Sie hatten fünftausend Euro für ein Sofa ausgegeben. Sie würden Kinder haben, irgendwann, und miteinander alt werden.

So hatten sie es jedenfalls geplant. Höchste Zeit, Frank auf den Boden der Tatsachen zurückzuholen.

»Er oder ich«, sage Mia energisch. Aber innerlich zitterte sie vor Angst.

»Oh nein!«, stöhnte Frank. »Mia, ich bitte dich, mach das nicht. Wirf nicht alles weg. Es gibt so vieles, was ich dir sagen möchte. Was *wir* uns zu sagen haben.« Er sah Mia eindringlich an, und für einen Moment spiegelte sich in seinem Gesicht weder Angst noch Verzweiflung, sondern nur eine tiefe Traurigkeit.

Mia reagierte nicht. »Ich oder er«, wiederholte sie frostig.

Es folgte ein Schweigen, das Jahre zu dauern schien. Jahre, in denen Mias Herz zu Eis gefror und all ihre Hoffnungen starben.

»Er«, flüsterte Frank kaum hörbar.

Sie trennten sich so schnell, wie sie zueinandergefunden hatten. Eine Woche, nachdem Mia die beiden ertappt hatte, packte Frank seine Sachen und zog zu Rocco. Er rief Mia immer wieder an, aber sie ging nicht mehr ans Telefon. Sie wollte keine Erklärungen und keine Entschuldigungen haben. Sie wollte nicht hören, dass er seine homosexuellen Neigungen so lange versteckt hatte, weil seine Eltern nichts davon wissen durften. Und dass er fürchtete, auch bei Mia auf Unverständnis zu stoßen.

»Wofür sollte ich denn auch Verständnis haben?«, schnaubte sie, als sie seine Stimme auf ihrem Anrufbeantworter lange Reden schwingen hörte. »Dafür, dass du Arschloch unsere Ehe ruiniert hast?«

Sie wollte nicht hören, dass seine Liebe zu ihr eine ganz andere war als die zu Rocco und dass er nach wie vor davon überzeugt war, sie beide lieben zu können – jeden auf seine Weise.

Sie war so verletzt und fühlte sich so gedemütigt, dass sie glaubte, es nicht ertragen zu können. Für sie war Franks Verhalten unentschuldbar. Er hatte sie nicht nur monatelang mit Rocco hintergangen, er hatte ihr auch jahrelang verschwiegen, dass er auf Männer stand. Wer weiß, mit wem er sonst noch seine Doktorspiele gespielt hatte. Dieser ganze Männerclub war ihr immer suspekt gewesen. Vermutlich waren die anderen Kerle auch alle schwul.

Franks Spaß am Verkleiden, seine Freude an schöner Wäsche, das alles hätte Mia viel eher stutzig machen müssen. Aber sie dachte sich nie etwas dabei. Es gab so viele Männer, die schöne Wäsche toll fanden und sich gern Frauenkleider anzogen, ohne dass sie schwul waren. Mussten denn immer alle Klischees stimmen? Konnte nicht mal etwas ganz anders sein?

Jetzt musste Mia bitter für ihre Naivität bezahlen.

Der Erdrutsch ihres Lebens hatte begonnen.

20

Arthur schlief die ganze Nacht nicht. Er saß am Fenster und schaute hinüber auf den hell erleuchteten Containerhafen, der auch nie zur Ruhe kam.

Ein böiger Wind warf prasselnden Regen gegen die Fensterscheiben. Arthur merkte es kaum. Seine Gedanken verloren sich im Nirgendwo, im Niemandsland, das er nie mehr betreten wollte, weil er fürchtete, daraus nicht mehr zurückzufinden.

Und nun war er doch wieder dort gelandet.

Carol hatte ihn an die Hand genommen. Lachend zog sie ihn hinter sich her. »Komm schon, mein Herz, das ist alles gar nicht so schlimm.«

Das hatte sie oft gesagt.

Das ist doch nicht so schlimm.

Eine Erkältung zu haben, ist nicht schlimm. Man muss nur die richtigen Medikamente nehmen, dann kann man auch arbeiten gehen und einen Vierzehnstundentag durchstehen. Vom Fünfmeterbrett zu springen, ist nicht schlimm. Man muss es nur richtig machen. Als Paar nicht nur in verschiedenen Städten, sondern sogar auf verschiedenen Kontinenten zu leben, ist nicht schlimm. Man muss sich nur gut organisieren.

Hätte sie auch gesagt, dass es nicht schlimm sei, zu sterben? Mit nur sechsunddreißig Jahren?

Bilder schossen ihm durch den Kopf, wie Blitze. Carol neben ihm beim Skifahren in den Alpen und beim Joggen im Central Park. Carol am Strand auf Spiekeroog und beim Reiten. Carol, die ihm beim Kochen zusah. Carol auf dem Sofa, am Schreibtisch, im Bett. In seinen Armen.

Seine Kehle schnürte sich zu, er glaubte, keine Luft mehr zu bekommen. Verzweifelt konzentrierte er sich auf einen Punkt in der Ferne, ein erleuchtetes Fenster in einem der umliegenden Häuser. Vielleicht noch eine arme Seele, die nicht schlafen konnte.

Die Bilder blieben trotzdem. Und neue kamen hinzu.

Wieder Spiekeroog. Er versuchte, sich Carol neben Mia vorzustellen, aber es fiel ihm schwer. Er bekam die beiden Frauen nicht zusammen, und doch hatte er sie Seite an Seite erlebt. Carol war ein wenig größer und schmaler als Mia, fast ein bisschen dünn. Das kam vom vielen Joggen. Arthur war gemeinsam mit ihr den Marathon in New York gelaufen und Carol war fast so schnell wie er gewesen. Mias Figur war hingegen etwas weiblicher, runder, ohne dick zu sein. Ihm gefiel das. Und sie hatte wunderschöne, dichte lange Haare.

Er sah Mia in seiner Wohnung, sehr feminin, in Kleidern, die von ihrem guten Geschmack zeugten. Aber Mia in dreckiger Reitkleidung auf einem struppigen Pony sah er nicht. Warum erinnerte er sich nicht mehr daran? Warum war ihm in all der Zeit nie aufgefallen, dass er Mia bereits kannte? Wo sein Personengedächtnis normalerweise doch ganz hervorragend funktionierte.

Und dann tauchte doch ein Bild auf, von sehr weit her. Eine einsame Läuferin am Strand. Ein sehr hübsches, ausdrucksstarkes Gesicht und leuchtende, braungrüne Augen, die ihn gefangen nahmen. Er drehte sich nach ihr um, und als er sah, dass sie sich ebenfalls umgedreht hatte, verspürte er eine heitere Leichtigkeit. Es war nichts weiter als ein kleiner Sonnenstrahl, der seine Seele kitzelte und einen perfekten Urlaubstag noch perfekter machte. Anschließend war er zu seiner Frau zurückgekehrt und hatte sie mit beinah schmerzhafter Leidenschaft geliebt. Der einsamen Läuferin schenkte er keine Beachtung mehr, auch nicht, als sie am nächsten Tag plötzlich neben Carol auf dem Pferdehof stand und ihm später beim Essen gegenübersaß.

Und doch hatte sein Unterbewusstsein dieses winzigkleine Bild gespeichert, den Augenblick, als er Mia Sommer zum ersten Mal begegnete.

Verwirrt rieb er sich die Augen. Warum dachte er auf einmal so viel an Mia? Wieso tauchte sie immer auf, wenn er über Carol nachdachte?

Völlig zusammenhanglos fiel ihm seine Hochzeit ein. Carol sah überwältigend schön aus. Und in ihren Augen lag an diesem Tag so viel Liebe, dass er es kaum ertrug. Auf Carols Wunsch heirateten sie in Hamburg. Es gab ein riesiges Fest, sie luden viele Freunde ein und einen Haufen Verwandter. Es war eine fröhliche, ausgelassene Party. Carols Familie war groß, laut und lebhaft. Arthurs Familie war noch größer und sehr bunt. Elegante Hanseaten saßen neben schrillen Künstlern, Hausfrauen tanzten mit Schriftstellern, in wallende Gewänder gekleidete Tänzerinnen spielten mit den zahlreichen Kindern. Arthur war in einem offenen Haus aufgewachsen, seine Eltern hatten ständig Gäste aus den unterschiedlichsten gesellschaftlichen Schichten. Er lernte schon früh, tolerant und neugierig zu sein. Das half ihm später auf seinen vielen Reisen und während seiner jahrelangen Auslandsaufenthalte. Es fiel ihm leicht, sich in fremde Kulturen einzufügen und ungewohnten Regeln unterzuordnen.

Die Hochzeitsreise verbrachten sie auf der *Queen Mary 2*, dem schönsten und damals größten aller Kreuzfahrtschiffe, das von Hamburg nach New York fuhr. Sie fanden es eine witzige Idee, ihre beiden Welten auf diese Weise zu verbinden, auf den Spuren der alten Auswanderer, die früher von Hamburg aus mit dem Schiff in ein neues Leben nach Amerika aufgebrochen waren.

Aber nach drei Tagen an Bord bereute Arthur diese Entscheidung. Die immer gleichen Leute, das immer gleiche Meer, der immer gleiche Horizont langweilten ihn.

»Wieso sind wir nicht mit einer Harley die Route 66 entlanggefahren? Oder haben eine Raftingtour durch den Grand Canyon gemacht? *Das* wären Abenteuer gewesen. Kreuzfahrten können wir auch noch bei unserer Silberhochzeit machen.«

»Dann tun wir halt so, als sei dies unsere Silberhochzeitsreise«, sagte Carol. »Und in fünfundzwanzig Jahren fahren wir mit der Harley und machen eine Raftingtour.« Sie klang kein bisschen enttäuscht, weil Arthur sich nicht so amüsierte wie erhofft.

Er liebte es, dass sie so unkompliziert war und in allem immer nur das Positive sah.

Jetzt lachte sie augenzwinkernd. »Aber bis zu unserer Silberhochzeit musst du natürlich noch ein Held werden, sonst finden die Abenteuer leider ohne dich statt.«

»Stimmt, da war ja noch was.« Arthur lachte.

Am Tag vor ihrer Abreise hatte Carol *Titanic* auf DVD gesehen und ergriffen geschluchzt, als Leonardo DiCaprio im eisigen Meer versank.

»Ganz schön masochistisch, dass du dir direkt vor unserer Schiffsreise so einen Film anguckst«, stellte Arthur fest.

Carol schmiegte sich an ihn. »Wirst du mich auch so

heldenhaft retten und für mich sterben wie Leo für Kate Winslet?«

»Nein«, erklärte Arthur. »Ich bin der Erste, der im Rettungsboot sitzt. Ich fürchte, zum Helden tauge ich überhaupt nicht.«

»Nicht?« Carol rückte in gespielter Entrüstung ein Stück von ihm ab. »Da habe ich ja den völlig falschen Mann geheiratet.«

»Falls du einen Helden wolltest, ja. Was wirst du jetzt tun? Dich wieder scheiden lassen?«

»Ich fürchte, ja. Ich brauche einen Mann, der für mich sein Leben opfern würde, verstehst du?«

»Klar verstehe ich das. Wen wirst du dann heiraten? Leonardo DiCaprio?«

»Ja, vermutlich. Wobei mir natürlich ein Held lieber wäre, der auch am Leben bleibt, trotz aller Opferbereitschaft. Leo hat sich da auf der Titanic ein bisschen dusselig angestellt.«

»Tja, Helden sind auch nicht mehr das, was sie mal waren.«

»Nein. Ich liebe dich übrigens trotzdem.«

»Tatsächlich? Das trifft sich gut. Ich liebe dich nämlich auch.«

»Wie schön! Wie sehr liebst du mich?«

»Sehr, sehr, sehr.«

»Wundervoll!«

»Und du – wie sehr liebst du mich?«

»Bis in alle Ewigkeit.«

Man hatte Arthur erzählt, sie sei sofort tot gewesen. Er hinterfragte das nie. Er stellte überhaupt kaum Fragen.

Es war jedoch kein Tag in den letzten Jahren vergangen, an dem er sich nicht gewünscht hatte, diesen verfluchten

Unglückstag irgendwie ändern zu können. Wenn sie sich morgens nicht gestritten hätten, dann hätte Carol vielleicht nicht das Bedürfnis gehabt, sich ausgerechnet im Auto wieder zu versöhnen. Wenn er nicht abgelenkt gewesen wäre, hätte er das andere Auto rechtzeitig gesehen. Wenn er nicht so viel gearbeitet hätte, wären sie bereits am Abend vorher gefahren, als die Straßen nicht so voll waren.

Wenn, wenn, wenn.

In seiner Fantasie gab es tausende Möglichkeiten, wie sich ein ganzer Tag vollkommen anders entwickelte, wenn man nur eine einzige Minute veränderte, vielleicht sogar nur eine Sekunde. Aber die Realität ließ sich nicht zurückdrehen und bearbeiten wie ein selbstgedrehtes Video. Sie blieb immer gleich, so sehr man sich auch etwas anderes wünschte.

Sie verbrachten das Wochenende in einem Hotel in San Francisco. Carol lag neben ihm im Bett, ausgebreitet in träger Morgenschläfrigkeit, offen für alles, wie ihm schien. Sie sah hinreißend schön und begehrenswert aus mit ihren verstrubbelten kurzen Haaren und ihren verschlafenen Augen. Für einen Moment fühlte er sich vollkommen glücklich.

Carol drehte sich ihm zu, bereit, ihn zu empfangen. Er ließ eine Hand zärtlich über ihren nackten Arm gleiten.

Sie lächelte. »Meinst du nicht auch, dass wir mal über unsere Zukunft nachdenken sollten?«, fragte sie.

»Über welchen Teil unserer Zukunft möchtest du denn nachdenken?« Er grinste verschmitzt, erregt von ihrer Schönheit. »Über das Frühstück? Oder über das, was vor dem Frühstück geschieht?«

»Ich dachte mehr an eine fernere Zukunft. Ich dachte an ... Kinder.«

»Kinder?« Überrascht unterbrach er seine Zärtlichkeiten und runzelte die Stirn. »Hast du die Pille etwa abgesetzt?«

»Wenn es so wäre, was würdest du dazu sagen?«

Arthur lachte leise. »Ich würde sagen, das wäre großartig.« Sein Herz war voller Liebe. »Dann ziehen wir gemeinsam nach Singapur und werden eine richtige Familie.« Er küsste sie.

Jetzt war es an Carol, die Stirn zu runzeln. Als Arthur seine Hand unter ihr Nachthemd schob, entzog sie sich ihm.

»Singapur?« Ihre Stimme klang gar nicht mehr so sanft wie eben noch.

»Ja«, murmelte er und zog sie wieder an sich. Er hörte kaum, was sie sagte, für ihn war jetzt etwas ganz anderes wichtig. »Ich hatte dir doch erzählt, dass ich mich dort beworben habe.« Seine Stimme wurde undeutlich, als er ihr Nachthemd hochschob und ihre Brüste liebkoste.

Carol schob ihn erneut fort. »Hast du eine Zusage erhalten?«

»Ja.«

»Und hast du selbst auch schon zugesagt?«

»Ja.« Seufzend rollte Arthur sich auf den Rücken. Er fand es ausgesprochen lästig, gerade jetzt eine Unterhaltung führen zu müssen.

Carol kniff die Augen zu schmalen Schlitzen zusammen. »Warum hast du mir das nicht gesagt? Das ist ein ziemlich ungünstiges Timing. Ich bin nämlich ab dem neuen Jahr wieder in New York.«

Carol war Architektin und mit internationalen Großprojekten in der ganzen Welt betraut. Zurzeit betreute sie den Bau eines Büroturms in Singapur. Der Hauptsitz ihrer Firma war jedoch in New York, wo Arthur arbeitete.

Entgeistert starrte er Carol an. »Wieso New York? Du

wusstest doch, dass ich nach Singapur will. Ich rede seit Wochen von nichts anderem.«

»Und du wusstest, dass meine Arbeit dort im Winter beendet ist.«

»Carol«, sagte er, um einen geduldigen Tonfall bemüht. »Wir haben das doch alles durchgesprochen. Dieser Job ist für mich eine riesige Chance. Wenn ich das drei, vier Jahre mache, verdiene ich so viel, dass ich vermutlich den Rest meines Lebens nie wieder arbeiten muss. Drei Jahre«, wiederholte er nachdrücklich, »dann können wir hingehen, wo immer du hinwillst und machen, wozu wir Lust haben.«

Carol zuckte mit den Schultern und setzte eine gleichgültige Miene auf. »Ich kann mir das auch nicht aussuchen. Dann tauschen wir jetzt halt – ich bin in New York und du in Singapur. Die drei Jahre stehen wir auch noch durch.«

»Sicher?«

»Sicher.«

Arthur widmete sich wieder Carols Körper. Aber etwas stimmte nicht mehr. Das Gefühl vollkommenen Glücks, das er eben noch verspürt hatte, war zerplatzt und einer lähmenden Enttäuschung gewichen. Er hatte es satt, ständig von Carol getrennt zu sein.

»Ich hätte dich so gerne immer bei mir«, sagte er leise und vergrub sein Gesicht zwischen ihren Brüsten. »Jeden Tag, und vor allem jede Nacht.« Er nahm ihren vertrauten Duft auf, der ihn nach all den Jahren immer noch erregte. Manchmal, wenn er wochenlang alleine war, glaubte er, sein Verlangen nicht aushalten zu können, seine Triebe unbedingt ausleben zu müssen. Er flirtete mit anderen Frauen und berauschte sich an der Vorstellung, mit ihnen ins Bett zu gehen. Aber dann dachte er daran, wie Carol roch, so warm und einladend, und er wusste, dass er mit keiner Frau jemals wieder so viel intensive Nähe und Leidenschaft erleben würde, wie mit ihr. Er betrog Carol in all den Jahren nicht ein einziges Mal. Kein noch so aufregender Frauenkörper war es wert.

»Ach, Honey, das Wichtigste ist doch, dass wir uns haben und wissen, dass wir zueinander gehören.« Carol umschlang ihn mit ihren Armen.

»Das tun wir auf jeden Fall«, murmelte Arthur und ließ seine Hände langsam abwärts gleiten.

»Schön.« Sie drängte sich ihm entgegen. »Dann ist ja alles klar und wir können jetzt ein Kind machen.«

Arthur hob verblüfft den Kopf. Hatte er etwas verpasst? »Das heißt, du willst deinen Job doch kündigen?«, fragte er verwundert. Er konnte es kaum glauben.

Carol schüttelte den Kopf. »Nein, natürlich nicht.«

»Und wie stellst du dir das dann vor?«

»Es wird schon irgendwie gehen. Vielleicht kann ich mich um ein neues Projekt in Asien bewerben, damit wir wieder näher beieinander sind.«

Das war typisch Carol. Ihre Ideen waren oft ungar und wenig durchdacht. Unwillig ließ Arthur erneut von ihr ab. Der Morgen entwickelte sich weit weniger lustvoll, als er sich erhofft hatte.

»Süße, du kannst nicht schwanger in New York sitzen, während ich in Singapur bin. Wie stellst du dir das vor?«

»Ach, das geht schon.« Carol lachte unbekümmert. »Meine Schwester kann mir helfen. Und ich habe so viele Überstunden gemacht, dass ich sicher öfter mal ein langes Wochenende zu dir fliegen kann.«

Arthur richtete sich abrupt auf. Was redete Carol da für einen Unsinn? »Du kannst doch nicht mehr alleine in New York wohnen, wenn du schwanger bist. Dann sehen wir uns ja gar nicht. Und dann kommt das Kind vielleicht sogar, während ich nicht da bin.« Er hatte noch nie über die Details nachgedacht, aber jetzt, in diesem Moment, fand er nichts unerträglicher als die Vorstellung, dass seine Frau irgendwo alleine ein Kind gebar, während er hilflos und untätig weit weg auf einem anderen Kontinent saß.

»Es gibt doch noch den Mutterschutz«, sagte Carol leichthin. »Ich bleibe einfach ein paar Wochen bei dir, und alles wird gut.«

Manchmal machte sie Arthur mit ihrer geradezu naiven Sicht auf die Welt wahnsinnig. Er konnte seinen Ärger nur mühsam unterdrücken.

»Das ist doch alles Quatsch«, sagte er. »Du wirst in New York deine Ärzte haben, die dich betreuen und kennen. Da kannst du nicht einfach ein paar Tage vor der Geburt in ein anderes Land reisen. Und ich kann unmöglich wochenlang in New York sitzen und darauf warten, bis das Baby da ist. Und selbst wenn ich die Geburt zufällig mitbekomme – was dann? Dann fahre ich nach ein paar Tagen wieder weg und kriege das Kind erst Wochen oder Monate später mal wieder zu Gesicht.«

»Dass du immer so übertreiben musst.« Nun wurde auch Carol ärgerlich. »Ich habe dir doch gesagt, dass ich mich um einen neuen Auftrag in deiner Nähe bemühe.«

Arthur bezweifelte, dass das so einfach war. Er unternahm einen neuen Anlauf, Carol begreiflich zu machen, dass sie ihren Job aufgeben musste, wenn sie ein Kind haben wollte, brach aber enttäuscht ab, als er Carols Blick sah.

»Arthur, ich werde auf keinen Fall wegen eines Kindes meine Karriere an den Nagel hängen, das habe ich dir schon hundertmal gesagt, und ich bleibe dabei.«

»Aber wie wollen wir denn weiter leben? Du in Amerika, ich in Asien? Wir schreiben uns haufenweise Mails, gucken uns über unsere Webcams an und treffen uns nur alle paar Wochen mal für ein langes Wochenende. So will ich auf keinen Fall die nächsten zwanzig Jahre verbringen. Schon gar nicht, wenn wir auch noch Kinder haben.«

»Du hast doch selbst gesagt, dass es nur noch um drei Jahre geht. Und außerdem bist du ja auch ständig unterwegs.« Auf einmal war alle Wärme aus Carols grünen Augen verschwunden, ihre morgendliche Sanftheit wich vorwurfsvollem Groll.

»Aber doch nicht halb so viel wie du.« Hilflos fuhr Arthur sich mit den Fingern durch die Haare. Sie drehten sich im Kreis, seit Monaten schon. Und jetzt kam auch noch Carols absurder Kinderwunsch hinzu. Wie sollte das gehen, wo sie das Zusammenleben nicht mal als Paar hinbekamen? Würden sie ein Kind haben, das bei Haushälterinnen und Nannys aufwuchs, während seine Eltern um die Welt jetteten? Das kam überhaupt nicht infrage. Lieber verzichtete Arthur ganz auf Kinder. Verletzt zog er sich zurück.

»Ach, komm schon«, lockte Carol ihn, als sie seine Abwehr spürte. »Dann machen wir's halt mit Gummi, ist doch kein Problem.« Sie schob ihre Hand zwischen seine Beine und lächelte triumphierend, als sie spürte, wie er sich regte. Mit einem verführerischen Unterton sagte sie: »Du bist immer so schön wild, wenn du wütend bist. Ich mag das.« Ihr Handgriff wurde fester. »Komm schon, Arthur, zeig mir, wie wütend du bist. Ah – sehr schön!«

Arthur schloss die Augen. Einen Augenblick lang war er gewillt, sich von ihr mitreißen zu lassen in ein hemmungsloses, ekstatisches Spiel, das sie beide schon so oft miteinander genossen hatten.

Doch dann dachte er daran, dass sie eigenmächtig entschieden hatte, nicht mehr zu verhüten. Genauso, wie sie eigenmächtig entschieden hatte, wieder nach New York zu gehen. Arthur öffnete seine Augen und entzog sich Carol.

»Ist mein Held etwa noch nicht sauer genug?«, säuselte Carol. »Muss ich ihn erst noch ein bisschen ärgern?«

»Lass das!« Arthur richtete sich auf. »Ich habe keine Lust auf diesen Quatsch.«

Erstaunt zog Carol die Stirn in Falten. Sie nahm Arthurs Ärger nicht richtig ernst. »Du willst doch nicht etwa aufstehen und mit diesem griesgrämigen Gesicht in den Tag gehen? Das geht nicht, da verdirbst du mir ja die ganze Sonntagslaune.« Schmollend schob sie die Unterlippe vor.

Arthur schwang die Beine aus dem Bett. »Weißt du eigentlich, wie oft wir uns in diesem Jahr gesehen haben?«

Carol zuckte mit den Schultern. »Ich habe nicht nachgezählt. Aber mir scheint, es kam eine ganze Menge zusammen.« Sie dachte nach und zählte dann mit übertriebenem Ernst auf: »Ostern, der Geburtstag meiner Mutter, unsere Ferien in Europa bei deiner Familie. Und jetzt sind wir gemeinsam hier. Lass mich überlegen. Waren das jetzt insgesamt zehn Tage oder doch schon zwölf?« Sie grinste ironisch.

»Das ist nicht witzig.« Damit beendete Arthur das Gespräch, stand auf und ging duschen. Seine Verstimmung legte sich dabei nicht.

Sie ließen sich das Frühstück aufs Zimmer bringen. Carol bemühte sich um einen liebenswürdigen Ton, sie umsorgte Arthur aufmerksam, aber er fühlte sich dadurch nur in die Ecke gedrängt und reagierte mit verdrossenem Schweigen. Schließlich gab Carol auf.

»Also gut«, sagte sie energisch und stellte ihre Kaffeetasse eine Spur zu schwungvoll ab. »Was willst du jetzt tun? Den Rest des Tages wütend sein? Findest du nicht, dass ich dazu mindestens genauso viele Gründe habe? Du hast mir schließlich auch nicht gesagt, dass die Sache mit deinem Job entschieden ist. Wann genau sollte ich denn davon erfahren?«

Arthur schwieg immer noch. Wenn er diesen kühlen, abweisenden Blick hatte, war es schwer, an ihn heranzukommen, das wusste Carol nach acht Jahren Beziehung nur zu gut. Sie redete dennoch weiter und erklärte lang und breit, was ihr so wichtig an ihrem Job war und warum sie ihn nicht aufgeben wollte.

»Dennoch hätte ich auch gerne ein Kind. Ist das denn so schwer zu verstehen? Du willst diesen neuen Job ja auch nicht absagen«, schloss sie. »Ich meine, die Möglichkeit bestünde ja auch. Du könntest in New York bleiben, dann wäre alles gut.«

Arthurs Blick wurde noch eine Spur abweisender. »Ich denke gar nicht daran, jedenfalls nicht jetzt. Ich habe dir bereits erklärt, dass ich in Singapur so viel Geld verdienen werde, dass ich mich danach zur Ruhe setzen kann. *Dann* können wir über New York reden. Und über alles andere. Falls es ein *Wir* dann überhaupt noch gibt.« Der letzte Satz rutschte ihm einfach so heraus und tat ihm leid, noch bevor er ihn zu Ende gesprochen hatte.

Carols Augen wurden zu schmalen Schlitzen, ihre Nachsicht wandelte sich schlagartig in Zorn. »Das glaube ich ja wohl jetzt nicht. Du zweifelst an unserer Ehe, bloß, weil wir gerade eine Phase haben, in der wir uns räumlich nicht so nahe sind? Ist deine Liebe zu mir so schwach, dass sie diese Distanz nicht überbrücken kann? In welcher Fantasiewelt lebst du denn? Glaubst du, es geht nicht Millionen anderen Menschen genauso, die manchmal über Jahre voneinander getrennt sind, ohne sich auch nur ein einziges Mal zu sehen? Und die kriegen das hin. Die vertrauen einander. Die glauben aneinander. Woran glaubst du, Arthur? Nur an dich? Und sonst an niemanden?«

»Unsinn!« Genervt schob Arthur seinen Frühstücksteller zur Seite. Er hasste es, wenn Carol anfing, zu dramatisieren.

Er hatte ein Problem ganz sachlich angesprochen, aber sie hob es gleich auf diese globale Ebene, auf der er nicht mehr mitkam. Was interessierten ihn andere Leute? Es ging doch nur um sie beide, um ihre Gefühle. Natürlich liebte er Carol genug, um Durststrecken zu überbrücken, das war doch gar keine Frage. Aber reichte ihre gemeinsame Liebe auch, um Kompromisse auszuhandeln, vielleicht sogar die eigene Karriere zurückzuschrauben? Und vor allem – war jetzt der richtige Zeitpunkt, um an Kinder zu denken? Er war sich da nicht so sicher – und erschrak gleichzeitig über seine nüchterne Bestandsaufnahme. Eben noch hatte er so viel Liebe für Carol verspürt, dass es nicht auszuhalten war und jetzt fühlte er plötzlich eine Kälte, die ihn selbst erschreckte.

Er musste in Ruhe darüber nachdenken, bevor sie sich hier weiter die Köpfe einschlugen.

»Fakt ist, dass keiner von uns auf seine Karriere verzichten will«, sagte er, nicht, weil er die Diskussion fortsetzen wollte, sondern nur, um sich halbwegs elegant daraus zu verabschieden. »Die Frage ist nur, wie wir damit in Zukunft umgehen. Das ist alles.« Zum Zeichen, dass er nicht bereit war, weiter zu reden, stand er auf. »Wir müssen los.«

Sie waren bei Freunden zum Barbecue eingeladen. Eigentlich hatten sie das ganze Wochenende dort verbringen wollen, aber dann erhielt Arthur am Samstag einen wichtigen Anruf und verbrachte anschließend den halben Tag an seinem Rechner, bis sie die Fahrt verschoben hatten. Carol nahm das klaglos hin und nutzte die Zeit, um selbst auch ein bisschen zu arbeiten.

Im Grunde kamen sie nie zur Ruhe, stellte Arthur fest. Wenn sie nicht arbeiteten, überbrückten sie riesige Distanzen, um sich zu sehen, mal hier, mal da, wie es zeitlich gerade passte. In dieser Woche hatte Arthur in San Francisco zu tun, also verbrachten sie das Wochenende hier in einem Hotel, ohne die Gemütlichkeit ihrer eigenen vier Wände und übermüdet vom Jetlag. Arthur hatte das so satt! Und er ertrug diese ewigen Diskussionen nicht mehr.

Aber Carol ließ nicht locker.

»Also willst du kein Kind?«

»Nein. Nicht solange wir nicht dauerhaft zusammenleben.«

Arthurs klare Antwort verletzte sie. Er sah das, aber er war nicht in der Lage, ihr etwas Tröstendes zu sagen.

Verzweifelt machte Carol einen Vorschlag, hinter dem sie ihre maßlose Enttäuschung verbarg: »Dann machen wir es eben so, dass du die nächsten Jahre Reichtümer in Singapur anhäufst und ich solange meinen eigenen Projekten nachgehe. Anschließend haben wir immer noch alle Zeit der Welt, um zusammenzuziehen und den Rest unseres Lebens in trautem Familienglück zu verbringen.«

Eigentlich klang das nach genau dem Kompromiss, den sie brauchten. Doch Arthur schüttelte den Kopf. »Wir machen das jetzt schon seit Jahren so. Ich glaube nicht, dass wir das noch weitere drei Jahre oder sogar noch länger durchstehen.«

»*Wir* vielleicht nicht. *Ich* schon.« Carol glühte vor Zorn. »Außerdem hast du dich für Singapur entschieden. Wenn es nach mir ginge, könnten wir gemeinsam in New York leben. Aber mir scheint, das willst du gar nicht. Vielmehr habe ich langsam den Eindruck, dass du unsere ganze Ehe infrage stellst. Wenn das so ist – bitte, ich stehe dir nicht im Weg. Geh, wenn du glaubst, dass du es mit mir nicht länger aushältst.«

Wütend schlug Arthur mit der flachen Hand auf den Tisch. »Verdreh doch nicht alles, was ich sage. Ich habe nie gesagt, dass ich es mit dir nicht aushalte. Im Gegenteil, weil ich es so gut mit dir aushalte, habe ich so große Mühe mit einer Fernbeziehung. Ist das so schwer zu begreifen?«

Carol ließ sich nicht einschüchtern. Das Schlimme dabei war, dass sie wunderschön aussah, wenn ihre Augen vor Zorn funkelten und ihre Stirn sich vor Ärger zusammenzog.

»Wenn du es so gut mit mir aushältst, dann respektiere bitte auch, dass mein Bild von Familie ein anderes ist als deines. Ich bin durchaus in der Lage, auch in einer Fernbeziehung glücklich zu sein und sogar Kinder aufzuziehen.«

Darauf wusste Arthur nichts mehr zu sagen. Wütend stand er auf und ging ins Badezimmer. Carol blieb nicht weniger wütend zurück. Das war wieder mal typisch Arthur. Wenn ihm die Argumente ausgingen, verdrückte er sich einfach.

Die Stimmung im Auto war eisig. Und sie wurde arktisch, als sie nach nur wenigen Kilometern auf dem Highway in einen Stau gerieten. Es war ein sonniger Sommertag, an dem alle Welt hinaus aus der Stadt fuhr.

»Vielleicht hätten wir doch schon gestern Abend fahren sollen«, sagte Carol. Mit einem gehässigen Seitenblick in Arthurs Richtung fügte sie hinzu: »Aber du musstest ja unbedingt noch abends um neun wichtige Telefonate führen. An einem Samstag.«

»Hast du so was noch nie gemacht?«, gab Arthur mit versteinerter Miene zurück. Die Frage war nicht ernst gemeint. Sie wussten beide, dass Carol genauso viel arbeitete wie Arthur und dass es auch für sie nur selten ein ganz freies Wochenende gab.

Die Stimmung blieb frostig, bis der Stau sich auflöste und sie wieder freie Fahrt hatten. Das stimmte beide etwas friedlicher.

Carol brach das Schweigen als Erste. »Wir sollten nicht so viel streiten«, sagte sie. »Dafür ist die Zeit, die wir miteinander verbringen, wirklich zu kurz.«

Als sie sah, wie Arthurs Miene sich entspannte und er nickte, legte sie behutsam eine Hand auf seinen Arm. »Entschuldige, ich wollte dich nicht verletzen.«

Arthur wandte sich ihr zu. In seinen Augen, die eben noch eisig wirkten, lag jetzt so viel Wärme, dass Carols Herz sich weitete.

»Mir tut es auch leid«, sagte Arthur versöhnlich. »Ich wollte unsere Ehe nicht infrage stellen, das war eine ziemlich miese Bemerkung. Aber ich war einfach so wahnsinnig enttäuscht.«

Carol beugte sich zur Seite und drückte ihm einen Kuss auf die Wange. Sie war so übervoll von zärtlichen Gefühlen, dass sie kaum wusste, wohin damit. Und als sie spürte, dass es Arthur ähnlich ging, erfasste sie eine Erregung, die sie vibrieren ließ. Sie waren einander so nah, so verbunden, egal wie viele Kilometer sie auch oft voneinander trennten. Nichts, aber auch gar nichts, konnte diese Verbindung lösen. Aber sie durften ihr Glück nicht leichtfertig aufs Spiel setzen. Carol begriff, dass sie es war, die zurückstecken musste, wenn sie mit Arthur eine Familie gründen wollte. Es lag bei ihr, die Prioritäten zu setzen, so sehr ihr das auch widerstrebte. Aber sie war es, die ein Kind austragen und in den ersten Monaten für es da sein musste. Und sie verstand, dass Arthur daran Anteil nehmen und sein Kind nicht nur über eine Webcam anschauen wollte. Das war doch eigentlich schön. Es zeigte, wie sehr er sich nach ihrer Nähe sehnte.

Voller Liebe wandte Carol sich Arthur zu.

Und dann umgab sie auf einmal vollkommene Dunkelheit.

21

Der Frühling kam in diesem Jahr verspätet, dafür aber umso kraftvoller. Im April stiegen die Temperaturen schlagartig über zwanzig Grad, in der Natur erblühte alles gleichzeitig, und üppige Farben und Gerüche ließen den langen, schneereichen Winter vergessen. Mia erhielt neue Auftragsanfragen und schöpfte ein wenig Hoffnung. Vielleicht konnte sie es doch schaffen, ihren Lebensunterhalt dauerhaft als Freiberuflerin zu bestreiten. Sie steckte alle Energie in ihre Arbeit, nicht nur aus dieser nagenden Existenzangst heraus, die sie quälte, seit Norbert Roth sie gefeuert hatte, sondern auch, weil sie sich von den Männern ablenken wollte, die sie viel mehr beschäftigten, als ihr lieb war.

Wenn sie an Frank dachte, befiel sie ein wachsendes Unbehagen. Jahrelang hatte sie ihre Gefühle und alles, was mit dieser Trennung zusammenhing, verdrängt und ignoriert. Doch jetzt, mit dem nötigen Abstand und ihrer zunehmenden Bereitschaft, sich mit der Vergangenheit zu befassen, kamen die Erinnerungen wieder. Erinnerungen, die schmerzvoll und unangenehm waren.

Auch die Erinnerungen an Arthur belasteten Mia. Seit sie wusste, dass Carol tot war, ergab vieles plötzlich einen Sinn. Arthurs kalte, abwehrende Art, seine Furcht vor Nähe, seine Grobheiten und Launen erschienen in einem ganz neuen Licht.

Mia wusste nicht, wie sie sich ihm gegenüber verhalten sollte. Sie waren sich in letzter Zeit näher gekommen, aber immer noch fühlte sie sich in Arthurs Gegenwart oft angespannt und befangen, immer noch störte sie sich an Äußerlichkeiten, für sie ein Zeichen, dass sie niemals Freunde werden würden. Es gab eine Grenze zwischen ihnen, eine unsichtbare Mauer, über die zu klettern keiner von ihnen bereit war.

Ihr war klar, dass Arthur kein Mitleid vertragen konnte – doch wie sollte sie ihre Bestürzung über den Verlust seiner Frau zum Ausdruck bringen, ohne Mitleid zu zeigen? Wie sollte sie überhaupt mit dieser Neuigkeit umgehen? Sie einfach ignorieren? Das war auch nicht möglich.

Aus lauter Hilflosigkeit tat Mia gar nichts. Sie wartete ab und hoffte, dass Arthur den ersten Schritt machen würde. Doch der schwieg ebenfalls – vermutlich ähnlich hilflos wie sie.

Es war bereits Mai, als sie sich zufällig bei Elbzeug wieder über den Weg liefen. Mia kam von einem Meeting mit Ulrich Hampel und sah Arthur schon von Weitem. Er stand mit einigen Leuten im Flur und nickte ihr kurz zu, als sie an ihm vorbeiging. Mia lächelte unsicher und lief rasch weiter, das Klackern ihrer Absätze dröhnte in ihren Ohren. Auf dem Parkplatz wurde sie von einer Grafikerin aufgehalten, mit der sie eng zusammenarbeitete. Sie sprachen einige Minuten über die Probleme bei der Farbgebung für eine Broschüre. Mia war schon fast auf der Straße, als Arthur sie einholte und sein silberner Mercedes langsam neben ihr zum Stehen kam.

Arthur ließ die Scheibe herunter. »Soll ich dich mitnehmen?«, fragte er.

»Gerne.« Erfreut stieg Mia in sein Auto. Das war ein guter Anfang.

Während Arthur den Wagen geschickt in den dichten Berufsverkehr einfädelte, überlegte Mia krampfhaft, was sie sagen sollte. Zu ihrer Erleichterung kam Arthur ihr zuvor.

»Hast du Zeit für einen Kaffee?«, fragte er schnell und unvermittelt.

Mia nickte, und den Rest der Fahrt klammerten sie sich an die Frage, wo sie hingehen könnten und ob Arthur dort um diese Zeit einen Parkplatz finden würde.

Sie entschieden sich für ein Café in Arthurs Viertel, in dem sie sich in steriler Anonymität zurückziehen konnten. Verlegen rührten sie in ihrem Kaffee und hielten sich ewig an Belanglosigkeiten fest, bis Arthur endlich sagte:

»Weißt du, ich wollte dir das mit meiner Frau nicht am Telefon sagen. Ich hätte dir das gerne anders erklärt.«

Mia fand es befremdlich, wie Arthur *meine Frau* sagte. So selbstverständlich und besitzergreifend. Das passte gar nicht zu dem Mann, den sie immer für einen einsamen Wolf gehalten hatte, der sein Leben lang auf der Jagd zu sein schien und eigenwillige Obsessionen pflegte.

»Du musst dich nicht entschuldigen«, sagte sie. »Ich bin es, die sich entschuldigen muss. Ich habe ein paar ziemlich unhöfliche Dinge zu dir gesagt.«

Arthur grinste. »Das stimmt. Ich erinnere mich daran, dass du mir sogar Gewalt angedroht hast. Du kannst wirklich furchteinflößend sein, wenn du wütend bist.«

Mia lachte erleichtert auf. Sie war dankbar, dass Arthur versuchte, seine und ihre Verlegenheit mit Humor zu überspielen. Zögernd tastete sie sich vorwärts. »Mit deiner Frau … wie lange ist das her?«

»Drei Jahre. Es ist ein paar Wochen nach der Spiekeroogreise passiert, auf der wir dir und deiner Freundin begegnet sind.«

Mia war entsetzt. Darum hatte Carol nie mehr geantwortet. Sie war einfach gestorben.

»Was ist denn damals passiert? Ich meine, Carol war doch nicht krank, oder?«

»Sie hatte einen Autounfall.«

Als Arthur keine weiteren Erklärungen hinzufügte, fragte Mia: »Und wie lange wart ihr zusammen?«

»Acht Jahre.«

»Das muss schrecklich für dich sein.«

»Das ist es auch.«

Mia war enttäuscht, dass Arthur nicht mehr erzählte. Sie hatte geglaubt, seine Einladung zum Kaffee würde bedeuten, dass er ihr lang und breit das ganze Ausmaß seiner Tragödie erklären würde.

Stattdessen sagte er nur: »Es fällt mir nicht leicht, darüber zu reden. Ich wollte nur, dass du weißt, woran du bist.« Seine Finger spielten nervös mit dem Kaffeelöffel. »Es tut niemandem weh, wenn ich mich mit dir verabrede.« Die Finger unterbrachen ihr Spiel. »Und ich verabrede mich gerne mit dir. Das wollte ich dir einfach sagen.«

Es freute sie, dass er das sagte. Und wie er es sagte. So warm und freundlich. »Ich verabrede mich auch gerne mit dir.« Sie erwiderte sein Lächeln.

Arthur beugte sich ein wenig vor. »Hast du es eigentlich gewusst?«

»Was?«

»Dass wir uns schon mal begegnet sind. Ich meine, hast du mich wiedererkannt?«

»Nein. Ich habe mich erst wieder erinnert, nachdem du bei mir warst und das Foto entdeckt hast.«

»So ging es mir auch.« Arthur klang erleichtert. »Seltsam, oder? Ich meine, dass wir uns beide nicht erinnern konnten.«

»Ja, seltsam. Aber es war ja auch nur eine ziemlich kurze Begegnung. Und seitdem ist so viel passiert, dass dieser Urlaub für mich total in Vergessenheit geraten war. Irgendwie fand der in einem anderen Leben statt.«

Sie sahen sich an, in stummem Einvernehmen, und zum ersten Mal spürte Mia eine echte Verbindung zu Arthur. Sie hätte gern seine Hand genommen, aber sie fürchtete, dadurch dieses fragile Gebilde zwischen ihnen wieder zu zerstören.

Arthur beugte sich erneut vor. »Der Mann damals in deiner Wohnung, wer war das eigentlich?«, fragte er überraschend neugierig.

»Mein Mann.«

»Oh.«

»Exmann«, korrigierte Mia hastig.

Arthur lächelte. »Und ich dachte schon, du hättest jetzt ebenfalls was zu erklären.«

Mia lachte. Dann fiel ihr auch etwas ein. »Woher kennt ihr euch eigentlich?«

»Tun wir doch gar nicht.«

»Du hast damals aber behauptet, Frank zu kennen.«

Arthur dachte einen Moment nach. »Ach, richtig. Ich glaube, wir sind uns Silvester zufällig über den Weg gelaufen. Ganz sicher bin ich mir allerdings nicht, es ging alles ziemlich schnell. Dein Ex war ehrlich gesagt total betrunken.«

Mia verdrehte die Augen.

»Er schien nicht sehr glücklich zu sein«, fügte Arthur nachdenklich hinzu. Auf einmal hatte er die vergangene Silvesternacht so klar vor Augen, als sei sie erst gestern gewesen. »Er sagte ständig was davon, dass das letzte Jahr total beschissen war. Wegen eurer Scheidung, nehme ich an?«

Mia runzelte verwundert die Stirn. »Wieso das denn?

Er ist doch gegangen, nicht ich. Noch dazu ist er nahtlos von einem Bett ins nächste gestiegen. Grund zum Jammern hatte er echt nicht.«

Arthur sah sie abwartend an. Sein Blick war offen und neugierig. Mia gab sich einen Ruck und erzählte ihm in kurzen Worten von Frank. Diesmal fiel ihr das Reden leichter, sie spürte nicht mehr diese hoffnungslose Verzweiflung wie damals, als sie zum ersten Mal in Arthurs Küche gesessen hatte. Arthur hörte ihr aufmerksam und interessiert zu. Hatte er das vielleicht auch damals schon, ohne dass Mia es bemerkt hatte? Oder war er tatsächlich erst jetzt wieder in der Lage, Anteil am Leben anderer zu nehmen? Wie auch immer es sich verhielt, der neue, aufmerksame Arthur gefiel Mia ausgesprochen gut.

»Das Schlimmste war übrigens gar nicht, dass Frank sich mit einem Mann zusammengetan hat«, erzählte Mia. »Ich glaube, am meisten getroffen hat mich, dass es ausgerechnet der Mann sein musste, den ich am wenigsten leiden kann. Dieser total widerliche, arrogante Rocco.«

»Vielleicht ist er in Wahrheit ja gar nicht so unsympathisch«, gab Arthur zu bedenken. »Vielleicht kam dir das nur so vor, weil du eifersüchtig warst.«

»Eifersüchtig? Aber ich hatte doch keine Ahnung, dass Frank auf Männer steht. Wieso hätte ich also eifersüchtig sein sollen?«

»Manchmal spüren wir Dinge schon lange, bevor wir sie uns bewusst machen.«

Arthurs neuer Tiefsinn überraschte Mia und brachte sie ein wenig aus der Fassung.

»Tja, so ist das eben«, schloss sie unbeholfen. »Manche Leute verlieren ihre Liebe durch Schicksale, andere werfen sie einfach weg wie Abfall.«

Arthur sah sie lange an. »Ja«, sagte er schließlich. »Und

die, die zurückbleiben, dürfen die offenen Rechnungen begleichen.« Bitterkeit lag in seiner Stimme, und Resignation. Er sah so aus, als wollte er noch etwas hinzufügen. Doch dann rief er nur die Kellnerin, um zu zahlen, und sie brachen auf.

Vor Mias Haus saßen sie noch einen Moment still nebeneinander in Arthurs Wagen.

»Bis bald?« Mia sah ihn zaghaft an.

Er nickte und als sie bereits die Hand am Türgriff hatte, gab er sich einen Ruck und sagte: »Ich habe übermorgen einen Termin in der Nähe von Flensburg. Vielleicht hast du ja Lust, mitzukommen.«

Mia runzelte verwundert die Stirn und er fügte rasch hinzu: »Der Termin wird nicht lange dauern, und wir könnten hinterher noch ein bisschen an die Ostsee fahren. Nieby ist zwar nicht Spiekeroog, aber Wasser ist Wasser, oder?«

»Du willst, dass ich dich begleite?« Mia stellte sich vor, wie sie neben Arthur im Auto saß, nicht nur ein paar Minuten, sondern ein paar Stunden. Anderthalb Stunden hin, anderthalb zurück, schätzte sie, vielleicht auch weniger, Arthur fuhr einen schnellen Wagen. Und dann noch ein bisschen am Meer stehen, auf die Ostsee blicken, Wind und Weite genießen. Und das alles Seite an Seite mit Arthur Kessler, dem arroganten Anzugträger. Zu ihrer Überraschung breitete sich ein Gefühl satter Wärme in Mias Bauch aus, begleitet von einem ängstlich hämmernden Herzschlag.

»Ja«, sagte sie, um einen gleichgültigen Ton bemüht, »warum nicht?« Ihr Herz raste noch mehr, als ein kleines, erfreutes Lächeln über Arthurs Gesicht huschte.

Sie fuhren gemütlich am späten Vormittag los und verließen in nördlicher Richtung die Stadt. Die meisten Autos fuhren auf der entgegengesetzten Seite nach Hamburg hinein, sodass Arthur bald freie Fahrt hatte. Je weiter sie nach Norden kamen, desto dünner besiedelt war die Landschaft. Weite Ebenen, von Baumreihen und kleinen Wäldchen durchbrochen, flogen an ihnen vorbei, während der Mercedes leise und verlässlich über die A7 brauste. Es war ein schöner Tag. Die Sonne löste die Nebelfelder auf den Wiesen auf, ein leichter Wind blies Schönwetterwölkchen am Himmel vor sich her, der nirgendwo so hoch und blau wie hier im Norden war.

Arthur erzählte Mia, dass er eine kleine Färberei besuchen wollte, mit der Elbzeug zusammenarbeitete. »Ich mache mir gerne vor Ort ein Bild von den Leuten und den Produktionsbedingungen«, erklärte er.

»So ganz kapiere ich das noch nicht«, sagte Mia. »Wie kommt ein Investmentbanker dazu, sich plötzlich für Ökokleidung zu interessieren?«

Arthur richtete seinen Blick fest auf die Straße. »Rein zufällig. Man lernt ein paar interessante Menschen kennen, ist fasziniert von ihrer Begeisterung – und schon entstehen Kooperationen. Ich mag es, wenn Leute für ihre Überzeugungen eintreten.«

»Aber du verdienst doch damit nicht mal die Hälfte von dem, was du früher verdient hast – nehme ich jedenfalls an.«

»Im Moment verdiene ich mit der Firma genau genommen überhaupt noch nichts. Ich hoffe aber, dass sich das irgendwann ändert.«

Arthur hatte heute seinen Anzug gegen Jeans und ein schwarzes Hemd getauscht, das er lässig über der Hose trug. Offenbar wollte er den Unternehmensberater bei der kleinen Ökofirma nicht zu sehr heraushängen lassen. Auch Mia hatte sich für Jeans und Turnschuhe entschieden, schließlich war sie nicht geschäftlich unterwegs, sondern machte lediglich einen Ausflug. Es gefiel ihr, dass sie und Arthur eine ähnliche Kleiderwahl getroffen hatten, wenn auch aus unterschiedlichen Gründen.

»Wenn etwas Erfolg versprechend ist, interessiert mich nicht, wie groß mein eigener Profit dabei ist«, erklärte Arthur. »Wichtiger ist, dass die Sache gut läuft. Aber natürlich bin ich kein Traumtänzer, ich will wenigstens meine Investitionen am Ende wieder reinkriegen. Geld verdiene ich mit anderen Projekten. Man muss sich Wohltätigkeit schließlich leisten können.«

Mia nickte zufrieden. Das klang schon viel eher nach dem Arthur, den sie kannte. Obwohl sie es eigentlich sympathischer gefunden hätte, wenn er sich doch als Traumtänzer entpuppt hätte, der aus reinem Idealismus handelte.

Arthur nahm sie zu ihrer Verwunderung mit zur Besichtigung der Färberei, die in einem ehemaligen Bauernhof am Rande eines kleinen Dorfes in der Nähe der Ostsee lag, und stellte Mia ganz selbstverständlich als freie Mitarbeiterin von Elbzeug vor. Es gefiel ihr, wie er mit dem Inhaber sprach, einem korpulenten Mann mit unordentlichen Haaren, Vollbart und zerknautschtem Fischerhemd. Arthur war aufmerksam, neugierig und verbindlich. Der Färber verlor spürbar seine anfängliche Befangenheit und gab bereitwillig nicht nur über seine Arbeit, sondern auch seine finanzielle Situation Auskunft. Fast beiläufig machte Arthur einige Verbesserungsvorschläge, die der Mann bereitwillig aufgriff und gleich weiterspann.

Mittags gingen sie in einem verschlafenen, heruntergekommenen Landgasthof essen. Obwohl sie die einzigen Gäste waren, mussten sie ewig auf ihr Essen warten. Arthur beäugte misstrauisch sein Schnitzel mit Kartoffelsalat und ließ die Hälfte stehen. Auch Mia kaute mit wenig Begeisterung auf ihrem viel zu trockenen Seelachs herum.

Nach dem Essen fuhren sie zum Strand. Die Fahrt ging über holperige Landstraßen, durch idyllische Dörfer, bis Mia das Gefühl hatte, am Ende der Welt gelandet zu sein. In einem völlig verschlafenen Nest hielt Arthur an. Sie gingen einen schmalen, halb zugewachsenen Pfad entlang, und auf einmal standen sie am Rand einer Steilküste, unter der sich die Ostsee ausbreitete.

Schweigend schauten sie auf das blassgraue Wasser hinab, das in der Sonne funkelte. Mia war sich Arthurs Nähe bewusst, er stand so dicht neben ihr, dass sich ihre Arme fast berührten. Als sie ihm den Kopf zudrehte, fuhr der Wind in ihr offenes Haar und wehte ihr eine dicke Strähne über das Gesicht. Arthur hob eine Hand, als wolle er ihr die Haare aus dem Gesicht streichen. Er hielt jedoch in seiner Bewegung inne und zeigte stattdessen auf einen verlassen wirkenden Anleger unten am Strand.

»Früher war das hier mal ein ziemlich überlaufener Ort«, erklärte Arthur. »Damals starteten von hier aus die Butterfahrten Richtung Dänemark, damit die Touristen auf dem Meer zollfrei einkaufen konnten. Aber seit die EU die Butterfahrten verboten hat, kommt kein Mensch mehr her.«

Mia schaute sich um. Sie mochte die Stille, den Charme des Vergänglichen, der über dem Dorf lag, und vor allem die Weite der Ostsee, die sich spiegelblank vor ihnen ausbreitete.

»Wollen wir nicht mal runter zum Strand gehen?«, fragte sie. Ein steiler, steiniger Pfad schlängelte sich den Hang hinab.

»Damit du dir gleich wieder den Fuß verstauchst?« Arthur lachte. »Ich schlage vor, wir gehen noch ein Stück weiter, da vorne kommt ein besserer Weg.«

Mia lachte ebenfalls. »Seit wann scheust du denn sportliche Herausforderungen? Komm schon, das schaffen wir doch locker!«

Ehe Arthur weitere Einwände erheben konnte, begann sie bereits mit dem Abstieg. Es war tatsächlich nicht ganz einfach, auf dem steilen, sandigen Boden Halt zu finden, immer wieder lösten sich Steine und Sand unter ihren Schuhen und brachten sie ins Rutschen. Aber Mia wollte sich keine Blöße geben, sie würde diesen Hang heil hinunter kommen, und zwar noch vor Arthur, der ihr vermutlich dicht auf den Fersen war. Doch als sie zurückblickte, stellte sie fest, dass Arthur ihr nicht gefolgt war. Er war aus ihrem Blickfeld verschwunden. Immer wieder schaute sie suchend nach oben, während sie langsam den steinigen Strand entlang schlenderte. Sie traf Arthur jedoch erst an dem alten, verfallenen Fähranleger wieder. Er hatte einen breiten, befestigten Weg genommen, der vom Dorf direkt zum Anleger führte.

»Sieh an, du hast dich tatsächlich für den Rentnerweg entschieden«, spottete Mia.

Arthur wirkte verstimmt. Sein Blick war verschlossen und abweisend, ohne ein Wort zu sagen, setzte er sich auf eine Bank am Anleger. Als Mia sich zu ihm gesellte, schwieg er immer noch.

»Du ärgerst dich doch nicht etwa, weil ich den Hang hinabgeklettert bin?«, fragte Mia irritiert.

»Nein, natürlich nicht.« Arthur setzte eine gleichgültige Miene auf. Seine Stimme klang trotzdem verärgert.

Eine Weile saßen sie schweigend nebeneinander und starrten auf das Wasser. Eine Möwe ließ sich auf einem morschen Pfahl des Anlegers nieder. Am Horizont war ein winziges Schiff zu erkennen. Die Sonne schien Mia warm ins Gesicht.

»Es ist wunderschön hier«, sagte sie, als sie das unbehagliche Schweigen nicht länger aushielt, das zwischen ihr und Arthur hing.

Arthur nickte. »Ja, das stimmt«, sagte er leise, und da erkannte Mia, dass er nicht verärgert, sondern bedrückt war. Wie schon neulich im Café hätte sie gern Arthurs Hand genommen, aber sie zögerte einen Moment zu lange, er hatte sich bereits wieder gefasst und sagte übertrieben munter: »Gehen wir ein Stück? Vielleicht findest du ja ein paar Muscheln.«

»Muscheln?«

»Ja, warum nicht? Sammeln nicht alle Frauen Muscheln?«

»Hat Carol sie gern gesammelt?« Die Frage rutschte ihr einfach so heraus, sie erschrak selbst darüber.

»Ja, hat sie. Und dann belagerten die Muscheln monatelang ihre Fensterbretter, bis sie irgendwann im Müll landeten. Es war nach jedem Strandurlaub dasselbe.«

Es war das erste Mal, dass Arthur etwas Persönliches von seiner Frau erzählte. Mia hielt den Atem an und wartete ab, ob er weitersprechen würde. Aber er tat es nicht. Arthur ging langsam den Strand entlang und hielt sein Gesicht in den Wind. Etwas Einsames und Verlorenes umgab ihn.

Mia fand, dass er in seiner Verlassenheit zum Verlieben schön aussah.

22

»Muscheln habe ich nicht gesammelt«, sagte Mia, als sie zum Auto zurückkehrten. »Aber einen Stein.« Sie öffnete ihre Hand und zeigte Arthur einen kleinen, unregelmäßig geformten schwarzen Stein mit weißen Flecken und einem kleinen, runden Loch in der Mitte.

»Ah, ein Hühnergott.« Arthur schaute auf Mias flache Hand. »Ein Feuerstein mit Loch.«

»Genau.« Mia hob den Stein vor ihr Auge. »Man sagt, dass deine Wünsche in Erfüllung gehen, wenn du durch das Loch schaust.«

»Tatsächlich? Das wusste ich nicht.«

Natürlich nicht, dachte Mia, Arthur merkte sich vermutlich immer nur die nüchternen Fakten und nichts, was mit Gefühlen zu tun hatte.

»Ich schenke ihn dir.«

»Oh, danke!«

Als Arthur den Stein aus Mias Hand entgegennahm, spürte sie die Wärme seiner Finger. Er hob den Hühnergott ebenfalls vor sein Gesicht und schaute kurz durch das kleine Loch.

»Na dann!« Arthur grinste. »Auf unsere Wünsche!«

Er ließ den Stein in seine Jackentasche gleiten.

Sie traten den Heimweg in entspannter, friedlicher Stimmung an.

»Das war ein schöner Tag«, stellte Mia fest, als sie wieder auf der Autobahn waren. Die Sonne stand schon tief und schien seitlich ins Auto. Arthur wirkte ebenfalls zufrieden. »So könnte von mir aus jeder Arbeitstag aussehen«, sagte er.

Mia nickte. »Nur an der Verpflegung müssen wir noch arbeiten.«

Arthur verzog das Gesicht. »Du meine Güte, ja, das Mittagessen war wirklich grauenvoll.«

Er beugte sich vor, um den MP3-Player anzuschalten. Die sanfte Stimme von Norah Jones breitete sich im Inneren des Wagens aus und umhüllte sie weich und warm. Mia blinzelte schläfrig in die Sonne.

Arthur überholte einen Laster. Er fuhr schnell, aber nicht leichtsinnig, und wechselte nach dem Überholmanöver wieder auf die rechte Spur zurück. Sie näherten sich einer Autobahnauffahrt, auf der ein roter VW Passat herangefahren kam, der einen Wohnwagen zog. Arthur konnte die Bahn nicht frei machen, weil er von anderen Autos überholt wurde. Er war schon fast auf der Höhe des Wohnwagens, als der Passat plötzlich nach links ausscherte. Arthur musste scharf bremsen, um einen Zusammenstoß mit dem Wohnwagen zu vermeiden. Zum Glück reagierte auch sein Hintermann schnell und bremste rechtzeitig ab.

Laut fluchend drückte Arthur auf die Hupe.

»Himmel noch mal!«, schrie Mia entsetzt. »Da nimmt uns dieser Penner glatt die Vorfahrt! Hat der Idiot etwa vergessen, dass er da hinten noch einen Wohnwagen dran hängen hat?«

»Der Kerl hätte uns umbringen können«, sagte Arthur.

»Allerdings!« Aufgebracht starrte Mia auf den Wohnwagen vor ihrer Nase. Sie wartete darauf, dass Arthur ihn überholte, damit sie sich diesen Sonntagsfahrer genauer ansehen konnten. Doch Arthur blieb auf der rechten Spur.

»Der hätte uns umbringen können«, wiederholte er und jetzt klang seine Stimme ungewohnt schrill. Überrascht sah Mia ihn an. Arthur war kreidebleich und umfasste krampfhaft das Steuer.

»Das hätte er wirklich. Aber zum Glück ist ja nichts passiert. Du hast gut reagiert.« Mia legte einen beruhigenden Klang in ihre Stimme, damit Arthur sich schnell wieder von seinem Schreck erholte. Er war ein souveräner Autofahrer, der mit Sicherheit schon viele solcher kritischen Momente gemeistert hatte.

»Fahr mal schnell an ihm vorbei, damit wir den Trottel los sind und nicht noch mehr passiert«, schlug sie vor.

Doch Arthur blieb weiter auf der rechten Spur und starrte stumpf vor sich hin. Seine Hände umfassten das Lenkrad so fest, dass die Knöchel weiß hervortraten.

Plötzlich bremste er erneut sehr scharf ab, scherte auf den Standstreifen aus und brachte den Mercedes mit quietschenden Reifen zum Stehen.

Mia riss entsetzt die Augen auf. »Was ist denn jetzt los?«, fragte sie verwirrt.

»Er hätte uns umbringen können«, sagte Arthur erneut, seine Hände zitterten, als er sie vom Lenkrad nahm und sein Gesicht war noch eine Spur bleicher geworden. »Umbringen, verstehst du?«, schrie er. »Er hätte uns UM-BRIN-GEN können!«

Entsetzt beobachtete Mia Arthurs Ausbruch. »Ja, sicher«, sagte sie ruhig. »Er *hätte* uns umbringen können. Aber er *hat* es nicht. Du hast großartig reagiert und alles ist gut. Jetzt hol mal tief Luft und dann fahren wir langsam weiter, okay?« Sie ärgerte sich, dass sie einen Tonfall angenommen hatte, als würde sie zu einem Kind sprechen.

»Ich fahre nicht weiter«, erklärte Arthur mit dieser merkwürdig schrillen Stimme. »Nicht einen Meter.«

»Das ist leider keine so gute Idee. Wir stehen nämlich immer noch mitten auf der Autobahn, falls du das vergessen hast. Mach wenigstens mal den Warnblinker an.«

Gehorsam betätigte Arthur einen Schalter. »Ich fahre nicht weiter«, erklärte er mit neuer Entschiedenheit.

Mia überlegte fieberhaft. »Entspann dich ein bisschen, dann sehen wir weiter. Notfalls fahre ich den Wagen erst mal bis zum nächsten Parkplatz.«

»Du kannst machen, was du willst. Ich muss hier raus.« Mit diesen Worten verließ Arthur den Wagen, kletterte über die Leitplanke und stieg eine flache Böschung hinab.

Entgeistert starrte Mia ihm hinterher. Warum verlief mit diesem Mann nur nie etwas so normal wie mit anderen Männern? Selbst die harmloseste Dienstreise endete im Chaos.

Entnervt griff Mia nach einer Wasserflasche in ihrer Handtasche und nahm einen kräftigen Schluck. Sie begriff nicht, woher Arthurs plötzliche Panik kam. Er war doch sonst immer so überlegen und hatte alles im Griff. Er ließ sich nie eine Schwäche anmerken, fand auf alles eine Antwort und verstand es perfekt, seine Gefühle zu kontrollieren. Selbst auf Mias durchaus heikle Fragen zu seiner Frau hatte er halbwegs ruhig reagiert und sich zu helfen gewusst.

Mia stutzte.

Arthurs Frau. Carol. Ja, natürlich, der Autounfall. Warum hatte sie das nicht sofort begriffen?

Sie sprang aus dem Wagen und kletterte ebenfalls über die Leitplanke und die kleine Böschung hinab. Arthur stand vornübergebeugt vor einem Stacheldrahtzaun, der eine Rinderweide umgrenzte, und kotzte sein Mittagessen ins Gras, während ihn ein paar Kühe dabei beobachteten. Schweiß stand auf seiner Stirn, sein Gesicht hatte mittlerweile eine gelbliche Farbe angenommen, sein Blick war stumpf und leer. Er sank auf dem schmutzigen Gras an der Böschung zusammen und achtete weder auf Brombeerranken noch Brennnesseln. Mia setzte sich zu ihm, kramte aus ihrer Handtasche die bereits fast leere Wasserflasche, Taschentücher und Kaugummis.

»Das Schnitzel scheint ja echt widerlich gewesen zu sein«, sagte sie und schlug einen munteren Ton an.

Wortlos nahm Arthur die Flasche, spülte sich mit dem letzten Schluck Wasser den Mund aus und spuckte ihn zwischen die Brombeeren. Er wischte sich mit einem Papiertaschentuch das Gesicht sauber und nachdem er eine Weile auf dem Kaugummi herumgekaut hatte, schien wieder ein wenig Farbe in sein Gesicht zu kommen. Mit gesenktem Kopf hockte er da und rührte sich nicht.

Nur wenige Meter hinter ihnen brausten die Autos vorbei. Die Kühe beäugten sie immer noch neugierig. Auf der anderen Seite der Weide standen zwischen hohen Bäumen ein paar Hofgebäude. Eine Fliege umkreiste ihre Köpfe. Die Abendsonne schien ihnen mitten ins Gesicht.

»Damals, bei dem Unfall, hast du mit im Auto gesessen, richtig?«, fragte Mia behutsam.

Sie wusste nicht, warum sie nicht schon viel früher darauf gekommen war. Arthurs Unvermögen, über den Unfall zu sprechen und die feine Narbe in seinem Gesicht sagten doch alles. *Er hatte mal einen schweren Autounfall.* Sogar Ulrich Hampel wusste darüber Bescheid.

Arthur antwortete nicht. Nur eine leichte Bewegung seines Kopfes zeigte, dass er Mia überhaupt gehört hatte.

»War es eine ähnliche Situation wie heute?«, fragte sie weiter. »Hat euch damals auch ein anderer Wagen geschnitten?«

Die Fliege ließ sich surrend auf einem Stein nieder. Die Kühe gaben das Glotzen auf und widmeten sich wieder ihrer Wiese. Nur eine blieb weiter am Zaun stehen und starrte reglos herüber. Mia spürte einen spitzen Stein, der sich in ihr Gesäß bohrte und verlagerte ihre Sitzposition.

Endlich hob Arthur den Kopf ein wenig und stützte ihn in seine Hände.

»Der andere Wagen kam plötzlich von rechts angeschossen.« Seine Stimme klang wie losgelöst von ihm, mit einem ungläubigen Staunen darin, als könne er bis jetzt nicht begreifen, was geschehen war. »Der Fahrer wollte die Spur wechseln und hat uns übersehen. Er hat uns voll gerammt. Unser Auto flog durch die Luft und überschlug sich mehrmals. Carol wurde dabei aus dem Wagen geschleudert. Sie hatte keine Chance.«

Mias Herz krampfte sich zusammen. Bisher war Carols Tod für sie weit weg und seltsam unwirklich gewesen. Doch nun wurde er auf entsetzliche Weise greifbar. Mia sah die blonde, fröhliche Frau vor sich, wie ihr Haar vom Nordseewind zerzaust wurde und sie lachend auf ihrem Pferd über den Strand galoppierte. Sie strahlte so viel Energie, so viel Glück aus. Und dann wurde ihrem Leben auf derart grausame Weise ein Ende gesetzt.

»Der Fahrer des anderen Wagens hat es auch nicht überlebt«, fügte Arthur wie zu sich selbst hinzu.

»Und du?«, fragte Mia leise.

Arthur zuckte mit den Schultern. »Ich lebe noch. Schwer verletzt zwar, mit tausend Knochenbrüchen, aber ich bin noch da.«

Impulsiv legte Mia ihm einen Arm um die Schultern. »Das tut mir so entsetzlich leid«, flüsterte sie.

Arthur saß steif und reglos da. Mia war nicht sicher, ob er ihre Berührung überhaupt wahrnahm. Wie zu sich selbst sprach er weiter. »Eine kleine Unaufmerksamkeit nur, eine Sekunde lang. Eine winzige, beschissene Sekunde und es wäre vielleicht nicht passiert.« Er hob den Kopf und sah mit diesen entsetzlich ausdruckslosen Augen durch Mia hindurch. »Ich weiß nicht, wie oft ich mir in den letzten Jahren gewünscht habe, dass ich auch gestorben wäre. Das hätte vieles leichter gemacht.«

»Leichter?«, fragte Mia scharf. »Für wen denn leichter? Für deine Brüder etwa? Oder deine Eltern? Für Carols Familie? Glaubst du tatsächlich, es wäre für sie leichter gewesen, wenn du auch noch gestorben wärst?«

Arthur antwortete nicht.

In sanfterem Ton fuhr Mia fort: »Glaub mir, in meinem Leben gab es auch so manchen entsetzlichen Tag, an dem ich mich gänzlich aufgegeben hatte.« Schaudernd dachte sie an die ersten Wochen nach der Trennung von Frank. Die Leere, die sie damals erfasst hatte, machte ihr heute noch Angst. »Aber das geht vorbei. Irgendwann fühlt sich dein Herz nicht mehr so wund an und die Welt sieht nicht mehr nur noch grau und schwarz aus. Und dann gibt es auf einmal sogar wieder Tage voller Sonnenschein und du bist froh, dass du sie noch erleben darfst. Na ja, jedenfalls war es bei mir so.«

Hilflos brach sie ab. Das war kein Trost für Arthur, das merkte sie an seinem abwehrenden Schweigen. Vermutlich hatten ihm schon Dutzende wohlmeinender Freunde genau dasselbe erzählt. *Die Zeit heilt alle Wunden. Das Leben geht weiter. Du musst vorwärts sehen, nicht rückwärts.* Sie kannte diese ganzen Sprüche alle zur Genüge und keiner hatte ihr geholfen, als es ihr richtig schlecht ging. Aber, so stellte sie erstaunt fest, während sie darüber nachdachte, am Ende stimmten sie alle. Ihr Leben ging einfach weiter, auch ohne Frank und ohne ihren Job bei Keutner und Lempe, und je mehr Zukunftspläne sie schmiedete, desto mehr verschwand die Vergangenheit. Nur ihre Wunden waren noch nicht richtig verheilt. Aber vielleicht war auch das nur noch eine Frage der Zeit. Wie bei Arthur. Auch er brauchte Zeit.

Nur hatten sie die jetzt leider nicht. Fröstelnd zog Mia die Schultern hoch. Die Sonne war hinter den Bäumen verschwunden und aus der Wiese stieg feuchte Kälte auf. Sie konnten hier nicht mehr ewig sitzen bleiben. Höchste Zeit, dass sie Arthur in sein Auto beförderte und heimfuhr.

»Arthur«, sagte sie behutsam, »mir wird ehrlich gesagt ziemlich kalt und Hunger habe ich auch. Ich finde, wir sollten weiter fahren. Von mir aus nur bis zur nächsten Raststätte, aber hierbleiben möchte ich nicht mehr lange.«

Arthur fuhr sich mit den Händen durchs Gesicht und schaute zu der Kuh hinüber, die immer noch wie festgewachsen am Zaun stand. Als habe er Mias Einwand nicht gehört, sagte er zu der Kuh: »Ich hätte nur eine Sekunde lang besser aufpassen müssen, dann wäre nichts passiert. Eine verfluchte Sekunde.«

Mia schlang die Arme um ihre Brust. »Hat man dir die Schuld an dem Unfall gegeben?«

»Nicht offiziell.« Arthurs Blick huschte von der Kuh zu Mia. »Sämtliche Zeugen haben belegt, dass der andere Fahrer Schuld hat. Aber ich habe mindestens genauso viel Schuld, weil ich nicht schnell genug reagiert habe.«

»Das glaube ich nicht. Du bist ein guter, verantwortungsvoller Autofahrer, aber in dieser Situation hätte vermutlich niemand etwas machen können. Es gibt Momente im Leben, da kann man einfach nichts tun, da entscheidet das Schicksal und nicht man selbst.«

Sie spürte, wie die Kälte ihre Beine hinaufkroch. »Bitte Arthur, lass uns weiterfahren.«

»Ich kann nicht.«

Mia seufzte. Allmählich kam sie mit ihrer Geduld an eine Grenze. »Was schlägst du dann vor? Willst du zu Fuß nach Hause gehen?«

»Warum nicht?« Ein gereizter Ton lag in Arthurs Stimme. Mia wertete das als ein gutes Zeichen. Jede Gefühlsregung, die Arthur zeigte, war gut, Hauptsache, er kam aus dieser schrecklichen Schockstarre heraus. »Na, dann viel Spaß«, sagte sie ironisch. »Das sind auch nur noch ungefähr hundertzwanzig Kilometer.« Sie stand auf. »Komm schon, wir suchen uns irgendwo ein Restaurant, wärmen uns auf und essen was.«

»Bloß nichts essen«, stöhnte Arthur und Mia wusste, dass sie auf einem guten Weg war. Tatsächlich erhob sich Arthur ebenfalls, langsam und schwerfällig. »Ich kann nicht mehr Auto fahren, tut mir leid. Ich gehe zu Fuß.«

In Mia stieg Panik auf, als er ein paar unsichere Schritte in Richtung des Weidezauns machte. Sie konnte Arthur unmöglich in diesem Zustand hier alleine mitten in der schleswig-holsteinischen Einöde zurücklassen. Aber genauso wenig konnte sie sein Auto einfach auf der Autobahn stehen lassen. Sie hatte keine Ahnung, wie weit der nächstgrößere Ort entfernt war, aber sie hielt es für keine gute Idee, orientierungslos umherzuirren, zumal es auch nicht mehr ewig hell sein würde.

Mia eilte Arthur hinterher und baute sich vor ihm auf.

»Du musst dich auch nicht ans Steuer setzen, ich mache das, wenn dir das lieber ist«, sagte sie. »Und ich fahre total langsam, versprochen.«

Arthur rührte sich nicht.

»Wir müssen auch nicht die ganze Strecke bis Hamburg fahren, sondern nur bis zur nächsten Abfahrt. Dort suchen wir uns ein Hotel, wo du dich ausruhen kannst.«

Arthur rührte sich immer noch nicht.

»Also gut«, schloss Mia in hilfloser Verzweiflung. »Ich gehe jetzt zum Wagen zurück und hoffe, dass du mitkommst.«

Sie drehte sich um und stieg die kleine Böschung hinauf. Mit dem Rücken zu Arthur blieb sie am Auto stehen, ratlos und nervös.

Es dauerte einige endlose Minuten, bis Arthur neben ihr erschien. Mia atmete erleichtert auf.

»Du hast den Schlüssel vergessen«, sagte er und drückte ihr einen Autoschlüssel in die Hand. Reflexhaft umfasste sie Arthurs Hand und drückte sie sanft. Er atmete tief durch und stieg in den Wagen ein.

Mia bemühte sich um Ruhe und Gelassenheit. Sie hatte seit zwei Jahren nicht mehr am Steuer eines Autos gesessen und so eine große Limousine war sie bisher nur selten gefahren. Aber sie musste Arthur in dem Glauben lassen, dass sie alles im Griff hatte. Doch das war gar nicht so einfach. Der Wagen hatte ein Automatikgetriebe, damit kannte sie sich nicht aus und Arthur musste ihr erst mal zeigen, wie sie es zu bedienen hatte.

Mia holte innerlich tief Luft, gab Gas und lenkte den Mercedes auf die Fahrspur. Sie war heilfroh, dass die Autobahn mittlerweile fast leer war. Der elegante Wagen lag sicher auf der Straße, Mia merkte kaum, wie er beschleunigte – bis Arthur neben ihr keuchte: »Nicht so schnell!«

Mia schaute erschrocken auf den Tacho, aber sie fuhr gerade mal 110 Stundenkilometer. Langsam drosselte sie die Geschwindigkeit, bis sie mit Tempo 80 über die Autobahn krochen. Arthur öffnete das Fenster auf seiner Seite, kühle Abendluft strömte herein und verfing sich in ihren Haaren. Gerade, als Mia hoffte, dass sie doch bis Hamburg weiterfahren könnten, sagte Arthur:

»Halt an, mir ist schon wieder schlecht.«

Wieder hielten sie auf dem Seitenstreifen, wieder sprang Arthur aus dem Auto, wieder brauchte er ewig, bis er zurück in den Wagen kehrte und sich erschöpft in die Polster fallen ließ.

Besorgt musterte Mia ihn. »Mir scheint, das war doch dieses ekelhafte Schnitzel.« Sie fand es leichter, sich mit einem Stück Fleisch als einem handfesten Trauma zu befassen.

Im fahlen Licht der Deckenleuchte sah Arthur allerdings tatsächlich krank und alt aus. Er schloss die Augen. »Vermutlich eher der Kartoffelsalat. Ich glaube, ich esse nie wieder in meinem Leben Kartoffelsalat.«

An der nächsten Ausfahrt wies ein Schild auf ein nahes Hotel hin. Mia zögerte kurz. Arthur brauchte ein Bett, und zwar schnell. Bis Kiel war es zwar auch nicht mehr weit, aber sie würden vermutlich ewig in der Stadt herumirren, bis sie eine Bleibe fanden. Sie fuhr von der Autobahn ab. Im Dämmerlicht erkannte sie Wald, Wiesen und jede Menge kleiner Seen, die jenseits der Straße lagen. Unter anderen Umständen hätte sie die Gegend idyllisch gefunden. So aber war sie nur erleichtert, als bald im Scheinwerferlicht das Hotel auftauchte, das einen sehr verschlafenen Eindruck machte.

Die Eingangstür war verschlossen und Mia musste dreimal klingeln, bevor ihr geöffnet wurde. Eine ältere Frau in Hausschuhen musterte sie abweisend. Mia fragte, ob sie zwei Einzelzimmer frei hätte.

»Um diese Zeit noch?«, fragte die Frau mürrisch.

»Mein Kollege hat sich leider den Magen verdorben«, erklärte Mia. »Wir schaffen es heute Abend nicht mehr bis Hamburg.«

Die Frau nickte und schlurfte vor Mia her in einen kleinen Empfangsraum, der mit abgenutzten Teppichen ausgelegt war. Sie brauchte ewig, bis sie zwei Anmeldeformulare und Zimmerschlüssel hinter einem Tresen hervorgeholt hatte. Eine schmale Treppe mit ausgetretenen Stufen führte zu den Gästezimmern hinauf. Mias Zimmer war klein und sehr einfach eingerichtet, aber sauber. Hinter vergilbten Gardinen erahnte sie im letzten Dämmerlicht den Blick auf einen See, der direkt hinter dem Hotel lag.

Mia begab sich noch einmal ins Erdgeschoss, auf der Suche nach etwas Essbarem. Arthur hatte sie gebeten, ihm ein Wasser mitzubringen. Vorsichtig erkundigte sie sich bei der mürrischen Wirtin, ob sie noch etwas zu essen bekommen könne.

»Jetzt noch?«, fragte die Wirtin erneut in unfreundlichem Ton, und Mia hoffte, dass es wenigstens irgendwo einen Getränkeautomaten gab. Doch dann fügte die Frau zu ihrer Überraschung hinzu: »Gehen Sie mal rüber in den Schankraum. Kann sein, dass mein Mann die Küche noch nicht geschlossen hat.«

In dem kleinen Schankraum saßen tatsächlich Gäste – Männer, die alle so aussahen, als würden sie Willi oder Kalle heißen und schon seit Menschengedenken in dieser Kneipe hocken, wenn sie nicht gerade auf dem Bock ihres Trucks saßen. Neugierig musterten sie Mia.

»Jetzt noch?«, fragte auch der Wirt, als sie nach dem Speiseangebot fragte. Und genau wie seine Frau war er zwar unfreundlich und abweisend, brachte Mia dann aber doch die Karte. Wie befürchtet gab es die üblichen Fernfahrergerichte – Erbsensuppe, Currywurst, panierten Seelachs. Mia schüttelte sich innerlich bei der Erinnerung an ihren vertrockneten Fisch vom Mittag und entschied sich für Spiegeleier mit Bratkartoffeln, die sich als überraschend gut entpuppten. Nach dem Essen erstand sie noch zwei Flaschen Wasser und stieg erleichtert die schmale Treppe zu den Zimmern hinauf. Sie sehnte sich nach einem Bett und Ruhe. Was für ein Tag!

Arthur reagierte nicht auf ihr Klopfen. Vielleicht war er schon eingeschlafen. Als Mia erneut klopfte, vernahm sie hinter der Tür jedoch ein leises Geräusch. »Ich habe dir eine Flasche Wasser mitgebracht«, rief sie.

Arthur rührte sich immer noch nicht. Mia stellte die Flasche vor seine Tür und schloss ihr eigenes Zimmer auf. Da hörte sie, wie sich Arthurs Tür öffnete. Sie schaute noch einmal um die Ecke, um ihm gute Nacht zu wünschen.

Arthurs Haare waren zerzaust, sein Hemd stand halb offen und er sah aufgewühlt aus.

Mia zögerte. »Alles in Ordnung?«, fragte sie zaghaft.

Arthur nickte. Er lehnte am Türrahmen und sah sie mit einem eigenartigen Blick an. Dunkle Schatten lagen unter seinen Augen und in seinem blassen Gesicht spiegelten sich Unsicherheit und Trauer – und Angst, wie Mia überrascht feststellte.

»He …«, sagte sie behutsam und ging auf Arthur zu.

Da fiel ihr Blick auf seine Beine.

Unter seinem rechten Hosenbein schaute ein großer, nackter Fuß heraus. Unter dem linken Hosenbein, das ein Stück aufgekrempelt war, befand sich – nichts.

»Um Gottes Willen, Arthur!«, schrie Mia entsetzt. »Wo ist dein Fuß geblieben?«

Wo ist dein Fuß geblieben Fuß geblieben Fuß geblieben?

»Da drüben«, sagte Arthur mit müder Stimme und wies mit dem Kopf auf eine Unterschenkelprothese, die hinter ihm an der Wand lehnte. Der Fuß der Prothese steckte noch in einer schwarzen Socke und einem der Boots, die Arthur an diesem Tag getragen hatte.

Wo ist dein Fuß geblieben Fuß geblieben Fuß geblieben?

Das Echo in Mias Kopf hörte gar nicht mehr auf.

»Ach, du Scheiße!« Sie schlug die Hände vor den Mund und ließ ihren entsetzten Blick zwischen Arthurs Bein und der Prothese hin- und hergleiten. »Was ist das, um Himmels Willen? Ich verstehe das nicht.«

»Das ist eine Prothese«, erklärte Arthur matt.

»Das sehe ich auch. Aber wieso ... ich meine, wo kommt die auf einmal her?«

Am Ende des Flurs war ein Geräusch zu hören. Jemand kam die Treppe herauf. Arthur drehte sich geschickt auf seinem einen Bein um, stützte sich mit den Armen an der Wand ab und schwang sich auf das schmale Bett in der Ecke. Mia folgte ihm und zog die Tür hinter sich zu. Sie setzte sich auf einen kleinen Sessel mit verschlissenem Bezug, der vor dem Bett stand.

»Ich verstehe das nicht«, sagte sie noch einmal.

»Ich habe dir doch gesagt, dass ich mir bei dem Autounfall tausend Knochenbrüche zugezogen habe.« Arthurs Stimme zitterte. Erst jetzt bemerkte Mia, dass seine Augen gerötet waren. »Allein mein linkes Bein haben die Ärzte sechsmal operiert. Aber das Gewebe war zu sehr zerstört, sie konnten es nicht retten.« Er vergrub sein Gesicht in den Händen.

Mia war sprachlos.

Arthur, der arrogante Anzugträger. Arthur, der erfolgreiche Geschäftsmann. Arthur, der Held, der alles konnte und wusste. Arthur, der eigenwillige Liebhaber.

Arthur, der – Krüppel.

Die letzten Puzzlestücke fügten sich aneinander. Aber das Bild, das sie ergaben, sah völlig anders aus, als Mia erwartet hatte.

»Warum hast du denn nie etwas gesagt?«, fragte sie leise und erahnte die Antwort bereits.

Arthur schämte sich. Ein entstellter Körper passte nicht zu seinem Perfektionismus.

»Ich habe wohl irgendwie den Zeitpunkt verpasst«, murmelte er verlegen, ohne den Kopf zu heben. »Erst schien es mir völlig unpassend, und später dann … na ja, ich fand, dass es dich nichts anging.«

»Und jetzt geht es mich doch etwas an?«

»Jetzt kann ich es nicht mehr ändern.« Arthur sah zu der Prothese hinüber. »Ich muss das verdammte Ding schließlich auch mal ablegen. Aber nachdem ich vorhin so durchgedreht bin, schätze ich, dass dich sowieso nichts mehr erschüttern kann. Erst entpuppe ich mich als Irrer und dann auch noch als Krüppel. Schlimmer geht's kaum, oder?« Er klang entsetzlich bitter. »Aber ich habe es wohl nicht anders verdient.«

»Unsinn! Niemand hat so was verdient.« Mia vermied es, auf Arthurs linkes Bein zu schauen, das irgendwo unter dem Stoff seiner Jeans einfach endete.

Arthur richtete sich ein wenig auf. Mit einem eigenartigen Blick sagte er: »Soll ich dir sagen, warum ich nicht aufgepasst und den anderen Wagen übersehen habe? Weil meine Frau an mir rumgefummelt hat.«

»Rumgefummelt? Was soll das denn heißen?«

»Das heißt, was es heißt. Wir haben uns geküsst und Carol hatte ihre Hand in meiner Hose. Ich war so abgelenkt, dass ich den anderen Wagen erst bemerkt habe, als schon alles zu spät war. Ich verstehe bis heute nicht, warum keiner der Zeugen gesehen hat, wie wir rumgeknutscht haben.« Seine Stimme klang kalt und zornig, und als er Mias Bestürzung bemerkte, verzog er abfällig den Mund. »Und jetzt sag du mir noch einmal, dass ich keine Schuld an diesem verdammten Unfall habe.«

»Aber … aber warum?« Mia hob hilflos die Hände.

»Wir hatten an dem Morgen einen total bescheuerten, überflüssigen Streit. Und im Auto haben wir uns dann versöhnt. Eine grandiose Idee, nicht wahr?« Arthurs Lachen klang rau und hart. »Nur zwei Idioten wie Carol und ich kommen auf so was. Vor allem Carol ... meine Güte ... sie brauchte irgendwie immer Sex zum Versöhnen, als müsse sie mir so nah wie möglich kommen, um sich meiner Liebe sicher zu sein.«

»Aber ihr *habt* euch noch versöhnt, ja?«

»Oh ja!« Arthurs Augen waren dunkle Scheiben, seine Gesichtszüge versteinert. »Carol hat mir gesagt, dass sie mich liebt und sich ein Kind von mir wünscht. Und ich habe gesagt, wie sehr ich mich darüber freue. Eine Minute später war sie tot. Ich wette, irgendwo da oben hat sich jemand kaputtgelacht über diesen wunderbaren Gag.«

»Aber ihr *habt* euch versöhnt«, beharrte Mia. »Stell dir vor, sie wäre gestorben, ohne dass ihr euch versöhnt hättet. Das wäre viel, viel schrecklicher.«

Arthur schwieg einen Moment. »Ich weiß nicht,« sagte er leise.

Zusammengesunken hockte er auf dem Bett. Er sah auf einmal klein und zerbrechlich aus, und als er eine Hand vor seine Augen presste, erkannte Mia bestürzt, dass er weinte.

Zögernd setzte sie sich neben ihn und legte ihm zaghaft einen Arm um die Schultern. Doch wie schon an der Autobahn reagierte er mit steifer Reglosigkeit auf ihre Berührungen. Mia wusste nicht, was sie sagen sollte. Nichts schien Arthur zu trösten oder ihm zu helfen. Stumm weinte er vor sich hin. Vorsichtig begann Mia, seinen Rücken zu streicheln. Arthur atmete tief durch, allmählich beruhigte er sich wieder und wandte sich Mia zu. In seinem Blick lag eine Verzweiflung, die sie tief berührte. Behutsam schob sie eine Hand zwischen Arthurs halb geöffnetes

Hemd und legte sie zart auf seine Brust. Arthurs Herz raste wie bei einem aufgeschreckten, kleinen Vogel. Mias Finger ertasteten eine Unregelmäßigkeit auf seiner Haut, einen dünnen Streifen, der sich glatter und fester anfühlte als die Haut darum herum.

Arthur schob Mias Hand fort und begann, sein Hemd aufzuknöpfen. Seine Finger zitterten so stark, dass er Mühe hatte, die Knöpfe zu öffnen.

Mia legte beruhigend ihre Hand auf seine. »Du musst das nicht machen«, sagte sie sanft.

Arthur schüttelte verzweifelt den Kopf. »Wenn ich es jetzt nicht schaffe, hier vor dir, dann schaffe ich es nie mehr.«

Hilflos beobachtete Mia Arthurs Kampf mit seinem Hemd und war fast erleichtert, als er es endlich ausgezogen hatte.

Zum Vorschein kam ein durchtrainierter Oberkörper. Eine muskulöse, kaum behaarte Brust, breite Schultern, kräftige Arme, ein flacher Bauch. Für einen Mann in seinem Alter sah Arthur sehr gut aus. In der ersten Sekunde fragte Mia sich, warum er eigentlich so ein Theater machte.

Dann sah sie die Narben. Eine große lief quer über sein rechtes Schlüsselbein zur Schulter hinunter. Sie war fein und kaum sichtbar. Auffälliger waren zwei breite, dunkelrosa Narben, die seinen linken Oberarm der Länge nach durchschnitten. Bei genauem Hinsehen entdeckte Mia noch zahlreiche kleinere Narben, die Arthurs ganzen Oberkörper bedeckten. Die Chirurgen hatten gute Arbeit geleistet, fand sie. Die meisten Narben waren gut verheilt und weder aufgewölbt noch eingesunken. Oberflächlich betrachtet sah alles gar nicht so schlimm aus.

Allerdings hatten sie den schwierigsten Teil auch noch vor sich. Mit wachsender Beklemmung sah Mia zu, wie Arthur seine Hose öffnete. Sie wollte ihm etwas Tröstendes sagen, aber sie merkte, dass sie mindestens genauso viel Angst wie er hatte. Er schob sich die Hose über die Oberschenkel und eine seiner vertrauten schwarzen Unterhosen kam zum Vorschein. Die Hose glitt weiter über seine Knie, Arthur schlüpfte aus den Hosenbeinen. Rechts erschienen ein vollkommener Unterschenkel und ein vollkommener Männerfuß, groß, mit schlanken, geraden Zehen und gepflegten Nägeln, wie Mia es immer erwartet hatte.

Das linke Bein hingegen hörte zwei Handbreit unter dem Knie auf. Mia starrte auf den Stumpf, der von einem blauen, gepolsterten Strumpf wie von einem Verband umhüllt wurde. Es war nicht nötig, dass Arthur diesen Strumpf auch noch entfernte, was Mia sah, reichte ihr. Sie schloss eine Sekunde lang die Augen und hoffte, dass sich das Bild verändern würde, aber da war nach wie vor – nichts.

Sie wusste nicht, was sie sagen sollte. Das war so grauenvoll, so entsetzlich, dass ihr die Worte fehlten. Sie zwang sich, nicht aufzustehen und davonzurennen. Sie musste irgendetwas *tun*. Nur was?

Arthur sah sie nicht an. Er ließ sich rückwärts auf das Bett fallen und schloss die Augen. Mia betrachtete bewegt seinen entstellten Körper. All ihre Illusionen des vollkommenen Mannes waren mit einem Schlag dahin. Nichts an Arthur war vollkommen, wo sie auch hinschaute, entdeckte sie Verletzungen, Brüche, Fehlstücke. Aber, das wurde ihr plötzlich klar, genau genommen wusste sie das schon die ganze Zeit, bereits Arthurs Liebesleben wies schließlich deutlich sichtbare Leerstellen auf. Warum nur hatte sie trotzdem immer geglaubt, Arthur sei die Vollkommenheit in Person?

Mia dachte an all die Blowjobs und Arthurs Verführungen mit Augenbinde und Fesseln. Das alles, begriff sie, hatte nur einem einzigen Zweck gedient: Sie sollte seinen versehrten Körper nicht zu Gesicht bekommen.

Als sich der erste Schock legte, spürte sie, dass sich zwischen all dem Schrecken und der Verwirrung ein neues, irritierendes Gefühl in ihr ausbreitete. Sie beugte sich vor und küsste zärtlich Arthurs Knie. Ihre Hände wanderten seinen nackten Körper entlang, ertasteten alles, was ihr bisher verborgen geblieben war.

Arthur rührte sich nicht. Mia legte sich neben ihn. Sie fühlte seine Wärme und spürte, wie sich sein Brustkorb bei jedem Atemzug hob und senkte. Sie schielte zu ihm hinüber und bewunderte sein klassisches Profil mit der geraden Nase und den kräftigen Wangenknochen. Er sah stark und verletzlich zugleich aus, und diese unbeschreibliche Mischung aus Sehnsucht, Angst und Stärke machte ihn sehr begehrenswert.

Vorsichtig lehnte Mia ihren Kopf an seine Schulter. Seltsam, dachte sie, so oft hatte Arthur sie verunsichert, war sie sich neben ihm klein und dumm vorgekommen. Nun war der lang ersehnte Moment gekommen, an dem sie miteinander in einem Bett lagen, und auf einmal war alles ganz anders.

Sie sah das Erstaunen in Arthurs Augen, als sich ihre Blicke trafen, und dann endlich küsste er sie.

23

Sie hatte sich alles ganz anders vorgestellt. In ihren Träumen war explodierende Leidenschaft zwischen ihnen, ekstatische Lust, brennendes Verlangen. In ihrer Fantasie verlor sie sich in Arthurs Umarmungen so, wie sie sich verlor, wenn er sie verwöhnte, während sie gefesselt war.

In Wahrheit quetschten sie sich beide in ein altes, enges Hotelbett, das leise quietschte, als Arthur sich auf ihr bewegte. Er nahm sie mit einer Verzweiflung, die wehtat. Seine Küsse waren hart und drängend, seine Berührungen grob, und als er in sie eindrang, viel zu schnell und heftig, spürte sie mehr Schmerz als Lust.

Mia fühlte sich unwohl. Sie hätte dringend eine Dusche und Seife gebraucht und noch dringender eine Zahnbürste. Arthur roch erstaunlich sauber, er hatte offenbar die Zeit, in der sie essen war, genutzt, um sich zu waschen. Trotzdem umgab ihn ein fremder, abgestandener Geruch, der Mia abstieß.

Hinterher lagen sie dicht beieinander und starrten im trüben Licht der Nachttischlampe die fleckige Zimmerdecke an. Irgendwo im Gang waren Schritte zu hören, eine Tür schlug zu. Sonst war alles ruhig.

Arthur drückte Mia einen Kuss auf die Haare. Sie schmiegte sich in seine Armbeuge, erschöpft und ratlos.

»Danke«, sagte sie in die Stille hinein. »Danke für einen

sehr besonderen Tag. Aber ich muss jetzt dringend mal in mein eigenes Bett und schlafen.

»Ja, klar.« Arthurs Stimme klang heiter und leicht. «Dieses Bett ist sowieso viel zu eng für zwei. Meine alten, kaputten Knochen brauchen mehr Platz.«

Langsam löste Mia sich von ihm und stand auf. Es war kalt im Zimmer, sie fröstelte, während sie nackt umherlief und ihre Kleider einsammelte. Arthur zog sie zu sich herab und hielt sie noch einmal fest umschlungen.

»Danke«, murmelte er und küsste sie ein letztes Mal, schnell und wie zum Abschied.

Sie konnte nicht schlafen. Hellwach starrte Mia in die Dunkelheit. In ihrem Schoß fühlte sie Arthur noch pulsieren, auf ihrer Haut brannten seine Küsse, in ihrem Haar hing sein Geruch. Sie sah ihn am Rande der Autobahn hocken, apathisch und unter Schock. Sie sah ihn an seiner Zimmertür stehen, aufgewühlt und ängstlich. Sie spürte ihn in ihrer Umarmung, voller verzweifelter Gier. Und sie sah mit schneidender Klarheit all seine Verletzungen, die inneren genauso wie die äußeren.

Zu ihrer eigenen Überraschung empfand Mia nach dem ersten Schock weder Mitleid noch Ekel, sondern eine geradezu überwältigende Zärtlichkeit für Arthurs geschundenen Körper und seine verletzte Seele. Sie wusste nicht, wo dieses Gefühl auf einmal herkam, das sie vibrieren ließ. Arthur war doch immer noch der arrogante Banker, der kalte und rücksichtslose Liebhaber. Immer noch führte er ein völlig anderes Leben als Mia, in seiner sterilen Wohnung, seiner Beziehungslosigkeit und seiner Neigung zu eigenartigem Sex. Vorhin im Bett hatte er ja erneut bewiesen, dass er zu normalen Zärtlichkeiten nicht fähig war.

Und doch fühlte sich auf einmal alles anders an.

Verwundert erkannte Mia, dass sie in Arthur verliebt war, und das vermutlich nicht erst seit heute. Doch ausgerechnet der zerbrochene, verzweifelte Arthur öffnete ihr Herz. Es war ein überwältigendes Gefühl voller Glück. Und voller Angst.

Vor allem aber war es ein Gefühl, das an Peinlichkeit nicht mehr zu überbieten war. Sie hatte sich ausgerechnet in den Mann verliebt, der Frauen für Sex bezahlte, der alberne Maßanzüge trug, ein Angeberauto fuhr, zu feige war, anderen Menschen von seiner Behinderung zu erzählen und der glaubte, alles zu wissen und zu können. Dabei wusste er einen Dreck.

Mia war fassungslos. Da hätte sie ebenso gut bei Frank bleiben können. Mit ihm und Rocco im Schlepptau hätte sie vermutlich wenigstens ab und zu noch Spaß gehabt. Mit Arthur schien das unmöglich. In einem früheren Leben mochte das anders gewesen sein, aber das war lange vorbei. Und ob Arthur jemals wieder zu dem Mann werden konnte, der er vor dem Unfall gewesen war, stand in den Sternen.

Mia rollte sich unter ihrer Decke zusammen. Es wurde höchste Zeit, dass sie diesem Treiben ein Ende setzte. Gleich morgen würde sie Arthur sagen, dass der Sex mit ihm ein riesengroßer Irrtum gewesen sei und sie fortan nur noch rein geschäftlich mit ihm verkehren würde.

Es reichte, dass ein Mann sie unglücklich gemacht hatte. Ein zweites Mal brauchte sie das nicht.

Mia erwachte gegen sieben aus einem kurzen, aber tiefen Schlaf. Nebenan rührte sich noch nichts. Sie beschloss, zum See zu gehen und ein bisschen frische Luft zu schnappen, bis Arthur auch aufgewacht war.

Als sie in die Eingangshalle kam, schob die Wirtin einen

Briefumschlag über den Tresen. »Den soll ich Ihnen von Ihrem Kollegen geben«, sagte sie mit demselben mürrischen Gesicht wie am Abend zuvor.

»Von meinem Kollegen?« Verwundert nahm Mia den Umschlag entgegen. »Ist der etwa schon wach?«

»Allerdings. Der hatte es ja ganz schön eilig heute Morgen.«

»Eilig? Wieso?« Eine ungute Ahnung stieg in Mia auf.

»Na, ich dachte, Sie wüssten, dass er einen dringenden Termin hat. Hat er jedenfalls behauptet.« Jetzt lag doch eine Spur Neugier in den wässrigen Augen der Frau.

»Das wusste ich nicht. Aber ich weiß ja nicht alles, was mein Kollege so macht.« Mia bemühte sich um einen leichten Tonfall. »Wo ist er denn jetzt?«

»Na fort. Ich sagte doch, dass er es eilig hatte.«

»Fort?« Mia umklammerte den Umschlag.

Einer der Männer, die am Abend zuvor im Schankraum gesessen hatten, trat an den Tresen heran. Mia mochte in seiner Gegenwart die nächste Frage kaum stellen, aber ihr blieb nichts anderes übrig. »Er hatte es so eilig, dass er schon abgereist ist? Und wie soll ich jetzt nach Hause kommen?«

Die Wirtin musterte Mia abschätzend. Was auch immer zwischen diesem seltsamen Paar gelaufen war, es ging sie ja nichts an. Aber ein wenig Mitleid hatte sie nun doch mit Mia, die wie vom Donner gerührt vor ihrem Tresen stand. »Na, mit dem Wagen da draußen, nehme ich an.«

Mia folgte ihrem Blick und sah durchs Fenster Arthurs silbernen Mercedes auf dem Parkplatz stehen. Jetzt war sie erst recht verwirrt. »Und wie ist mein Kollege nach Hamburg gekommen?«

»Jemand hat ihn mitgenommen. Die sind schon um kurz nach sechs hier los.«

»Stimmt«, mischte sich jetzt der andere Gast ein, ein großer Mann mit Tätowierungen auf den dicken, nackten

Oberarmen. »Paule hat den doch mitgenommen. Ich hab sie noch durchs Fenster gesehen.« Er grinste breit. »Tja, Lady, da kommen Sie wohl ein bisschen zu spät.«

»Sieht ganz so aus.« Wütend drängte Mia sich an ihm vorbei und verzog sich in den Frühstücksraum.

Die Lust auf einen Spaziergang war ihr vergangen. Sie wollte so schnell wie möglich nach Hause. Aber vorher brauchte sie dringend einen Kaffee. Was zum Teufel hatte sie Arthur getan, dass er sie einfach sitzen ließ? Sie verstand das nicht.

Ein träges, dickes Mädchen brachte ihr Kaffee und Brötchen. Als es wieder fort war, öffnete Mia den Umschlag.

Er enthielt Arthurs Autoschlüssel und einen Zettel, der aus einem Notizbuch gerissen und mit einer schwungvollen Handschrift beschrieben worden war.

»Liebe Mia, bist du so nett und fährst mein Auto heim? Du weißt ja jetzt, wie es funktioniert. Danke dafür! Und für alles andere erst recht. Alles Liebe, Arthur.«

Keine Erklärung. Kein Wort der Entschuldigung. Mia starrte so lange auf den Zettel, bis die Buchstaben vor ihren Augen tanzten. Und nach diesem Mann hatte sie sich letzte Nacht in ihrem Bett gesehnt. Ihr wurde ganz flau. Sie schien tatsächlich ausgesprochen talentiert darin zu sein, sich in Männer zu verlieben, die sie schlecht behandelten.

Wenigstens reiste sie komfortabel. Jetzt, wo sie Arthurs prüfenden Blick nicht mehr auf sich spürte, sah sie sich in ihrem Reisegefährt erst einmal in aller Ruhe um. Sie stellte die wunderbar bequemen Ledersitze perfekt auf ihre Bedürfnisse ein und probierte so lange herum, bis sie die Schalter fand, mit denen sich das Schiebedach öffnen ließ. So ein S-Klasse-Wagen war doch etwas anderes als der Opel Corsa, den sie zuletzt gefahren hatte.

Obwohl Mia sich noch nie sonderlich für Autos erwärmt hatte, erfasste sie eine gewisse Faszination, als Arthurs Luxuslimousine sie dank des elektronischen Abstandsreglers und diverser anderer Raffinessen sicher durch den dichten, morgendlichen Verkehr bugsierte. Kein Wunder, dass Arthur mit seiner Behinderung so ein vollautomatisches Auto fuhr. Da fiel überhaupt niemandem auf, dass er zum Beispiel gar nicht in der Lage gewesen wäre, mit seiner Prothese ein Kupplungspedal zu bedienen.

Während der Wagen wie von selbst fuhr, hatte Mia Zeit genug, über Arthur nachzudenken. Doch je länger sie sich mit ihm beschäftigte, desto wütender wurde sie. Wütend vor allem auf sich selbst, weil sie so viel Nähe zugelassen und sich tatsächlich in diesen Kerl verliebt hatte. Was erwartete sie denn? Dass Arthur ihre Gefühle erwidern würde? Nein, gewiss nicht. Sie wollte ja selbst nicht, dass sich zwischen ihnen mehr entwickelte. Arthur und sie waren so grundverschieden, sie würden nie eine wie auch immer geartete gemeinsame Zukunft haben.

Trotzdem kränkte Arthurs Verhalten sie. In den letzten Monaten war zwischen ihnen ein freundschaftlicher Kontakt entstanden, der auf gegenseitiger Achtung basierte. Jedenfalls hatte Mia das geglaubt. Und nun so etwas. Das ließ sich auch nicht mit Arthurs angeschlagenem Seelenzustand erklären. Es war einfach nur rücksichtslos und egoistisch.

Mit so einem Mann wollte Mia nichts mehr zu tun haben.

Die Tiefgarage zum Haus war verschlossen. Natürlich. Daran hatte Arthur nicht gedacht. Mia parkte den Wagen auf der Straße, wo er sich in guter Gesellschaft mit einem nagelneuen Jaguar und einem Porsche befand. Was für eine ekelhaft versnobte Gegend, dachte Mia angewidert.

Die Haustür war natürlich auch verschlossen. Arthur hatte beim Planen seiner Flucht ein paar unwesentliche Details vergessen. Entnervt drehte Mia den Autoschlüssel in ihrer Hand hin und her. Einen kurzen Moment lang erfasste sie das kindische Bedürfnis, mit dem Schlüssel den glänzenden Lack der blitzenden Luxuskarossen zu zerkratzen und ihn dann weit wegzuwerfen.

Sie nahm ihr Handy und wählte Arthurs Nummer. Aber er ging nicht ran. Sie schrieb ihm eine SMS: »*Dein Auto parkt vor deiner Tür – Tiefgarage war zu. Wo soll ich mit dem Schlüssel hin?*« Sie verzichtete darauf, einen freundlichen Gruß unter den Text zu setzen. Jedes liebevolle Wort war reine Zeitverschwendung.

Arthur antwortete nicht, weder in den nächsten Minuten noch in den nächsten Tagen. Sie schrieb ihm ein paar Tage später eine Mail, aber auch darauf reagierte er nicht.

Arthur Kessler hatte sich in Luft aufgelöst.

24

»Was für ein kranker Penner!«, empörte sich Henny.

Sie saßen auf Klappstühlen an der Strandperle, die Füße im Sand vergraben, den Blick auf die Elbe gerichtet, auf der ein Containerschiff von einem Schlepper in den Hafen gezogen wurde. Es war ein ungewöhnlich milder Abend.

»So ist das halt mit Leuten, die traumatisiert sind.« Annika klang wohlwollender, geduldiger. »Die sind manchmal unberechenbar, besonders, wenn sie mit ihrem Trauma konfrontiert werden.«

»Eben! Und wenn sie sich deswegen nicht drei Jahre auf die Couch legen, dann bleiben sie so bekloppt«, fuhr Henny ungerührt fort. »Aber welcher Mann begibt sich schon freiwillig in eine Therapie? Da müsste er ja über sich selbst nachdenken. Huuuhhh!«

Mia stellte sich vor, wie Arthur, der stolze, herablassende Arthur, im Zimmer eines Psychologen saß und aufgefordert wurde, seinen Gefühlen nachzuspüren. Das war eine so lächerliche Vorstellung, dass sie selbst in Mias Kopf nicht richtig Gestalt annahm.

Arthur hüllte sich seit über einer Woche in Schweigen. Eine Woche, in der Mia zwischen Wut, Ratlosigkeit und Verzweiflung schwankte. Sie war in Gedanken hundertmal ihren gemeinsamen Ausflug durchgegangen, hatte jeden einzelnen Moment immer wieder analysiert. Sie verstand nachträglich, warum Arthur nicht mit ihr den Steilhang hinabgeklettert war. Sie begriff seine Panikattacke auf der Autobahn. Sie glaubte zu wissen, wann er an diesem Tag ängstlich, sehnsüchtig, verzweifelt oder einfach nur nett gewesen war. Aber so sehr sie sich auch anstrengte, sie fand keine Antwort auf die Frage, warum er am nächsten Morgen abgetaucht war.

»Gut, dass zwischen euch nicht noch mehr gelaufen ist«, stellte Henny erleichtert fest. »Stell dir vor, du hättest dich richtig fett verliebt. Dann wärst du jetzt aber angeschissen.«

Ein schneller Schmerz schoss durch Mias Brust. Sie nahm schweigend einen tiefen Schluck aus ihrer Bierflasche und vermied es, eine ihrer Freundinnen anzusehen.

»Oh nein!« Annika und Henny bemerkten es beide gleichzeitig.

»Sag, dass das nicht wahr ist«, flehte Henny. »Sag bitte, bitte, bitte, dass du dich nicht in dieses Arschloch verknallt hast.«

Mia schloss die Augen und schwieg.

»Wann ist das denn passiert?«, fragte Annika erstaunt.

Mia zuckte mit den Schultern. Sie kam sich so idiotisch vor. »Keine Ahnung. Gemerkt habe ich selbst es erst in der Nacht im Hotel.« Trotzig reckte sie ihr Kinn vor. »Was glaubt ihr wohl, warum ich so sauer bin?«

»Hat er das gewusst?« Henny traute Arthur offenbar alle Schlechtigkeiten dieser Welt zu.

»Nein. Ich habe es ihm nicht gesagt und gemerkt hat er es garantiert auch nicht.«

Eine hohe Welle, die das Containerschiff erzeugt hatte, schlug gegen die steinige Uferbefestigung. Ein paar Leute, die zu dicht am Wasser saßen, wurden nass und sprangen lachend und kreischend auf.

»Ein Gutes hat die Sache ja wenigstens«, stellte Annika fest. »Wenn du in Arthur verliebt bist, heißt das ja wohl, dass du über Frank endgültig hinweg bist.«

Mia seufzte. Warum glaubten immer alle, die Welt sei nur schwarz und weiß? »Nein, ich fürchte, das heißt es nicht. Es heißt nur, dass mein Herz jetzt auch aus anderen Gründen wehtut. Und ich dachte immer, in unserem Alter sei man gegen Liebeskummer immun.«

Jetzt lächelte Henny nachsichtig. »Ich glaube, Liebeskummer kann man noch mit achtzig haben. Das hört nie auf.«

»Das sind aber keine schönen Aussichten«, stöhnte Mia. Unvermittelt fügte sie hinzu: »Ich habe übrigens immer noch Arthurs Autoschlüssel. Keine Ahnung, was ich damit jetzt machen soll.« Sie hätte ihn natürlich per Post schicken können, aber ihr waren selbst ein Briefumschlag und die Portokosten zu viel Verschwendung für Arthur.

»Den kannst du als Souvenir behalten«, sagte Annika. »Dein Macker hat garantiert noch einen Ersatzschlüssel und wird ihn nicht vermissen.«

»Er ist nicht mein Macker«, wehrte Mia ab.

Henny grinste breit. »Mal angenommen, Arthur hat nicht nur dich, sondern auch die Stadt verlassen, und sein Auto steht immer noch da, wo du es geparkt hast – dann könntest du jetzt frei darüber verfügen, oder?«

Mia starrte sie an, und auf einmal war sie wie elektrisiert. »Ja, das könnte ich«, sagte sie langsam. »Es ist ein ziemlich tolles Auto, hatte ich das schon erwähnt?«

Der silberne Mercedes stand noch genau da, wo Mia ihn geparkt hatte. Sie rissen die Türen auf und enterten den Wagen wie Piraten ein Schiff. Sie probierten alle Schalter und Hebel aus, die sie fanden, testeten den satten Sound der Lautsprecher, ließen den Wagen während der Fahrt automatisch die Geschwindigkeit regulieren, öffneten das Schiebedach so weit es ging und fuhren laut kreischend kreuz und quer durch die Stadt bis zur Autobahn.

An einer Tankstelle machten sie halt und kauften Chips und noch mehr Bier. Mia, die als Fahrerin keinen Alkohol mehr trank, war trotzdem so aufgekratzt, als sei sie betrunken. Bevor sie wieder in den Wagen einstieg, fuhr sie spielerisch mit dem Finger über den Mercedes-Stern, der auf der Kühlerhaube prangte. In jugendlichem Übermut hatte sie vor vielen Jahren mit Annika in einer denkwürdigen Nacht ein halbes Dutzend solcher Sterne von parkenden Autos entwendet und sie später zu Kettenanhängern und Ohrringen verarbeitet. Achtzehn waren sie damals. Oder neunzehn. Mia wusste es nicht mehr genau.

Annika und Henny beobachteten sie gespannt. Mit einem übermütigen Lachen und einer schnellen Bewegung brach Mia den Stern von Arthurs Auto ab. Annika und Henny johlten.

»Du meine Güte!«, sagte Annika, als Mia wieder hinter dem Steuer saß. »Dieser Kerl muss dich wirklich übel erwischt haben.«

»Wir benehmen uns wie Fünfzehnjährige«, kreischte Henny begeistert, als habe sie Mias Gedanken erraten.

»Wie angeschickerte Fünfzehnjährige«, ergänzte Annika und verschüttete prompt Bier auf dem makellosen Teppich, während Henny und Mia Zigaretten rauchten, deren Stummel sie in dem bis dahin unbenutzten Aschenbecher ausdrückten.

»Wie kann ein Mann bloß ein so schönes Auto aufgeben?«, fragte Annika. »Dieser Arthur muss wirklich krank sein.«

»Das glaube ich auch«, sagte Henny. »Der gibt nicht nur

ein tolles Auto auf, sondern auch noch eine tolle Frau. Der hat sie doch echt nicht mehr alle.«

Mia trat aufs Gaspedal. Sie schossen über die leere Autobahn und lästerten dabei hemmungslos über Arthur und alle anderen Männer dieser Welt.

Doch der Rausch verflog, irgendwann waren sie ihr kindisches Gehabe selbst leid. Es war schon fast Mitternacht, Annika und Henny mussten am nächsten Morgen früh aufstehen, und auch Mias Zorn wich einer Ernüchterung, in der dieses ganze Theater nur noch sinnlos wirkte. Sie fuhr ihre Freundinnen nach Hause. Henny spuckte zum Abschied auf die Kühlerhaube. »Fahr zur Hölle, Arschloch!«, schrie sie, und Mia fragte sich besorgt, wer von ihnen hier eigentlich ein Problem hatte.

Langsam fuhr sie in die HafenCity und stellte den Mercedes wieder vor Arthurs Tür ab. Sie stieg aus, schloss den Wagen ab und fuhr mit einer Hand beinah zärtlich die Kühlerhaube entlang. Fast schien es ihr, als würde sie Arthur dabei berühren.

Zuhause hängte sie den Mercedes-Stern an einem roten Band in eine ihrer Topfpflanzen. Aber sie fand keinen Gefallen an ihrer Trophäe. Stattdessen wurde sie traurig, wann immer sie den Stern anschaute.

Arthurs Zorn blieb aus. Er meldete sich nicht – weder in der nächsten, noch in der übernächsten Woche. Als Mia noch einmal an seinem Haus vorbeiging, stand der Mercedes immer noch da – ohne Stern auf der Kühlerhaube, aber mit Chipskrümeln zwischen den Sitzen. Beunruhigt fragte Mia sich, ob Arthur vielleicht doch etwas zugestoßen war. Das war doch nicht normal, dass ein Mann wochenlang einfach so verschwand.

Mit einer so harmlos wie möglich klingenden Stimme

erkundigte sie sich bei Ulrich Hampel nach Arthur. Er teilte ihr mit, dass Arthur zurzeit viel im Ausland unterwegs sei und sie ihn am besten per Mail erreichen könne.

Da wusste sie, dass Arthurs Schweigen ganz allein ihr galt.

Henny und Dirk Richter trennten sich. Nachdem Henny auf Arthurs Verschwinden so zornig reagiert hatte, war Mia von der Nachricht nicht überrascht.

»Er ist ein egoistischer, unreifer kleiner Junge«, wetterte Henny. »Ich kann nicht mit einem Mann leben, der außer seiner Musik nichts im Kopf hat und selbst dann, wenn ich krank bin, nicht da ist und mich umsorgt.« Sie war einige Wochen zuvor am Unterleib operiert worden und beklagte sich später bitterlich darüber, dass Dirk Richter sie kein einziges Mal im Krankenhaus besucht hatte.

Mia teilte ihre Empörung. Frank war immer für sie da gewesen, wenn sie krank war. Er hatte eingekauft, gekocht und stundenlang an ihrem Bett gesessen und ihr unterhaltsame Geschichten vorgelesen. Sogar Arthur hatte sie besucht und ihr Blumen geschickt. Erstaunlich, dachte Mia, als ihr das jetzt wieder in den Sinn kam, Arthur hatte sich tatsächlich um sie gesorgt. Das passte gar nicht zu seinem sonstigen Verhalten.

Mia und Henny hockten wie zwei Trauerklöße beieinander, tranken Rotwein, schimpften auf die Männer und bedauerten sich gegenseitig für ihre Fehlgriffe. Als sie bereits bei der zweiten Flasche angelangt waren, sagte Henny: »Lass uns was Schönes machen, Mia. Ich meine, was *richtig* Schönes. Können wir nicht wegfahren und den ganzen Scheiß hier eine Weile hinter uns lassen?«

Versonnen nickte Mia. »Urlaub wäre jetzt toll. Last Minute nach Teneriffa. Oder Mallorca. Ballermann 6. Das ganz fiese Programm.«

»Himmel nein! Da haben wir bloß wieder lauter Kerle am Hals. Und was für welche.« Henny schüttelte sich angewidert. »Nee, lieber was, wo nicht so viele Männer sind.«

»Wo sind denn nicht viele Männer?« Mias Gedanken waren bereits schwerfällig geworden, doch Henny wirkte noch erstaunlich nüchtern.

»Zum Beispiel da, wo Pferde sind. Wir könnten irgendwohin zum Reiten fahren.«

»Reiten ist toll.« Mia nickte mühsam. »Reiten und Meer wäre noch toller.«

»So, wie auf Spiekeroog damals?«

»Ja genau, da war es super. Lass uns nach Spiekeroog fahren.«

Sie fanden die Idee auch noch großartig, als sie wieder nüchtern waren. Henny reichte Urlaub ein, Mia buchte eine der letzten freien Ferienwohnungen des Sommers auf Spiekeroog und mehrere Ausritte auf dem Reiterhof. Schon nach der Buchung fühlte sie sich fröhlich und entspannt, und als sie endlich neben Henny auf der Fähre stand, die sie hinüber auf die ostfriesische Insel brachte, war sie fast euphorisch vor Glück.

Ihre Wohnung lag mitten in dem kleinen, idyllischen Inseldorf und war einfach, aber gemütlich eingerichtet. Sie hatten eine Terrasse zur Verfügung, von der sie in einen verwilderten Garten voller Rosen blickten. Bei langen Ritten durch die Dünen und am Strand entlang vergaßen sie alle Männer dieser Welt und spürten nur noch die frische, salzige Luft auf ihrer Haut und die schwingenden Bewegungen der Pferde unter sich.

Nur das Wetter war weniger freundlich als bei ihrer ersten Reise im Mai vor drei Jahren. Es war sehr unbeständig, kräftige Regenschauer wechselten sich mit strahlendem Sonnenschein ab, mal war der Himmel grau verhangen, dann wieder tiefblau. An einem Tag fegte ein so eisiger Wind über den Strand, dass sie sich beim Reiten Wollmützen aufsetzten – und das mitten im Sommer. Die Pferde waren unruhig vom Sturm und so lauffreudig, dass die Reiter Mühe hatten, sie unter Kontrolle zu halten. Später verkrochen Mia und Henny sich nach einer heißen Dusche im Bett und hielten einen ausgiebigen Mittagsschlaf – erschöpft, aber höchst zufrieden.

Henny wurde gar nicht mehr wach, und so beschloss Mia, alleine ein wenig durchs Dorf zu bummeln und einen Kaffee zu trinken. Sie kehrte in einem kleinen, gemütlichen Café ein und bestellte ein dickes Stück Erdbeertorte und einen Latte macchiato. Mia schlürfte ihren Kaffee und sah zu, wie der Wind die Bäume vor dem Fenster zerzauste.

Am Tisch neben ihr saß eine ältere Frau, die Zeitung las. Als sie aufstand und zur Toilette ging, fiel Mias Blick auf die Schlagzeile eines Artikels. »*Umweltpreis für Elbzeug – Wie eine kleine Hamburger Firma die Bekleidungsindustrie revolutioniert.*« Neugierig beugte Mia sich über den Tisch und begann, den Artikel zu lesen.

»Das ist eine spannende Geschichte, nicht wahr?« Die ältere Frau war unbemerkt zurückgekehrt. »Nehmen Sie die Zeitung ruhig zu sich herüber und lesen Sie den Artikel zu Ende«, bot sie an.

»Ich bin schon fertig.« Mia zog sich auf ihren Platz zurück. »Ich war nur neugierig, weil ich für das Unternehmen arbeite.«

»Ach.« Die Frau musterte Mia abschätzend. Sie war eine elegante Erscheinung, klein, zierlich, mit kinnlangen, fast weißen Haaren. Ihre wachen blauen Augen ließen ihr gebräuntes, faltiges Gesicht, das dezent geschminkt war, sehr lebendig erscheinen. »Was machen Sie dort?«

Mia erzählte ein wenig. Die Frau nickte anerkennend.

»Mein Sohn hat auch mit der Firma zu tun. Ich schätze, dieser Preis wird ihn freuen.«

»Ihr Sohn? Kenne ich ihn vielleicht?«

»Vermutlich. Schließlich gehört ihm der halbe Laden. Kessler. Arthur Kessler.«

Mias Herz setzte einen Schlag lang aus.

»Sie sind Arthurs *Mutter*?«

Die Frau, die Arthurs Mutter war, musterte Mia aufmerksam mit diesen wachen, lebhaften Augen. Arthurs Augen, wie Mia jetzt erkannte.

»Sie kennen ihn also«, stellte Arthurs Mutter fest.

»Ja. Ich ... wir kennen uns ganz gut. Ich bin sozusagen eine Freundin von Arthur.«

»Eine Freundin?« Arthurs Mutter kräuselte die Lippen und schüttelte den Kopf. »Arthur hat keine *Freundinnen*.«

Mia lächelte nachsichtig. Natürlich, keine Mutter dieser Welt nahm an, dass ihr Söhnchen jemals erwachsen wurde und sich für Frauen interessierte – und sei es nur auf rein freundschaftlicher Basis. Zu ihrer Überraschung fügte Arthurs Mutter jedoch in kühlem, fast verächtlichem Ton hinzu: »Mein Sohn hat *Gespielinnen*.«

Mia schoss die Röte ins Gesicht. Ihre bemüht harmlose Formulierung war von Arthurs scharfsinniger Mutter sofort entlarvt worden. »Nun ja, ich ...« Verlegen brach sie ab.

»Keine Sorge, mich erschüttert das nicht. Die Frauen im Leben meines Sohnes kommen und gehen, das ist nichts Neues für mich.« Arthurs Mutter schlang sich eine bunte Stola enger um die mageren Schultern und lehnte sich zurück. Sie trug unter der Stola einen cremefarbenen, raffiniert geschnittenen Pullover mit ausgestellten Ärmeln, der perfekt zu einer weiten Hose aus weichem, fließendem Stoff im selben Farbton passte. Alle anderen Gäste trugen

Jeans, Sweatshirts und Fleecejacken. Ein Urlaub an der Nordsee eignete sich nicht dazu, elegante Kleidung zur Schau zu stellen. Es sei denn, man hieß Kessler.

»Aber mit seiner Frau war er doch lange zusammen«, wandte Mia ein und biss sich sofort vor Ärger auf die Lippe. So weit kam es noch, dass sie Arthur vor seiner Mutter verteidigte.

Neugier blitzte in den ozeanblauen Augen auf. »Sie kannten Carol?«

»Nur flüchtig.«

»Verstehe. Hat Carol Sie auf die Idee gebracht, hierher auf die Insel zu kommen?« Die blauen Augen musterten sie mit demselben intensiven Blick, mit dem Arthur sie so oft ansah.

»Nein.« Mia erklärte, wie sie Carol kennengelernt hatte.

Arthurs Mutter hörte ihr aufmerksam zu. Trotz ihres Alters war sie immer noch eine attraktive Frau, die eine kühle Eleganz ausstrahlte.

»Es hat mich sehr berührt, als ich erfuhr, dass Carol nur wenige Wochen nach diesem Urlaub damals gestorben ist.«

Arthurs Mutter warf Mia einen eigenartigen Blick zu. »Woher wissen Sie von dem Unfall?«

»Von Arthur.«

Weil Arthurs Mutter immer verwunderter wirkte, fügte Mia ein paar erklärende Sätze über ihren Kontakt zu Arthur hinzu. Sie erwähnte natürlich weder Arthurs Anzeige noch seine eigenwilligen sexuellen Vorlieben, sondern behauptete, ihn bei Elbzeug kennengelernt zu haben. Arthurs Mutter hörte mit regloser Miene zu. Ihr Blick, der trotz ihrer Neugier anfangs kühl und fast abwehrend geblieben war, wurde nun weicher, zugänglicher.

»Es erstaunt mich, dass Arthur Ihnen von dem Unfall erzählt hat. Er spricht sonst nie darüber«, sagte sie.

Mia zögerte. Sie wollte Arthur nicht bloßstellen, aber seine Mutter schien auf eine Erklärung zu warten. Mit wenigen Worte erzählte Mia von Arthurs Panikattacke auf der Autobahn. »Er sah sich wohl gezwungen, sein Verhalten irgendwie zu erklären. Ich glaube auch nicht, dass er geplant hatte, mir sein Bein zu zeigen. Auch das hat sich einfach aus der Situation ergeben.«

»Er hat Ihnen sein Bein gezeigt?« Arthurs Mutter schüttelte erneut den Kopf, diesmal in ungläubigem Staunen. Sie musterte Mia lange und nachdenklich. Schließlich beugte sie sich vor und streckte ihr eine Hand entgegen.

»Ich bin Marlit«, sagte sie mit einem unerwartet herzlichen Lächeln.

Mia ergriff die Hand mit den zahlreichen Goldringen an den Fingern und den sehr sorgfältig lackierten Nägeln und drückte sie sanft. »Ich bin Mia.«

»Hören Sie, Mia —«, Marlit Kessler brach ab, als Mias Handy klingelte.

»Wo steckst du denn?«, fragte Henny mit schläfriger Stimme.

»Ich sitze in einem Café im Dorf.« Mia fiel es schwer, ihre Stimme ruhig klingen zu lassen.

»Ich dachte, wir gehen vor dem Abendessen noch ein bisschen am Strand spazieren«, sagte Henny, obwohl sie so klang, als müsse Mia sie zum Strand tragen.

»Am Strand spazieren?« Mia warf einen zögernden Blick auf Marlit Kessler. Sie wollte diese spannende Unterhaltung nicht so schnell beenden. »Geh doch schon mal vor, ich habe jemanden getroffen und komme später nach.«

»Getroffen? Wen denn?« Henny gähnte hörbar.

»Ähm … das wirst du mir jetzt kaum glauben. Aber ich sitze hier mit Arthurs Mutter.«

»Waaas???« Henny war schlagartig hellwach. Sie schrie

so laut ins Telefon, dass Marlit Kessler amüsiert den Kopf hob. »Ach, du meine Güte. Alles klar, Mia, wir treffen uns später. Und ich will nachher jedes Wort hören, das sie gesagt hat, hörst du? JE-DES Wort.«

Mia legte auf. »Meine Freundin. Sie hat Arthur und Carol damals auch kennengelernt.«

Marlit Kessler lächelte. »Wie lange bleiben Sie noch auf Spiekeroog, Mia?«

»Zwei Tage.«

»Sehr schön. Sie müssen mir den Gefallen tun und mich besuchen kommen. Passt es Ihnen morgen Nachmittag?«

Mia nickte.

»Dann sollten Sie jetzt zu Ihrer Freundin gehen und ihr haarklein erzählen, wie die Begegnung mit der Mutter Ihres Liebhabers gelaufen ist.«

Marlits direkte Art brachte Mia völlig aus der Fassung. Wieder eine Gabe, die Arthur offensichtlich von seiner Mutter geerbt hatte. Mia stand auf.

»Wissen Sie, das zwischen Arthur und mir ist genau genommen vorbei. Er ist nach diesem kleinen Zwischenfall auf der Autobahn einfach abgehauen. Ich habe seit Wochen nichts von ihm gehört und gehe davon aus, dass sich daran auch nichts mehr ändern wird.«

Marlit stand ebenfalls auf und legte Mia eine Hand auf den Arm. »Das war nicht anders zu erwarten. Aber Sie kommen mich trotzdem besuchen, ja?«

»Ja, sehr gerne.«

Aufgewühlt ging Mia durch die kleinen Dorfgassen, vorbei an urigen, alten Häuschen und neuen Hotelanlagen, hinein in den kleinen Weg, in dem ihr Ferienhaus lag. Was für ein unfassbar verrückter Zufall, dass sie ausgerechnet hier auf dieser Nordseeinsel Arthurs Mutter getroffen hatte.

Das alte Haus lag am östlichen Rand des Dorfes. Es war im inseltypischen Stil erbaut, weiß getüncht mit grünen Holzgiebeln und einer verglasten Veranda mit Sprossenfenstern. Es lag etwas zurückgesetzt, eingerahmt von hohen Birken. Der Zaun wurde von Heckenrosen überwuchert, vor dem Eingang standen bunte Keramiktöpfe, in denen Kapuzinerkresse und Lavendel blühten, im Garten entdeckte Mia eine eigenwillige Skulptur aus rostigem Metall. Erstaunt las sie den Namen unter der Klingel: *Kessler*. Familie Kessler gehörte das Haus. Natürlich, das passte. Arthur, der verwöhnte Sohn aus reichem Hause. Wo überall besaßen die Kesslers wohl noch Immobilien? In der Schweiz? In Frankreich? Italien? Mia fragte sich, was sie eigentlich hier tat. Sie wappnete sich für einen kurzen, anstrengenden Anstandsbesuch.

Marlit Kessler trug an diesem Tag ein langes, wallendes Gewand in schillernden Blau- und Grüntönen, das sie zwar nicht weniger elegant, aber deutlich unkonventioneller als am Tag zuvor erscheinen ließ. Ein meergrünes Tuch, das ihre Augen zum Leuchten brachte, hielt ihr Haar aus dem Gesicht.

»Dieses Haus hat schon meinen Eltern gehört«, erklärte sie voller Stolz. »In den fünfziger und sechziger Jahren betrieben sie hier eine kleine Frühstückspension. Später bauten wir es zu unserem privaten Ferienhaus um.« Marlit Kessler klang überhaupt nicht wie eine Frau, für die Geld etwas Selbstverständliches war.

»Dann sind Sie auf Spiekeroog aufgewachsen?«, fragte Mia.

»Nein, wir lebten auf dem Festland, in Oldenburg. Meine Eltern zogen erst nach Spiekeroog, als ich bereits meine Ausbildung begann. Es war ein wagemutiger Schritt, in ihrem Alter noch einmal neu anzufangen. Aber damals herrschte irgendwie mehr Pioniergeist, die Leute riskierten einfach was, um sich ihre Träume zu verwirklichen. Aber es war hart. Reichtümer häuften wir nicht an.« Sie gab sich einen Moment ihren Erinnerungen hin. »Ich war jeden Sommer mit den Kindern hier und habe meinen Eltern geholfen. Als mein Vater starb, gab meine Mutter die Pension auf. Einige Jahre vermieteten wir die obere Etage noch als Ferienwohnung. Aber die Kinder wurden größer, wir brauchten mehr Platz und behielten die Wohnung schließlich für uns. Meine Mutter lebt inzwischen auch nicht mehr. Dafür haben wir jetzt einen Haufen Enkel, die hier ihre Ferien verbringen – so, wie meine Kinder damals.« Marlit Kessler seufzte leise. »Arthur war seit seinem Unfall nicht mehr hier. Er behauptet, dass er es nicht mehr schafft, die weiten Wege zu Fuß zurückzulegen.«

Mia dachte an ihren Ausflug mit Arthur ans Meer. Er hatte dort, wie ihr jetzt erst klar wurde, auf dem unebenen Steinstrand für seine Verhältnisse beachtliche Strecken zurückgelegt, langsam zwar und mit vielen Pausen, aber er war gelaufen. »Kann er denn Fahrradfahren?«, fragte sie. Autos durften auf Spiekeroog nicht fahren, dafür war die Insel zu klein. Aber Mia hatte keine Ahnung, was man mit so einer Prothese alles leisten konnte.

»Er kann«, erwiderte Marlit. »Er kann mittlerweile natürlich auch längere Strecken zu Fuß gehen, aber ich schätze, in Wahrheit hält er die Erinnerungen an Carol nicht aus. Die beiden haben viele Urlaube hier verbracht.«

Richtig, erinnerte Mia sich plötzlich, Carol kannte sich gut auf der Insel aus. Auf einmal fiel ihr so vieles wieder ein, was sie längst vergessen hatte.

Nachdenklich schaute sie sich um. Sie suchte vergeblich den erwarteten Prunk in dem ehemaligen Fischerhaus. Dafür fand sie warme Gemütlichkeit. Das Haus war in hellen, freundlichen Farben und mit rustikalen Möbeln eingerichtet. Auf den Fensterbänken lagen Steine und Muscheln, von den Decken baumelten außergewöhnliche Mobiles aus Treibgut, in den Ecken standen Skulpturen aus Metall und Stein. Und überall gab es Bücher. Sie standen in Regalen und stapelten sich auf Tischchen, Stühlen und den knarzenden Dielenböden, abgegriffene Taschenbücher und dicke Wälzer in teuren Einbänden, Romane, Sachbücher, Bildbände.

Am wenigsten war Mia jedoch auf die Fotos vorbereitet. Bereits im Flur hingen drei große, gerahmte Fotografien, die Kinder am Strand zeigten. Einen kleinen, blonden Jungen, der auf dem Schoß einer sehr jungen Marlit in den Dünen saß. Einen anderen, dunkleren Jungen, der eine Sandburg baute. Drei Jungen, die wie die Orgelpfeifen vor einem Strandkorb standen. Arthur und seine Brüder.

Mia hatte sich einmal vorzustellen versucht, wie der kleine Arthur mit verstrubbelten Haaren und Zahnlücke aussah. Jetzt wusste sie es. Er war ein niedlicher Junge, der fröhlich und unbekümmert in die Welt schaute. Im Wohnzimmer entdeckte Mia auf einer weiß lackierten Kommode zwischen zahlreichen anderen Familienbildern ein Foto von Arthur und Carol – eng umschlungen lachten sie in die Kamera, ein hübsches Paar, das wie füreinander geschaffen schien. Auf einem Bild sah sie Arthur mit einer Startnummer auf der Brust joggen – »Er lief Marathon«, erklärte Marlit –, auf einem anderen Bild stieg er mit einem Surfbrett unterm Arm aus der Nordseebrandung.

Die Fotos waren ein Schock für Mia.

Sie war nicht darauf vorbereitet, in jedem Winkel dieses wunderschönen Hauses auf Arthur zu stoßen. Arthur der Sohn, der Bruder, der Ehemann. Arthur, der sein Leben lang in Bewegung war, vital, kraftvoll, glücklich.

»Tobias, unser Ältester malt heute noch viel«, erklärte Marlit und verwies auf einige Acrylbilder mit abstrakten Motiven. »Jakob spielte früher ständig Klavier. Das hat er leider fast aufgegeben.« Ihr Blick fiel auf ein altes Klavier im Wohnzimmer.

»Und Arthur?«, fragte Mia neugierig. »Was hat Arthur gemacht?«

»Arthur hat alles gemacht. Er hat geschrieben, musiziert und vor allem war er der Sportler unter unseren Jungs.«

»Geschrieben? Was hat er denn geschrieben?«

»Ach, alles Mögliche.« Marlit Kessler stellte zwei Tassen aus feinem, weißen Porzellan auf den Couchtisch. »Wir glaubten lange, er wolle Journalist werden. Oder vielleicht sogar in die Fußstapfen seines Vaters treten. Aber dann fand er es plötzlich spannender, sich mit Ökonomie zu beschäftigen.« Die Enttäuschung darüber war ihr immer noch anzumerken.

Mia setzte sich zwischen bunte Kissen auf ein Sofa. Marlit Kessler schenkte Tee ein und bot ihr Kekse an.

»Aber Juristen beschäftigen sich doch unter Umständen auch viel mit Wirtschaft«, warf Mia ein.

»Juristen?«

»Ja, ich dachte, Ihr Mann sei Jurist.« Mia erinnerte sich dunkel daran, dass Arthur so etwas erwähnt hatte.

Marlit Kesslers Blick war kühl. »Ja, gewiss. Aber Boy arbeitet ja vor allem als Schriftsteller.«

»Boy? *Boy* Kessler?« Mia starrte sie entgeistert an. »*Der* Boy Kessler ist Ihr Mann?«

Sie hatte die meisten von Boy Kesslers Romanen gelesen, allesamt brillant geschriebene Bestseller. Ihre Mischung aus Thriller und Gesellschaftsroman, die brisanten Themen wie Gentechnologie, Umweltzerstörung oder Nationalsozialismus, die der Jurist auf kunstvolle und äußerst unterhaltsame Weise aufgriff, faszinierten Mia immer wieder neu. Jetzt erkannte sie auch den Mann auf einem der Fotos.

»Ich wusste das nicht«, stammelte sie. »Arthur hat kein Wort davon gesagt.«

Marlit seufzte. »Das überrascht mich nicht.« Sie schenkte Tee ein und bot Mia Schokoladenkekse an.

Mia beobachtete, wie sie mit ruhiger, sicherer Hand hantierte. Ein Bruder, der malte, einer, der Musik machte. Und einer, der alles konnte. Natürlich. Arthur war der Star der Familie, der Held. Vielleicht auch gerade darum, weil er nicht den familiären Erwartungen entsprochen hatte, sondern ganz eigene Wege ging. Helden, dachte Mia, waren oft einsam. Arthurs leblose Wohnung in der HafenCity kam ihr in den Sinn. Was für ein Kontrast zu diesem lebendigen, vollgestopften Künstlerhaus hier auf der kleinen Nordseeinsel.

Marlit Kessler musterte Mia scharf. »Sie mögen meinen Sohn sehr, nicht wahr?«

»Nun ja, ich …«

»Das ist ja kein Verbrechen. Arthur lebt alleine, er steht trotz allem finanziell sehr ordentlich da, und er ist ein hübscher Bengel, nicht wahr?«

Der *hübsche Bengel*, in dem Marlit ihren ganzen Mutterstolz ausdrückte, brachte Mia zum Schmunzeln.

»Ich kann gut verstehen, dass Sie ihn attraktiv finden«, fuhr Marlit fort. »Aber mit ihm eine wie auch immer geartete Beziehung einzugehen, dürfte schwierig sein. Ich sage das nicht, um Sie abzuschrecken, sondern nur, um Ihnen deutlich zu machen, worauf Sie sich einlassen. Arthur hat sich sehr verändert, müssen Sie wissen. Er war früher ein ganz anderer Mensch.«

Mia beugte sich neugierig vor. »Wie war er denn?«, fragte

sie, obwohl sie die Antwort bereits kannte. Sie sprang ihr aus jedem Winkel dieses Hauses entgegen.

»Neugierig und lebendig. Für Arthur war immer alles ein einziges, großes Spiel«, erzählte Marlit. »Er besaß ein unerschütterliches Vertrauen in sich und seine Talente – und dadurch klappte auch alles. Aber er bildete sich auf seine Leistungen nie etwas ein. Er war ein fürsorglicher, kameradschaftlicher Bruder. Den kleinen Bruder hat er beschützt, den großen angespornt.«

Ich war immer der Kümmerer. Vor noch gar nicht langer Zeit hatte Mia über Arthurs Behauptung gelacht.

»Beruflich hat ihn dieses enorme Selbstvertrauen weit nach vorne gebracht«, fuhr Marlit fort. »So, wie er beim Sport ständig der Beste sein wollte, so wollte er auch in seinem Job einfach nur gewinnen, mehr nicht. Carol hat ihn in seinem Ehrgeiz zusätzlich angestachelt. Gemeinsam wurden sie zu einem sehr erfolgreichen, aber auch rastlosen Paar. Andererseits war Carol wiederum ein großer Segen für Arthur. Sie war die erste Frau, die ihn dauerhaft zu binden vermochte. Vorher gaben sich die Frauen hier die Klinke in die Hand. Du lieber Gott, ich könnte Ihnen da Geschichten erzählen!«

Mia war nicht scharf darauf, diese Geschichten zu erfahren. Sie konnte sich auch so lebhaft ausmalen, wie der junge Arthur auf das weibliche Geschlecht gewirkt hatte. Energisch biss sie in einen Schokoladenkeks, der jedoch mit einer scheußlich süßen Creme gefüllt war. Rasch spülte Mia mit etwas Tee nach. Marlit Kessler nahm ebenfalls einen Schluck Tee und verfolgte ihre Gedanken über Arthur und die Frauen zum Glück nicht weiter.

»Boy führte manchmal erbitterte Diskussionen mit Arthur über die Finanzmärkte. Er warf ihm vor, ein ausbeuterisches, ungesundes System zu stützen. Arthur gab ihm recht. Aber dann sagte er: Wenn ich den Job nicht mache, macht ihn ein anderer. Warum soll ich dann mein Talent nicht für mein eigenes Glück nutzen? Geld macht unabhängig. Wenn ich mit fünfundvierzig so viel verdient habe, dass es für den Rest meines Lebens reicht, dann habe ich mir damit eine Freiheit erkauft, die unbezahlbar ist.«

»Und dann musste er erkennen, dass Glück von ganz anderen Dingen als von Geld abhängt«, sagte Mia leise.

Marlit nickte ernst. »Genau so ist es. Mit seinem Geld konnte er sich weder seine Frau noch seine Gesundheit zurückkaufen. Es war plötzlich überhaupt nichts mehr wert.« Marlit schloss die Augen und sah auf einmal alt und erschöpft aus.

Nachdenklich umfasste Mia ihre Teetasse. »Aber nun ist Arthur ja doch noch auf dem Ökotrip gelandet. Das muss Ihren Mann doch freuen.«

»Mal schauen«, sagte Marlit zweifelnd. »Ich glaube, da steckt nicht viel Überzeugung dahinter. Das ist eher eine Notlösung. In der schillernden Welt des Investmentbankings konnten sie einen Behinderter mit monatelangem Krankenhausaufenthalt nicht gebrauchen. Unglücklicherweise hatte Arthur seinen Job sogar selbst gekündigt, nur drei Tage vor dem Unfall. Die neue Firma wollte ihn natürlich nicht mehr, nachdem er dort nicht fristgerecht antreten konnte, und die alte nahm ihn auch nicht zurück. Sie zahlten ihm irrwitzige Summen, damit er nicht wegen Diskriminierung vors Arbeitsgericht zog. Ich glaube, das hat ihn am meisten verletzt: Dass er sein Spiel nicht selbst beenden konnte, sondern dass andere ihn vom Spielfeld warfen.«

Marlit beugte sich vor und schob Mia die Keksschale zu. »Greif zu, Liebchen.« Unbemerkt wechselte sie zum Du.

Widerstrebend nahm Mia sich einen zweiten Keks. Wie

konnte eine so stilsichere Frau wie Marlit Kessler nur so ekelhafte Kekse anbieten?

»Wie gesagt, diese Geschichte mit Elbzeug ist eher zufällig entstanden«, fuhr Marlit fort. »Arthur brauchte dringend ein Projekt, an dem er sich festhalten konnte. Und da Ulrich Hampel ein alter Schulfreund von ihm ist, fügte sich eins zum anderen.«

Bei aller Neugier beschlich Mia nun doch leises Unbehagen, weil Marlit Kessler so offen über ihren Sohn sprach. Es wäre ihr lieber gewesen, Arthur hätte ihr das alles selbst erzählt.

»Seltsam«, sagte sie mit einem Blick auf die zahlreichen Familienbilder, »früher war Arthur offenbar ein echter Familienmensch und sehr gesellig. Heute scheint er eher ein Einzelgänger zu sein.«

»Ich sage ja, er hat sich völlig verändert. Aber er wird sich wieder fangen«, erklärte Marlit mit einer Überzeugung, die Mia erstaunte. »Schau, Liebchen, als ich damals im Krankenhaus an seinem Bett saß, da schien es mir, als ob die Ärzte nicht nur Arthurs Arme und Beine, sondern auch seine Seele eingegipst hätten. All seine Gefühle waren plötzlich eingesperrt, er konnte nicht weinen, nicht wütend sein, nicht lachen. Er tat einfach nur, was er schon immer gut konnte: der Beste sein. Niemand in der ganzen Rehaklinik hat so schnell laufen gelernt wie Arthur. Niemand hat so schnell nach außen hin wieder so hervorragend funktioniert wie er. Er ging einfach los, kaufte sich diese Wohnung an der Elbe und fing an zu arbeiten. Nur die Seele, die kam nicht mit, die blieb eingegipst.«

Mia dachte an Arthurs Tränen in dem schäbigen Hotelzimmer, still und kontrolliert zwar, aber er hatte sehr deutlich seine Gefühle gezeigt. Ob das ein Zeichen war? Fand Arthur allmählich wieder Zugang zu seinem Inneren? Sie spürte Marlits Blick auf sich ruhen.

»Mia«, sagte Marlit eindringlich, »mir scheint, dass du Arthur sehr wichtig bist. Es ist nämlich äußerst ungewöhnlich, dass er dir so viel erzählt hat. Normalerweise redet er mit niemandem über den Unfall. Er schafft das einfach nicht.«

Oh nein, dachte Mia bestürzt, Marlit wollte sie mit ihrem Sohn verkuppeln, weil sie etwas brauchte, an das sie glauben konnte, eine Gewissheit, dass alles gut werden würde.

Behutsam sagte sie: »Mag sein, dass Arthur sich kurze Zeit für mich interessiert hat. Aber das ist vorbei. Er ist abgetaucht, weil er mich nicht mehr sehen will. Dabei hatte er es so eilig, dass er sich nicht mal die Zeit genommen hat, seinen Wagen sicher in der Tiefgarage zu parken. Der steht seit Wochen vor seinem Haus. Deutlicher kann man eine Absage nicht formulieren, oder?«

»Aber Arthur ist doch da. Ich habe mehrmals mit ihm telefoniert.«

»Auf dem Festnetz oder übers Handy?«

Marlit Kessler runzelte die Stirn. »Das weiß ich jetzt nicht so genau. Aber weißt du, sein Verschwinden ist nichts Ungewöhnliches.« Sie seufzte leise. »Früher haben wir Arthur kaum zu Gesicht bekommen, weil er so weit weg wohnte. Jetzt sehen wir ihn nicht mehr, weil er es nicht will.« Sie straffte ihre Schultern und schlug einen nüchternen, klaren Tonfall an. »Mach dir also keine Sorgen, weil er mal ein paar Wochen verschwunden ist. Er wird sich schon wieder melden.«

»Du hast doch selbst gesagt, dass seine Frauen kommen und gehen. Ich gehe wohl auch eher … bin schon gegangen …«

Marlit beugte sich vor und lächelte beschwichtigend. »Weil Arthur sich nicht meldet? Aber nein, so schnell solltest du nicht aufgeben. Ich sehe doch, wie sehr du ihn magst.«

Mia lächelte verlegen.

»Gib ihm Zeit, Liebchen. Gib ihm Zeit.«

Mia erinnerte sich voller Unbehagen daran, wie Arthur vor über einem Jahr den Kontakt zu ihr abgebrochen hatte. Damals hatte er sich nur wieder gemeldet, weil sie sich zufällig über den Weg gelaufen waren. Als habe er sich plötzlich daran erinnert, dass Mia ja auch noch existierte. Sie ging davon aus, dass es diesmal nicht anders sein würde.

»Ich glaube, du tust Arthur sehr gut.« Marlits Lächeln war breit und warm.

»Wie kommst du darauf?«

»Dieser Zwischenfall auf der Autobahn, der ist ein sehr gutes Zeichen.«

»Huch? Seit wann sind Panikattacken gut?«

»Seitdem sie ein Zeichen von Lebendigkeit sind. Jemand, der jahrelang wie tot ist und auf einmal Angst zeigt, macht Fortschritte. Große Fortschritte.« Marlit Kesslers Stimme nahm einen flehenden Klang an, als sie ihre Bitte wiederholte: »Gib Arthur Zeit, Liebchen, gib ihm Zeit.«

25

Der Wind legte sich, die Wolkendecke brach auf und die Abendsonne tauchte die Dünenlandschaft in ein warmes Licht. Mia setzte sich auf eine Bank oberhalb des Strandes und ließ die friedliche Stimmung auf sich wirken. Es war Ebbe, das Meer hatte sich weit zurückgezogen und gab einen breiten Sandstrand frei, auf dem sich die wenigen Spaziergänger verloren. In einem Priel schwammen ein paar Enten, zwei Möwen stritten um einen Leckerbissen, den sie aus dem seichten Wasser gefischt hatten, ein Mann sauste mit seinem Kitebuggy über die Ebene.

Mia kam nicht zur Ruhe. Ihr Besuch bei Marlit Kessler brachte sie völlig durcheinander. Sie war nach Spiekeroog gereist, um das Kapitel Arthur Kessler endgültig zu schließen und zu den Akten zu legen. Doch nun öffneten sich auf einmal neue Seiten, entdeckte sie Erzählstränge, die ihr bisher vollkommen unbekannt waren. Statt sich zu freuen, hielt sie deren Enden jedoch ratlos in ihren Händen und wusste nichts damit anzufangen.

Marlit Kesslers eindringliche Worte schwangen in Mia nach. *Gib ihm Zeit.* Doch wie sollte sie einem Mann Zeit geben, der gar keine Zeit wollte? Der nur seine Ruhe brauchte? Wie sollte sie ihre eigenen Ängste und Zweifel überwinden, wenn es keinerlei Anhaltspunkte gab, dass sich ihr Einsatz am Ende auch auszahlte?

Viele Momente kamen ihr in den Sinn, winzige Augenblicke, die in ihrer Erinnerung aufblitzten und eine nachträgliche Bedeutung erhielten. Momente voller Nähe, aber auch voller Missverständnisse, Angst und Abwehr.

Schaudernd dachte Mia an den Augenblick, als sie entdeckt hatte, was los war.

Wo ist dein Fuß geblieben?

Dämlicher hätte sie es wirklich nicht formulieren können. Scham überwältigte sie bei der Erinnerung an ihre Hysterie und Hilflosigkeit. An Arthurs Stelle wäre sie auch abgehauen. Er musste ja annehmen, dass sie nichts mehr mit ihm zu tun haben wollte, schockiert wie sie war. Das bisschen Sex hatte sie da auch nicht mehr gerettet, im Gegenteil, es vergrößerte die Kluft zwischen ihnen nur.

Ihre erste Begegnung mit Arthur kam ihr in den Sinn. Er hatte so männlich auf sie gewirkt, so kraftvoll und energiegeladen, unnahbar, uneinnehmbar. Arthur erschien ihr wie ein Held, einer, der alles konnte, alles wusste, alles beherrschte, ein Mann, neben dem sie sich klein und unsicher vorgekommen war. Wie sehr sie sich doch getäuscht hatte.

Nur – was änderte sich dadurch zwischen ihnen? Gar nichts, erkannte sie resigniert.

Eine weitere Szene drängte aus ihrer Erinnerung empor. Arthur in ihrer Wohnung, fürsorglich, ihr zugewandt. Und sie hatte ein Riesentheater wegen dieser lächerlichen Verstauchung gemacht. Erneut wurde ihr heiß vor Scham. Niemand wusste so gut wie Arthur, was es hieß, zur Bewegungslosigkeit verdammt zu sein, nicht mehr laufen zu können. Ihm war es zehnmal schlimmer als Mia ergangen, ach was, hundertmal schlimmer. Aber *sie* hatte gejammert und sich selbst bemitleidet. *Sie* hatte sich bis zur Unerträglichkeit in ihrem Elend gesuhlt. Arthur hatte kein Wort darüber verloren, er war einfach nur da und versuchte, sie aufzumuntern. Erst jetzt ging ihr auf, wie viel Überwindung es ihn gekostet haben musste, aus seinem Elfenbeinturm herauszukommen und sich ihr so liebevoll zuzuwenden.

Ein entsetzliches Gefühl von Verlassenheit befiel Mia.

Sie stand auf und ging den kleinen Holzsteg zwischen den Dünen zum Strand hinunter. Sie lief hinaus ins Watt, der glitzernden Wasserfläche entgegen, die sich weit hinten am Horizont mit dem Himmel verwob. Sie spürte den harten, welligen Sandboden unter ihren nackten Füßen, das warme Wasser, wenn sie durch Pfützen und Priele lief, hin und wieder die scharfe Kante einer zerbrochenen Muschel. Sie verlor sich in dem Gefühl von Endlosigkeit und verspürte den Drang, immer weiter zu laufen, dem Horizont entgegen.

In einem Moment weitete ihr Herz sich angesichts dieser Schönheit, im nächsten zog es sich schmerzhaft zusammen. *Auf unsere Wünsche,* hörte sie Arthur sagen, während er einen Stein mit Loch vor sein Gesicht hielt. Mia fühlte sich klein und verloren und fürchtete sich vor dem Augenblick, an dem sie zurück an Land musste.

Sie umrundete einen großen Priel und als sie wieder trockenen Sand unter ihren Füßen spürte, sah sie in der Ferne eine vertraute Gestalt auf sie zukommen. Es tröstete sie ungemein, Henny zu sehen, die ihr langes, blondes Haar im Wind wehen ließ und sich immer wieder bückte, um eine Muschel aufzuheben.

Sammeln nicht alle Frauen Muscheln? Ja, gewiss, mein Lieber, und ich denke dabei jedes Mal an dich.

Sie war froh, dass Henny keine Fragen stellte, sondern Mia nur still in die Arme nahm, als sie die Wehmut in ihren Augen sah.

Schweigend gingen sie den Strand entlang.

»War es so schlimm?«, fragte Henny nach einer Weile.

»Nein, gar nicht. Eigentlich war es sogar richtig spannend. Du wirst es nicht glauben, Henny, aber Arthurs Vater ist Boy Kessler. *Der* Boy Kessler.« Endlich sprudelte es aus ihr heraus. Das wundervolle alte Haus voller Kunst und Bücher. Die zahlreichen Zeugnisse eines lebendigen, fröhlichen Familienlebens. Und Marlit Kessler, die zwischen all dem thronte wie eine Königin. Alles war ganz anders, als Mia geglaubt hatte. Aber gerade dieses Andere gefiel ihr. Und das wiederum machte ihr entsetzliche Angst.

»Kein Wunder, dass Arthur immer so ehrgeizig war«, sagte Henny. »Bei *dem* Vater wäre er sonst vermutlich an Minderwertigkeitskomplexen zugrunde gegangen.«

So hatte Mia das noch gar nicht gesehen. Aber Henny hatte zweifellos recht. Ein so übermächtiger Vater brachte seine Söhne ganz ungewollt in eine schwierige Lage. Entweder wurden sie mindestens genauso erfolgreich wie er – oder sie kamen sich ein Leben lang wie Versager vor. Mit Durchschnittlichkeit kam man in der Familie Kessler vermutlich nicht weit.

»Was genau wollte Arthurs Mutter denn eigentlich von dir?«, fragte Henny.

Mia hob hilflos die Arme. »Dass ich ihren Sohn rette, schätze ich.« Als sie Hennys entgeisterten Blick sah, nickte sie bedrückt und schlug die Hände vors Gesicht. »Ich kann das nicht, Henny, es ist völlig unmöglich«, flüsterte sie.

Am nächsten Tag organisierte der Reiterhof wie jeden Samstag einen langen Ausritt zur Ostspitze der Insel. Es war sehr windig, aber überwiegend sonnig. Der Wind machte die Pferde unruhig, doch weil die Gruppe aus vielen guten Reitern bestand, ließen sie die Pferde einfach laufen und schlugen von Anfang an ein schnelles Tempo an. Am unberührten östlichsten Zipfel von Spiekeroog machten sie eine lange Pause. Mia holte aus ihren Satteltaschen eine Flasche Rotwein hervor. In Plastikbechern stieß sie mit Henny an.

»Auf Carol«, sagte sie und schaute versonnen aufs Meer hinaus.

Heike, die Reitlehrerin gesellte sich zu ihnen. Sie kannte nicht nur Carol, sondern die ganze Familie Kessler. Andere Feriengäste fragten nach und dann standen sie an ihre Pferde gelehnt beieinander und tauschten Erinnerungen aus. Die Rotweinflasche kreiste in der Runde, jemand öffnete eine Packung Salzstangen, ein anderer verteilte Gummibärchen. Mia sog die salzige Seeluft ein, die sich mit dem warmen Geruch der Pferde vermischte.

»Auf das Leben!«, sagte Henny und reckte die Weinflasche in die Luft.

»Auf das Leben und die Liebe!«, rief Heike und Mia spürte einen Kloß im Hals.

26

Der einundvierzigste Geburtstag war nicht so schlimm wie der vierzigste. Mia hatte sich in das Unvermeidliche gefügt. Sie war eine geschiedene Frau über vierzig, schwer vermittelbar, ohne geregelte Arbeit, mit magerem Einkommen und ungewisser Zukunft.

Resigniert begutachtete sie im erbarmungslosen Spiegel ihres Friseurs die schlaffen Falten unter ihren Augen, die ersten Anzeichen von hässlichen Tränensäcken, die Furchen um ihre Mundwinkel, während sie von Mädchen umschwirrt wurde, die so jung und frisch aussahen wie Mia in ihrem ganzen Leben nicht. Sie war überzeugt, die hässlichste und älteste Frau im Salon zu sein und beschloss, sich zukünftig einen Friseur zu suchen, der Dauerwellen und Rentnerrabatte im Angebot hatte.

Im Freibad entdeckte sie im gleißenden Sommerlicht auf ihrem nackten Bauch zahlreiche Hautveränderungen – winzige rote Pünktchen, Leberflecke, Verfärbungen, die ein sichtbares Zeichen für den Alterungsprozess ihres Körpers waren. Mia war immer stolz auf ihre makellose, reine Haut gewesen. Jetzt auf einmal veränderte sich alles. Was über viele Jahre hinweg gewachsen war und sich entfaltet hatte, verfiel nun nach und nach wieder.

Sie hatte den Zenit ihres Lebens überschritten.

Der Schock darüber saß tief.

Gleichzeitig spürte sie aber auch Veränderungen, die nicht abwärts, sondern aufwärts zeigten. Die Gelassenheit etwa, mit der sie neuerdings über ihre Zukunft nachdachte. Sie machte keine Pläne mehr – wozu auch? Es kam doch alles anders als erwartet. Aber es ging ihr nicht schlecht damit, im Gegenteil, sie verspürte ein völlig neues Gefühl von Freiheit und Unabhängigkeit. Wer alles verloren hatte, erkannte sie, konnte nur noch gewinnen.

Und ihr wurde klar, dass sie nicht mit vollkommen leeren Händen dastand. Sie war einmal verheiratet gewesen, hatte an das große Glück geglaubt, geliebt, gelebt, geträumt. Wie anders musste es Henny gehen, die nur auf eine Ansammlung seltsamer Affären und kurzer Beziehungen zurückblicken konnte?

Zu ihrer Verwunderung war Henny jedoch ausgesprochen zufrieden. Genau genommen wirkte sie optimistischer als mit dreißig und steckte Tiefschläge leichter weg. Sie war von ihrer Spiekeroogreise entspannt und energiegeladen zurückgekehrt, als hätte es die Pleite mit Dirk Richter nie gegeben.

»Ich hätte nie gedacht, dass Älterwerden so toll sein kann«, sagte Henny. »Früher dachte ich immer, mit vierzig sei alles vorbei. Aber das stimmt gar nicht. Ich meine, ich habe so viel *Lust*. Das war doch früher nicht so. Wisst ihr, was ich meine?«

Annika zuckte verlegen mit den Schultern, aber Mia erinnerte sich an die Momente voller Wonne, in denen Arthur sie verwöhnt hatte. Sie dachte damals, das läge nur an seinen Verführungskünsten, aber vielleicht lag es ja auch an ihr. Verspürte sie tatsächlich mehr Lust als früher, weil sie entspannter und unverkrampfter war? Weil sie sich leichter fallen lassen konnte und viel genauer wusste, was ihr gefiel und was nicht? Sie musste das unbedingt so schnell wie möglich überprüfen. Die Frage war nur, mit wem.

Der Sommer bestand aus wenigen sehr heißen, sehr schwülen Wochen. Mia hockte halbnackt vor ihrem Fernseher oder saß mit Henny und Annika im Freien vor Cafés und Kneipen, die auf Großbildfernsehern die Fußballweltmeisterschaft aus Südafrika übertrugen. Der stete Lärm und die Lebendigkeit, die wochenlang über der Stadt hingen wie die bleierne Hitze, standen im Gegensatz zu der Ruhe, die Mia innerlich verspürte. Und doch fehlte etwas. Ihre innere Stille entsprach nicht einer großen Entspannung, sondern eher einer Leere, die Mia nicht zu füllen vermochte, so sehr sie sich auch abmühte.

An einem brüllend heißen Tag, an dem jeder Schritt zu viel war, fand sie in ihrer Post eine Traueranzeige.

Franks Vater war gestorben.

Lange saß Mia mit der Karte in ihrer Hand reglos an ihrem Küchentisch. Ach je, Hartmut, dachte sie bestürzt, und ihr fielen schlagartig Dutzende kleiner Begebenheiten ein, die sie mit Hartmut Lohmann verband. Sie sah ihn still und verschlossen am Esstisch sitzen, energisch Kommandos an Familienmitglieder und Angestellte verteilen, auf seinem Traktor über den Hof fahren, Mias Mutter auf ihrer Hochzeit beim Tanzen sehr gekonnt über das Parkett wirbeln. Die Gespräche, die sie miteinander geführt hatten, waren meistens oberflächlich geblieben, Hartmut Lohmanns Welt war eine andere als die seines Sohnes und seiner Schwiegertochter. Aber Mia hatte sich in seinem Haus willkommen gefühlt, sie wurde bei jedem Besuch herzlich empfangen und ganz selbstverständlich in den Familienkreis aufgenommen.

Langsam stand sie auf, füllte kaltes Wasser in einen Krug und trank gierig ein erstes Glas davon. Sie war den ganzen Vormittag unterwegs gewesen und verschwitzt und erschöpft. Sie hatte eine kleine Medienagentur besucht, die jemanden für ein Werbelektorat suchte. Die Bezahlung war nicht gut, wieder einmal, aber Mia fand die Leute nett und sagte daher zu. Wie eine Ertrinkende griff sie nach allen Strohhalmen, die sich ihr boten. Ihre umfangreiche Arbeit für Elbzeug hatte ihr zwar lange eine gewisse Sicherheit geboten, aber die meisten ihrer Aufgaben hatte sie erfüllt, alles, was in Zukunft noch kommen würde, waren Kleinigkeiten, von denen sie nicht leben konnte.

Sie zog ihre Bluse aus – jedes Stückchen Stoff auf ihrer Haut schien zu viel zu sein –, goss sich ein zweites Glas Wasser ein und nahm erneut die Trauerkarte in die Hand.

Plötzlich und für uns alle unfassbar …

Woran Hartmut Lohmann wohl gestorben war, mit gerade mal neunundsechzig Jahren? Die arme Erika.

Und Frank – lieber Himmel, Frank!

Er hatte keine Geschwister und musste sich nun ganz allein um seine Mutter und die Beerdigung kümmern. Den ganzen restlichen Tag trug Mia ihre Bestürzung mit sich herum, dieses Gefühl von *unfassbar,* das sich unweigerlich einstellte, wenn man eine überraschende Todesnachricht erhielt, egal wie gut man den Verstorbenen gekannt hatte. Am Abend überwand sie endlich ihre Scheu und rief Frank auf seinem Handy an.

»Mia!« Er klang weit weg und verrauscht.

»Frank, es tut mir so leid.« Sie kam ohne Umschweife zur Sache. »Ich habe heute eure Traueranzeige bekommen. Was ist denn passiert?«

»Ach, Mia …«, die Verbindung schien noch schlechter zu werden. »Es war ganz plötzlich. Mein Vater ist einfach auf dem Acker umgekippt. Vermutlich hat sein Herz das schwüle Wetter nicht ausgehalten.«

»Hatte er denn Herzprobleme?«

»Keine, von denen wir wussten. Aber er wäre vermutlich auch nicht zum Arzt gegangen, falls er Beschwerden gehabt hätte.« Franks Stimme wurde immer leiser. »Es ist so schön, dich zu hören! Ach, Mia ...«

Mia presste das Telefon fester ans Ohr, in der Hoffnung, Frank dadurch besser zu verstehen. Er klang bedrückt und sehr verloren.

»Kann ich etwas für euch tun?«, fragte sie spontan.

Frank zögerte. »Vielleicht könntest du zur Beerdigung kommen?« Es war eine Frage ohne Fragezeichen, eher eine Bitte, ein Wunsch.

Mia dachte an Franks grauenvolle Verwandtschaft und stellte sich vor, wie all seine Tanten und Onkels aus ihr, der Exfrau, Hackfleisch machten.

»Ich ... ich weiß nicht«, sie konnte ihren Widerwillen nicht verbergen.

Frank hörte darüber hinweg. »Du könntest mit Rocco mitfahren.«

»Rocco kommt auch?«

Die Exfrau und der schwule Liebhaber – du liebe Zeit, das würde ja das reinste westfälische Schlachtfest geben.

»Ich rufe Rocco mal an«, sagte Mia, nur, um Zeit zu gewinnen, und weil sie Franks Verlorenheit nicht ertrug. Dankbar verabschiedete er sich.

Mia war angespannt, ihre Haut fühlte sich heiß und klebrig an. Sie ging kalt duschen, bevor sie Roccos Nummer wählte. Ausnahmsweise klang er mal weder spöttisch noch herablassend.

»Komm bitte mit«, drängte er. »Ich glaube, Frank kann gar nicht genug Leute um sich haben, die ihn aufmuntern. Er ist ehrlich gesagt total fertig.«

»In Ordnung«, sagte Mia, aber als sie auflegte, hatte sie ein flaues Gefühl im Magen.

Rocco fuhr immer noch seinen gelben Jetta, Baujahr 1982. Mia verstaute ihr schwarzes Sommerkleid in einer Tasche, die sie auf die Rückbank neben einen Kleidersack stellte, in dem sich ein schwarzer Anzug befand.

»Gut, dass du auch was zum Umziehen mithast«, sagte Rocco mit einem Blick auf Mias geblümten Rock und das knallrote Top. »Hier drin gibt's nämlich keine Klimaanlage.«

Er trug über beigen Shorts ein enges, weißes T-Shirt mit einem bunten Aufdruck: »*Today I wear my lovers t-shirt.*«

Mia ließ sich auf einem abgenutzten Plüschfell nieder und schob mit den Schuhspitzen eine leere Plastikflasche zur Seite, die auf dem Boden lag.

»Darin wirst du vor Hitze sterben«, sagte sie mit einem Blick auf den schwarzen Anzug und Rocco schnitt eine dramatische Grimasse.

Das Thermometer zeigte bereits am frühen Morgen fast 25 Grad an. Bis zu 36 Grad sollten es laut Wetterbericht werden, im Auto war es vermutlich jetzt schon so heiß. Allerdings waren örtlich auch heftige Gewitter angekündigt worden.

»Das wird keine Vergnügungsfahrt, das ist dir klar, oder?«, fragte Mia.

»Natürlich. Keine Beerdigung ist vergnüglich.«

»Ich meine das aber wegen der Verwandten.«

»Ach, die werden wir schon überleben. Haben wir doch damals bei eurer Hochzeit auch.« Roccos Stimme hatte wie immer diesen leicht spöttischen Ton.

»Ja, aber diesmal ist es anders. Ich bin nicht mehr Franks Frau. Stattdessen bist du …« Sie beendete den Satz nicht, sondern fragte: »Warst du mal bei Franks Eltern? In letzter Zeit, meine ich?«

»Ja, einmal.« Rocco verzog das Gesicht. »Das war ein

ziemliches Fiasko. Frank hat mich danach nie wieder mitgenommen.«

»Einen schwulen Freund fanden sie für ihren Sohn vermutlich völlig inakzeptabel, oder?« Mia konnte ihre Schadenfreude nicht verbergen.

»Vor allem fanden sie einen schwulen Freund inakzeptabel, der die Frechheit besaß, eine wundervolle Schwiegertochter zu vergraulen.«

»Oh.« Nun hatte Mia doch ein wenig Mitleid mit Rocco. »Aber zwei schwarze Schafe haben vielleicht eine größere Überlebenschance als eins.«

»Wieso zwei? Du bist doch ein weißes Lämmchen.«

»Für Franks Mutter vielleicht. Der Rest der Sippe verachtet mich, darauf kannst du wetten.«

»Ach herrje, dann mal auf zur Schlachtbank.«

Eine Weile fuhren sie schweigend dahin. Die Hitze war unerträglich. Mia öffnete ihr Fenster weit, aber die warme Luft, die ihr ins Gesicht blies, brachte keine Abkühlung. Von Westen her schoben sich dunkle Gewitterwolken über einen gelben Himmel.

Verstohlen musterte sie Rocco von der Seite. Ihr war noch nie aufgefallen, dass sein langes, schmales Gesicht mit der spitzen Nase und den vollen Lippen von einer fast femininen Schönheit war. Die straff nach hinten gegelten Haare hingegen betonten seine männlichen Anteile, die riesige Sonnenbrille ließ ihn wie immer sehr lässig erscheinen. Die mageren, sehnigen Arme waren gebräunt, unter dem engen T-Shirt zeichneten sich die Konturen eines schlanken Körpers ab. Auf dem rechten, sehr muskulösen Oberarm schaute unter dem Ärmel ein Tattoo hervor.

»Trainierst du regelmäßig?«, fragte Mia. Rocco warf ihr einen schnellen Blick zu und nickte stumm. Er konzentrierte sich ganz auf ein Überholmanöver, das sich mit dem alten, schwerfälligen Jetta langwierig gestaltete. Mia trank einen Schluck Wasser und reichte Rocco anschließend die Flasche.

»Du bist eigentlich auch nicht besser als Franks Sippschaft«, sagte Rocco unvermittelt, nachdem er getrunken hatte.

Mia starrte ihn überrascht an. »Wieso das denn?«

»Du verachtest mich genauso wie sie.«

»Na hör mal, das ist ja wohl etwas völlig anderes. Ich kenne dich. Und außerdem hast du mir meinen Mann ausgespannt«, empörte sich Mia. »Dass mich das nicht gerade freundlich stimmt, dürfte dich ja wohl kaum verwundern.«

Rocco bedachte sie mit diesem herablassenden, blasierten Lächeln, das ihr schon immer auf die Nerven gegangen war. »Du mochtest mich schon nicht, als zwischen ihm und mir noch gar nichts lief. Dabei habe ich dir nie was getan. Das kränkt mich viel mehr als die Vorurteile irgendwelcher wildfremder Tanten.«

Mia schwieg verwundert. Der Spott war aus Roccos Augen verschwunden, ernst blickte er auf die Straße, sein Gesicht angespannt. So kannte sie ihn gar nicht. Sein Vorwurf bereitete ihr Unbehagen. Es stimmte, Rocco hatte ihr nie etwas getan – früher jedenfalls. Im Gegenteil, er war immer hilfsbereit und freundlich zu ihr gewesen. Sie hingegen hatte ihn abstoßend gefunden und sich in seiner Nähe nicht wohlgefühlt. Rocco besaß so eine Art, sie mit Blicken und Worten auszuziehen, die Mia widerlich fand.

Sie stutzte.

Moment mal – Rocco war schwul. Das hatte sie immer schon gewusst, er machte nie einen Hehl aus seinem Interesse an Männern. Warum fühlte sie sich trotzdem ständig von ihm belästigt?

Arthurs Gedanken über Eifersucht kamen ihr in den

Sinn. Hatte sie unbewusst doch die ganze Zeit geahnt, dass Frank sich für einen Mann wie Rocco mehr begeistern würde als für sie? Oder sprang Rocco genau wie Frank zwischen den Geschlechtern hin und her und verunsicherte sie damit? Franks Gerede von einem *Teilzeitschwulen* hatte sie immer irritiert.

Nervös umklammerte Mia ihre Wasserflasche und konzentrierte ihren Blick auf ein paar dürre Bäume vor dem Fenster, die sich im aufkommenden Sturm bogen.

»Ich werde auch nie verstehen, wieso du damals alles so schnell weggeworfen hast«, fuhr Rocco ungerührt fort. »Frank hat dich so sehr geliebt. Ihr hättet doch echt andere Wege finden können.«

Mias Unsicherheit verwandelte sich schlagartig in Zorn. »Darf ich dich daran erinnern, dass *er* gegangen ist? Er hat mich betrogen, nicht umgekehrt. Herrgott nochmal, wieso haben denn immer alle so ein schlechtes Gedächtnis?«

»Das frage ich mich auch.« Roccos Stimme wurde schneidend. »Oder irre ich mich, wenn ich glaube, dass dir die Sache mit deinem Kollegen offenbar komplett entfallen ist?«

»Die Sache mit meinem Kollegen? Ich weiß nicht, was du meinst.«

»Sag ich doch: schlechtes Gedächtnis.« Roccos Worte schlugen ihr entgegen wie die ersten dicken Regentropfen, die auf die Windschutzscheibe fielen. »Aber ich helfe dir gerne auf die Sprünge. Was fällt dir denn zum Schlagermove vor zwei Jahren ein? Kiez, Reeperbahn, der schummrige Flur in einer kleinen Bar, vor den Toiletten. Ein großer Kerl, eng umschlungen und knutschend mit einer halbnackten Frau, die Mia Sommer erstaunlich ähnlich sieht. Klingelt's da?«

Urplötzlich zerbrach etwas in Mia.

Ein kleines Kästchen, in dem sie ein Geheimnis gehütet

hatte, eingehüllt in Zorn und Enttäuschung, umschlossen von der trügerischen Gewissheit, im Recht zu sein. Sie hatte niemandem davon erzählt, nicht mal Henny und Annika. Je weniger sie sich damit befasste, desto unwirklicher wurde die Geschichte, bis sie gar nicht mehr zu existieren schien.

»Woher weißt du das?« Ihre Stimme war ein heiseres Flüstern, sie konnte kaum noch atmen und sehnte sich nach frischer Luft.

»Frank hat euch gesehen. *Wir* haben euch gesehen.«

Sie schüttelte entsetzt den Kopf.

Frank hat euch gesehen.

Schlagartig wurde ihr vieles klar.

Franks deutliche Entscheidung für Rocco, die Mia so demütigend vorgekommen war. Seine ständigen verzweifelten Versuche, ihr nachträglich alles zu erklären, vermutlich verbunden mit dem Wunsch, seine überstürzte Entscheidung wieder zu korrigieren, ihr genauso zu verzeihen, wie sie hoffentlich auch ihm verzeihen würde.

Aber sie hatte sich in ihrem selbstgerechten Zorn verrannt und Frank nicht zuhören wollen. *Sie* hatte letztendlich ihre Ehe weggeworfen, nicht er.

Erschüttert presste Mia die Hände vor den Mund. »Das wusste ich nicht«, flüsterte sie und spürte, wie sich ihr Magen verkrampfte.

»Du überhäufst Frank mit Vorwürfen und bist selbst nicht besser.« Roccos Gesicht war hart.

»Aber es war nicht so wie zwischen euch. Es war nur dieses eine Mal«, versuchte Mia sich zu rechtfertigen.

»So?« Rocco schien ihr nicht zu glauben. »Macht es das dadurch besser? Viel wert schien Frank dir ja nicht zu sein, wenn du ihn so schnell fallenlassen konntest.«

»Und was war ich Frank wert? Er hat mich monatelang betrogen.«

»Das war auch nicht in Ordnung, da hast du recht. Aber bei ihm hat sich das anders entwickelt, losgelöst von eurer Ehe. Es hatte mit dir viel weniger zu tun, als du immer dachtest. Du hingegen hast ihn einfach fallenlassen.«

Mia legte eine Hand auf ihren schmerzenden Bauch. »So war das doch gar nicht. Ich war so unfassbar verletzt, als ich euch beide in unserem Badezimmer gesehen habe. So enttäuscht und ... eifersüchtig. Ich ... ich dachte, ich könnte das nicht ertragen.«

All die Empfindungen jener entsetzlichen Tage stellten sich wieder bei ihr ein, sie fühlte sich klein, ungeliebt und verloren.

Der Himmel wurde immer dunkler, der Regen stärker. Rocco nahm die Sonnenbrille ab. Mit finsterem Blick starrte er auf die Straße.

Plötzlich war alles wieder da. Frank und Rocco in ihrem Bad. Diese schreckliche Mischung aus Zorn und Verzweiflung, die Mia bei ihrem Anblick befiel. Ihr Gefühl, den Boden unter den Füßen zu verlieren.

Und jener Samstag, den sie so hartnäckig aus ihrem Gedächtnis verbannt hatte. Sie sah sich in Annikas Wohnung sitzen, verkatert von ihrem Jägermeistergelage am Vortag. Sie trank Tee, rauchte, heulte und verfluchte Frank. Gleichzeitig hegte sie aber auch die verzweifelte Hoffnung, es werde sich alles wieder einrenken und Frank zu ihr zurückkehren. Bis vor wenigen Tagen hatte sie ein ganz normales Leben geführt und nun war auf einmal alles ins Wanken geraten. Aber es würde nicht stürzen, hoffte sie, es würde alles ein wenig wackeln und sich dann wieder zurechtrücken.

Gegen Mittag klingelte ihr Handy mehrmals. Erst war es Sonja, eine Kollegin aus der Agentur. Ob sie nicht doch Lust habe, zum Schlagermove mitzukommen? Die

Kollegen wären alle zusammen unterwegs, es sei ein Riesenspaß. Mia hatte sich ursprünglich mit ihnen verabredet, nach der Katastrophe mit Frank aber wieder abgesagt. Auch jetzt lehnte sie ab.

Der zweite Anruf stammte von Stefan Büttner. »Hey, komm doch mit!« Er versuchte ebenfalls, sie zu überreden.

»Ich schaffe das nicht«, schluchzte Mia. Stefan kannte sie gut genug, ihm gegenüber musste sie sich nicht verstellen.

»Würde dir aber nicht schaden, mitzugehen«, sagte Annika, nachdem Mia aufgelegt hatte. »Geh raus, komm auf andere Gedanken. Warum soll denn nur Frank seinen Spaß haben? Was der kann, kannst du doch schon lange. Ich würde selbst mitkommen, wenn ich auf die Schnelle jemanden auftreiben könnte, der auf Torben aufpasst.«

Mia putzte sich die Nase und ließ sich Annikas Worte durch den Kopf gehen. Gewiss, Frank hatte keine Not, der machte sich einen fröhlichen Tag. Warum also sollte sie es nicht genauso machen? Geheult hatte sie doch nun wahrhaftig genug. So viele Tränen verdiente dieses Arschloch gar nicht.

Also setzte sie sich ihre pinkfarbene Perücke und die riesige Brille in Herzchenform auf und stürzte sich ins Getümmel.

Hunderttausende waren unterwegs, um die Schlagerparade zu sehen, die quer durch die Hamburger Innenstadt zog. Anfangs gehörte Mia zu einer Gruppe, die den ganzen Nachmittag ausgelassen hinter den bunt geschmückten Wagen herzog, aus deren Lautsprechern die alten Schlager der sechziger und siebziger Jahre dröhnten, während bunt kostümierte Leute ausgelassen tanzten und sangen. Später fiel die Gruppe auseinander, einige wollten gleich nach Hause, die anderen zogen Richtung Reeperbahn und feierten in diversen Bars weiter.

Es wurde immer später, Mia fühlte sich nach einem langen, anstrengenden Tag leer und erschöpft. Erst ihre vielen Tränen, dann das ausgelassene Feiern mit viel zu viel Alkohol. Müde sackte sie auf ihrem Barhocker zusammen. Stefan stieß sie aufmunternd an. »Nicht einschlafen, Herzchen.«

»Ich bin total hinüber«, seufzte Mia. Sie fühlte sich trotz ihrer Erschöpfung seltsam träge und entspannt.

Stefan legte einen Arm um sie. Mia spürte seine Wärme und seinen hochgewachsenen Körper, der sich überraschend vertraut anfühlte. Einen Moment lehnte sie sich gegen ihn und schloss die Augen.

»Mir scheint, die Party ist vorbei«, stellte Stefan fest. »Ich gehe mal zur Toilette, anschließend hole ich uns einen Absacker, und dann ab nach Hause.« Er stand auf.

»Aufs Klo muss ich auch mal«, murmelte Mia und erhob sich schwerfällig von ihrem Hocker. Sie musste sich an Sonja festhalten, die neben ihr stand.

»Hoppla«, sagte Sonja, als sie schwankend zusammenstießen. Sie wirkte noch betrunkener als Mia.

Mia ging auf unsicheren Beinen zu den Toiletten, die hinter einem Vorhang in einem schmalen Gang lagen. Als sie wieder in den Gang hinaus trat, prallte sie mit Stefan zusammen, der gerade aus der Herrentoilette kam.

»Hoppla«, sagte auch er und hielt sie fest.

Sie sah zu ihm auf, und auf einmal war da eine Spannung zwischen ihnen, die sie atemlos machte. Aus einer freundschaftlichen Berührung wurde eine leidenschaftliche. Stefan zog sie an sich, seine Hände wanderten ihren Rücken entlang, schoben sich unter ihre Bluse, sie hob ihm ihren Mund entgegen, und gleich der erste Kuss war so gierig, so wild, dass ihr schwindelig wurde. Sie fühlte Stefans Hände, die tiefer glitten, ihre Pobacken umfassten, sich in ihren Slip schoben.

Mia schloss die Augen. Alles war auf einmal egal, Frank, Rocco, der Schlagermove, und auch, dass sie sich in einer Bar befanden und jede Sekunde jemand vorbeikommen konnte. Sie wollte, dass Stefan sie weiter berührte, mit ihr all das machte, wonach ihr Körper mit einer Gier verlangte, die Mia um ihren Verstand brachte. Stefans Hand fuhr in ihren Ausschnitt und streichelte eine ihrer Brüste. Mia stöhnte auf, ihre Hände erspürten die harte Wölbung unter seiner Jeans. Als sie seinen Gürtel lösen wollte, sagte Stefan:

»Nicht hier, lass uns woanders hingehen.«

Sie wusste später nicht mehr, wie sie aus der Bar hinaus und in Stefans Wohnung gekommen waren. Jedenfalls fand es keiner der Kollegen seltsam, dass sie gemeinsam gingen, also hatten sie es offenbar fertiggebracht, auf dem Weg nach draußen die Finger voneinander zu lassen.

Nur vage erinnerte Mia sich daran, dass sie bereits im Flur von Stefans Wohnung erneut wie Verhungernde übereinander hergefallen waren. Sie war überrascht von Stefans Leidenschaft und auch davon, wie gut er sich anfühlte, wie schön es war, ihn zu spüren, sich gegen seinen langen, hageren Körper zu pressen. Es war ein wundervoller, atemberaubender Rausch, wild und außergewöhnlich. Lange, dachte sie hinterher, war sie nicht mehr so leidenschaftlich geliebt worden.

Die Ernüchterung setzte erst ein, als sie nach Hause fuhr. Stefan wollte, dass sie bei ihm blieb, aber mitten in der Nacht stand sie auf und ging. Während das Taxi durch die nächtliche Stadt fuhr, entschied Mia, dass sie in ihre eigene Wohnung und nicht zu Annika wollte. Zuhause lag sie die ganze Nacht wach und fühlte sich grässlich.

Kaum hatten sie und Frank eine ernsthafte Krise, schon

betrog sie ihn. Wie erbärmlich! *Er hat dich doch auch betrogen,* ertönte eine hartnäckige Stimme in ihr, *und zwar noch viel häufiger. Schlimmer noch, er hat sich verliebt.* Sie glaubte dieser Stimme und ließ sich von ihr beruhigen. Genau so war es. Frank war der Böse und sie hatte nur aus Verzweiflung gehandelt. Was er getan hatte, zählte, ihr eigenes Handeln war unwichtig. Und so stopfte sie alle Erinnerungen an diesen Abend in ein kleines Kästchen, das sie tief in ihrem Inneren verschlossen hielt.

Nur Stefan Büttner erinnerte sie in den ersten Monaten immer wieder daran, was geschehen war. Er versuchte sich ihr erneut zu nähern, hoffte auf mehr. Sie ließ ihn abblitzen und zog sich zurück. Ihr gutes Verhältnis kühlte deutlich ab – bis zu jenem Tag, an dem Mia ihren Job verlor. Doch dann war auch das vorbei, und sie ließ alles hinter sich.

»Was für ein beschissenes Wetter.«

Rocco riss sie aus ihren Erinnerungen. Sie waren mitten in ein Unwetter geraten. Der Himmel war fast schwarz und wurde immer wieder von Blitzen erhellt, es regnete so stark, dass die Sicht nur wenige Meter betrug und das Wasser Zentimeter hoch auf dem Asphalt stand. Rocco, der mit dem Jetta ohnehin nicht schnell fahren konnte, hing hinter einem Laster fest. An Überholen war nicht zu denken. Im Schneckentempo zuckelten sie über die Autobahn.

»Wenn das so weitergeht, kriegen wir ein kleines Zeitproblem«, schimpfte Rocco und sah nervös auf die Uhr.

Mia starrte die dichte Regenwand vor den Fenstern an. »Lieber Himmel.« Sie war aufgewühlt und bewegt. »Warum erzählst du mir das alles gerade jetzt – nach so langer Zeit?«

Rocco grinste breit. »Weil du im Moment so schlecht weglaufen kannst.«

Natürlich, dachte Mia betreten, sie hatte niemandem

eine Chance gegeben, weder Frank noch Rocco. Ganz egal, wie schuldig die zwei sich gemacht hatten, aber sie hätte ihnen wenigstens zuhören können.

»Und außerdem«, fuhr Rocco fort und seine Stimme nahm einen freundlicheren, fast sanften Klang an, »glaube ich, dass es für Versöhnungen nie zu spät ist. Du hast schon recht, das wird richtig gruselig heute, aber ich finde, wir können Frank dort jetzt unmöglich alleine lassen. Das sind wir beide ihm schuldig, meinst du nicht?«

Ein ohrenbetäubender Donnerschlag enthob Mia einer Antwort. Erschrocken zuckte sie zusammen. »Bring uns hier bloß heil raus«, sagte sie.

Als sie in Bielefeld von der Autobahn abfuhren, war das Unwetter direkt über ihnen. Immer nervöser schaute Mia auf ihre Uhr. In einer halben Stunde begann bereits die Trauerfeier, und sie hatten noch einige Kilometer vor sich. Ihre Zeitplanung war eine absolute Katastrophe, sie verstand nicht mehr, warum sie nicht viel früher in Hamburg losgefahren waren.

Rocco fuhr langsam auf kurvigen Straßen durch die hügelige Landschaft des Teutoburger Waldes. Die Ortschaften wurden kleiner, zwischen den waldigen Hügeln erstreckten sich Wiesen und Felder. Endlich erkannte Mia das Dorf, in dem Frank aufgewachsen war. Sie ließ die Uhr nicht mehr aus dem Blick.

»Noch fünfzehn Minuten«, stöhnte sie, »und wir haben uns noch nicht mal umgezogen.« Nervös starrte sie aus dem Fenster. Das Gewitter zog zum Glück schnell wieder ab, doch es regnete unvermindert stark. Die Straße führte um ein Weizenfeld herum. Auf der anderen Seite lag die Kirche.

»Moment mal!«, rief Mia, als sie einen Weg entdeckte, der quer durch das Feld verlief. »Da kannst du durchfahren, das ist eine Abkürzung, die hab ich früher mit Frank auch schon benutzt.« Im Sommer waren sie hier oft mit den Fahrrädern entlanggefahren.

Rocco bremste scharf und bog in den unebenen Feldweg ein. Zu spät erkannte er, wie morastig der Boden war. Der Jetta kam nur mühsam vorwärts, einmal gab es ein Geräusch, als habe der Wagen aufgesetzt, dann steckten sie fest.

»Was ist jetzt los?«, schrie Mia aufgebracht.

»Eine Abkürzung, ja?«, schnaubte Rocco wütend. Er drehte das Lenkrad hin und her und versuchte, die blockierten Räder freizubekommen. Der Motor jaulte auf, der Jetta vibrierte, doch er rührte sich nicht vom Fleck.

»Ich konnte doch nicht ahnen, dass das hier so ein Schlamm ist. Früher hatten wir hier nie Probleme«, jammerte Mia.

»Mit dem Fahrrad vielleicht. Oder zu Fuß.« Roccos Zorn traf sie ungebremst.

»Was machen wir denn jetzt?«

Die Kirche war zum Greifen nahe, sie hörten bereits die Glocken läuten.

»Zu Fuß gehen, was sonst.« Rocco sah so aus, als wolle er sie umbringen.

»Und wann ziehen wir uns um?«

»In der Kirche, da wirds ja wohl irgendwo ein Klo geben. Vorher macht es bei dem Wetter sowieso keinen Sinn. Oder hast du einen Schirm dabei?«

Mia starrte Rocco entgeistert an. Natürlich hatte sie keinen Schirm mitgenommen. Sie waren bei so hochsommerlichem Wetter gestartet, dass sie nicht eine Sekunde lang an einen Regenschirm gedacht hatte. Und wer hörte schon auf Wetterberichte? Die stimmten doch sonst auch nie. Eins stand jedenfalls fest: Falls irgendjemand da oben fand, sie solle Buße tun, so war jetzt offensichtlich der Zeitpunkt dafür gekommen.

Mia nahm ihre Tasche und Rocco seinen Kleidersack.

»Auf drei«, sagte Rocco. »Eins, zwei, drei …«

Sie sprangen hinaus in den strömenden Regen und rannten den lehmigen Feldweg entlang, in dessen Furchen tiefe Pfützen standen. Von oben schüttete es wie aus Eimern, von unten spritzte ihnen der Schlamm bis ins Gesicht. Sie hielten sich ihre Taschen über die Köpfe, doch die boten nur notdürftig Schutz.

Als sie durchweicht und völlig verdreckt auf der Rückseite der Kirche ankamen, blieben sie kurz stehen, um Luft zu holen. Mia musterte Rocco atemlos. Aus seinen Haaren, die ihm unordentlich ins Gesicht hingen, tropfte in feinen Rinnsalen Wasser, seine Kleidung, die klatschnass an seinem Körper klebte, war über und über mit Schlamm bespritzt, und an seinen Leinenschuhen hingen dicke Lehmklumpen. Sie selbst befand sich in einem ähnlich aufgelösten Zustand, das sah sie an Roccos Gesichtsausdruck.

Auf einmal fing er schallend an zu lachen. »Auf zur Schlachtbank?«

»Auf zur Schlachtbank.« Mia stimmte in hysterischer Verzweiflung in sein Gelächter ein.

Sie gingen um die Kirche herum. Vor dem Eingang standen unter großen Regenschirmen einige Trauergäste, alle in Schwarz, alle gepflegt und trocken, trotz des Wetters. Mia und Rocco traten in ihrer bunten, völlig verdreckten und durchnässten Freizeitkleidung hinzu.

»Oh Gott, Mia!« Erika Lohmann erkannte sie als erste und stieß einen spitzen Schrei aus. Sie schlug die Hände vor den Mund und fing an zu weinen – fast so, als sei die eigentliche Tragödie des Tages nicht der Tod ihres Mannes, sondern der völlig unpassende Auftritt ihrer ehemaligen

Schwiegertochter und dieses seltsamen Mannes, der neuerdings mit ihrem Sohn zusammenlebte. Frank, sehr elegant in schwarzem Anzug, löste sich aus der Gruppe.

»Ach, du Scheiße, wo kommt ihr denn her?«, fragte er entgeistert.

»Wir sind auf dem Acker stecken geblieben«, erklärte Rocco.

»Auf dem Acker?« Frank sah ihn an, als zweifle er an seinem Verstand. Dann verzog er das Gesicht, als würde er auch gleich in Tränen ausbrechen. Stattdessen fing er laut an zu lachen. »Scheiße, Mann, seht ihr vielleicht schlimm aus.«

Mia kicherte erleichtert und Rocco grinste breit, als er die schockierten Gesichter der anderen Trauergäste sah. Der erste Skandal war ihnen sicher, der zweite ging auf Franks Konto. Er wagte es, auf der Beerdigung seines eigenen Vaters laut zu lachen. Wie geschmacklos! Erika weinte noch heftiger und jemand schob sie und Frank hastig in die Kirche hinein.

»Können wir uns hier irgendwo umziehen?«, fragte Mia, um Fassung bemüht, in die Runde.

»Umziehen?«, fragte eine von Franks Tanten pikiert. Hieß sie Hilde? Mia erinnerte sich nicht mehr genau. »Jetzt sicher nicht mehr. Dafür ist keine Zeit.«

Und schon wurden sie ebenfalls ins Innere der Kirche befördert, die große Tür schloss sich hinter ihnen und sie ließen sich unter den entgeisterten Blicken der übrigen Trauergemeinde auf den letzten freien Plätzen in der vollbesetzten Dorfkirche nieder. Die Trauerfeier begann.

Mia konnte der Zeremonie kaum folgen. Zu sehr war sie mit sich selbst beschäftigt, mit dem nassen Stoff ihres Rockes, der unter ihrem Hintern klebte, ihren Haaren, die durch die Nässe kraus geworden waren und ihr immer wieder ins Gesicht fielen, vor allem aber mit den wirren Gedanken, die ihr durch den Kopf gingen. Der Tag entwickelte sich völlig anders, als sie erwartet hatte. Erst dieses seltsame Gespräch mit Rocco, das ihre Unsicherheit und Angst Frank gegenüber noch verstärkte. Dann ihr unfassbar peinlicher Auftritt vor der Familie, viel zu spät, falsch gekleidet, dreckig und durchnässt. Was würde als nächstes kommen?

Sie fing einen Blick von Rocco auf. Er grinste verschmitzt. Offensichtlich sah er mehr und mehr die komische Seite der Geschichte.

Die Feier war vorüber, der Sarg wurde auf einem Gestell aus der Kirche gefahren; direkt hinter dem Pastor, einem rundlichen Mann mit Halbglatze, folgten Erika und Frank, zwei weinende, kleine Gestalten, vereint in ihrem Kummer, und doch jede für sich gefangen im eigenen Schmerz. Wenigstens hatte der Himmel Erbarmen mit ihnen. Der Regen hörte auf, die Sonne kam zwischen den Wolken hindurch und brachte die Welt zum Dampfen.

Tante Gisela, die einen Hut trug, der wie ein umgestülpter Blumentopf aussah, nickte Mia zu, als sie sich in den Trauerzug einreihten. »Und das ist dein neuer Mann?«, fragte sie mit hässlicher Neugier und musterte Rocco abschätzend.

Rocco beugte sich zu ihr herab. »Ich bin Ralf und gehöre zu Frank«, sagte er und reichte ihr die Hand.

»Zu Frank?« Tante Giselas Blick wurde spitz. »Ach, sein Mitbewohner, ja?«

Rocco bedachte sie mit einem sehr charmanten Lächeln. »Genau der.«

Dankbar registrierte Mia, dass Rocco es geschickt vermieden hatte, Tante Gisela an Mias und Franks Hochzeit zu erinnern, auf der sie ihm schon einmal begegnet war.

Am offenen Grab blieb Mia einen Moment stehen.

»Erde zu Erde …«

Wie schnell so ein Leben doch zu Ende sein konnte. Zurück blieb nichts als Erinnerung. Und sie zerrieb sich wegen der auf einmal so banal erscheinenden Frage, wer wen wie sehr betrogen hatte. Wie armselig.

Erika schloss sie fest in die Arme, als sie ihr kondolierte. »Es ist alles so entsetzlich«, schluchzte sie und klang dabei so, als meine sie viel mehr als den plötzlichen Tod ihres Mannes, mit dem sie dreiundvierzig Jahre verheiratet gewesen war.

Zaghaft wandte Mia sich Frank zu, der irgendwann in der Kirche angefangen hatte zu weinen und seitdem nicht mehr aufhörte. Auch er schloss sie fest in die Arme und diesmal schreckte sie vor seinen Berührungen nicht zurück. Schluchzend vergrub Frank sein Gesicht an ihrem Hals, sie strich ihm beruhigend über den Rücken und hielt ihn fest. Seine Trauer bestürzte sie. Frank war schon immer ein sehr emotionaler Mann gewesen, doch so aufgelöst und verzweifelt hatte Mia ihn noch nie erlebt, nicht einmal bei ihrer Trennung.

»Es tut mir so leid«, flüsterte sie. Auch sie meinte viel mehr als nur den Tod ihres ehemaligen Schwiegervaters, und auf einmal kamen ihr selbst die Tränen.

»Ach, Süße«, Frank zog sie noch einmal an sich, es war nicht mehr klar, wer wen festhielt, und dann drückte sie ihm einen Kuss auf die Stirn und löste sich behutsam aus seiner Umarmung.

Nachbarn und Verwandte umringten ihn, jeder sprach die üblichen Worte der Anteilnahme, aber er hörte kaum hin, die Tränen liefen über sein Gesicht, hilflos war er den neugierigen Blicken ausgesetzt. Mia hätte ihn gern beschützt und in eine ruhige Ecke gezogen, abseits vom allgemeinen Wehklagen. Stattdessen blieb sie nur am Rand der Gesellschaft stehen, müde und leer.

Aber dann sah sie Rocco, der Frank ungeachtet all der Blicke mit seinen langen Armen umschlang und ihn fort von der Meute in einen Seitenweg führte. Er hielt ihn fest, genau wie sie selbst es nur wenige Augenblicke zuvor getan hatte, und gab ihm Platz für seine Not. Frank hob den Kopf und sah Rocco an, der ihm durch die Haare strich und seine Stirn an Franks Stirn legte. Ein schmerzhaftes Gefühl des Verlusts erfasste Mia, und erneut schossen ihr Tränen in die Augen.

Doch da war noch ein anderes, versöhnliches Gefühl, das sich warm in ihrem Bauch ausbreitete. In Roccos Augen lag eine so unbeschreibliche Zärtlichkeit, in seinen Armen konnte Frank sich entspannen und zur Ruhe kommen, das war unübersehbar. Es war gut, dachte Mia, dass es jemanden gab, bei dem Frank so zuhause sein konnte, wie es ihm bei ihr vielleicht nie möglich gewesen war. Es war gut, dass ihn jemand so liebte, wie er war.

»Ihr bleibt doch über Nacht, ja?«

Erikas Frage überraschte Mia und riss sie aus ihren trägen Gedanken. Sie hatten im Dorfgasthof zu Mittag gegessen, danach löste sich die Trauergesellschaft langsam auf. Nur die Verwandten fanden sich noch bei Kaffee und Kuchen in Lohmanns Garten ein. Frank hatte darauf bestanden, dass Mia und Rocco mitkamen. Sie hatten Roccos Auto befreit, sich endlich frisch gemacht und umgezogen, und dann saß Mia im Schatten eines großen Sonnenschirms und kämpfte mit Kopfschmerzen. Das Gewitter hatte keine Abkühlung gebracht, im Gegenteil, die feuchte, schwere Luft war kaum zu ertragen.

»Wir hätten uns ja schon gerne einen Enkel für Erika

gewünscht«, sagte Onkel Udo gerade mit bedauerndem Blick in Mias Richtung. »Aber diese warmen Brüder verschleudern ihre Gene ja immer völlig nutzlos.« Er grinste anzüglich und beifallheischend in die Runde.

Jemand pflichtete ihm halbherzig bei und Mia vertiefte sich schweigend in ihren Kaffee. *Auf zur Schlachtbank,* hatten sie und Rocco sich fröhlich zugerufen, aber erst jetzt begriff sie, was genau das eigentlich hieß. *Sie* wurde entgegen ihrer ursprünglichen Befürchtung nicht geschlachtet, jedenfalls nicht öffentlich. Rocco hingegen schon. Trotzdem war er hergekommen und setzte sich dem Spott, den abfälligen Bemerkungen und dem Unverständnis dieser Leute aus. *Wir sind das Frank schuldig*, hatte er gesagt, und auf einmal verstand Mia, wie sehr er Frank lieben musste.

Langsam stand sie auf und ging ein Stück in den großen, gepflegten Garten hinein. Erika folgte ihr.

»Ich würde mich so freuen, wenn ihr bleibt«, wiederholte sie jetzt ihren Wunsch.

Mia wollte eigentlich mit Rocco am Abend wieder nach Hause fahren, sie wussten beide, dass sie hier fehl am Platz waren. Jetzt zögerte sie.

Erikas Blick glitt an ihr vorbei, ihre Stimme war leise und traurig. »Frank und Hartmut hatten damals einen entsetzlichen Streit wegen eurer Scheidung. Das war wirklich furchtbar. Frank hat sich später so sehr gewünscht, dass sich das wieder einrenken würde. Aber Hartmut war ja immer so ein sturer Kopf – der wollte nichts hören von sexueller Umorientierung und solchen Dingen. Ein Ehegelübde gilt ein Leben lang, das schießt man nicht einfach wegen einer plötzlichen Laune in den Wind, hat er gesagt. Na, du kennst ihn ja.« Sie stutzte und korrigierte sich dann: »Du *kanntest* ihn.«

Mia legte einen Arm um Erikas Schultern. »Wir hatten es eigentlich nicht geplant«, sagte sie aufrichtig. »Aber wenn du uns gerne noch hier haben möchtest, dann bleiben wir da.«

Ein Stück von ihnen entfernt schlenderten Rocco und Frank über den Rasen. Rocco knuffte Frank in die Seite, der lachend zur Seite sprang. Sie alberten herum wie zwei kleine Jungen.

»Sie sind so glücklich miteinander«, stellte Erika voller Verwunderung fest.

Das klang nach einem guten Anfang, fand Mia. Vielleicht würde wenigstens Erikas Tür in Zukunft für Rocco offen stehen.

»Wie sieht es denn bei dir aus?«, fragte Erika. »Gibt es da jemanden?«

Mia schüttelte den Kopf. »Nein, niemanden«, sagte sie. Ihre Kopfschmerzen nahmen zu.

Sie fanden sich in Franks Zimmer wieder, in dem Mia so manche Nacht gemeinsam mit ihm in seinem alten, französischen Bett verbracht hatte. In dem verwinkelten, holzgetäfelten Raum mit den Dachschrägen hatte sich, soweit sie im Dämmerlicht erkennen konnte, nichts verändert, seit sie das letzte Mal hier gewesen war. In den schwarzen Schatten der Ecken lauerten die Erinnerungen an vergangene, unbeschwerte Jahre. Sie machten kein Licht, damit keine Insekten durch die offenen Fenster hereinkamen. Rocco ließ sich mit ausgebreiteten Armen auf das Bett fallen.

»Wo soll ich denn schlafen?«, fragte Mia.

»Na, hier.« Rocco lachte.

Frank grinste. »Genau. Wo denn sonst?«

Es lag eine Leichtigkeit in der Luft, ein Vibrieren, das für einen kleinen Moment alle Trauer vergessen ließ.

Frank warf sich neben Rocco aufs Bett und schloss die Augen. »Danke, dass ihr hier seid. Ohne euch hätte ich den Tag nicht überlebt.«

Er wirkte müde und erschöpft. Erneut schossen ihm Tränen in die Augen. Rocco nahm ihn in die Arme und küsste ihn zärtlich.

»Danke«, murmelte Frank noch einmal. Er streckte die Hände nach Mia aus. »Dir auch vielen, lieben Dank. Ich weiß, wie schwer das alles für dich sein muss.«

Mia trat zögernd an das Bett heran. Frank fasste ihre Hände, sie beugte sich vor und ließ sich von ihm umarmen. Spielerisch zog er sie zu sich herab. Sie kam zwischen ihm und Rocco zum Liegen. Die Nähe und Wärme der beiden Männer umhüllte sie.

Im weit geöffneten Dachfenster über ihr sah sie ein samtblaues Stück Himmel. Eine Amsel trällerte ihr Abendlied. Die Nacht legte sich in diesen Sommertagen nur zögernd über die Welt.

Frank drehte den Kopf zur Seite und presste seine Lippen sanft an Mias Wange. Wie viele hundert Nächte hatten sie so nebeneinander gelegen, sein Mund an ihrer Wange, ihr Arm quer über seinem Bauch, in inniger, vertrauter Zärtlichkeit. Jetzt wirkte seine Geste jedoch nicht vertraut, sondern ungewohnt, überraschend fremd. Mia drehte den Kopf leicht von ihm fort, doch auf der anderen Seite begegnete sie Rocco, der ihr noch fremder war. Sie drehte sich wieder zu Frank zurück. Rocco legte einen Arm über sie, damit er Frank berühren konnte. Sie spürte seinen Atem in ihrem Haar und seinen Herzschlag in ihrem Rücken. Frank vergrub mit einem leisen Seufzer seinen Kopf an ihrer Brust. Eng umschlungen lagen sie da, spürten einander, verunsichert und verwirrt über all das Fremde, das gleichzeitig so vertraut war.

Auf der Treppe erklangen Schritte. Nach einem kurzen Klopfen wurde die Tür aufgerissen und jemand schaltete das Licht an. Erschrocken stoben sie auseinander.

»Was macht ihr denn hier im Dunkeln?«, fragte Erika erstaunt. Sie hielt einen Stapel Handtücher im Arm.

»Fernsehen«, sagte Frank hastig.

Erika warf einen irritierten Blick auf den schwarzen Bildschirm. »Fernsehen?«

»Es ist grade Sendepause«, erklärte Rocco ernsthaft.

»Aha.« Erikas Blick wurde noch eine Spur irritierter. »Ich richte dir das Nähzimmer nebenan her,« wandte sie sich an Mia. »Auf dem kleinen Sofa kann man auch gut schlafen. Unten im Gästezimmer habe ich ja bereits Hilde einquartiert.«

»Das Nähzimmer ist doch prima.« Mia richtete sich auf. »Aber du musst das Bett nicht beziehen. Das mache ich selbst.«

Erika protestierte nicht. »Ist gut«, sagte sie müde. »Die Bettwäsche habe ich schon rausgelegt.« Verloren stand sie in der Mitte des Raums. »Dann wünsche ich euch eine gute Nacht.«

Frank stand auf. »Ich komme noch mal mit runter.« Er nahm ihr die Handtücher ab, legte sie auf einen Stuhl und begleitete Erika hinaus.

»Sendepause, ja?« Mia ließ sich kichernd zurück auf das Bett fallen.

Roccos Lachen war leise und kehlig. »Mir ist so schnell nichts Besseres eingefallen.«

»Wieso schafft man es mit dir nicht mal, eine Beerdigung in angemessener Würde zu überstehen?«

»Mit dir doch auch nicht.«

Sie sahen einander an und lachten erneut. Da war sie wieder, diese ungewohnte Leichtigkeit.

Mia stand auf. »Ich gehe ins Bett.«

Rocco nickte. »Schlaf gut.« Er streckte eine Hand aus und berührte Mia sanft am Arm.

»Du auch.« Mia griff unsicher nach seiner Hand und drückte sie leicht. Sie musste sich noch an dieses freundliche Gefühl gewöhnen, das sie auf einmal für Rocco empfand.

Sie hatte ein paar Sachen zum Frischmachen eingepackt, aber abgesehen von ihrem schwarzen Kleid weder an Wäsche zum Wechseln noch an ein Nachthemd gedacht. Ihr rotes Top war dreckig und verschwitzt, sie wusch es zusammen mit ihrer Unterwäsche im Waschbecken aus und hängte die Sachen zum Trocknen über einen Handtuchhalter. Sie würde einfach nackt schlafen, das war in dieser schwülwarmen Nacht ohnehin am angenehmsten.

Als sie, frisch geduscht und nur in ihr Handtuch gewickelt, aus dem Bad in den kleinen Flur trat, kam Frank gerade die Treppe herauf.

»Wie geht es deiner Mutter?«, fragte Mia besorgt.

»Nicht so doll. Aber ich glaube, sie wird es schaffen. Sie sitzt noch mit Hilde bei einem Eierlikör in der Küche. Es ist gut, dass sie nicht allein ist.«

»Ja.« Mia berührte leicht seinen Arm. »Niemand sollte in so einer Nacht allein sein.«

Sie gab sich einen Ruck. Vielleicht würde sich so schnell keine Gelegenheit mehr bieten.

»Mir war übrigens nie klar, dass du mich damals mit Stefan gesehen hast.«

»Stefan?«

»Mein Kollege. Du weißt schon – beim Schlagermove.«

»Ach je, Mia!« Frank wirkte bestürzt. »Woher weißt du das denn?«

»Von Rocco. Er hat es mir heute erzählt. Ich … es gab

nur dieses eine Mal. Es ist mir wichtig, dass du das weißt. Rocco meinte, du hättest etwas anderes vermutet.«

»Rocco!«, schimpfte Frank. »Ich höre immer nur Rocco. Was hat der damit zu tun?« Er riss die Tür zu seinem Schlafzimmer auf. »Du blöde Tratschtante«, rief er aufgebracht und schaltete das Licht ein.

»Was denn?« Verwirrt blinzelte Rocco in die plötzliche Helligkeit.

»Wieso erzählst du Mia, dass wir sie damals beim Schlagermove gesehen haben? Das ist nur eine Sache zwischen ihr und mir.«

»Ich hatte nicht den Eindruck, dass sie es mir übel nimmt. Im Gegenteil, jetzt habt ihr euch endlich mal wieder was zu erzählen.« Rocco stand auf. »Ich gehe mal duschen.« Mit einem spöttischen Blick in Franks Richtung fügte er hinzu: »Solltest du vielleicht auch machen. Am besten eiskalt.«

»Licht aus!«, brüllte Frank.

Mia setzte sich neben ihn auf das Bett. Schweigend saßen sie da und schauten zu, wie der fast volle Mond sich langsam vor das Fenster schob und den Raum in silbriges Licht tauchte.

»Es tut mir alles so leid«, sagte Mia nach einer Weile. Sie fühlte sich unendlich müde und gleichzeitig hellwach.

»Mir tut es auch leid«, flüsterte Frank.

Ihre wenigen Worte umfassten all das, was sie jahrelang mit sich herumgetragen hatten. Ihre Enttäuschungen und Verletzungen, ihre Sehnsüchte und diese maßlose Traurigkeit, die sie beide nach ihrer Trennung befallen hatte. Die Angst vor der Zukunft, die Hilflosigkeit, das Wissen um die eigene Schuld und die Vorwürfe dem anderen gegenüber. Es gab nichts mehr zu erklären, nichts mehr vorzuwerfen.

Frank nahm Mias Hand.

»Ich dachte immer, es geht nicht, dass jemand zwei Menschen gleichzeitig liebt«, sagte Mia leise. »Nur, weil alle das behaupten, habe ich es auch geglaubt.«

Frank seufzte leise. »Es geht alles, was du möchtest und womit du dich gut fühlst. Du musst es nur wollen. Das weiß ich heute.«

Mia ließ sich seine Worte durch den Kopf gehen. Es klang alles so leicht, so einfach, und doch empfand sie es immer noch als schwer, ihren eigenen Weg zu finden, jenseits all der Erwartungen, die diese Welt an sie zu haben schien.

»War es sehr schwer für dich?«, fragte sie.

»Es war ein Albtraum. Wenn etwas gut ist, warum sollte man es dann aufgeben? Das ist doch idiotisch. Noch dazu, wo man genau weiß, dass alle Welt einem die Hölle heiß machen wird. Ich bin fast gestorben vor Angst. Und vor Traurigkeit und Sehnsucht nach dir. Dass Rocco das so lange ausgehalten hat, ist echt ein Wunder.«

Mias Augen brannten. Sie hatten beide Jahre ihres Lebens mit völlig sinnlosen Gefühlen voller Zorn und Traurigkeit verschwendet. Nur, weil sie nicht bereit waren, sich den Veränderungen zu stellen.

»Warum ist Versöhnung nur so schwer?«, fragte Frank.

Mia nahm an, dass er dabei auch an seinen Vater dachte.

»Vermutlich, weil sie bedeutet, eigene Fehler einzugestehen und sich darauf einzulassen, die Welt mit den Augen des anderen zu sehen.«

Sie wandte den Kopf und küsste Frank auf die Wange. Ein tiefer, stiller Friede erfasste sie auf einmal.

Rocco kam zurück, umgeben von einem Schwall frischer, herber Düfte. Auch er trug nur ein Handtuch, das er sich um die Hüften geschlungen hatte und das im Mondschein hell schimmerte. Während Frank ebenfalls im Bad verschwand, saßen Mia und Rocco auf seinem Bett und schauten den Mond an, der wie gemalt vor dem Fenster hing.

Mia dachte daran, wie Rocco sich den anderen Trauergästen gegenüber benommen hatte – höflich, zurückhaltend und sehr charmant. Er wirkte den ganzen Tag über kein einziges Mal arrogant oder herablassend, sondern schlug sich sehr tapfer zwischen all den Verwandten, die ihm anfangs voller Vorurteile begegneten. Doch selbst Tante Gisela hatte zum Abschied freundliche Worte für ihn gefunden.

»Weißt du was? Ich finde den Ralf Becker in dir irgendwie viel netter als den Rocco Paletti«, stellte Mia fest.

»So? Warum denn?«

»Der ist nicht so arrogant, so aufgeblasen.«

»Bin ich das? Ich meine, ist Rocco das?«

»Ja, ich finde schon. Ich glaube, das war es auch, was ich nie an ihm mochte.«

»Dann bin ich aber froh, dass du jetzt den Ralf entdeckt hast. Meinst du, du könntest zu ihm ein bisschen netter als zu Rocco sein?«

»Ich denke schon.«

»Fein.«

Sie saß immer noch neben Rocco, als Frank zurückkam. Ganz selbstverständlich nahmen die beiden Männer Mia erneut in ihre Mitte. Jetzt fühlte sich ihre Nähe nicht mehr fremd, sondern warm und freundlich an. Fast zu warm.

Mia begann, unter ihrem dicken Handtuch zu schwitzen.

»Ich habe heute dreimal geduscht«, stellte sie seufzend fest. »Und jetzt könnte ich schon wieder.«

»Was – duschen?«, fragte Franks Stimme leise an ihrem Ohr.

»Ja. Was denn sonst?«

»Ich weiß nicht …« Seine Hand schob sich zwischen ihre Beine, unendlich langsam, unendlich behutsam.

»Nicht«, sagte Mia, aber sie wehrte sich nicht. Sie spürte Franks Hand, die sich fremd und neu und doch so sehr vertraut langsam ihren Weg bahnte. Sie spürte seine Wärme, das leise Prickeln, das seine Berührungen auslösten, bis auf einmal eine große Hitze über ihr zusammenschlug, überraschend und intensiv. Sie löste ihr Handtuch und drängte sich Frank entgegen. Seine Küsse waren ein Gefühl von nach Hause kommen, seine gierige Lust jedoch war neu für sie. Erst, als sie eine fremde Hand auf ihrer Brust fühlte, begriff sie, woher Franks neue Leidenschaft rührte.

»Ich denke, du stehst nicht auf Frauen«, wandte sie sich an Rocco.

»Hör doch endlich mal auf, immer in diesen elenden Schubladen zu denken«, murmelte Rocco in ihrem Nacken.

Er presste seine Erektion gegen ihren Rücken, während seine langen Finger mit ihren Brüsten spielten und Frank voller sehnsüchtiger Lust in sie eindrang.

Sie hatte immer geglaubt, Sex mit zwei Männern sei eine anstrengende, komplizierte Angelegenheit, bei der höchstens die Männer ihren Spaß hatten, die Frau aber wie ein Ackergaul schuftete und vor lauter Anspannung nicht auf ihre Kosten kam. Sie hatte nicht geahnt, dass es so leicht sein konnte, so sanft und zart und selbstverständlich. Sie ließ sich erst von dem einen Mann lieben, dann von dem anderen, und schließlich von beiden gemeinsam.

Der Mond warf sein silbriges Licht auf das Bett und ließ die drei ineinander verschlungenen Gestalten wie Figuren aus einem Märchen erscheinen. Und während aus dem Dachzimmer lustvolle Töne erklangen, war aus der Küche im Erdgeschoss des Bauernhauses das leise Kichern zweier älterer Damen zu vernehmen, die in ihrem Kummer dem Eierlikör zu sehr zugesprochen hatten.

Es war eine wahrhaft magische Nacht.

27

Arthur schloss seine Wohnungstür auf. Er hatte die dumpfe und vollkommen irreale Hoffnung, dass Mia im Flur stehen und ihn mit offenen Armen empfangen würde. Natürlich war das Unsinn, Mia besaß ja keinen Schlüssel zu seiner Wohnung. Oder etwa doch? Da war mal was mit einem Schlüssel. Arthur wühlte in seinen überlasteten Erinnerungen, wann und wo das gewesen sein konnte, aber es fiel ihm nicht mehr ein. Das musste Monate her sein, wenn nicht Jahre.

Der Gedanke an Mia hatte ihm geholfen, die Fahrt im Nachtzug von Paris nach Hamburg zu überstehen. Alkohol und Tabletten betäubten seine Schmerzen und sein Hirn, doch irgendwo zwischen all dem Nebel war diese Hoffnung entstanden, die ihn endlich wieder nach Hause trieb. Wenn Mia erst wieder da war, würde alles gut werden. Mia würde wissen, was zu tun war. Sie wusste immer alles. Sie war eine kluge Frau. Warum hatte er das nur nicht schon viel eher bemerkt?

Vage erinnerte er sich an dieses schäbige, kleine Hotel, in dem er und Mia sich vor Ewigkeiten aus den Augen verloren hatten. Der Schlüssel kam ihm wieder in den Sinn. War es dort gewesen, dass er ihn ihr gegeben hatte? Warum nur fiel ihm das nicht mehr ein? Er vergaß doch sonst nie etwas.

Mia. Sie war so schön, so lebenslustig, so fröhlich. Und so voller Mitleid. Das hatte er nicht ertragen.

Dabei hatte er sich alles ganz anders vorgestellt. An jenem Tag, als sie gemeinsam am Strand der Ostsee standen, malte er sich aus, wie er ihr von seinem Bein erzählen würde, in stilvoller Atmosphäre, bei einem schönen Essen und einem guten Glas Wein. Er wollte so souverän wie immer auftreten, so stark und selbstbewusst wie in all den Monaten zuvor, sodass Mia sich nicht eine Sekunde lang Sorgen machen musste. Sie sollte glauben, dass dieser Unfall keine große Bedeutung hatte, dass er ein Teil seiner Lebensgeschichte war, mehr nicht.

Wie naiv er doch gewesen war.

Er glaubte tatsächlich, alles im Griff zu haben, wenn er nur den passenden Rahmen wählte. Nun, das war ihm ja wohl gründlich misslungen, dachte er voller Bitterkeit. Ach was, *misslungen* war gar kein Ausdruck. Ihm wurde jetzt noch abwechselnd heiß und kalt, wenn er daran dachte, wie er mitten auf der Autobahn durchgedreht war und jedem Psychopathen Konkurrenz gemacht hatte.

Mia hatte daneben gestanden und zugeschaut, wie ihm alles entglitten war. Niemand hatte ihn jemals zuvor so gesehen. So unkontrolliert. So verzweifelt. So hilflos.

Mia hingegen wusste sehr genau, was zu tun war. Natürlich, *sie* hatte die Nerven nicht verloren. Mit der zupackenden Überlegenheit einer Krankenschwester hatte sie Arthur zurück ins Auto und in dieses seltsame Hotel befördert. Sie tat so, als würde seine Panik ihr nichts ausmachen, doch das Entsetzen über sein Bein konnte sie nicht verbergen. Immer wieder war ihr Blick verstohlen zu seinem Stumpf geglitten, Arthur hatte das sehr genau registriert.

Kein Wunder, dass Mia nachts aus seinem Bett geflohen war. Wer wollte schon etwas mit so einem verrückten Krüppel zu tun haben? Eine lebenslustige, attraktive Frau wie sie garantiert nicht.

Während einer schlaflosen Nacht voller Selbstzweifel und Angst fällte Arthur eine Entscheidung. Fortan würde er Mia nicht mehr behelligen. Wie war er nur auf die absurde Idee gekommen, da könne etwas zwischen ihnen sein? Leidenschaft. Freundschaft. Liebe gar. Einen winzigen Moment hatte er sich eingebildet, alles sei möglich.

Wie absurd.

Voller Bitterkeit trieb es ihn fort von diesem trostlosen Ort, fort von Mia, fort von allem, was sein armseliges Leben noch ausmachte. Höchste Zeit, auch ihm den Garaus zu machen.

Orientierungslos irrte er kreuz und quer durch die Welt. Er gab sich die allergrößte Mühe, den kläglichen Rest seines Lebens auf einen noch kläglicheren Rest zusammenschrumpfen zu lassen.

Er trank wahllos und gierig, ohne jedes Gespür für die Mengen, die er konsumierte, gleichgültig gegenüber dem, was der Alkohol mit seinem Körper anrichtete. Er fing wieder an zu rauchen, obwohl die Ärzte ihm dringend davon abgeraten hatten, damit es nicht zu Durchblutungsstörungen in seinem Beinstumpf kam. War das nicht völlig egal? Für wen hegte und pflegte er sich denn so? Er aß und schlief kaum. Dafür zog er von Nachtclub zu Nachtclub, ständig bemüht, sämtliche Erinnerungen auszulöschen, die er hatte. Wenn er noch nüchtern genug war, nahm er in den frühen Morgenstunden Frauen mit auf sein Zimmer, denen das Verruchte gefiel, das ihn mehr und mehr umgab. Manche reagierten schockiert, wenn sie seine Prothese sahen, ein paar Huren wollten auch mehr Geld haben, aber die meisten Frauen schien seine Behinderung überhaupt nicht zu stören. Perverse, kranke Weiber, dachte Arthur angewidert.

Anfangs setzte er sich alle paar Tage in einen Zug oder ein Flugzeug und wählte einen anderen Zielort. München, Kopenhagen, Nizza, Mailand, Kairo. Er stieg in großen, teuren Hotels ab und versank in deren gepflegter Anonymität. Doch je mehr er trank, desto weniger gesellschaftsfähig wurde er. Immer häufiger musterte man ihn misstrauisch an der Rezeption und in den Hotelbars, das entging selbst ihm trotz Dauerbenebelung nicht. Also stieg er in kleineren, einfacheren Hotels ab, in denen man ihm noch weniger Fragen stellte und er noch besser untertauchen konnte.

Dann kamen die Schmerzen und damit wurde es schwieriger. Eine Druckstelle an seinem Beinstumpf, die er einfach ignorierte, weitete sich zu einer handfesten Entzündung aus. Immer länger blieb er nun an einem Ort, viel zu erschöpft zum Weiterreisen. Er belastete sein schmerzendes Bein falsch und bekam davon auch noch heftige Rückenschmerzen. Die frei zugänglichen Schmerzmittel halfen nur minimal, aber Arthur ging zu keinem Arzt. Stattdessen erhöhte er seine Alkoholdosis. Die Frauen blieben aus, weil ihm vor lauter Schmerzen und Sinnesbetäubungen die Lust vergangen war.

In einer Nacht in Paris, in der ihn eine besonders schlimme Schmerzattacke quälte, dachte er an Carol, und er fühlte eine Sehnsucht und einen Schmerz, der alle körperlichen Schmerzen überlagerte. Weinend vergrub er den Kopf in seinem Kissen.

Nach einer Weile schlich sich zwischen die Verzweiflung ein anderes, unbestimmtes Gefühl. Es hatte mit Mia zu tun. Er spürte ihre Nähe wieder, hörte ihr Lachen, fühlte, wie sich ihr Mund um seinen harten Schwanz schloss. Die erregende Erinnerung ließ ihn für einen Moment den brennenden Schmerz in seinem Bein vergessen und den Schüttelfrost, der ihn im Laufe der Nacht immer heftiger befiel.

Es verwirrte ihn, dass er gleichzeitig an Carol und an Mia dachte. Beide waren weit weg, keine von ihnen konnte er je wieder haben.

Oder etwa doch?

Die Erinnerung an Mia barg etwas seltsam Tröstliches. Er spürte ihre Küsse so deutlich, dass er schon glaubte, sie liege tatsächlich neben ihm. Das Zusammensein mit ihr war so vertraut gewesen, so selbstverständlich. Und so unfassbar schön.

Zum ersten Mal, seit Arthur seine Odyssee begonnen hatte, war da ein Hauch von Hoffnung, leicht und flüchtig wie ein Frühlingswind. Er beförderte Arthur in den frühen Morgenstunden in einen tiefen Schlaf voller wirrer Träume. Als er gegen Nachmittag zu sich kam, schluckte er eine halbe Packung starker Schmerztabletten, stieg, weil er fürchtete, man werde ihn in seinem Zustand in kein Flugzeug lassen, unter Qualen in den Nachtzug nach Hamburg, warf noch ein paar Schlaftabletten ein und verbrachte die Nacht in fiebrigem Tiefschlaf.

Arthur stieß die Tür auf und trat in den dämmrigen Flur, von dem eine Treppe zum Wohnzimmer hinaufführte, in das die Sonne schien. Er blinzelte irritiert ins Gegenlicht. Oben auf der Treppe stand ein Wagenrad auf einem Ständer und versperrte ihm den Weg.

Moment mal ... ein *Wagenrad?*

Arthur schaute genauer hin. Ja, es war ein buntes Wagenrad, an dessen Speichen Blumen befestigt waren. Konnte das sein? Er fuhr sich unsicher mit der Hand über die Augen. Vielleicht hatte er doch ein paar Tabletten zu viel genommen. Als er die Augen wieder öffnete, sah er klarer. Nein, natürlich war das kein Wagenrad, was für ein lächerlicher, absurder Gedanke. Das war ein riesiger knallroter

Hut, der sich nun langsam auf ihn zu bewegte. Arthur kniff die Augen zusammen, bis er erkannte, dass zu dem Hut eine Frau gehörte. Himmel, was war denn nur los mit ihm, dass er das alles nicht mehr richtig zusammenbekam?

Im ersten Moment hoffte er, die Frau unter dem Hut sei Mia. Dann glaubte er eine entsetzliche Sekunde lang, Carol zu sehen, die zu lange in der Sonne gelegen hatte, sodass ihr Gesicht ganz faltig geworden war. Die Frau starrte ihn an, als würde sie ebenfalls einen Geist sehen. Erschrocken legte sie die Hände vor den Mund.

»Um Gottes willen, Arthur!«

Da erkannte er sie.

Arthur taumelte vorwärts und brach vor den Füßen seiner entsetzten Mutter zusammen.

28

Sie glitten voller Leichtigkeit in den Herbst hinein. Henny meldete sich bei einer Singlebörse im Internet an – »Das solltest du auch machen, Mia, das bringt dich auf andere Gedanken!« – und erzählte schräge Geschichten von Männern, die sich für Krieger hielten und ihrer »Beute« Schutz und Fürsorge in Notzeiten anboten, und die sich selbst als zweiter Brad Pitt beschrieben und dabei in Wahrheit wie Marilyn Manson aussahen. Mia legte keinen Wert auf die Bekanntschaft solcher Zeitgenossen, obwohl sie diese Geschichten höchst amüsant fand und neidvoll anerkennen musste, dass Hennys Liebesleben eindeutig lebendiger war als ihr eigenes.

Aber Sex war ihr im Moment nicht so wichtig. Das Gefühl, dass vieles möglich war, mit einer neuen, ungeahnten Leichtigkeit, reichte ihr vollkommen. Es trug sie durch die nächsten Aufträge, die sich ganz überraschend wie von selbst ergaben, und durch die letzten Seiten ihres Romans, der endlich fertig wurde.

Energie breitete sich in Mia aus. Energie und eine überraschende Heiterkeit, mit der sie den Sommer verabschiedete, der sich viel zu schnell davonstahl.

Abends ging sie zu Frank und Rocco, um mit ihnen den *Tatort* zu gucken. In entspannter Dreisamkeit kuschelten sie sich auf Roccos Sofa und genossen die neue Vertrautheit, die zwischen ihnen entstanden war. Einmal unternahmen sie noch einen halbherzigen Versuch, erneut zu dritt im Bett zu landen, doch Mia fand es plötzlich überhaupt nicht mehr erregend, Roccos Zunge in ihrem Mund zu spüren, und als Frank ihre Bluse öffnete, schob sie ihn fort.

»Es geht nicht«, sagte sie und knöpfte die Bluse verlegen wieder zu.

Die beiden Männer standen ratlos und unsicher beieinander, dann nickten sie.

Es ging wirklich nicht. Was sie in jener Nacht in Franks Elternhaus erlebt hatten, würde sie ewig verbinden, aber es ließ sich nicht wiederholen. Entscheidend war nicht der Sex, sondern was sie dabei empfunden hatten: eine versöhnliche, verzeihende Nähe, die allen Groll auflöste, der zwischen ihnen gelegen hatte.

Was früher für Mia undenkbar gewesen war, schien nun auf einmal möglich. Ein friedliches Miteinander, frei von Eifersucht und Zorn. Während sie ihren Kopf an Franks Schulter lehnte und die Füße auf Roccos Beine legte, dachte sie, dass Rocco recht behalten hatte. Es gab viele Formen von Liebe, und es war dumm, sich nur auf eine einzige zu fixieren.

»Ich habe deinen Exkollegen neulich getroffen«, sagte Frank unvermittelt.

»Welchen Exkollegen?« Mia schmiegte sich träge an ihn.

»Diesen Stefan.«

»Oh nein. Hast du ihn leben lassen?« Mia spannte sich innerlich an. Hörte das denn nie auf?

»Natürlich. Wir haben uns ganz zivilisiert unterhalten. Er hat nach dir gefragt.« Frank drückte ihr einen leichten Kuss aufs Haar. »Du solltest ihn mal anrufen. Ist ein netter Kerl.«

Mia richtete sich überrascht auf. »Das meinst du doch

nicht im Ernst, oder? Dieser *nette Kerl* hat unsere Ehe ruiniert.«

»Blödsinn. Das waren wir selbst. Er war nur zufällig zur falschen Zeit am falschen Ort.«

Mia tat so, als würde sie aufmerksam verfolgen, was auf dem Bildschirm geschah. Dabei dachte sie an Stefan. Seine konzentrierte Art zu arbeiten. Seine Energie, wenn er brillante Ideen hatte – und die hatte er oft. Die vielen gemeinsamen Stunden, die sie mittags beim Essen oder abends bei einem Feierabendbier verbracht hatten. Sein Lachen, während er von anderen Frauen erzählte und sie von ihrer Ehe. Das warme Leuchten in seinen graugrünen Augen, wenn er Mia ansah. Sie hatte dem nie eine Bedeutung beigemessen, nicht einmal nach jenem verhängnisvollen Abend, als sie sich Stefan sturzbetrunken hingab. Sie ging davon aus, dass er dauernd Frauen auf diese selbstverständliche, kühne Weise abschleppte. Gestern diese, morgen jene, zwischendrin zufällig auch mal Mia.

Aber, ach, was hatte sie zu verlieren? Sie war jetzt frei, sie konnte sich mit Stefan verabreden, mit ihm ausgehen, und wenn anschließend mehr geschah, musste sie keine Schuldgefühle haben, sondern durfte einfach genießen.

»Triffst du dich mit ihm?« Rocco warf ihr einen belustigten Blick zu. Es beunruhigte sie, wie leicht er ihre Gedanken erriet.

»Unsinn!«, wehrte sie ab.

»Klar trifft sie sich mit ihm«, sagte Frank, als habe er das zu entscheiden. »Wird höchste Zeit, dass sie mal wieder jemand ordentlich fickt.«

Mia war sprachlos. So hatte sie Frank noch nie reden hören. Er war ihr gegenüber immer geradezu schamhaft prüde gewesen, hatte nie derbe Worte benutzt und sich größte Mühe gegeben, ein sauberer Ehemann zu sein.

»Ich ficke, mit wem ich will«, entgegnete sie versuchshalber und stellte überrascht fest, dass es ihr gefiel, so zu reden. Es klang wunderbar frech. Und vulgär. Und befreiend.

Frank lachte schallend und Mia stimmte ausgelassen in sein Gelächter ein. Mit einundvierzig Jahren lernte sie auf einmal, ein böses Mädchen zu sein.

Sie musste Stefan Büttner gar nicht anrufen. Er meldete sich von selbst.

»Ich habe gehört, dass du jetzt als Freelancer unterwegs bist – genau wie ich. Wir könnten uns doch zusammentun, was meinst du?« Seine warme, freundliche Stimme machte Mia nervös. In all den Jahren war ihr das nicht passiert. Stefan war doch immer der nette Kollege, der gute Kumpel gewesen. Was war auf einmal anders? Dumme Frage, dachte sie ärgerlich. Alles war anders. Einfach alles.

»Du bist fürs Design zuständig und ich für die Texte? Und dann machen wir fifty-fifty?«

»Genau.«

»Klingt gut.«

»Dann sollten wir uns mal treffen. Wird ohnehin höchste Zeit.«

»Das stimmt.«

Mias Magen krampfte sich nervös zusammen. Stefan. Du liebe Zeit. Sie war ihm so lange aus dem Weg gegangen, dankbar, dass sie ihn nach ihrem Rauswurf bei Keutner und Lempe nicht mehr sehen musste.

Sie trafen sich zum Mittagessen in einem neuen, asiatischen Restaurant im Schanzenviertel. Um sie herum wimmelte es von jungen Leuten aus der Kommunikationsbranche. Frauen mit riesigen Sonnenbrillen und ausgefallenen Frisuren, Männer, denen der Hosenschritt in den Kniekehlen hing und die ihre durchtrainierten Körper unter knappen Shirts zur Schau stellten. Sie alle wirkten wichtig, unerschütterlich in ihrem Selbstvertrauen und wahnsinnig erfolgreich. Mia hatte völlig vergessen, dass auch sie einst in diese Kreise gehört und sich darin zuhause gefühlt hatte.

Auch Stefan erschien immer noch so lässig wie früher.

»Ich komme mir hier so alt vor«, gestand Mia ihm. »Alt und erfolglos.«

»Ach was.« Er lachte unbekümmert. »Seit wann bist du alt?«

»Seit ich die vierzig überschritten habe.«

»Komm schon, das sieht doch kein Mensch. Viel wichtiger ist sowieso, wie alt du in deinem Kopf bist.«

»Da habe ich bereits die sechzig überschritten.« Kläglich rutschte Mia auf ihrem Sitz zusammen.

»Unsinn. Du warst immer jung im Kopf, ich glaube kaum, dass sich das geändert hat.« Stefan legte ihr eine große, warme Hand auf den Arm. »Erzähl doch mal, was überhaupt bei dir los ist. Es ist ja offensichtlich einiges passiert.«

»Ja, aber fast nichts Schönes.«

Widerstrebend begann Mia, die letzten zwei Jahre zusammenzufassen. Stefan war ein aufmerksamer Zuhörer und viel einfühlsamer als sie ihn in Erinnerung hatte. Er war bestürzt, als Mia offen über ihren Totalabsturz sprach und peinlich berührt, als sie erzählte, dass Frank ihn und Mia beobachtet hatte.

»Du liebe Zeit, und dabei war er neulich so nett zu mir. Er hätte mir ja glatt eine reinhauen können.«

»Wir haben uns mittlerweile versöhnt. Es hat lange gedauert, aber jetzt ist alles gut. Ich glaube, er trägt dir nicht mal was nach.«

»Erstaunlich.«

»Allerdings.«

Dann erzählte Stefan von sich. Davon, dass er Keutner und Lempe nur wenige Monate nach Mias Rauswurf auch verlassen hatte. – »Da kamen so viele junge Hühner an, das war nicht mehr zu ertragen.« – Danach hatte er kurze Zeit für eine andere Agentur gearbeitet, bis er merkte, dass er grundsätzlich keine Lust mehr auf diese Art von Arbeit verspürte. Er reiste drei Monate durch Asien, dann machte er sich selbstständig. »Ich mache ganz bewusst viel weniger als früher. Ich will mehr Zeit für mich haben, das Geld ist mir egal.«

Er klang fast ein wenig wie Arthur. Ab vierzig schienen viele Leute ihr Leben neu zu sortieren. Stefans Blick ruhte auf ihr. So warm. So freundlich. Hatte er sie immer schon so angesehen? Kaum zu glauben, wie sie das all die Jahre ignorieren konnte.

»Habe ich dir eigentlich den Job bei Elbzeug zu verdanken?« Die Frage, welche Rolle Arthur bei dieser seltsamen Geschichte spielte, beschäftigte Mia immer noch. Stefan erinnerte sich nicht sofort, sie musste ihm erst erklären, worum es ging.

»Stimmt«, sagte er und wühlte in seinen Erinnerungen. »Arthur Kessler kam irgendwann an und fragte mich nach guten Textern.«

»Und da hast du mich empfohlen?«

»Nicht direkt. Ich wusste ja nicht, dass du immer noch keinen festen Job hattest. Ich habe Arthur einfach ein paar Namen von Leuten genannt, die schon länger selbstständig sind. Er hat dann zu meiner Verwunderung gefragt, ob ich zufällig eine Mia kenne, die in der Werbung arbeitet. Ich sah keinen Grund, ihm darauf keine Antwort zu geben. Also habe ich gesagt, dass ich eine gewisse Mia Sommer kenne. Ob das die Mia sei, die er meine. Das wusste er allerdings auch nicht. Aber er hat sich deine

Mailadresse aufgeschrieben. War es falsch, dass ich sie ihm gegeben habe?«

»Nein.« Mia lächelte versonnen. Also doch! Sie hatte den Job bei Elbzeug ausschließlich Arthur zu verdanken. Aber inzwischen ärgerte sie sich nicht mehr darüber. Was auch immer Arthur sich selbst damals von dieser Aktion erhofft hatte, für Mias Karriere hatte sich sein Einsatz jedenfalls gelohnt.

Stefan sah sie prüfend an. »Läuft da was zwischen euch?«

»Nein, warum?«

»Du siehst irgendwie so aus.«

»Na ja, ehrlich gesagt hatten wir mal ganz kurz was miteinander. Aber das ist schon länger vorbei. Arthur ist ein seltsamer Vogel.«

»Tatsächlich? Ich fand ihn eigentlich immer ganz nett. Ich habe vor Ewigkeiten mal eine Kampagne für eine Bank gemacht, bei der er damals gearbeitet hat. Das war eine gute Zusammenarbeit.«

»Kann ich mir denken. Im Job ist er garantiert absolut professionell.« Mia wechselte das Thema. »Welche Kooperationsmöglichkeiten siehst du denn für uns?«

Stefan unterbreitete ihr seine Pläne. Er hatte zwei sehr große Kunden an der Angel. Wenn Mia sie mit übernahm, hätte sie für das nächste Jahr ausgesorgt. Sie schloss die Augen. Wollte sie das wirklich? Sich in erneute Abhängigkeiten begeben und Berufliches mit Privatem vermischen?

»Glaubst du, dass es eine gute Idee ist, wenn wir wieder zusammenarbeiten? Ich meine, nach allem, was war.«

Stefans Blick war lang und tief. »Ach, weißt du, mit dir kann ich mir alles vorstellen. Das war schon immer so.«

Mia wich seinen leuchtenden Augen aus. »Ich glaube, es ist zu kompliziert«, murmelte sie.

Stefan nahm ihre Hände und umfasste sie sanft. »Nein, ist es nicht. Du musst dich nur trauen.«

Die Szene auf Roccos Sofa kam ihr in den Sinn. *Ich ficke, wen ich will.* Auf einmal musste sie lachen. Im Grunde war doch überhaupt nichts kompliziert, sondern alles ganz einfach.

»Also gut«, sagte sie und erwiderte Stefans Händedruck.

Er brachte sie wieder ins Spiel. Große Kunden, die Geld hatten und bereit waren, es auszugeben. Spannende Aufträge. Herausforderungen. Anerkennung. Mia blühte im Laufe des Herbstes regelrecht auf. Die Zusammenarbeit mit Stefan klappte viel besser, als sie dachte. Sie waren einander so vertraut, was Arbeitsprozesse anging, hatten ähnliche Herangehensweisen an Projekte, die gleiche Art, mit Kunden umzugehen, denselben Ehrgeiz, dieselbe Gewissenhaftigkeit.

Als sie ihren ersten gemeinsamen Großauftrag in der Tasche hatten und Mia überschlug, wie viel sie daran verdienen würde, konnte sie es kaum fassen. Das war viel mehr, als sie je als Angestellte verdient hatte.

Abends feierte sie mit Stefan ihren gemeinsamen Erfolg. Wie in alten Zeiten gingen sie erst essen und anschließend in eine Bar auf dem Kiez. Von Stefan ging eine Anziehung aus, die Mia sofort gespürt hatte, als sie ganz neu in der Agentur war. Sie verstand nicht, wieso sie danach jahrelang ignorieren konnte, wie sexy Stefan eigentlich war. Sie musterte die dunklen Haare auf seinen Unterarmen, überwältigt von dem Verlangen, ihre Lippen darauf zu pressen.

Stefan grinste breit.

»Was?« fragte Mia. Sie fühlte sich ertappt.

Stefans Grinsen wurde noch breiter. Er sah so unwiderstehlich aus, mit seinem mittlerweile sehr grauen, leicht gelockten Haar, den Augen, die nie zu schlafen schienen, den Falten auf seiner Stirn, die ihn reif und erwachsen aussehen ließen, während sein Körper sich immer noch so geschmeidig bewegte wie der eines Zwanzigjährigen.

»Ich glaube, ich bin betrunken«, seufzte Mia.

»Ich auch. Ein bisschen.« Dabei wirkte Stefan überhaupt nicht betrunken, sondern hellwach und klar. Mit einer leichten, schnellen Bewegung strich er Mia mit einem Finger über die Wange.

Sie seufzte erneut. »Es führt zu nichts Gutem, wenn wir uns gemeinsam betrinken, das weißt du doch.«

»Nun ja, beim letzten Mal musste ich dich zwar in dein Bett tragen, aber weitere schlimme Folgen gab es meines Wissens nicht.«

Mia schüttelte sich, als sie an den entsetzlichen Tag dachte, an dem Clemens Marquardt sie gefeuert hatte. Das war ewig her – und gleichzeitig schien es erst letzte Woche passiert zu sein. »Ich war damals so neben der Spur. Schlimm.«

»Ja, schlimm. Und sehr schade, dass du dich nie bei mir gemeldet hast. Wozu sind alte Kollegen denn da?«

»Tja, wozu?« Mia grinste, und ein Prickeln erfasste ihren ganzen Körper, als Stefan sich vorbeugte und sie küsste.

Sie fuhren in seine Wohnung, die sehr schick mit modernen Designermöbeln eingerichtet war. Beinah von derselben kühlen Eleganz wie Arthurs Wohnung, schoss es Mia durch den Kopf, während sie Stefan in sein Schlafzimmer folgte. Es war sehr aufgeräumt und das große Bett frisch bezogen. Offenbar hatte Stefan gehofft, dass der Abend hier enden würde.

Kleidungsstücke flogen auf den Boden, Arme und Beine umschlangen einander, Haut auf Haut, kräftige Muskeln an weichem Fleisch. Mia war verwirrt, wie schnell sie bereit war, wie gierig sie Stefans Küsse erwiderte und sich gegen ihn presste, wie leicht seine Hände sie erregten, wie mühelos er in sie hineinglitt. Es war fast wie beim ersten Mal, wild, hemmungslos und schnell.

Atemlos lagen sie hinterher beieinander, berauscht von ihrem eigenen Tempo.

»Was machen wir denn hier?«, fragte Mia verblüfft.

»Uns lieben.« Stefan vergrub sein Gesicht in ihrem Nacken.

»Nein, nein.« Mia entzog sich ihm ein wenig. »Mit Liebe hat das doch nichts zu tun. Das war einfach nur geiler Sex.«

»Wenn du es sagst«, murmelte Stefan und zog sie erneut zu sich heran. Seine Finger spielten mit ihren Brustwarzen, Mia stöhnte auf, er wog ihre Brüste in seinen Händen, dann packte er Mia bei den Haaren, zog sie zu sich heran und küsste sie mit einem wilden Ausdruck in den Augen.

Die zweite Runde war länger, ruhiger, aber auch härter. Stefan fasste Mia fester an, sie widersetzte sich ihm erst, dann gab sie sich dem Spiel hin und ließ sich mit Gesten und Blicken von ihm bannen. Er zwang sie, ihn tief in den Mund zu nehmen, bis sie würgen musste.

»Ich kann das nicht«, keuchte Mia und entzog sich ihm.

»Doch, du kannst das.« Stefan lächelte zärtlich, dann beugte er sich erneut über sie. Mia würgte wieder und schüttelte verzweifelt den Kopf. Stefans Blick verwirrte sie. Bis sie begriff, dass er es auf liebevolle Weise genoss, sie zu demütigen. Sie war schockiert. Und stellte zu ihrer eigenen Überraschung fest, dass sie es ebenfalls genoss.

Hinterher fühlte sie sich wie unter Drogen. Warum war sie nicht schon viel eher auf die Idee gekommen, mit Stefan Büttner wilden, schmutzen Sex zu haben? Warum fand sie es überhaupt so großartig, sich auf diese Weise hinzugeben? Sie verstand das nicht. Mit Frank und all seinen Vorgängern war der Sex immer so harmlos und brav gewesen, fast langweilig, fand sie jetzt. Doch schon mit Arthur war alles irgendwie anders gewesen – aufregend anders. Etwas hatte sich in den letzten Jahren verändert.

»Ich habe einen schrecklichen Verdacht.«

Annika hockte zusammengesunken auf Mias Sofa und bot ein Bild des Jammers. Sie sah alt und müde aus, hatte dicke, verquollene Augen und ihre Haare brauchten dringend einen neuen Schnitt. Auf ihrem verwaschenen kakaofarbenen Shirt prangte ein heller Fleck, vielleicht Zahnpasta oder Milch.

»Was ist denn los?«, fragte Mia bestürzt. Nele schoss ihr durch den Kopf, Annikas ewiges Sorgenkind. Nahm sie jetzt etwa Drogen? Hatte sie die Schule abgebrochen?

»Ich glaube, Matthias hat eine andere Frau.« Annikas Stimme zitterte, in ihren Augen flackerte Panik auf.

»Waaas???« Mia konnte es nicht glauben. Doch nicht Matthias, der seit siebzehn Jahren den treusorgenden Ehemann und Vater gab.

»Ich kann es gar nicht so genau festmachen, es ist eigentlich mehr ein Gefühl.« Annika fuhr sich nervös durch die Haare. »Da ist plötzlich so ein Geruch, der ihn umgibt.«

»Ein Geruch?«

»Ja, wie das Parfüm einer anderen Frau. Und er ist so abwesend, selbst dann, wenn er neben mir sitzt. Es kommt mir so vor, als sei ich ihm total gleichgültig.«

»Das redest du dir bestimmt nur ein. Wahrscheinlich ist er bloß völlig überlastet. Rede mit ihm!«

»Das wage ich nicht. Ich habe Angst vor der Gewissheit. Wenn da eine andere Frau ist, dann übersteht unsere Ehe das nicht, da bin ich mir total sicher.«

»Aber was willst du sonst machen? Die Augen verschließen und hoffen, dass es vorüber geht?«

»Vielleicht.«

Sie schwiegen lange. Mia musste erst mal verdauen, was Annika gesagt hatte. Wenn es sogar in dieser Bilderbuchehe Risse gab, welche Hoffnung bestand dann noch, dass es überhaupt irgendein Paar schaffen konnte?

»Es war so viel los in den letzten Jahren. Die ganzen Schwierigkeiten mit Nele. Und Matthias war beruflich so angespannt.« Annika suchte in hilfloser Verzweiflung nach Erklärungen. Mia vermutete, dass der Sex mit Annika auch nicht sonderlich aufregend war, nach allem, was sie immer erzählt hatte. Aber das sagte sie natürlich nicht. Stattdessen versuchte sie Annika zu beruhigen. »Mach dich bloß nicht verrückt. So lange du keine handfesten Beweise hast, ist doch gar nicht sicher, ob an deinem Verdacht was dran ist.«

»Aber *wenn* was dran ist? Oh Gott, Mia, mir wird ganz schlecht, wenn ich nur daran denke.«

»Das kann ich gut verstehen.« Mia dachte an ihre eigene Verzweiflung, ihre Übelkeit, das Gefühl, ins Bodenlose zu fallen, als Frank damals gegangen war. Aber sie dachte auch daran, was seitdem geschehen war.

»Seltsam«, sagte sie und staunte über ihre eigenen Worte. »Ich finde meine Scheidung gar nicht mehr so schlimm. Irgendwie ist alles gut so, wie es jetzt ist.«

»Tatsächlich?« Annika richtete sich ein wenig auf. »Was ist mit Stefan? Läuft es gut zwischen euch?«

»Großartig, ja.«

Seit Wochen befand Mia sich in einem endlosen Rausch aus beruflichen Erfolgen und wilden, aufregenden Nächten mit Stefan. Sie schlief kaum noch und war dabei so produktiv wie schon lange nicht mehr. Fast war es wie in alten Zeiten, in denen sie bis zum Umfallen gearbeitet hatte und trotzdem nächtelang mit Frank um die Häuser gezogen war.

Allerdings ging Mia nicht mehr davon aus, dass dieser Rausch ewig halten würde. Sie wusste, dass alles ein Ende hatte, und seit sie ohne jegliche Sicherheiten lebte, war sie sich der Zerbrechlichkeit des Augenblicks viel mehr bewusst. Doch das machte ihr keine Angst mehr, sondern war überraschend erleichternd. Sie besaß die Freiheit, täglich neu zu entscheiden, welche Richtung ihr Leben nehmen sollte. Für sie war es viel einfacher, etwas wieder aufzugeben und den Mut für Neues zu entwickeln als für Annika, die in uralten, festen, starren Formen steckte.

Verwundert stellte Mia fest, dass sie ihr neues Leben mit all seinen Ungewissheiten liebte. Gestern hatte sie gerade erst ihr Romanmanuskript an zwei Agenturen geschickt. Arthur war ihr in den Sinn gekommen, der sie bei der Suche nach einem Verlag unterstützen wollte. Pah, dachte sie selbstbewusst, als sie die Mails abschickte, wozu brauchte sie einen Mann? Sie würde auch alles alleine schaffen!

Annika rang sich ein Lächeln ab. »Dass du mal eine Beziehung mit diesem Stefan haben würdest, hättest du aber auch nie gedacht, oder?«

»Oh, wir haben keine Beziehung. Das ist nichts Ernstes, nur eine kleine Affäre.«

»Tatsächlich? Dafür verbringt ihr aber erstaunlich viel Zeit miteinander.«

Das stimmte. Mia sah Stefan fast täglich. Er hatte ein kleines Büro in Eimsbüttel gemietet, das sie mit ihm teilte – schließlich arbeiteten sie so eng zusammen, da machte das Sinn. Und abends gingen sie meistens gemeinsam essen und anschließend zu einem von ihnen nach Hause. Auch das machte irgendwie Sinn. Sie arbeiteten dort oft genug weiter.

»Wir arbeiten einfach so viel zusammen«, sagte Mia und spürte selbst, dass es wie eine Rechtfertigung klang. Was war so schlimm daran, dass sie ständig mit Stefan zusammen war? Sie verstand es selbst nicht.

Ein eigenartiges Lächeln huschte über Annikas Gesicht. »Ich muss Torben vom Fußball abholen.« Mühsam erhob sie sich, als koste sie jede Bewegung ungeheuer viel Kraft.

Mia umarmte sie fest. »Es wird alles gut, so oder so.« Annika nickte stumm und wenig überzeugt.

Mia war sich sicher, dass Stefan es nicht lange mit ihr aushalten würde. Sein Verschleiß an Frauen war schon immer schwindelerregend gewesen, und sie wusste nicht mal, ob er nicht auch jetzt noch andere Geschichten laufen hatte. Zuzutrauen war es ihm. Doch das bedrückte sie nicht, sondern gab ihrer Affäre eine erstaunliche Leichtigkeit. Jeder Tag konnte der letzte sein, das wusste sie nur zu gut. Irgendwann würde Stefan fort sein und sie würde einfach weiter gehen.

Doch dann gestalteten sich die Dinge unerwartet anders. Mia begleitete Stefan auf eine große Party, auf der sich die Kreativen der Stadt tummelten. Früher hatte Mia sich von der Dynamik mitreißen lassen, die von all diesen Menschen ausging, von ihrem Esprit, ihrer Schnelligkeit, ihrem lässigen Auftreten. An diesem Abend jedoch langweilte sie sich unendlich. Sie hielt gerade genug Small Talk, um nicht unhöflich zu erscheinen.

Wenigstens war die Musik gut. Mia begab sich auf die Tanzfläche und tanzte ununterbrochen. Stefan gesellte sich zu ihr und sie spürte, wie die Blicke anderer Frauen ihr neidvoll folgten. Mia genoss es, mit Stefan zu tanzen, zu spüren, wie ihre Körper sich im selben Rhythmus bewegten und sich aneinander rieben. Die erotische Spannung zwischen ihnen war unübersehbar, und im Laufe der Nacht folgten ihnen nicht nur die Blicke der anderen Frauen, sondern auch die der Männer.

Als sie endlich im Taxi saßen, das sie in Stefans Wohnung brachte, war Mia erschöpft und aufgedreht zugleich. In erwartungsvoller Spannung saß sie neben Stefan, spürte seine Wärme, seine Kraft, seine Männlichkeit. Doch statt wie erwartet sofort ins Schlafzimmer zu stürmen, ging Stefan in die Küche.

»Möchtest du auch noch was trinken?«, fragte er. Mit einem Glas Wasser in der Hand setzte er sich halb auf den Küchentisch und musterte Mia lange. Sie nahm ihm das Glas aus der Hand und trank einen Schluck.

»Du hast dich gelangweilt, stimmt's?«, fragte Stefan.

»Nicht, nachdem wir angefangen haben zu tanzen. Ich habe ewig nicht mehr getanzt, dabei macht mir das so viel Spaß. Besonders mit dir.« Mia stellte sich zwischen Stefans lange Beine und fuhr mit den Händen an seinen Schenkeln entlang. Er strich ihr die Haare aus dem Gesicht und küsste sie zart auf die Stirn. »Oh Mia«, seufzte er. »Du bist eine so wundervolle Frau. Ich fürchte, mich hats total erwischt.«

Verwundert schaute Mia ihn an. Der Ausdruck in seinen Augen überraschte sie. Als Stefan sie küsste, hatte sie den Verdacht, dass sie soeben von einer Affäre in eine Beziehung hinübergeglitten waren.

29

Arthur saß in der Sonne auf einer kleinen Terrasse und trank Kaffee. Eine Frau trat durch eine Tür heraus und blickte sich suchend um. Sie war schlank und hatte dunkle, leicht gewellte Haare, die ihr offen über die Schultern fielen. Ihr lebhaftes, hübsches Gesicht war halb hinter einer Sonnenbrille verborgen, das rot geblümte Sommerkleid betonte ihre Figur. Arthur sah die Frau gebannt an. Einen Moment glaubte er, Mia zu sehen. Doch als sie ihr Gesicht in seine Richtung drehte, erkannte er, dass sie eine Fremde war. Eine ältere Patientin, die am anderen Ende der Terrasse saß, winkte ihr zu und die Dunkelhaarige eilte zu ihr hinüber und lachte dabei fröhlich. Genau wie Mia, dachte Arthur, und er war überrascht, dass sie ihm plötzlich in den Sinn kam.

Er hatte ewig nicht an Mia gedacht.

So viele Geschichten erzählte er Dr. Wiesner, nur über Mia redete er nie. Warum eigentlich nicht? Was war daran schlimmer als an all den anderen Geschichten? War es die Art, wie sie sich kennengelernt hatten? Oder waren es die Gefühle, die sie in ihm ausgelöst hatte? Gefühle, von denen er dachte, dass er sie nie wieder verspüren würde.

Arthur beobachtete, wie die Schatten immer länger wurden, die Sonne verschwand jetzt schon früh hinter den Bergen. Der Sommer war vergangen, ohne dass er es bemerkt hatte. Hilfloser Ärger erfasste ihn. Arthur wünschte, alles wäre ganz anders gekommen.

Marlit Kessler war einer Eingebung gefolgt. Nachdem Arthur nicht auf ihre Anrufe reagierte, erfasste sie eine ungewohnte Unruhe. Ihr Gespräch mit Mia auf Spiekeroog kam ihr in den Sinn.

Obwohl sie ihren Sohn in den letzten zehn Jahren viel zu selten zu Gesicht bekommen hatte, war ihr Kontakt doch stets sehr eng gewesen, selbst in den schwierigen Zeiten nach Carols Tod, als Arthur sich immer mehr zurückgezogen hatte. Damals gewöhnte er sich an, alle paar Tage anzurufen, um Marlit und Boy zu beruhigen und ihnen zu zeigen, dass er sein Leben im Griff hatte. Er wusste, wie dankbar Marlit dafür war.

In der letzten Zeit wurden seine Anrufe seltener und er klang manchmal sehr erschöpft. »Ich bin mit einem großen Auftrag beschäftigt«, behauptete er. Für seine Mutter gab es keinen Grund, daran zu zweifeln. Bis jetzt.

Marlit fuhr zu Arthurs Haus, vor dem sie seinen Mercedes entdeckte. Ihre Unruhe wuchs. Warum parkte der Wagen nicht in der Tiefgarage? Sie bemerkte, dass jemand den Stern an der Kühlerhaube abgebrochen hatte – für sie ein Zeichen, dass das Auto nicht erst seit ein paar Minuten hier stand.

Marlit rechnete nach. Mitte Juni war sie Mia auf Spiekeroog begegnet. Da hatte Arthur offenbar schon einige Wochen keinen Kontakt mehr zu Mia gehabt. Jetzt war Anfang Juli. Marlit fröstelte.

Sie nahm ihren Schlüssel und betrat Arthurs Wohnung. Die Luft roch abgestanden, die Küchenkräuter waren in ihren Töpfen vertrocknet, im Kühlschrank schimmelte Käse, im Badezimmer lagen Arthurs Rasierer und seine Zahnbürste.

Arthur hatte seine Wohnung vor langer Zeit verlassen, aber nicht, um zu verreisen.

In den nächsten Tagen kam Marlit immer wieder in die Wohnung, in der Hoffnung, irgendwann auf Arthur zu treffen. »Wir müssen die Polizei informieren«, sagte Boy sichtlich beunruhigt, doch Marlit schreckte davor zurück. Wenn sie die Polizei einschalteten, war das ein Zeichen, dass etwas Furchtbares geschehen war. Daran wollte sie jedoch nicht glauben. Noch nicht.

Und sie behielt recht. Am vierten Tag ihres Wartens öffnete sich die Tür und Arthur fiel ihr regelrecht vor die Füße.

Sie handelte schnell und überlegt. Ihr Sohn war in einem unbeschreiblichen Zustand. Abgemagert, ungewaschen und unrasiert, in alten, fleckigen Kleidern, die er vermutlich seit Tagen nicht mehr gewechselt hatte. So hatte sie ihn noch nie gesehen, und fast wäre es ihr lieber, sie hätte ihn auch jetzt nicht zu Gesicht bekommen. Sie wollte gar nicht wissen, wie er die letzten Wochen verbracht hatte, sein Äußeres sagte ihr alles. Am liebsten hätte sie ihren Sohn unter eine heiße Dusche gestellt, ihm die Kleider gewechselt und ihn ausgenüchtert, bevor sie Hilfe holte. Doch sie erkannte, dass sein Zustand kritisch war. Seine Stirn glühte vor Fieber, und er war ganz offensichtlich nicht nur umgekippt, weil er zu viel Whisky getrunken hatte. Sie wagte nicht, ihm die Hose hochzustreifen und die Prothese abzunehmen, aus Furcht vor dem, was sie dort sehen könnte. Marlit griff zum Telefon und rief einen Krankenwagen.

Nach einer vollständigen Ausnüchterung und Entgiftung sah Arthur wieder klarer. Dumpf erinnerte er sich an seine Irrfahrt quer durch Europa. Völlig ziellos war er umhergereist, ohne einen genauen Plan, ohne ein konkretes Ziel. Er wollte einfach nur weg.

Bilder von schummrigen Bars, nackten Mädchen und zwielichtigen Männern stiegen in ihm auf und verflüchtigten sich wieder. Er hatte dieses Milieu immer schon gemocht, vielleicht, weil es so ganz anders war als das saubere, glatte Leben, das er sonst führte. Doch noch nie war er so tief eingetaucht, hatte sich so sehr in zügellosen Begierden verloren und sich dabei zunehmend selbst aufgegeben.

Eigentlich hätte er es viel leichter haben können, dachte er bitter, während er in seinem sauberen Krankenhausbett lag. Er hätte einfach mal eine ganze Packung Tabletten auf einmal schlucken müssen, nicht nur eine halbe. Dann wäre er auch ganz weg gewesen und nicht nur halb. Aber etwas hatte ihn davon abgehalten, sein Tod auf Raten war eine halbherzige Angelegenheit, er wollte offenbar doch nicht so dringend sterben, wie er die ganze Zeit geglaubt hatte.

Es dauerte lange, bis er zwischen all den Schichten aus Hoffnungslosigkeit, Trauer, Angst und Zorn wieder ein Stückchen Himmel sah – tiefblauen Sommerhimmel, der die Berge rings um Davos nah und groß erscheinen ließ.

Die Heilung seines entzündeten Beins war ein langwieriger Prozess. Doch sie war nichts im Vergleich zu der Kraft und Geduld, die es kostete, die Einzelteile seines Lebens neu zusammenzufügen.

Nachdem er wieder klarer sah, entschied Arthur sich bewusst für eine Klinik in der Schweiz. Er wollte an einem Ort gesund werden, an dem ihn kein Arzt oder Physiotherapeut kannte, an dem sich niemand fragte, was aus dem Vorzeigepatienten Arthur Kessler geworden war.

Es kostete ihn ohnehin Überwindung genug, sich auf diesen Weg zu begeben. Jahrelang hatte er alle wohlmeinenden Versuche seiner Ärzte und seiner Familie, sich nach dem Unfall professionelle Hilfe zu suchen, eisern abgelehnt.

»Ich habe mein Bein verloren, nicht meinen Verstand«, sagte Arthur mit einer Entschiedenheit, die jede weitere Diskussion zu dem Thema im Keim erstickte.

Einmal, in der Zeit, als er bei seinen Eltern in Hamburg lebte, kam ein Mann mit grauem Bürstenhaarschnitt und gerötetem Gesicht zu Besuch.

»Du erinnerst dich doch sicher noch an Pastor Eschenbach«, sagte Marlit, und in leichtem Plauderton sprachen sie über das Wetter und Politik und das Leben mit einer Behinderung.

»In unserer Gemeinde gibt es einen jungen Rollstuhlfahrer«, erzählte Pastor Eschenbach. »Er ist seit einem Motorradunfall querschnittsgelähmt. Im letzten Jahr ist er beim Hamburger Marathon mitgefahren. Ich bewundere ihn für seinen Lebensmut.«

Arthur nickte mit finsterer Miene und sagte kein Wort. Zum Abschied sagte Pastor Eschenbach: »Wenn Sie mögen, stelle ich gerne mal den Kontakt zwischen Ihnen und diesem jungen Rollstuhlfahrer her.«

»Vielen Dank.« Arthurs Gesicht war versteinert. »Aber ich habe kein Interesse an wohltätigen Kontakten zu Krüppeln aus der Nachbarschaft.«

Pastor Eschenbach zuckte zusammen. »Ich dachte nur, es könnte hilfreich für Sie sein«, stammelte er erschrocken.

»Nein, das ist es nicht. Es ist mir lästig.« Damit wandte Arthur sich von ihm ab.

Später tobte er vor Wut. »Was soll das?«, fuhr er Marlit an. »Wieso holst du diesen Pfaffen ins Haus? Sollte er mir die letzte Ölung erteilen? So tot bin ich leider noch nicht. Und wehe, es kommt hier noch mal jemand auf die Idee, mich mit irgendwelchen gesellschaftlichen Randgruppen zu verkuppeln. Dann ziehe ich heute noch in ein Hotel.«

Marlit und Boy starrten ihn entgeistert an. »Noch bist

du tatsächlich nicht tot«, sagte Boy Kessler schließlich und zog gelassen an seiner Pfeife. »Aber es dauert nicht mehr lange, wenn du so weitermachst.«

»Nicht, du machst es nur noch schlimmer«, rief Marlit entsetzt und bemühte sich vergeblich, die Wogen wieder zu glätten.

Zwei Wochen später erklärte Arthur, er habe eine Wohnung gekauft. Er war überhaupt noch nicht in der Lage, sich wieder selbst zu versorgen, aber er ertrug die wohlmeinenden Ratschläge, die Fürsorge und vor allem die Liebe seiner Eltern nicht länger. Lieber bezahlte er eine Haushälterin. Und eine Geliebte. Und er trainierte mit einer beinah selbstzerstörerischen Verbissenheit, bis er mit seiner Prothese laufen konnte und auch seine Arme und Schultern nach den Brüchen wieder voll belastbar waren.

In Davos saß er auf einmal Dr. Beat Wiesner gegenüber. Arthur war überrascht, dass ein so junger, sportlich aussehender Mann sein Seelenklempner sein sollte. Was wusste dieser Kerl, der höchstens Anfang dreißig war, schon vom Leben? Arthur bereute seine Entscheidung schon wieder und verweigerte in den ersten Stunden die Zusammenarbeit. Mürrisch erzählte er ein paar belanglose Details über den Unfall und ließ Dr. Wiesner gegen eine Wand laufen.

In der dritten Sitzung fragte Beat Wiesner: »Warum sind Sie eigentlich hier, Arthur?«

»Das frage ich mich auch.«

»Wenn Sie keinen Sinn in der therapeutischen Arbeit sehen, müssen wir nicht weitermachen. Das ist ja hier keine Pflichtveranstaltung und ich möchte weder Ihre noch meine Zeit vergeuden.«

»Gut«, sagte Arthur erleichtert. »Hören wir auf mit dem Unsinn. Ich hätte mir denken können, dass es nichts bringt.«

»Aber Sie hatten gehofft, es könne etwas bringen?«

»Ja.«

»Was genau hatten Sie sich denn erhofft?«

Arthur dachte nach. »Dass es mir besser geht.«

»Jetzt geht es Ihnen also nicht gut?«

»Nein.«

»Warum nicht?«

Was für eine bescheuerte Frage. »Weil ich meine Frau verloren habe. Und mein Bein.«

»Nun wissen wir beide, dass ich Ihnen weder Ihre Frau noch Ihr Bein zurückgeben kann. Was genau haben Sie sich also von mir erhofft?«

Arthur dachte erneut nach. Ja, was hatte er sich erhofft? Er wollte wieder lachen. Er wollte wieder lieben. Er wollte wieder glücklich sein.

»Ich möchte mein altes Leben wiederhaben«, sagte er.

»Wie ich schon sagte, Ihre Frau und Ihr Bein kann ich Ihnen nicht wiedergeben. Ihr altes Leben ist fort. Sie haben jetzt ein neues Leben.«

»Ich habe kein neues Leben. Ich habe nichts.«

»Tatsächlich? Wie sieht dieses Nichts denn aus?«

Die Fragen kamen schnell und verwirrten Arthur. Er fand kaum Zeit zum Nachdenken. »Finster. Und leer.« Er war erstaunt über seine eigene Antwort.

Dr. Beat Wiesner nickte bekümmert. »Finster und leer«, wiederholte er und die Worte klangen aus seinem Mund sehr bedrohlich. »Was ist so schlimm an diesem finsteren, leeren Nichts?«

Arthurs ganzer Körper verkrampfte sich. Er spürte die Dunkelheit körperlich. Die Einsamkeit. Die Kälte.

»Das Schlimmste ist, dass ich so alleine bin. Dass ich mich wie tot fühle.« Eine unbeschreibliche Sehnsucht schlug wie eine riesige Welle über ihm zusammen. »Ich will aber nicht tot sein.« Er würgte. »Ich will leben. Ich weiß nur nicht, wie.« Die Tränen kamen ganz plötzlich, er konnte sie nicht aufhalten, das Weinen zerriss ihn fast. »Ich weiß nicht, wie ich diese Angst wieder loswerde. Und diese Dunkelheit. Ich will doch nur leben, einfach nur leben. Darum bin ich hier.«

Dr. Beat Wiesner lehnte sich erleichtert in seinem Sessel zurück. Sie konnten mit der Arbeit beginnen.

Die Frau, die Arthur an Mia erinnerte, stand auf und ging mit ihrer Begleiterin in den angrenzenden Garten. Arthur sah ihnen nach.

Es überraschte ihn, mit was für einem intensiven Gefühl er auf einmal an Mia dachte. Damals, als er sie kennenlernte, hatte er ihre Nähe kaum ertragen und sich gleichzeitig nach ihr gesehnt, wenn sie nicht da war. Es gab Tage, an denen hätte er sie am liebsten zurückgerufen, kaum dass sie seine Wohnung verlassen hatte. Doch was hätte er ihr sagen sollen? »Magst du mir Gesellschaft leisten? Ich fühle mich einsam und du bist der einzige Mensch, den ich nicht nach fünf Minuten aus der Wohnung schmeißen möchte – obwohl ich es meistens dann doch tue. Aber nur, weil wir dieses alberne Spiel spielen und ich nicht weiß, wie ich es beenden soll.«

Er hatte sie von Anfang an auf eine andere Weise begehrt als andere Frauen. Irgendwann war zu dem Begehren eine warme Zuneigung hinzugekommen. Arthur erinnerte sich an jenen seltsamen Abend, als er das erste Mal für Mia gekocht hatte. Es tat so gut, mit einem anderen Menschen beim Essen zu sitzen und dabei diese ungewöhnliche Stille zu spüren, die sich normalerweise nur zwischen zwei Menschen einstellte, die sehr vertraut miteinander waren.

Aber dann entdeckte er, dass es keinen Mann in Mias

Leben gab und dass ihn ihre Traurigkeit berührte. Er wusste später selbst nicht mehr genau, warum ihn diese beiden Entdeckungen so panisch werden ließen. Es war eine diffuse Angst vor zu viel Nähe, vor einer Intimität, die er nicht auszuhalten vermochte.

Und er hatte entsetzliche Angst davor, Mia von seinem Bein zu erzählen und ihr – und vor allem sich selbst! – eingestehen zu müssen, dass er unfähig war, sein neues Leben zu meistern. Dass er ein Versager war. Er, Arthur Kessler, der in seinem ganzen Leben noch nie versagt hatte.

Aber plötzlich versagte er ständig. Er stieß Mia vor den Kopf. Er fand nicht die richtigen Worte für sie. Er drehte durch und rannte weg. Dabei war er nie zuvor weggerannt. Niemals.

Auf einmal hatte er Mias Geruch in der Nase, diesen hauchzarten Duft nach Rosen und Frühling, der sie auf verführerische Weise umhüllte. Und er spürte mit einem brennenden Verlangen ihre weiche Haut unter seinen Händen.

Mia war die erste und einzige Frau, die ihn nach Carols Tod interessierte. Er hatte sie gefunden und durch seine eigene Blödheit wieder verloren. Voller Verzweiflung wurde ihm klar, dass er es komplett vermasselt hatte.

30

Nele belegte eine Scheibe Toast mit dünnen Gurkenscheiben. Sie schnitt das Brot in kleine Stücke und verschwand dann damit aus der Küche.

»Sie isst ja wieder«, stellte Mia fest.

Annika nickte und seufzte erleichtert. »Es darf ihr niemand dabei zusehen und sie zählt immer noch wie blöd Kalorien, aber es sieht so aus, als hätten wir das Schlimmste überstanden.«

»Wie gut! Gilt das auch für Matthias und dich?«

Annika stellte einen Teller mit Weihnachtskeksen auf den Tisch, reichte Mia einen Becher Kaffee und setzte sich zu ihr an den großen Küchentisch. Sie war ungeschminkt, trug einen uralten, verwaschenen Jogginganzug, und ihre Haare benötigten wieder mal – oder immer noch? – einen neuen Schnitt. War sie im letzten Jahr überhaupt irgendwann beim Friseur gewesen?

»Ja, in gewisser Weise gilt das auch für uns«, sagte sie.

»Und was bedeutet das?«

»Dass ich für mich Klarheit gefunden habe. Was auch immer da geschehen ist oder noch geschieht, ich will es nicht wissen.«

»Das ist nicht dein Ernst«, rief Mia entsetzt. »Du bist dir sicher, dass dein Mann dich betrügt und machst einfach die Augen davor zu?«

»So kann man das natürlich auch sehen.« In Annikas

Stimme schwang Ärger mit. »Was würde es mir denn bringen, wenn ich jetzt nachbohre und Matthias zur Rede stelle? Es kommt vielleicht etwas zutage, das so verletzend und demütigend wäre, dass es unsere Ehe ruinieren würde. Und dann? Wir trennen uns, müssen das Haus verkaufen, ich stehe mit den Kindern und all ihren Krisen alleine da. Ich muss mehr arbeiten und mich trotzdem finanziell einschränken. Und glücklicher als vorher werde ich dadurch auch nicht. Also – warum sollte ich das alles tun? Nur, um den kleinen Augenblick des Triumphs auskosten zu können, in dem ich Matthias mit einer sehr unangenehmen Wahrheit konfrontiere? Das ist es mir nicht wert.«

Mia war erschüttert. Ausgerechnet Annika, die stets reflektierte Annika, die als Psychologin unzählige Ehen gekittet hatte, wollte kneifen.

»Aber wie kannst du damit leben, dass dein Mann dich anlügt?«

»Ach, wir lügen doch alle, mal mehr, mal weniger. In jedem Leben gibt es Dinge, die andere nicht erfahren dürfen, weil sie uns zu peinlich sind oder den anderen zu sehr verletzen würden, oder weil wir genau wissen, dass er sie nicht versteht. Ich glaube, der Anspruch, vom eigenen Ehepartner immer alles wissen zu wollen, ist Unfug.«

»Kann es sein, dass du bloß Angst vor der Wahrheit hast?«, fragte Mia behutsam.

»Verdammt noch mal, natürlich habe ich Angst. Was denkst du denn?«, brauste Annika auf. »Ich habe so viel Angst, dass ich kaum noch schlafen kann. Andererseits – was bedeutet so eine Affäre im Vergleich zu siebzehn Jahren Ehe? Mal ehrlich, diese Liebschaften kommen und gehen doch in vielen Ehen. Wenn alle Frauen ihre untreuen Männer verlassen würden, läge die Scheidungsrate vermutlich bei achtundneunzig Prozent.«

War das so? Gingen wirklich alle Männer fremd? Mia hatte sich früher der Illusion hingegeben, dass untreue Männer die Ausnahme und nicht die Regel waren. Und diese Männer erkannte man auf hundert Meter Entfernung. Wie naiv sie gewesen war, hatte Frank ihr sehr drastisch vor Augen geführt.

Traute sie Matthias zu, dass er Annika betrog? Natürlich. Er sah gut aus, obwohl er auf Mia immer ein wenig langweilig wirkte. Aber vielleicht war er ganz anders, wenn seine Hormone verrückt spielten. Dazu kam, dass Annika sich immer mehr gehen ließ. Offenbar erlag sie dem Irrglauben, dass sie es nach siebzehn Jahren nicht mehr nötig hatte, ihren Mann auf sich aufmerksam zu machen.

»Wenn du dir wenigstens mal eine anständige Frisur zulegen würdest …«

»Was?«

»Na ja … du achtest so wenig auf dich selbst …«, stammelte Mia verlegen. Sie hatte gar nichts über Annikas Frisur sagen wollen, die Worte rutschten ihr einfach so heraus und waren ihr sofort peinlich.

»So ist das also.« Jetzt wurde Annika richtig wütend. »Wenn Männer fremdgehen, sind die Frauen schuld, weil sie nicht den ganzen Tag mit knappen Röckchen, aufreizender Wäsche und schicker Frisur herumrennen. Hast du eine Ahnung, wie mein Leben aussieht?« In ihrem Blick lag so viel Zorn, dass Mia erschrocken zurückwich. »Nein, du hast keine Ahnung davon, du hast ja keine Kinder. Du weißt nicht, was es bedeutet, immer funktionieren zu müssen, egal wie man sich fühlt. Du kannst dich auf dein Sofa setzen, wenn du von der Arbeit nach Hause kommst. Ich muss dann ein großes Haus in Ordnung halten, für vier Menschen einkaufen und kochen und mich mit den Sorgen und Nöten meiner Kinder befassen. Torben ist

Legastheniker, und wie es um Nele steht, weißt du selbst. Du hast keine Ahnung, wie es sich anfühlt, wenn dir jeden Morgen schon beim Anblick dieses kleinen, abgemagerten Körpers mit den erloschenen Augen das Herz blutet. Wenn du abends um zehn vor Erschöpfung auf dem Sofa einschläfst, statt dich mit deinem Mann durch die Laken zu wälzen. Du kannst dich in deinen eigenen Befindlichkeiten suhlen, so lange es dir passt. Als Frank dich verlassen hat, hast du dich monatelang selbst beweint. *Monatelang.* Ich könnte das nicht mal drei Tage, dann würden meine Kinder mich schon wieder in die Spur zwingen. Und jetzt wirf du mir noch mal vor, dass ich zu wenig auf mich selbst achte.«

»Ach je, so hab ich das doch gar nicht gemeint.« Hilflos suchte Mia nach einer Entschuldigung. Gleichzeitig machten Annikas Worte sie auch wütend. Ihr vorzuwerfen, dass sie keine eigenen Kinder hatte, war das Letzte. Annika wusste genau, wie gern Mia eigene Kinder gehabt hätte.

»Ich habe genau gehört, was du wie gemeint hast«, giftete Annika.

»Verdammt, jetzt reicht es aber.« Nun wurde auch Mia wütend. »Hör endlich auf, dir was vorzumachen. Dein Mann betrügt dich und du bist zu feige, ihn damit zu konfrontieren. Das ist die ganze, erbärmliche Wahrheit. Warum er dich betrügt, weiß ich auch nicht. Männer machen so was halt. Ob es an deinen schrecklichen Haaren liegt, oder bloß daran, dass Matthias nach siebzehn Jahren den Sex mit dir langweilig findet, oder …«

»Raus!« Annika spie das Wort mit einem heiseren Flüstern vor Mias Füße.

Erschrocken riss Mia die Augen auf. »Was?«, stammelte sie entsetzt.

»Ich will, dass du verschwindest«, sagte Annika mit so eisigem Blick, dass Mia gehorsam aufsprang.

»Jetzt drehst du ja völlig durch«, keifte sie und verließ hastig das Haus. Sie begriff nicht gleich, was passiert war. Was war so schlimm daran, Annika an Sinn und Zweck eines Friseurbesuchs zu erinnern? Nein, dachte sie bestürzt, als sie in der S-Bahn saß, es waren nicht die Haare, es war der Sex. Er war ihnen allen immer im Weg. Die einen hatten zu viel davon, die anderen zu wenig. Und wieder andere suchten sich die falschen Partner dafür.

Sie fuhr durch die tief verschneite Stadt nach Hause. Nach dem sehr langen Winter im letzten Jahr hatte niemand damit gerechnet, dass es erneut so viel schneien würde. Doch dann fiel bereits Anfang Dezember der erste Schnee und ganz Norddeutschland versank für die gesamte Weihnachtszeit unter einer dicken, weißen Decke.

An diesem Tag konnte Mia die Winterlandschaft jedoch nicht genießen. Den ganzen Heimweg beschäftigte sie ihr Gespräch mit Annika, und zuhause ließ sie sich zitternd auf ihr Sofa fallen. Das letzte Mal, als sie so einen Streit mit Annika gehabt hatte, waren sie vierzehn oder fünfzehn gewesen. Was war nur in sie gefahren, ihrer Freundin solche Vorwürfe zu machen? Und warum hatte Annika derart empfindlich reagiert? Geriet denn in letzter Zeit die ganze Welt aus den Fugen?

»Kriegen wir denn deinen Stefan auch mal zu Gesicht?«, fragte Barbara Sommer.

»Ja, sicher, irgendwann mal«, entgegnete Mia vage.

Wie jedes Jahr verbrachte sie Weihnachten mit ihrer ganzen Familie in Lüneburg. Der Schnee, der so dicht fiel, dass er sich vor den Fenstern anhäufte, zauberte eine geradezu märchenhafte Stimmung. Sie waren den ganzen

Tag mit den Mädchen rodeln gewesen und erst kurz vor Einbruch der Dämmerung durchgefroren heimgekehrt. Barbara kochte Punsch, zu dem sie ihre berühmte Schokoladentorte aßen. Florence und Chantalle verkrochen sich anschließend in eine Ecke und hörten ein neues Hörspiel von Bibi und Tina, während die Erwachsenen sich auf den Sofas und Sesseln niederließen und in wohlige Trägheit verfielen. Jean-Luc blätterte in einem Bildband über Tibet, den seine Schwiegereltern ihm geschenkt hatten. Walter sank immer tiefer in seinen Sessel und schloss müde die Augen.

»Es ist aber schon richtig ernst, oder?«, fragte Marie.

»Ja, natürlich.«

Mia spürte selbst, wie lahm sie klang. Was war los mit ihr und Stefan? Warum sprach sie mit so wenig Begeisterung über ihn, obwohl er ihr alles bot, was sie brauchte? Er war intelligent, witzig, verständnisvoll, lebenslustig und aufmerksam. Sie verstanden sich großartig, wenn es um ihre Arbeit ging, und der Sex hatte auch nach fast einem halben Jahr kaum an Reiz verloren. Trotzdem kam Mia diese Beziehung wie ein Provisorium vor, ein Übergangsstadium, das zu etwas anderem hinführen sollte.

Nur – wohin? Da war nichts und niemand in Aussicht.

»Bist du denn glücklich?«, fragte Marie weiter. Sie musste den Dingen immer auf den Grund gehen.

»Ja, ich bin glücklich.« Zu ihrer eigenen Verwunderung stellte Mia fest, dass das stimmte. Vor einem Jahr hatte sie sich so einsam und leer gefühlt, so hoffnungslos. Das war jetzt ganz anders.

»Also ist es doch ernst mit Stefan«, hakte Marie nach.

»Das hat mit ihm gar nichts zu tun. Es liegt an mir selbst.« Wieder war Mia überrascht von ihren eigenen Worten. »Ich glaube, ich habe meine Mitte wiedergefunden.

Jedenfalls zum großen Teil. Es ist mir nicht wichtig, ob das mit Stefan weiter geht oder nicht. Darauf kommt es gar nicht an.«

»Und worauf kommt es dann an?«, fragte ihre Mutter. Sie trug Filzpantoffeln zu ihrem Rock und der Wollstrumpfhose und sah damit seltsam verschroben aus.

»Darauf, dass ich bei mir bin und mich mit mir selbst wohlfühle. Dass ich Dinge mache, die mir guttun, die mir wichtig sind. Dass ich innerlich zufrieden bin.«

Erstaunt stellte Mia fest, dass sie nach über zwei Jahren Irrfahrt durch ihr eigenes Leben tatsächlich angekommen war. Ob Stefan sie auf ihrem zukünftigen Weg begleitete oder nicht, war dabei völlig nebensächlich. Es ging nicht um ihn, es ging nur um sie.

»Das klingt ja fast philosophisch«, stellte Barbara fest.

»Es klingt toll«, ergänzte Marie.

Walter ließ ein leises Schnarchen vernehmen. Er war in seinem Sessel eingeschlafen.

Über Silvester fuhr Mia mit Stefan in die Schweiz zum Skifahren. Sie verbrachten schöne, erholsame Tage miteinander. Alles lief perfekt, Mia spürte, wie gut es ihr tat, wieder einen Mann an ihrer Seite zu haben. Und doch war sie seltsam unbeteiligt, als ginge sie das alles nichts an, als beobachte sie lediglich eine andere Frau beim Glücklichsein.

Am letzten Abend sprach Stefan sie überraschend darauf an. »Liegt es an Arthur Kessler?«, fragte er.

»Wie kommst du denn darauf?« Mia starrte ihn verblüfft an. Sie hatten soeben miteinander geschlafen, doch dem Sex fehlte die zügellose Leidenschaft der Anfangszeit. Mia nahm das als gegeben hin, schließlich war der Sex mit Stefan immer noch rauschhafter als alles, was sie mit Frank jemals erlebt hatte. Stefan schien das anders zu sehen.

»Ich habe von Arthur seit einem Dreivierteljahr nichts mehr gehört und gesehen«, sagte Mia.

»Aber du arbeitest immer noch für seine Firma. Da müsst ihr doch Kontakt haben.«

»Nein, haben wir nicht. Er hat sich aus seiner Beratertätigkeit für Elbzeug vollkommen zurückgezogen und scheint nur noch als stiller Teilhaber in der Firma zu fungieren. Ich weiß nicht mal, ob er überhaupt noch in Hamburg lebt.«

»Warum sollte er nicht?«

»Weil er ständig im Ausland gelebt hat. Da liegt es nahe, dass er wieder weggegangen ist. Na, ist ja auch egal«, schloss Mia ungeduldig. »Ich wollte damit nur sagen, dass ich nichts über Arthur weiß und auch nicht daran interessiert bin, mehr zu wissen.«

Stefan sah sie mit einem eigenartigen Blick an. Mia erschrak darüber, wie genau er die feinen Nuancen zwischen ihnen wahrnahm.

Später lag sie wach neben Stefan und dachte an Arthur. Sie hatte ewig nicht an ihn gedacht, jedenfalls nicht so intensiv. Gelegentlich huschte er durch ihre Erinnerungen und löste eine Traurigkeit in ihr aus, die Mia so schnell verdrängte, dass sie kaum etwas davon spürte. Auch jetzt war da wieder dieses leise Sehnen nach den sehr besonderen, ungewöhnlichen Momenten mit Arthur Kessler, dem merkwürdigsten Mann, der ihr jemals begegnet war. Und dem faszinierendsten.

Aber was half es? Arthur war fort. Stefan hingegen lag neben ihr im Bett und schnarchte laut. Als sie sich an ihn kuschelte und die Arme um ihn schlang, spürte sie seine Wärme und seinen Herzschlag. Stefan griff nach ihrer Hand und hielt sie fest. Mia schloss die Augen. Diese kleinen Momente genügten ihr vollkommen für ihr Glück.

Henny, die Silvester auf Fuerteventura verbracht hatte, begann das neue Jahr verändert. Sie hatte im Urlaub einen Mann kennengelernt, doch statt wie sonst von der großen, alles überdauernden Liebe zu träumen, plagten sie diesmal Ängste und Zweifel. »Rüdiger war zwanzig Jahre verheiratet und hat zwei fast erwachsene Kinder. Bei ihm ist alles so gesetzt, so … erwachsen.«

»Klingt doch super«, stellte Mia fest. »Ein Mann, der zwanzig Jahre verheiratet war, hat garantiert keine Bindungsprobleme. Er haut nicht einfach ab, wenn es schwierig wird.«

»Nein«, sagte Henny kläglich. »Aber vielleicht haue ich ab. Das wirkt alles so ernst.«

»Aber genau das wolltest du doch immer – eine ernste, dauerhafte Beziehung.«

»Ja, schon. Aber *so* ernst dann vielleicht doch nicht.«

Mia schüttelte lächelnd den Kopf. »Jetzt warte doch erst mal ab. Gib ihm Zeit. Und dir selbst auch. Man muss in unserem Alter nicht gleich entscheiden, ob man zusammenbleibt. Ich finde, dafür kann man sich ruhig etwas Zeit lassen.«

Das beruhigte Henny ein wenig. »Vielleicht sollte ich es mal riskieren.«

»Ist er denn nett?«

»Sehr. Er ist toll.«

»Dann solltest du es unbedingt versuchen!« Mia lächelte ihr ermutigend zu.

Henny grinste zaghaft zurück.

Auch Annikas Jahr begann mit Veränderungen. Matthias erzählte ihr in den Weihnachtsferien von seiner Affäre. Sie sei eine Kollegin, fünfzehn Jahre jünger und sehr attraktiv. Aber es sei nun vorbei, die Kollegin habe die Firma gewechselt und sich außerdem mit einem jüngeren Mann zusammengetan. Die Geschichte war so banal, so voller Klischees, dass Annika es kaum glauben konnte.

»Ich will dich nicht aufgeben«, sagte Matthias. »Ich will, dass wir uns Hilfe holen.«

Das wiederum kam so überraschend, dass Annika nicht wusste, was sie sagen sollte.

Sie, die Expertin, versagte vollkommen, während ihr Mann vorschlug, einen Paartherapeuten aufzusuchen. Er war bereit, an der Beziehung zu arbeiten, Veränderungen vorzunehmen. Sie hingegen fürchtete sich davor.

»Ich denke darüber nach«, sagte Annika steif.

»Was gibt es da nachzudenken?«, fragte Matthias beunruhigt.

»Ich muss nachdenken, ob ich dir verzeihen kann.«

»Aber genau dafür ist so eine Therapie doch da.«

»Oho! Du willst zu einem Therapeuten gehen, um von ihm die Absolution zu erhalten? So funktioniert das garantiert nicht.«

»Wie funktioniert es denn dann?«

»Nur über Vertrauen. Und Liebe.«

Annika fuhr zu Mia. Sie hatten seit ihrem Streit keinen Kontakt mehr gehabt. Mia hatte Annika eine Weihnachtskarte geschickt, doch Annika reagierte nicht. Jetzt stand sie mit einem riesigen Blumenstrauß vor Mias Tür.

»Du meine Güte!«, rief Mia überwältigt und drückte Annika fest an sich.

»Kannst du mir verzeihen? Ich habe mich total idiotisch benommen«, sagte Annika.

»Natürlich verzeihe ich dir. Ich habe mich ja selbst total daneben benommen.«

Statt eines vollkommen verwachsenen Pagenschnitts

trug Annika eine Kurzhaarfrisur mit neuem Blond. Sie sah jünger und eleganter aus.

Mia war begeistert. »Hey, die neue Frisur steht dir super!«

Annika lachte schief. »Du hattest ja auch recht. Ich sah furchtbar aus in letzter Zeit. Irgendwie hatte ich mich selbst total aufgegeben und habe mich gar nicht mehr als Frau gesehen.« Sie seufzte. »Kein Wunder, dass Matthias was mit einer jungen, schlanken Barbiepuppe hatte.«

»Ist das wahr?«

»Ja. Unfassbar, oder? Man denkt immer, so was passiert nur anderen Leuten.«

»Und jetzt?«

»Jetzt gehen wir zu einer Paarberatung. Ich bin sehr skeptisch, aber Matthias hofft, dass sich alles wieder einrenkt.«

»Wenn ihr das beide wollt, dann wird es auch geschehen«, sagte Mia und kam sich dabei entsetzlich alt und abgeklärt vor.

»Ist das nicht eine verrückte Zeit?«, fragte Annika. »Mir scheint, ab vierzig passieren seltsame Dinge. Alle Leute stellen ihr Leben plötzlich auf den Kopf und fangen an, etwas zu hinterfragen, das jahrelang gut funktioniert hat.«

»Das liegt daran, dass wir den Zenit unseres Lebens überschritten haben«, behauptete Mia. »Wenn es abwärts geht, werden die Leute seltsam.«

»Geht es denn abwärts?«

»Nur, was die Jahre betrifft. Der Rest geht durchaus noch mal sehr steil bergauf.«

Annika nickte, und dann lachte sie ihr helles, fröhliches Lachen, das Mia so lange an ihr vermisst hatte.

31

Beim Durchblättern des *Hamburger Abendblatts* fiel ihr Blick auf einen großen Artikel im Feuilleton. *Den Erinnerungen auf der Spur – zum Tod von Boy Kessler.*

Arthurs Vater. Er war nach einer nur kurzen Krankheitsphase an Krebs gestorben.

Oh je, dachte Mia bestürzt, noch ein Verlust für Arthur. Noch ein schwerer Abschied. Das Leben meinte es zurzeit nicht gut mit ihm.

Sie erinnerte sich an seine Verzweiflung bei ihrer letzten Begegnung und konnte sich lebhaft vorstellen, wie schrecklich er sich fühlen musste.

Im Anzeigenteil fand sie eine große Traueranzeige der Familie. Mia zögerte, bevor sie sich den Termin der Trauerfeier notierte.

Sie war Boy Kessler überhaupt nie begegnet. Und von seinem Sohn hatte sie seit Ewigkeiten nichts mehr gehört und gesehen.

Aber sie erinnerte sich lebhaft daran, wie dankbar Frank für ihren Beistand bei der Beerdigung seines Vaters gewesen war.

Natürlich war Arthur nicht Frank. Vielleicht fühlte er sich durch Mias Anwesenheit belästigt. Andererseits würden so viele Leute zu der Trauerfeier erscheinen, dass nicht mal sicher war, ob er Mia überhaupt bemerken würde.

»Wieso sterben denn plötzlich alle Leute?« Henny klang beunruhigt. Sie hatte den Artikel über Boy Kesslers Tod ebenfalls gelesen und Mia angerufen.

»Das liegt vermutlich an unserem Alter. In früheren Zeiten hätten wir ab vierzig nur noch schwarz getragen. Die ewig trauernden Weiber.« Auch Mia war beunruhigt. Welche Todesnachricht würde sie als nächstes erhalten? Die ihres eigenen Vaters? Oder ihrer Mutter? Das ganze Leben schien nur noch aus Abschiednehmen zu bestehen.

»Wenn wenigstens ab und zu mal ein Kind geboren würde, dann könnte man wieder ein wenig Hoffnung schöpfen.« Hennys Stimme hörte sich ungewöhnlich bedrückt an. »Aber die meisten unserer Freundinnen sind durch mit dem Thema. Und wir haben es irgendwie verpasst. Mit Stefan steigst du ja wohl kaum in die Familienplanung ein, oder?«

Henny hegte schon seit Wochen berechtigte Zweifel an der Fortsetzung dieser Beziehung. Nach dem Silvesterurlaub hatte sich das Verhältnis zwischen Mia und Stefan deutlich verändert. Sie gingen immer noch liebevoll und respektvoll miteinander um, aber sie sahen sich viel weniger als früher.

Hennys nüchterne Analyse gab Mia einen Stich. Tatsächlich, sie hatte es verpasst. Stefan würde weiter ziehen. Und sie hatte keinen Mann in Aussicht, mit dem sie eine Familie gründen konnte. In diesem Jahr wurde sie zweiundvierzig. Bald war sie zu alt, um noch Mutter zu werden. Traurig registrierte sie einen weiteren, schmerzhaften Abschied.

Die Trauerfeier fand an einem grauen, kalten Februartag im Hamburger Michel statt. Die anschließende Beisetzung auf dem Ohlsdorfer Friedhof sollte im engsten Familienkreis stattfinden. Die große Kirche war jedoch brechend voll und Mia sah Arthur und Marlit zunächst gar nicht. Alles, was in Hamburg Rang und Namen hatte, wollte sich von dem großen Boy Kessler verabschieden. Mia hatte nicht damit gerechnet, dass so viele Menschen da sein würden, die sie aus den Medien kannte. Dies war eine ganz andere Art der Abschiednahme als die kleine Familienfeier für Hartmut Lohmann in der Kapelle seines Heimatdorfes.

Schüchtern setzte Mia sich in eine der hintersten Reihen an den Rand. Sie war enttäuscht, als ihr klar wurde, dass ein persönliches Gespräch mit Arthur in dieser Atmosphäre nicht möglich sein würde. Verstohlen schielte sie in seine Richtung, als sie ihn endlich entdeckte.

Er sah allerdings auch nicht so aus, als bräuchte er ihre Unterstützung. Vielmehr drängten sich haufenweise Menschen um ihn, die ihm die Hand drückten und ihm Trost zusprachen, während er, umringt von seiner Familie, durch den Hauptgang nach vorne ging. Souverän wie immer bedachte er alle mit der gewünschten Aufmerksamkeit und schob seine Mutter behutsam durch die Menschenmenge zu ihrem Platz.

Die Feier war festlicher als die für Franks Vater, aber auch offizieller. Es gab zahlreiche Reden von Freunden und Kollegen, die Boy Kessler würdigten. Seine Beerdigung war ein öffentliches Ereignis, das auch in den Medien viel Beachtung fand. Mia fragte sich, wie die Familie mit diesem Rummel fertig wurde.

Beim Auszug aus der Kirche ging Arthur Arm in Arm mit Marlit direkt hinter dem Sarg her, gefolgt von seinen Brüdern und ihren Familien. Er hielt den Blick starr und wie versteinert nach vorne gerichtet. Es war schwer auszumachen, wer hier wen stützte. Marlit, deren Gesicht hinter einem Schleier verborgen war, wirkte sehr klein und zerbrechlich, aber sie schritt aufrecht und mit festem Gang aus der Kirche. Als Arthur an Mia vorbei kam, drehte er plötzlich den Kopf zur Seite und schaute ihr direkt in die Augen. War das Zufall, oder hatte er sie doch schon vorher bemerkt? Mia nickte ihm leicht zu und deutete ein trauriges Lächeln an. Arthur nickte ernst zurück.

Die Menschen strömten aus der Kirche und umringten Marlit Kessler und ihre Söhne. Mia hielt sich abseits. Zögernd trat sie den Rückzug an. Gern hätte sie Marlit und Arthur ihr Beileid ausgesprochen. Aber, so erkannte sie, dies war nicht der Ort dafür. Hier gab es nicht die familiäre Intimität eines ostwestfälischen Dorffriedhofs, auf dem man hemmungslos weinen und trauern konnte. Wieder spürte sie die Enttäuschung darüber, dass sie nicht wenigstens ein paar Sätze mit Arthur wechseln konnte.

Als sie nach Hause kam, fühlte sie sich seltsam leer und erschöpft. Sie würde Marlit Kessler eine Karte schreiben. Das hätte sie gleich tun sollen, statt in den Michel zu fahren.

Ihr Telefon klingelte.

»Wo hast du denn gesteckt?«, fragte Stefan. »Ich versuche dich seit Stunden zu erreichen. Das Briefing ist auf morgen früh vorverlegt worden. Wir müssen uns unbedingt heute noch darüber abstimmen.«

»Welches Briefing?«, fragte Mia zerstreut.

»Na, das mit den Leuten von new energy. Worüber reden wir denn seit Tagen?« Stefan klang ungeduldig. »Was ist los mit dir?«

»Ich war heute auf der Trauerfeier für Boy Kessler.«

»Der Schriftsteller? Wieso das denn?«

»Weil ich seine Bücher gern gelesen habe. Und weil ich seinen Sohn kenne.«

»Welchen Sohn?«

»Na, Arthur.«

»Arthur? Arthur Kessler ist der Sohn von Boy Kessler? Das hast du mir nie erzählt.«

»Ich dachte, du wüsstest sowieso immer alles.«

»Jetzt sei doch nicht gleich so gereizt. Also, um wie viel Uhr kannst du hier sein?«

Mia schloss die Augen. Am liebsten wäre sie ins Bett gegangen. Aber sie konnte Stefan nicht hängen lassen. »Gib mir eine Stunde«, sagte sie matt.

»Willst du mit zu mir kommen?«, fragte Stefan am Abend. Es war spät geworden. Sie hatten sich eine Pizza ins Büro bestellt und nebenbei gegessen. Jetzt stand Mia auf und packte ihre Tasche.

»Nimms mir nicht übel, aber ich bin hundemüde.« Sie küsste Stefan leicht auf die Wange. Er zog sie zu sich heran. »Was mache ich denn dann jetzt? Da muss ich wohl in eine Bar gehen und mir eine andere Frau suchen.«

»Untersteh dich!« Lachend schlang Mia ihre Arme um ihn und küsste ihn erneut, jetzt leidenschaftlicher.

»Du kennst mich doch«, murmelte Stefan. »Ich bin ein unsteter Mann, immer für neue Abenteuer bereit.«

Er sagte das auf eine Weise, die Mia beunruhigte. Aber sie erwiderte nichts. Für eine derartige Diskussion fehlte ihr an diesem Abend die Energie.

Zuhause setzte sie sich vor den Fernseher, bemüht, nicht weiter über Stefans Worte nachzudenken. Eine belanglose Liebeskomödie mit Sophie Schütt lenkte sie ab und ließ sie zur Ruhe kommen. Allmählich fiel die Anspannung des Tages von ihr ab. Sie war gerade im Begriff, ins Bett zu gehen, als es an der Tür klingelte. Seufzend stand Mia auf. Es war fast halb elf. Um diese Zeit konnte das eigentlich nur

Stefan sein, den übergroße Sehnsucht in Mias Arme trieb. Sie lächelte. Irgendwie war das ja nun auch wieder rührend.

»Hier ist Arthur«, ertönte es zu ihrer Überraschung aus der Gegensprechanlage.

Arthur! Ach, du liebe Zeit!

Sie hatte gehofft, dass er sich bei ihr melden würde, allerdings hatte sie nicht so schnell damit gerechnet. Hastig sah sie sich um. Wieder war es ihr unangenehm, dass Arthur in ihr häusliches Chaos platzte. Die Unordnung hielt sich jedoch in Grenzen. Im Flur lagen mehrere Stiefelpaare unordentlich herum und das Bett war nicht frisch bezogen, was sich nun aber nicht mehr ändern ließ – genauso wenig wie die Tatsache, dass sie wie bei Arthurs letztem Besuch eine uralte Jogginghose trug und darunter eine noch ältere, ausgesprochen unvorteilhafte Unterhose. Aber wen interessierte das schon? Als ob Arthur, von einer kleinen, fatalen Ausnahme abgesehen, jemals ihre Unterhosen zu Gesicht bekommen hätte, geschweige denn ihr Bett.

Energisch drückte Mia auf den Türöffner.

Arthur brachte einen Schwall kalter Luft mit herein, und wie bei seinem letzten Besuch (war das tatsächlich schon ein Jahr her?) schien er den ganzen kleinen Flur auszufüllen. Er trug immer noch seinen schwarzen Anzug mit der schwarzen Krawatte.

»Was machst du denn hier?«, fragte Mia. Sie wurde von einer geradezu lächerlichen Nervosität erfasst. »Wieso bist du nicht bei deiner Familie?«

»Sie sind alle ins Bett gegangen«, erklärte Arthur und blieb unschlüssig im Flur stehen. »Es war ein langer Tag.« Er sah erschöpft aus.

Verlegen machte Mia eine Geste in Richtung Wohnzimmer. »Willst du ... komm doch rein, wenn du magst.«

Arthur suchte an ihrer übervollen Garderobe einen Platz

für seinen Mantel, dann betrat er zögernd ihr Wohnzimmer. Er sah sich um. Der Fernseher lief noch, auf dem Fensterbrett brannte eine Kerze, auf einem Tischchen standen eine Thermoskanne und ein Teebecher. Der kleine Raum strahlte eine Wärme und Gemütlichkeit aus, nach der Arthur sich den ganzen Tag gesehnt hatte. Am liebsten hätte er sich der Länge nach auf das Sofa gelegt und wäre nie mehr aufgestanden.

»Willst du etwas trinken?« Mia riss ihn aus seinen Gedanken. Sie schaltete den Fernseher aus und schob auf dem Sofa eine Decke zur Seite.

»Gerne. Einen Tee, wenn du noch welchen hast«, sagte Arthur mit Blick auf die Kanne.

»Der Tee ist leider alle. Ich kann dir einen neuen machen oder Wein oder Wasser anbieten.«

Zu Mias Überraschung entschied er sich für Wasser. Tee, dachte sie verwundert, und Wasser? Bisher hatte Arthur in ihrer Gegenwart meistens Alkohol getrunken.

Als sie aus der Küche zurückkehrte, begutachtete Arthur gerade den Mercedes-Stern, der an einem roten Band von einer Topfpflanze baumelte.

»Genau so einer ist mir vor einer Weile abhandengekommen«, sagte er mit undurchdringlicher Miene.

Mia bemühte sich, ebenfalls ernst zu bleiben. »Was für ein Pech. Schlimm, wie viel Vandalismus es in Hamburg gibt.«

»Ja, schlimm. Ich habe gehört, dass unter den Tätern auch immer mehr Frauen sein sollen. Ist das nicht erschreckend?«

»Sehr erschreckend. Ich kann mir gar nicht erklären, wie Frauen zu so was fähig sind.«

»Aus Enttäuschung vielleicht. Oder aus Zorn. Rache ist ein weit verbreitetes Motiv.«

»Wie niederträchtig.«

»Sehr niederträchtig, ja.«

»Da fällt mir was ein.« Mia verbarg ihr Grinsen hinter ihren langen Haaren und trat zu einer Kommode. Aus einer Schublade nahm sie einen Autoschlüssel. »Der hier gehört dir.«

»Ach, richtig.« Arthur wog den Schlüssel in seiner Hand, als sei er tonnenschwer. Er schien noch etwas sagen zu wollen, doch dann überlegte er es sich anders und steckte den Schlüssel in seine Tasche.

»Danke«, sagte er nachdrücklich und klang dabei so, als meine er nicht nur die Rückgabe seines Autoschlüssels, sondern viel, viel mehr. »Ich war sehr überrascht, dass du heute in der Kirche warst. Nach allem …« Er brach unsicher ab.

»Ich dachte, du könntest etwas Beistand gebrauchen«, erklärte Mia. »Aber dann wurde mir klar, dass das der falsche Rahmen dafür war.«

Arthur nickte bedauernd. »Das stimmt. Es war eine ziemlich scheußliche Veranstaltung, was?«

»Nein, das fand ich gar nicht. Nur eben einfach zu groß für private Momente.«

Sie sahen sich schweigend an. Abgesehen von seiner Erschöpfung sah Arthur gesünder aus als vor einem Jahr, fand Mia. Was auch immer er in den vergangenen Monaten gemacht hatte, es hatte ihm gutgetan. Seine ozeanblauen Augen blickten traurig, aber zum ersten Mal entdeckte Mia in ihnen keine lauernden Abgründe, sondern nur etwas, das neugierig auf mehr machte.

»Wie geht es dir denn eigentlich?«, fragte Arthur.

»Oh, bestens.« Mia strahlte. »Es ging mir schon lange nicht mehr so gut. Beruflich läuft alles super. Und mein Roman ist auch fertig.«

»Großartig. Das freut mich. Hast du schon einen Verlag?«

»Nein, noch nicht. Aber du bist doch wohl kaum hergekommen, um mich das zu fragen, oder?«

»Nein, natürlich nicht.« Arthur fuhr sich mit den Fingern durch die Haare. »Ich wollte mich bei dir bedanken.« Seine Stimme klang leise, zögernd tastete er sich von Wort zu Wort weiter. »Dafür, dass du heute an mich gedacht hast. Und überhaupt ... für ziemlich viel.« Sein Blick glitt zu dem Mercedes-Stern hinüber. »Die letzten Jahre waren für mich etwas ... hm ... schwierig. Es tut mir leid, dass du einige der besonders schwierigen Momente zusammen mit mir aushalten musstest.«

Arthurs Entschuldigung überraschte Mia vollkommen. »So wild war das doch alles gar nicht«, stammelte sie verwirrt. Tausend Dinge gingen ihr gleichzeitig durch den Kopf, sie wusste gar nicht, was sie zuerst sagen sollte. Doch da stand Arthur schon auf, und sie hatte den Moment verpasst.

»Ich habe gehört, dass du jetzt mit Stefan Büttner zusammen bist«, sagte er auf dem Weg zur Tür.

»Huch?« Jetzt war Mia erst recht verwirrt. »Woher weißt du das denn?«

Arthur grinste. »Du weißt doch, dass ich immer gut informiert bin.« Er warf Mia, die ihm folgte, einen eigenartigen Blick zu. »Pass gut auf dich auf. Stefan ist ein netter Kerl, aber er behält seine Finger leider nicht immer da, wo sie hingehören.«

Was mischte sich Arthur in ihre Angelegenheiten ein? Mias altvertrauter Ärger flammte wieder auf. »Darüber regst du dich auf? Wo du selbst nicht besser bist?«

»Was soll das denn heißen?« Arthur ging auf Abwehr. »Carol konnte mir in meiner Funktion als Ehemann sicher eine Menge vorwerfen. Untreue gehört aber garantiert nicht dazu.« Als er Mias ungläubiges Stirnrunzeln sah, fügte er hinzu: »Klar, das sah für dich immer ganz anders aus und ich gebe gern zu, dass ich Abwechslung liebe, wenn ich ungebunden bin. In einer Beziehung sind mir aber andere Dinge wichtig.«

Mia wusste nicht, ob sie Arthurs Worten trauen konnte. Welcher Mann gab schon gegenüber einer Frau zu, dass er untreu war?

»Dann unterscheidest du dich offenbar darin von Stefan«, sagte sie. Alles, was ihr noch durch den Kopf ging, schluckte sie hinunter. Sie sagte nur: »Danke, dass du hergekommen bist. Und überhaupt.«

»Und überhaupt.« Ein trauriges, einsames Lächeln huschte über Arthurs Gesicht. Er streckte eine Hand aus und berührte Mia leicht am Arm. »Schlaf gut.«

»Du auch.«

Im Treppenhaus drehte Arthur sich noch einmal kurz um. Es schmerzte Mia, wie verloren er wirkte.

Und überhaupt. Sie hockte sich mit angezogenen Beinen auf ihr Sofa. Und überhaupt. Und überhaupt. Und überhaupt. Was hatte sie da nur für einen Käse geredet? Aber was war das auch für ein seltsamer Besuch? Was genau hatte Arthur *gewollt*? Sich entschuldigen? Abends um halb elf? Ausgerechnet an dem Tag, an dem sein Vater beerdigt worden war? Und was sollte diese Anspielung auf Stefan? Wollte er Mia warnen? Ihr ein schlechtes Gefühl bereiten?

Sie umschlang ihre angezogenen Beinen mit den Armen und legte ihren Kopf auf die Knie. Arthurs verlorener Abschiedsblick ließ sie nicht los. Hatte er sich mehr von ihr erhofft, obwohl er wusste, dass sie mit Stefan zusammen war? Dann war er kaum besser als Stefan, der angeblich seine Finger nicht bei sich behalten konnte. Unbehagen beschlich Mia.

Sie stand auf und ging nervös auf und ab. Arthur hatte sich doch nicht die ganzen drei Stockwerke zu ihr hinaufgequält, um sich bei ihr für die vergangenen Jahre zu entschuldigen. Nach so einem Tag, an dem er genug mit sich selbst zu tun hatte.

Sie rief Stefan an. Aber es sprang nur seine Mailbox an. Nach einer Weile zog sie sich frische Unterwäsche, Jeans und eine schwarze Bluse an. Sie nahm ihren Mantel, rief sich ein Taxi und fuhr zu Stefan.

In seiner Wohnung brannte Licht, doch Stefan öffnete die Tür nicht. Mia rief ihn erneut an. Wieder nichts. Ihre Brust krampfte sich schmerzhaft zusammen. Es gefiel ihr nicht, auf welche Weise Stefan die Dinge in die Hand nahm. Sie hätte gern selbst entschieden, wann zwischen ihnen Schluss war.

Das Taxi stand noch auf der anderen Straßenseite. Mia eilte hinüber. »Nehmen Sie mich bitte wieder mit. Ich habe niemanden angetroffen.«

»Wo solls denn hingehen?«, fragte der Taxifahrer. »Wieder zurück?«

»Ja.«

Sie fuhren schweigend durch die nächtliche Stadt. Mia sortierte dabei ihre Gedanken und Gefühle.

Dass Stefan ihre Beziehung nicht sauber beenden konnte, kränkte sie. Andererseits hatte sie selbst schon vor Wochen den inneren Rückzug angetreten. Wenn Stefan das nicht gespürt hätte, wäre er vielleicht noch da.

Warum es nicht funktionierte, wusste sie selbst nicht. Stefan war ein wunderbarer Kollege und Freund, aber sie liebte ihn nicht.

Erstaunt starrte Mia in die Nacht hinaus. Ja, genau das war der Punkt. Sie liebte Stefan nicht so, wie sie Frank geliebt hatte. Oder ihre früheren Freunde. Sie mochte und begehrte ihn, aber das reichte nicht. Liebe war etwas ganz anderes, ein tieferes, wärmeres Gefühl, das manchmal von Anfang an da war und manchmal erst mit der Zeit wuchs. Aber manchmal stellte es sich auch nie richtig ein, und alle Empfindungen blieben trotz einer großen körperlichen Anziehung lauwarm und oberflächlich. Mia war richtig erleichtert, als sie das begriff.

Arthur kam ihr in den Sinn. Arthur, der in ihrem Treppenhaus stand und traurig lächelte. Ihr Herz krampfte sich erneut zusammen und etwas schnürte ihr die Kehle zu. Als ihr die Tränen kamen, wusste sie, was es war.

Sie beugte sich zum Taxifahrer vor. »Bitte fahren Sie mich doch nicht nach Hause, sondern in die HafenCity. Ich muss dort noch was erledigen.«

32

Im ersten Augenblick dachte sie, Arthur würde ihr nicht öffnen. Er brauchte ewig, bis er den Türsummer betätigte. Als sie vor ihm stand, begriff Mia auch, warum.

Arthur befand sich in einem desolaten Zustand. Er hatte Jackett und Hose bereits abgelegt und die Prothese abgenommen, sein Hemd war halb aufgeknöpft, sein Gesicht von Kummer gezeichnet, die Augen waren gerötet. Es war ihm sicher nicht recht, dass Mia ihn so sah. Und doch ließ er sie herein.

»Tut mir leid, mir gehts grade nicht so gut«, sagte er mit einem verlegenen Lächeln.

»Dafür musst du dich doch nicht entschuldigen.« Mia berührte ihn leicht am Arm, genau so, wie er sie vorhin beim Abschied berührt hatte.

»Warum bist du hergekommen? Habe ich bei dir was vergessen?« Arthur stützte sich auf seine Krücken. Er wirkte sehr erschöpft.

Mia wollte ihn eigentlich nach Stefan fragen. Doch das konnte warten. »Ich dachte, du brauchst vielleicht jemanden zum Reden. Oder einfach zum Zuhören. Ich finde nämlich, dass niemand allein sein sollte, nachdem er soeben seinen Vater beerdigt hat«, sagte sie schlicht. Im Taxi hatte sie plötzlich verstanden, warum Arthur zu ihr gekommen war. Er suchte Trost. Und offenbar war sie in dieser Nacht der einzige Mensch, bei dem er ihn fand.

»Reden?« Arthur runzelte die Stirn. »Zu reden gäbe es eine ganze Menge. Ich weiß gar nicht, wo ich da anfangen soll.«

»Vielleicht einfach am Anfang?«

Arthur warf Mia einen eigenartigen Blick zu. »Wie viel Zeit hast du?«

»So viel, wie du brauchst.«

Wieder dieser eigenartige Blick. »Dann setzen wir uns wohl besser.«

Er ging vor ihr her zu seinem Schlafzimmer. Mia starrte auf sein Bein, obwohl sie das gar nicht wollte. Sie war nicht mehr so schockiert wie beim ersten Mal, nur eigenartig fasziniert. Dabei wurde der vernarbte Stumpf diesmal nicht von einem Stück Stoff verdeckt, sondern war deutlich sichtbar.

»Ist kein schöner Anblick, ich weiß«, sagte Arthur über die Schulter, als habe er ihre Gedanken erraten.

Mia bemühte sich um einen leichten Tonfall: »Das würde ich so nicht sagen. Dieser knackige Hintern ist sogar ein ausgesprochen schöner Anblick.«

»Gib dir keine Mühe«, entgegnete Arthur, doch in seiner Stimme lag ein Hauch von Freude. Er ließ sich auf das Bett fallen.

Mia folgte ihm zögernd. Sie hatte so viele intime Momente mit Arthur erlebt und doch nie sein Schlafzimmer zu Gesicht bekommen. Sie wusste nicht genau, was sie eigentlich erwartet hatte. Einen riesigen Spiegel an der Decke über dem Bett vielleicht. Oder erotische Bilder an den Wänden. Fast war sie enttäuscht, dass es nicht so war. Das Zimmer war genauso nüchtern gehalten wie der Rest der Wohnung. Das große Bett war eindeutig frisch bezogen (wie zum Teufel machte er das bloß?), an der Wand hing ein großer Flachbildfernseher. Immerhin stand auf dem Nachttisch ein kleines gerahmtes Bild von Carol, daneben lagen eine Zeitung, ein Buch (irgendein Krimi) und eine Brille (seit wann brauchte Arthur die denn?). Über einer Stuhllehne hingen ein Paar gebrauchte Socken und ein T-Shirt. Das beruhigte Mia. Es war so wunderbar normal.

Und dann entdeckte sie noch etwas, das sie sehr freute. Auf einer Kommode lag ein kleiner, unregelmäßig geformter schwarzer Stein mit weißen Flecken und einem runden Loch in der Mitte. Ein Hühnergott. *Der* Hühnergott, den Mia Arthur am Ostseestrand geschenkt hatte.

Unschlüssig blieb sie in der Tür stehen.

Arthur beugte sich mit einem gequälten Gesichtsausdruck vor und rieb sein linkes Bein.

»Tut es weh?«, fragte Mia.

»Ja. Das passiert leider häufiger seit meiner kleinen Odyssee.«

»Was denn für eine Odyssee?«

»Irrfahrt durchs Leben könnte man vielleicht auch sagen.«

»Verstehe ich immer noch nicht.«

»Ich ehrlich gesagt auch nicht.«

Mia ließ sich auf der Bettkante nieder. »Willst du davon erzählen?«

Arthur antwortete nicht und beschäftigte sich lange mit seinem Bein. Endlich hob er den Kopf. Seine Nähe machte Mia nervös, aber gleichzeitig war sie berührt von Arthurs offenem Blick und seiner überraschenden Bereitschaft, sie in sein privatestes Reich eindringen zu lassen.

»Solltest du jetzt nicht eigentlich eher in Stefan Büttners

Bett liegen, statt hier bei mir zu sitzen?« Seine ozeanblauen Augen leuchteten intensiv.

Sie ließ sich nicht von dem gleichgültigen Klang seiner Stimme täuschen. Sie wusste, dass ihre Antwort wichtig war, für sie beide wichtig. »Ich glaube, in Stefans Bett ist kein Platz mehr für mich.«

»Oh je. Das tut mir sehr leid.«

»Hast du es gewusst?«

»Was? Dass in seinem Bett kein Platz mehr für dich ist?«

»Ja. Du hast vorhin so eine Andeutung gemacht.«

»Ach, das. Na ja, man hört manchmal Dinge, die einen eigentlich nichts angehen.« Arthur wich ihrem Blick aus. Er wusste mehr, als er zugab. Aber es war nicht wichtig. Nicht jetzt.

»Es ist nicht so schlimm.« Mia war fast erschrocken über die Gleichgültigkeit, mit der sie sich von Stefan verabschiedete. »Diese Geschichte ist nie richtig in Schwung gekommen. Irgendwie passten wir wohl nicht zusammen.«

»Schade. Ich hätte dir mehr Glück gewünscht.«

Mia lächelte wehmütig. Wie seltsam, hier auf Arthurs Bett zu sitzen und über Glück zu reden.

Sie rieb sich fröstelnd die Arme. Es war kühl in dem kleinen Raum und ihre dünne Bluse wärmte kaum.

»Ist dir kalt?«, fragte Arthur. »Tut mir leid, ich heize den Raum nie und hatte vorhin auch noch das Fenster auf.« Er schlug die Bettdecke zurück. »Wenn du magst …«

Sie setzten sich nebeneinander in sein Bett und zogen sich die Decke bis zum Kinn hoch.

»Mir scheint, wir können heute beide etwas Trost gebrauchen.« Arthur rückte das Kissen in seinem Rücken zurecht.

»Bei mir ist alles in Ordnung«, behauptete Mia.

»Und warum siehst du dann so traurig aus?«

Die Frage traf sie unvermittelt. Sie wusste keine Antwort

darauf. Aber sie spürte dieses Gefühl von Traurigkeit tatsächlich, seit sie im Taxi an Arthur denken musste. Sie zog die Bettdecke noch ein Stückchen höher. »Vielleicht bin ich einfach nur müde«, murmelte sie.

Arthur legte einen Arm um sie. Es war eine überraschende Geste, aber an diesem Abend gab es so viele Überraschungen, dass Mia kaum noch in der Lage war, jede einzelne zu registrieren. Arthurs Wärme umfing Mia, sie legte versuchsweise ihren Kopf an seine Schulter und staunte, wie gut sich das anfühlte. Darum verstand sie auch nicht, warum sie plötzlich weinen musste. Arthur zog sie noch enger an sich.

»Ich bin ja eine tolle Trösterin«, schluchzte Mia. »Du hast deinen Vater verloren und ich heule hier rum.«

»Ich werte das mal als ein Zeichen von Empathie.« Arthurs Mund war dicht an ihrem Ohr, er hielt sie behutsam fest.

»Das ist es nicht.«

»Nicht? Du weinst nicht aus Mitgefühl? Jetzt bin ich aber enttäuscht.« Er lächelte.

Auf einmal war er ihr so zugewandt, so nah. Das war es wohl. Die Sehnsucht, die sie so lange weggesperrt hatte, suchte sich mit einer Macht, die Mia überwältigte, ihren Weg.

»Es ist … ich bin so durcheinander, ich weiß gar nicht, wo ich anfangen soll.«

Arthur lächelte erneut. »Vielleicht einfach am Anfang?«

Sie lachte, als sie ihre eigenen Worte erkannte. »Ist das nicht seltsam? Manchmal versteht man sich mit einem Menschen richtig gut, alles läuft perfekt, aber so sehr man sich auch bemüht, man kann ihn einfach nicht lieben. Jedenfalls nicht *so* lieben. Dann wieder ist es genau anders herum. Man glaubt, überhaupt nicht zu jemandem zu passen, und geht so sehr auf Abwehr, dass man seine eigenen Gefühle total verdrängt. Aber man kann tun, was man will, sie tauchen immer wieder auf.«

»Man kann sich eben nicht aussuchen, in wen man sich verliebt. Das passiert einfach.«

»Ja, genau, es passiert einfach.«

»Und das ist so fürchterlich, dass du deswegen weinen musst?« Arthurs Stimme war leise und rau.

»Ich glaube, ich bin gar nicht traurig. Nur bewegt, weil ich das alles endlich verstanden habe.«

Sie freute sich, als sie sah, dass er genau wusste, was sie meinte.

»Woran ist dein Vater gestorben?«, fragte sie nach einer Weile. Es war nicht das, was sie sagen wollte und auch nicht die wichtigste Frage, die sie hatte, aber die unverfänglichste.

»An Prostatakrebs. Er ist viel zu spät zum Arzt gegangen. Wie Männer halt so sind.« Ein leises, trauriges Lachen. »Erst glauben wir, dass wir unverwüstlich sind. Und dann, wenn es doch ernst wird, sterben wir lieber, statt uns helfen zu lassen.« Ein langes Zögern. Ein Schweigen, in dem er Mut fasste. »Mir ist es auch so gegangen. Ich hätte mich auch fast umgebracht. Aus lauter Feigheit.«

Mia glaubte, dass er von dem Unfall sprach. »Aber du konntest doch nichts dafür. Es hat doch nichts mit Feigheit zu tun, wenn einem ein anderes Auto die Vorfahrt nimmt.«

»Ich meine nicht den Unfall. Ich meine das, was im letzten Jahr passiert ist.«

Mia hielt den Atem an. »Willst du davon erzählen?«, fragte sie erneut.

»Ja«, sagte Arthur, und er klang erleichtert.

Leise und stockend erzählte er von seiner Flucht, von den Reisen, den Frauen, dem Alkohol, den Tabletten. Und davon, wie sich sein Bein immer mehr entzündete und am Ende so schlimm aussah, dass sie ihm im Krankenhaus um ein Haar noch ein Stück von seinem Stumpf weggeschnitten hätten.

»Ich war komplett hinüber«, schloss Arthur. »In der Klinik musste ich erst mal einen regelrechten Entzug machen, bevor ich wieder klarer sah.«

Mia war bestürzt. Sie brauchte nicht viel Fantasie, um sich auszumalen, was *Entzug* bedeutete. Allerdings konnte sie sich weder vorstellen, wie Arthur völlig abgerissen in einer schummrigen Bar versackte, noch wie er zitternd und schwitzend in einem Krankenhausbett lag und darauf wartete, dass die ganzen Giftstoffe seinen Körper verließen.

Wieder mal war alles ganz anders, als sie gedacht hatte.

»Und dann?«, fragte sie behutsam.

»Dann habe ich mich entschieden, doch noch ein bisschen weiterzuleben.« Arthur lachte leise. »In so einer Klinik hat man ziemlich viel Zeit. Da kann man über eine Menge nachdenken.«

Mia richtete sich ein wenig auf. »Aber warum?«, fragte sie. »Warum bist du von einer Minute auf die nächste abgehauen?«

Arthur sah sie nicht an. »Ich dachte, das mit uns … ich dachte, ich hätte nie eine Chance. Weder bei dir noch sonst jemals wieder. Mein ganzes Leben erschien mir so wertlos, so verloren.« Er schloss erschöpft die Augen. »Damals, auf der Autobahn, und später in dem Hotel … das muss doch grauenvoll für dich gewesen sein. Ich hatte hinterher das Gefühl, dir nie mehr in die Augen sehen zu können.«

»Weil du ein bisschen neben der Spur warst?«

»*Ein bisschen neben der Spur* ist gut. Ein bisschen sehr, würde ich sagen.«

»Ich fand es viel schlimmer, dass du so kommentarlos

abgehauen bist.« Nur widerwillig erinnerte Mia sich an ihren hilflosen Zorn und ihre Verzweiflung darüber, wie schlecht Arthur sie behandelt hatte.

»Was hätte ich denn noch sagen sollen? Du warst weg, das war deutlich genug.«

»Wieso war ich weg?«, fragte Mia verwundert. »Ich lag im Zimmer nebenan und ging davon aus, dass wir am nächsten Morgen gemeinsam nach Hause fahren würden.«

»Ja, und dann? Dann hättest du mich sitzen lassen. Zu recht. Wer will schon etwas mit einem behinderten Feigling zu tun haben?«

Bestürzt erkannte Mia, dass es genau so gewesen wäre. Und doch war alles ganz anders. Sie hätte sich von Arthur zurückgezogen. Aber nicht, weil sie ihn nicht mochte, sondern weil sie ihn zu sehr mochte. Aus demselben Grund hatte auch Arthur die Flucht ergriffen. Er musste entsetzliche Angst vor ihrer Zurückweisung gehabt haben.

Verwundert sah Mia den Mann an, der neben ihr im Bett saß. Er sah immer noch umwerfend gut aus. Sehr männlich. Sehr sexy. Vor allem aber sah er wahnsinnig nett aus. Und sehr verloren und hilflos.

Mia griff nach Arthurs Hand, die sich warm und fest um ihre schloss. Er hielt die Augen geschlossen, sein Atem ging schneller, er wirkte noch bleicher als zuvor.

»Ist alles in Ordnung mit dir?«, fragte Mia behutsam.

Arthur nickte wortlos.

Sie drückte seine Hand. »Es war ein langer Tag. Vielleicht sollte ich mal nach Hause fahren.«

Als Arthur wieder nickte, sagte sie: »Ich hoffe nur, du denkst nicht, dass ich wieder abhauen will.«

»Nein«, murmelte Arthur. »Sonst wärst du wohl kaum hergekommen.«

Mia zögerte. »Ich kann auch in deinem Gästezimmer

übernachten, wenn dir das lieber ist, dann bin ich nicht ganz weg.«

Statt einer Antwort rutschte Arthur im Bett so weit nach unten, bis er zum Liegen kam. »Ich bin total fertig«, stöhnte er. Dann streckte er eine Hand aus. »Kannst du bitte noch ein bisschen hierbleiben?«

»Natürlich.«

Mia legte sich neben ihn. Arthur nahm sie erneut in die Arme und eine zärtliche Wärme erfüllte sie. Das war es, was sie bei Stefan die ganze Zeit vermisst hatte, stellte sie fest.

Ewig lagen sie so beieinander, erfüllt von dem überwältigenden Gefühl, nicht mehr weglaufen zu müssen, endlich die Nähe des anderen aushalten zu können.

Irgendwann zog Arthur sein Hemd und Mia ihre Jeans aus.

»Hübsche Wäsche.« Arthur fuhr spielerisch mit einem Finger unter den Bund ihres Höschens.

»Zum Glück habe ich mich noch umgezogen.« Grinsend dachte Mia an ihre alte, verwaschene Baumwollunterhose mit dem ausgeleierten Gummi.

»Stimmt«, erwiderte Arthur ernsthaft, »vorhin hast du so was Hässliches getragen.«

»Und dabei hattest du Glück, weil du nur gesehen hast, was ich *darüber* getragen habe.«

»Du liebe Zeit, hier tun sich ja ungeahnte Abgründe auf. Und ich hatte dich immer für eine Frau mit Stil gehalten.«

»Zweifelst du etwa daran?«

»Nicht solange du in meinem Bett so hübsche Wäsche trägst.«

Arthur beugte sich lachend über sie und dimmte das Licht der Nachttischlampe so weit herunter, bis es fast dunkel war.

»Davor hatte ich übrigens ständig Angst«, bekannte Mia.

»Wovor?«

»Vor deinem Perfektionismus. Bei dir wirkt immer alles so groß, so toll, so perfekt.«

Arthur rieb sich demonstrativ eine Narbe an seinem Arm. »Sehr perfekt, ja. Tut mir leid, dass ich dir nicht mehr bieten kann.«

»Das muss dir nicht leidtun – im Gegenteil.« Der verletzte, empfindsame Arthur machte Mia viel weniger Angst als der souveräne, aber kalte Held, für den sie ihn lange gehalten hatte. »Es ist alles gut so, wie es ist.«

Arthur seufzte leise. »Du glaubst hoffentlich nicht, dass es mich wirklich stört, wenn du zuhause nicht wie aus dem Ei gepellt herumläufst.«

»Tut es das denn nicht?«

»Nein, überhaupt nicht.« Er lächelte. »Es ist alles gut so, wie es ist.«

»Musst du eigentlich immer alles nachplappern oder kannst du auch eigene Gedanken formulieren?«

»Manchmal schon. Aber nicht nach so einem Tag. Da greife ich gerne auf die Talente einer Profitexterin zurück.«

Sie lachten beide. Es fühlte sich so unfassbar leicht an, wie ein Sommerwind, der Heiterkeit und Vergnügen mitbrachte. Das folgende Schweigen war erfüllt von Wärme und Zuneigung.

»Kannst du mir verzeihen?«, fragte Arthur und wusste kaum, wofür er sich zuerst entschuldigen sollte, so viele Momente der Verletzungen und Missverständnisse hatte es zwischen ihnen gegeben.

»Ja. Das habe ich längst getan.«

Der Sommerwind streichelte ihre Seelen.

Arthur schaltete das Licht ganz aus. Mia lauschte seinem Atem. Sie war hundemüde und gleichzeitig viel zu aufgewühlt zum Schlafen.

Arthur ging es ähnlich. Er begann auf einmal an, von seinem Vater zu sprechen. Davon, wie schwer es ihm gefallen war, ihn leiden zu sehen. Und wie sehr er ihn vermisste.

»Wie wird deine Mutter damit fertig?«, fragte Mia leise.

»Erstaunlich gut. Obwohl ich nicht weiß, wie sie das macht. Sie hat meinen Vater kennengelernt, als sie zwanzig war. Sie waren ein Leben lang ein Paar.« Seine Stimme klang bedrückt.

»Deine Mutter wird es schaffen, alleine weiterzuleben«, sagte Mia. »Sie ist eine starke, außergewöhnliche Frau.«

»Woher willst du das wissen?«

»Oh, wir sind uns im letzten Sommer auf Spiekeroog begegnet.«

»Tatsächlich?« Arthur erinnerte sich vage daran, dass Marlit vor langer Zeit so etwas erwähnt hatte. Aber er war damals überhaupt nicht aufnahmefähig für ihre Geschichten gewesen. Der Sommer und der Herbst des vergangenen Jahres hatten gänzlich ohne ihn stattgefunden. Offenbar hatte er dabei einiges verpasst.

»Ich war sogar in eurem Haus. Es ist wunderschön dort«, fuhr Mia fort.

»Du warst in unserem Haus? Du liebe Zeit!« Nach einer Pause fuhr Arthur fort. »Es ist wirklich wunderschön dort. Wir haben da so viele Ferien verbracht.«

Er erzählte von den Familienurlauben, davon, wie sein Vater jeden Tag bei Wind und Wetter im Meer baden gegangen war, und davon, wie Arthur Surfen gelernt hatte.

Und er sprach von Carol. Er erzählte, dass er im Herbst zum ersten Mal an ihrem Grab in Boston, ihrer Heimatstadt, gewesen war und Abschied genommen hatte. Als Carol beerdigt worden war, lag Arthur schwer verletzt im Krankenhaus. Und als er endlich wieder in der Lage war, zu reisen, fehlte ihm die Kraft, sich seiner Trauer zu stellen. Jetzt holte er all das Versäumte nach.

Mia hörte ihm zu, und als er weinen musste, hielt sie ihn fest. Diesmal war sein Weinen nicht kontrolliert und beherrscht wie damals im Hotel, sondern hemmungslos. Im Schutz der Dunkelheit und in der Geborgenheit von Mias Umarmung konnte er seinem Schmerz freien Lauf lassen. Mia teilte seine Tränen mit ihm, seine Ängste und seine Sehnsüchte.

Still lagen sie danach beieinander, berührt von der Liebe, die zwischen all der Trauer ihren Platz fand.

Als Mia aus einem unruhigen Schlaf erwachte, fiel fahles Februarlicht durch die Vorhänge. Lange betrachtete sie Arthur, der noch schlief. Sie konnte nicht fassen, dass sie tatsächlich die Nacht mit ihm verbracht hatte. Und das ganz ohne Sex.

Eine unendliche Zärtlichkeit erfüllte sie, als Arthur die Augen aufschlug.

»Du bist ja noch da.« Arthur lächelte verschlafen. Er sah hinreißend aus mit seinen zerzausten Haaren und den müden Augen, in denen noch die Schatten der Nacht hingen.

»Ja. Aber nur, weil du auch noch da bist.«

Mia streckte eine Hand nach ihm aus. Er küsste ihre Fingerspitzen.

»So einfach ist das? Wenn ich dableibe, bleibst du auch?« Arthur seufzte. »Das hätte ich mal eher wissen müssen.«

Mia beugte sich vor und strich ihm mit der Hand zart über die Wange. Arthur berührte mit seinem Daumen ihren Mundwinkel und fuhr die Konturen ihrer Lippen nach. Sie begriff gar nicht mehr, warum solche kleinen, zarten Gesten zwischen ihnen früher undenkbar gewesen waren.

Arthur hatte alles abgelegt – seine Maßanzüge, seine

Prothese, sein teures Aftershave, das nach Sauberkeit und Erfolg duftete. Der weltgewandte Banker war ebenso verschwunden wie der kalte, gierige Liebhaber. Geblieben war nur ein Mann, dessen wohlige Wärme nach einer langen Nacht voller Erinnerungen roch.

Auch Mia fühlte sich auf angenehme Weise nackt. Ihre Vorurteile, Ängste und Zweifel – alles hatte sich in dieser seltsamen Nacht aufgelöst und dabei eine wundervolle Weite in ihrem Herzen bloßgelegt.

»Meinst du, du könntest es einrichten, öfter mal einfach hierzubleiben?« Der leichte Klang seiner Stimme täuschte über Arthurs angespannte Erwartung, seine stumme Hoffnung hinweg.

Mia lachte glücklich. »Das lässt sich bestimmt machen. Ich habe den Eindruck, unser nächtlicher Gesprächsstoff geht uns so schnell nicht aus. Es gibt noch so vieles, was ich von dir wissen möchte. Dafür brauchen wir bestimmt noch ein paar Nächte.«

»Wie viele wohl? Zwei? Drei?«

»Keine Ahnung. Ich will das auch nicht planen.«

»Zehn?«

»Arthur, so geht das nicht. Ich kann das nicht planen, das macht mir Angst.«

»Mir ehrlich gesagt auch. Aber es gefällt mir so gut, neben dir einzuschlafen.«

Mia lächelte. »Wie schön. Dann komme ich heute Abend wieder. Reicht das erst mal als Zusage?«

»Vollkommen.«

Arthur zog Mia zu sich herab und küsste sie. Sein Kuss war nicht neugierig-drängend und auch nicht voll stürmischer Leidenschaft. Vielmehr war er klein, zart und suchend. Arthur suchte nicht nur Mias Mund, er suchte auch ihr Einverständnis, ihre Hingabe, ihr Herz. Und er suchte seinen eigenen Mut, seine Liebe. Ängstlich tastete er sich vorwärts, zaghaft streifte er ihre Lippen, flüchtig berührten sich ihre Zungen.

Es war ein sehr fragiles Gebilde, das zwischen ihnen entstand, und Arthur fürchtete, es mit jeder übereilten Bewegung zu zerstören. Er wagte kaum, Mia zu berühren, und doch war dieser hingehauchte, suchende Kuss sehr intensiv. Mia hielt die Augen geschlossen, während sie sich gemeinsam mit Arthur vorwärts tastete, Millimeter um Millimeter.

Nachwort

Liebe Leserin, lieber Leser,

hat Ihnen **Ebbe und Glut** gefallen? Super! Dann erzählen Sie doch bitte Ihren Freunden davon. Oder geben Sie in dem Onlineshop, in dem Sie das Buch oder E-Book gekauft haben, eine Bewertung ab. Nur so werden neue Leser auf den Roman aufmerksam.

Sie möchten mir eine persönliche Rückmeldung zu der Geschichte geben? Schreiben Sie mir gern! Ich freue mich auf Ihre Post unter:

mail@katharina-burkhardt.de

Mehr über meine Bücher und andere Projekte erfahren Sie auf meiner Website und auf Facebook:

www.katharinaburkhardt.com
www.facebook.com/katharinaburkhardtautorin

Herzliche Grüße
Katharina Burkhardt

In meinem Herzen nur du

Leserstimmen:

»Einfach nur genial. Ein Meiserwerk!« *(Kari Lessir, Autorin)*

»Ein Roman, der mich überrollt und zum Weinen gebracht hat und noch lange nachhallen wird.« *(Dani Schwarz, Buchbloggerin)*

»Mein persönliches Buch-Highlight für diesen Monat, wenn nicht sogar für das ganze Jahr.« *(Bibilotta, Buchbloggerin)*

Leseprobe:

»Dösbaddel!«
  »Eingebildete Ziege!«
  »Angeber!«
  »Hosenschisser!«
  »Gar nicht.«
  »Dann zeig's mir doch!«
  »Und wie?«
Die achtjährige Greta Bubendey fuhr stur mit ihrem Fahrrad geradeaus, während Finn Janssen mit seinem Rad in großen Bögen um sie herumkurvte. Es war ein freundlicher Tag im Mai, Greta trug eine kurze Hose und ein

geringeltes T-Shirt und sie war auf dem Weg nach Hause von ihrer besten Freundin Mareike.

Unterwegs geriet sie mit Finn aneinander. Das war jetzt bereits das dritte Mal in dieser Woche.

Angefangen hatte alles, weil Finn in der Schule von ihr bei der Deutscharbeit abschrieb. Die Lehrerin bestrafte beide, Finn mit einer Fünf und Greta mit einer Ermahnung, die sie zu Hause vorlegen musste.

»Wieso lässt du andere Kinder abschreiben?«, fragte ihre Mutter. »Du strengst dich an und lernst ordentlich und sie kassieren dafür die Lorbeeren. Das ist dumm von dir, Greta.«

»Was hast du mit diesem Jungen zu schaffen?«, fragte ihr Vater und unterschrieb den Brief der Lehrerin nur widerwillig. »Ich denke, du sitzt neben deinen Freundinnen?«

»Wir sind bei der Klassenarbeit alle auseinandergesetzt worden«, sagte Greta und konnte nur mühsam die Wut und Enttäuschung darüber verbergen, dass sie bestraft wurde, obwohl sie nichts Unrechtes getan hatte. Sie hatte diesem blöden Finn nämlich keineswegs ihr Heft rübergeschoben, sondern zwischendrin sogar die Hand davorgehalten. Als sein Blick immer wieder zu ihr herüber wanderte, hatte sie ihn schließlich sehr laut und vernehmlich angefahren.

»Lass das, du Faulpelz!«

Ja, und da war auch schon die Lehrerin aufgesprungen und hatte misstrauisch gefragt, was es da zu tuscheln gab. Und Greta hatte wahrheitsgemäß geantwortet, dass Finn sie beim Arbeiten störe.

Am nächsten Tag stimmte Finn einen Singsang an, sobald Greta in der Pause den Schulhof betrat.

»Petze, Petze ging in Laden,
Wollt fürn Dreier Käse haben.
Dreier Käse gab es nicht,

Petze, Petze ärgert sich.«

Seine Freunde lachten und fielen grölend in den Spottreim mit ein.

Greta standen Tränen in den Augen, aber sie ließ sich nicht kleinmachen. Nicht von diesem Finn Janssen, der ein echter Prolet war, wie ihr Vater zu sagen pflegte. Dabei hatte sie überhaupt keine Ahnung, was ein Prolet war. So was wie ein Arbeiter wohl, wenn sie das richtig verstanden hatte. Finns Vater war Schmied, ein einfacher Mann im Vergleich zu ihrem Vater, dem die Apotheke am Marktplatz gehörte.

»Wir sind Akademiker«, pflegte er zu sagen, und was das bedeutete, wusste Greta ebenfalls nicht genau. Aber an der Stimme ihres Vaters erkannte sie, dass es etwas Bedeutendes sein musste. Akademiker waren wichtige, angesehene Leute, so viel stand fest. Sie waren besser als andere.

Tapfer reckte sie das Näschen in die Höhe.

»Lern nächstes Mal ordentlich, dann bist du nicht auf die Hilfe von schlaueren Leuten angewiesen«, sagte sie zu Finn Janssen.

»Hochnäsige Kuh«, entgegnete Finn. Er steckte die Hände in die Vordertaschen seiner Jeans und schaute sie drohend an.

Wütend drehte Greta sich fort. Am liebsten hätte sie diesem Spacken eine runtergehauen. Aber erst letzte Woche hatte sie beobachtet, wie er auf dem Bolzplatz hinter der Turnhalle einen Jungen aus der Parallelklasse verdrosch. Finn war sehr stark und Greta hatte keine Lust, sich von ihm in den Schwitzkasten nehmen zu lassen, wie es dem anderen Kind passiert war.

Und jetzt musste sie sich schon wieder über ihn ärgern, weil er mit seinem Rad ihren Weg kreuzte, sodass sie gezwungen war, zu bremsen und ihm auszuweichen.

»Du willst mir beweisen, dass du kein Hosenschisser bist?« Er sah sie herausfordernd an. »Dann fahr freihändig den Todesberg hinunter.«

Greta riss die Augen auf. »Spinnst du?«

Der Todesberg war die höchste Erhebung in der Gegend, ein bewaldeter Hügel, der so aussah, als habe ein Riese einen gewaltigen Felsbrocken mitten in die flache Landschaft geworfen.

Im vergangenen Winter, in dem Norddeutschland monatelang im Schnee versunken war, waren alle Kinder am Todesberg rodeln gegangen. Die Erwachsenen sprachen von einer *Schneekatastrophe*, aber für die Kinder war es das Paradies. Es gab mehrere recht steile Abfahrten an dem Hügel, wobei die gefährlichste unmittelbar vor einem See endete. Wer nicht rechtzeitig bremste oder abdrehte, bekam schon mal nasse Füße. Vor vielen Jahren war sogar ein Junge mit dem Schlitten im See ertrunken. Vermutlich hatte der Hügel damals seinen Namen erhalten, aber das wusste niemand mehr so genau. Gretas Eltern hatten ihr jedenfalls strengstens untersagt, an diesem Hang zu rodeln.

»Also bist du doch ein Schisser«, feixte Finn Janssen.

»Nein!« Jetzt wurde Greta richtig wütend. »Ich bin nur nicht lebensmüde. Das ist ein Unterschied.«

Aber Finn forderte sie immer weiter heraus. »Feigling, Feigling!«, rief er und sie ärgerte sich mehr und mehr.

Sie war kein Feigling, da täuschte dieser Finn sich aber gewaltig. Bloß weil sie ein Mädchen war, hieß das noch lange nicht, dass sie sich nichts traute.

»Also gut, ich mach's«, erklärte sie mit grimmiger Entschlossenheit.

Und dann fuhren sie gemeinsam zum Todesberg, der ein Stückchen außerhalb der kleinen Stadt Travenstedt lag, in der sie lebten. Ein paar befestigte Wanderwege führten hinauf, und auf der Spitze gab es einen Grillplatz, den Ausflügler aus den größeren Städten manchmal für ein Picknick nutzten. Die Leute aus dem Ort gingen hier mit ihren Hunden spazieren, und gelegentlich kämpfte sich mal ein Radfahrer einen asphaltierten Wirtschaftsweg hinauf, der am Grillplatz endete.

Finn fuhr sehr schnell, und Greta, die mit ihm mithalten wollte, geriet gehörig ins Schwitzen. Sie war bereits außer Atem, als sie den Asphaltweg erreichten, der zum Grillplatz führte. Es ging steil bergauf, und nach wenigen Metern musste Greta absteigen und schieben. Was für eine Schmach! Aber es beruhigte sie, dass auch Finn bald darauf aufgab. Gemeinsam schoben sie ihre Räder bis hinauf zu einer Schranke, die das Ende des Fahrweges markierte.

Beklommen blickte Greta zurück. Links standen hohe Laubbäume, rechts befand sich eine mit Stacheldraht umzäunte Schonung. Der Weg dazwischen war ganz schön abschüssig und unten machte er eine scharfe Kurve. Wenn man die nicht bewältigte, landete man direkt auf einer Straße. Das war fast noch gefährlicher, als in den See zu fallen.

Greta war sich nicht sicher, ob sie diese Herausforderung bewältigte.

»Also, dann mal los.« Finn nickte ihr aufmunternd zu. »Du musst freihändig bis ganz runter fahren, dann nenne ich dich nie wieder Hosenschisser. Versprochen.«

»Du zuerst.« Greta hoffte, Finn werde kneifen und damit sei die Sache erledigt. Doch da hatte sie ihn unterschätzt.

»Alles klar«, sagte er lässig.

Und dann sauste er los, Finn Janssen, der Prolet, in einem halsbrecherischen Tempo – und freihändig, als würde er das jeden Tag machen. Dieser Teufelskerl.

Bewundernd starrte Greta ihm nach und beobachtete

genau, wie er am Fuß des Hügels die Griffe des Lenkers wieder umfasste, scharf bremste und sein Rad nach links riss. Triumphierend winkte er zu ihr herauf.

Eigentlich hatte das doch nicht schwer ausgesehen. Sie würde das genauso hinbekommen, ganz sicher.

Rasch, bevor der Mut sie erneut verließ, setzte Greta sich auf ihr Fahrrad und fuhr los. Vorsichtig löste sie die Hände vom Lenker, lehnte sich zurück und balancierte das Gleichgewicht aus. Diesem dämlichen Finn würde sie es zeigen, darauf konnte er Gift nehmen!

Sie wurde rasch schneller und einen Augenblick lang genoss sie den Fahrtwind und das Gefühl von Freiheit, während sie mit fliegenden Zöpfen den Hang hinuntersauste. Doch dann fuhr sie über eine kleine Unebenheit und hatte Mühe, die Spur zu halten. Ein, zwei Meter ging noch alles gut, dann geriet das Vorderrad gefährlich ins Schlingern und hastig griff sie nach dem Lenker. Sie bremste zu stark und da rutschte das Hinterrad weg.

Greta landete samt Rad in einem Graben, der neben der Schonung entlangführte. Ihre Beine schmerzten und etwas Scharfes riss an ihrer Wange.

Zitternd versuchte sie, sich zu befreien, aber sie steckte so blöd unter ihrem Fahrrad fest, dass sie es nicht alleine schaffte.

Verzweifelt schrie sie nach Finn, der auch sofort den Hang heraufrannte.

»He, was ist los?« Atemlos und im Gesicht rot vor Anstrengung beugte er sich über sie. »Oh, Scheiße, du blutest ja total.«

Greta fasste sich an die Wange und erschrak, als sie all das Blut an ihren Fingern sah. Nun konnte sie ihre Tränen nicht mehr zurückhalten. Ihr ganzer Körper schmerzte und der Schreck tat sein Übriges.

»Wir schaffen das schon«, sagte Finn. Er hob Gretas Fahrrad mit übertriebenem Gestöhne an und so schaffte sie es, ihr Bein darunter hervorzuziehen. Dann reichte er ihr die Hand und zog sie aus dem Graben. Als sie wieder auf beiden Füßen stand, wies er sie fachmännisch an, zu überprüfen, ob sie Arme und Beine bewegen konnte und alle Gelenke ordentlich funktionierten. Ihre Hose war fleckig und ihre Schienbeine waren aufgeschürft. Aber das schlimmste Problem schien tatsächlich die Wunde in ihrem Gesicht zu sein, die offenbar vom Stacheldraht des Zauns herrührte.

Finn führte sie zu einem Baumstumpf, auf den sie sich setzte, und zog ein zerknautschtes Taschentuch aus seiner Hosentasche. Vorsichtig tupfte er mit dem letzten sauberen Zipfel das Blut von ihrer Wange. Greta schniefte und schluchzte immer noch.

»Du warst echt mutig«, sagte Finn und er klang auf einmal voller Bewunderung. »Ich habe Monate gebraucht, bis ich mich endlich getraut habe, den Hang von ganz oben freihändig runterzufahren.«

Greta blinzelte die Tränen fort. »Das heißt, du hast das vorher ewig geübt?«

Finn grinste frech, wobei eine Zahnlücke in seinem Mund sichtbar wurde.

»Du Blödmann, das ist ja wohl voll gemein.«

»Ich weiß.«

Finn hob den Blick und sah Greta unverwandt an. »Tut mir leid.«

Mit einem Finger strich er die Tränen unter ihrem Auge weg. »Aber du bist echt das mutigste Mädchen, das ich kenne.«

Und dann beugte Finn Janssen, der Prolet, sich vor und küsste zart Gretas Wange.

»Ich glaube, das muss genäht werden.« Gretas Mutter begutachtete die Wunde im Gesicht ihrer Tochter. »Du kannst von Glück reden, dass deinem Auge nichts passiert ist.« Verärgert schüttelte sie den Kopf. »Ich verstehe immer noch nicht, wieso du mit diesem Finn Janssen unterwegs warst. Der Junge hat nur Flausen im Kopf.«

»Hat Finn das mit Absicht gemacht?« Gretas fünfjährige Schwester Julia starrte mit großen Augen auf das viele Blut.

»Nein.« Greta wimmerte vor Schmerz. »Ich hab das Gleichgewicht verloren, als wir auf dem Buckelweg hinter der Kirschbaumwiese nebeneinander gefahren sind. Finn hat damit nichts zu tun.«

Ihr wäre es lieber gewesen, wenn niemand von ihrem Abenteuer mit Finn erfahren hätte. Aber dummerweise waren sie auf dem Heimweg ihrer Nachbarin Frau Behnke begegnet. Gretas Vorderrad hatte eine Acht, darum mussten sie die Fahrräder schieben, was ziemlich lange dauerte. Sicher machte ihre Mutter sich schon Sorgen, weil Greta nicht heimkam. Und dann stoppte Frau Behnke mit ihrem Auto, sah ihr blutverschmiertes Gesicht und brachte sie umgehend nach Hause.

Ihr Vater sprühte Desinfektionsmittel auf die offene Wunde, was schrecklich brannte. »Finn Janssen ist kein Umgang für dich. Du siehst doch, was dabei herauskommt.«

Greta biss die Zähne zusammen und verkniff sich die Tränen.

Ihr Vater öffnete einen Karton mit Gazetupfern. »Wir fahren zu Dr. Springer. Ich glaube auch, dass das genäht werden muss.«

Es wurden drei Stiche entlang des Jochbeins. Greta ertrug die Betäubungsspritze und das Nähen tapfer und war anschließend direkt ein bisschen stolz auf ihren Verband. Das sah so verwegen aus.

Zu Hause nahm ihr Vater sie erneut ins Gebet. »Noch mal in aller Deutlichkeit: Ich möchte, dass du dich von Finn Janssen fernhältst. Sein Vater ist ein gewalttätiger Trinker und der Junge schlägt ganz nach dem Alten. Das ist kein Umgang für dich. Wer weiß, was da noch passieren könnte.«

»Aber Finn geht in meine Klasse. Ich kann ihm gar nicht aus dem Weg gehen.« Greta zog die Nase kraus. Ihr Vater hatte manchmal richtig dämliche Ansichten.

»Du wirst dich von ihm fernhalten.«

»Das ist echt eine schwachsinnige Idee.«

»Achte auf deine Ausdrucksweise!«, ermahnte ihre Mutter sie. Das machte Greta noch wütender. Sie stapfte aus dem Zimmer und knallte die Tür hinter sich zu.

Sie wusste nicht, was mehr schmerzte – ihre Verletzung oder das Verbot ihres Vaters. Sie hatte sich nie etwas aus Finn gemacht, ihn immer doof gefunden. Doch nun musste sie auf einmal ständig daran denken, wie er sie geküsst hatte. Das hatte sich schön angefühlt, so weich und warm.

Einem Rabauken wie Finn Janssen traute man so was gar nicht zu. Und er hatte sie mutig genannt. Auch das hatte sie nicht erwartet. Ausgerechnet Finn Janssen fand bewundernde Worte für Greta Bubendey. Was für wundersame Dinge doch auf dieser Welt geschahen.

Sie erzählte Mareike davon, als sie an ihrem Lieblingsplatz saßen, versteckt hinter den Johannisbeerbüschen im Garten von Mareikes Eltern.

»Hui«, sagte ihre beste Freundin und tauchte mit einem Finger in ihr Tütchen mit Brausepulver ein. »Bist du verliebt in Finn?«

Greta steckte ebenfalls einen Finger in Brausepulver,

Waldmeister, ihre Lieblingssorte. Es prickelte herrlich auf ihrer Zunge und schien in ihrem Magen wild zu schäumen.

»Nein, bin ich nicht«, wehrte sie hastig ab.

Ein breites Grinsen erhellte Mareikes sommersprossiges Gesicht, das von dicken, geflochtenen Zöpfen umrahmt wurde. »Ich glaube, du bist doch in ihn verliebt. Und ich dachte immer, du fändest ihn blöd. Oh Greta, das ist so aufregend!«

»Du darfst das niemandem erzählen«, sagte Greta beschwörend. »Mein Vater sagt, Finns Vater ist ein Trinker und gewalttätig.«

Mareike sah sich flüchtig um, als fürchte sie, belauscht zu werden. Dann senkte sie ihre Stimme zu einem Flüstern herab. »Das stimmt. Mein Papa sagt, er hat Herrn Janssen schon ein paar Mal nach einer Prügelei zusammengeflickt.«

Mareikes Vater war der Arzt im Ort, Dr. Springer. Greta zog schaudernd die Schultern hoch. Finn prügelte sich auch oft. Erst neulich hatte er wieder mal eine verquollene Lippe gehabt. Hatte ihr Vater also recht, dass der Junge genauso gefährlich war wie der alte Herr Janssen?

Nachdenklich spielte Greta mit ihren blonden Zöpfen, während Mareike weiter Brausepulver futterte. Das wirklich, wirklich Dumme an der Sache mit Finn Janssen war, dass er von allen Jungen, die sie kannte, das süßeste Lächeln hatte.

Über die Autorin

Katharina Burkhardt wurde 1967 in Freiburg geboren und wuchs in Bielefeld auf. Schon als Kind träumte sie sich in die Geschichten hinein, die in ihrem Kopf entstanden. Aber es dauerte noch viele Jahre, bis sie sich ernsthaft der Schreiberei widmete. Zunächst studierte sie Angewandte Kulturwissenschaften und arbeitete als Medienpädagogin. Nebenher entstanden Kurzgeschichten, Blogtexte und schließlich der erste Roman.

Heute lebt Katharina Burkhardt mitten in Hamburg, wo auch die meisten ihrer Geschichten spielen, und arbeitet als Lektorin, Schreibcoach und Autorin.

Ihre Geschichten erzählen von eigensinnigen Frauen und ihrer Suche nach dem kleinen und großen Glück. Sie sind anrührend, witzig, sinnlich, gelegentlich abgründig und auch mal tieftraurig – wie das Leben halt so ist.

Bisherige Veröffentlichungen:
  In meinem Herzen nur du
  Ebbe und Glut
  Das Haus der Medusa
  Moodcooking – Aus dem Suppentopf der Gefühle